L'Énigme Charest

Le Syndrome de Pinocchio. Essai sur le mensonge en politique, Boréal, 1997.

André Pratte

L'Énigme Charest

Boréal

Les Éditions du Boréal remercient le Conseil des Arts du Canada ainsi que le ministère du Patrimoine canadien et la SODEC pour leur soutien financier.

Photographie de la couverture : Canapress/Jonathan Hayward.
Conception graphique : Nicole Lafond

Diffusion au Canada : Dimedia
Diffusion et distribution en Europe : Les Éditions du Seuil

Données de catalogage avant publication (Canada)

Pratte, André, 1957-

    L'Énigme Charest

    Comprend des réf. bibliogr. et un index

    ISBN 2-89052-904-5

    1. Charest, Jean, 1958- . 2. Parti progressiste-conservateur du Canada. 3. Canada – Politique et gouvernement – 1993- 4. Chefs de parti politique – Canada – Biographies. I. Titre.

FC636.C42P72	1998	971.064'8'092	C98-940604-0
F1034.3.C42P72	1998		

À Vincent et François,
n'oubliez jamais que je vous aime.

Remerciements

Je n'aurais pu écrire ce livre sans la généreuse collaboration d'un grand nombre de personnes. Parmi celles-ci, je tiens à remercier, en particulier, M. Jean Charest, qui m'a accordé quatre longues entrevues. Malgré son inquiétude quant au résultat final, M. Charest a répondu à toutes mes questions avec beaucoup d'amabilité, sans jamais demander d'avoir droit de regard sur le texte. Mme Michèle Dionne s'est montrée tout aussi obligeante, outre qu'elle a déniché plusieurs photos de son mari et de sa famille. L'adjointe de Jean Charest, Mme Suzanne Poulin, a subi avec courtoisie les nombreuses questions et requêtes dont je l'ai inondée pendant des mois.

Je remercie mon employeur, *La Presse,* et spécialement son président et éditeur, M. Roger D. Landry, ainsi que l'éditeur adjoint, M. Claude Masson, qui m'ont libéré de mes tâches habituelles pendant quelques semaines pour me permettre de travailler à cette biographie.

Thierry Giasson, étudiant au doctorat en science politique à l'Université de Montréal, s'est révélé un assistant de recherche extraordinairement efficace et débrouillard.

M. Denis Monière m'a gentiment ouvert les portes des archives télévisuelles du département de science politique de l'Université de Montréal.

M. Renaud Gilbert, directeur exécutif du Réseau de l'information, m'a permis d'accéder rapidement à certains documents d'archives, de même que M. Denis Ferland, de Radio-Canada.

Mme Huguette Pinard-Lachance m'a fait découvrir les fascinantes archives du Séminaire de Sherbrooke.

Je dois aussi beaucoup à mes collègues, notamment à Chantal Hébert, de *La Presse*, qui ont aimablement accepté de lire le manuscrit avant l'impression et m'ont ainsi fait bénéficier de leurs connaissances.

Merci enfin et surtout à Anne Marie, qui, en plus d'endurer mon mauvais caractère, m'a entendu une année durant parler de Jean Charest bien plus que d'amour.

« Un petit côté Hamlet »

C'est arrivé un soir à la table du Manoir Hovey, auberge chic de North Hatley dont Jean Charest est un habitué. J'ai ressenti ce dont un grand nombre d'organisateurs, de députés et de simples membres du Parti progressiste-conservateur du Canada m'avaient parlé. L'envers de l'« effet Charest » qui a tant fait couler d'encre au cours des dernières années. Appelons cela l'« énigme Charest ». C'est un militant qui a le mieux décrit le phénomène : « Quand Brian Mulroney t'appelait, il pouvait être à cent kilomètres, tu avais l'impression qu'il était à côté. Jean a beau être juste en face de toi, tu as l'impression qu'il est derrière un plexiglas. Il n'entend rien. »

Nous étions à table, Jean Charest, son adjointe Suzanne Poulin et moi. Après une longue entrevue, le boulot était terminé. L'heure était à la détente ; bon repas, bon vin. Par moments, Charest était exactement comme vous le voyez à la télévision : convaincant, charmant, amusant. Il me parlait de ses recettes préférées : « Tu fais mariner les magrets de canard dans la sauce teriyaki, puis tu les mets sur la grille... » Mais l'instant d'après, son visage devenait impassible, ses yeux bleus se vidaient. À quoi pensait-il ? S'ennuyait-il ?

Peut-être ma conversation n'arrivait-elle pas à retenir son attention. Mais la sensation désagréable que j'éprouvais ce soir-là, bien d'autres me l'avaient décrite. Parmi eux, François Pilote, à qui Charest avait confié la réorganisation du PC au Québec : « Je pouvais avoir une réunion de deux heures avec Jean. À la fin, il se levait, disait : "Merci beaucoup, François"… et il n'y avait pas de suivi. »

Jean Charest a un charisme exceptionnel. Quiconque entend un de ses discours ou parvient à lui serrer la main à l'issue d'une quelconque assemblée tombe sous le charme. Mais dès qu'on tente de s'approcher un peu plus de l'homme, on se heurte à une muraille. Ce paradoxe provoque beaucoup de frustration chez les journalistes, bien sûr. L'éminent *columnist* Michel Vastel me confiait qu'il avait tenté par deux fois de faire un portrait du député de Sherbrooke pour *L'actualité* : « Chaque fois, nous avons dû faire un papier moins important que prévu, parce qu'il ne me donnait rien. »

Tant pis pour les journalistes ! Le plus étonnant, le plus inquiétant peut-être, c'est que cette muraille est également infranchissable pour ceux qui travaillent avec Charest. Il y a entre le chef et ses organisateurs, députés et partisans un fossé qui provoque bien des malaises. Même s'ils adoraient leur leader, les conservateurs se demandaient parfois si celui-ci les écoutait, s'il s'intéressait à eux. Certains avaient l'impression qu'il les méprisait. À l'encontre des apparences, Jean Charest est un chef indépendant et distant.

Ce n'est pas la seule facette de l'énigme. « Jean Charest est l'homme politique le plus talentueux que j'aie vu, m'a confié l'ancien premier ministre du Canada Brian Mulroney. Plus talentueux que Bourassa ou Lévesque à son âge. Mais il a un petit côté Hamlet. » Un petit côté Hamlet ? Jodi White, organisatrice de la campagne au leadership de Charest en 1993 et de la campagne électorale du Parti conservateur en 1997, a elle aussi évoqué le personnage de Shakespeare pour décrire cette tendance de son chef à tergiverser, à tourner les mêmes questions dans sa tête mille fois avant de se décider à agir. Mais si Jean Charest rappelle Hamlet, c'est aussi par le côté insaisissable de sa personnalité. Charest est-il aussi brillant qu'il en a l'air, ou n'avons-nous devant nous qu'un beau parleur doué d'une extraordinaire mémoire ? S'intéresse-t-il vraiment au sort des gens ordinaires, ou ne sont-ils pour lui qu'un marchepied vers le pouvoir ? A-t-il ses idées à lui, ou adopte-t-il simplement celles qui lui paraissent rentables ? Un conservateur a comparé le cerveau de Charest à une boîte noire : « Tu vois la décision sortir, mais tu n'as aucune idée de comment il est arrivé là. »

J'ai cherché le vrai Jean Charest. Au fil des pages qui suivent, vous le découvrirez avec moi. Ni monstre ni mythe. Une personnalité évidemment plus complexe que le personnage fabriqué par et pour la politique. Un enfant blessé, devenu un adulte fragile protégé par une épaisse carapace. Un ami fidèle, un homme drôle à se rouler par terre. Un homme intègre et généreux. Et, en même temps, un politicien ambitieux, exigeant, parfois dur, hautain et ingrat.

Ce livre n'est pas une biographie autorisée, c'est-à-dire un ouvrage dont le sujet aurait approuvé le contenu. S'il a collaboré de bonne grâce à mon projet, Charest n'a pas lu une ligne du texte avant que le bouquin sorte des presses.

Je précise que Jean Charest n'est un ami ni de près, ni de loin. Outre le souper au Manoir Hovey évoqué plus haut, je ne l'ai rencontré que dans un contexte de travail. Certes, nous en sommes vite arrivés à nous tutoyer, mais c'est simplement parce que nous sommes de la même génération et parce que sa personnalité attire le *tu* davantage que le *vous*. D'ailleurs on ne peut s'empêcher d'apprécier l'homme, de tomber sous le charme. Et puis, quand on vit quotidiennement avec un personnage pendant un an, qu'on apprend à connaître sa famille et ses amis, ses joies, ses peines et ses rêves, on en vient immanquablement à lui souhaiter du bien. Certains trouveront donc que j'ai été trop indulgent. D'autres me jugeront excessivement sévère. Que l'on sache simplement que rien, pas plus les compliments que les critiques, n'a été écrit à la légère. Au contraire, je me suis constamment retrouvé déchiré entre mon affection pour la personne et pour ses proches, ma méfiance à l'égard des politiciens en général et les exigences de la vérité. Mes conclusions ont été dans chaque cas mûrement réfléchies, fondées sur l'enquête la plus complète possible.

Au bout du compte, j'ai beau aimer l'homme et admirer le politique, je suis journaliste, et un journaliste ne peut faire autre chose que de rapporter ce qu'il a vu, lu et entendu. Or, à l'exception de quelques intimes, Jean Charest demeure pour tous ceux qui l'ont côtoyé ce qu'il reste encore pour moi : une énigme.

La blessure

On ne la remarque pas quand on roule sur le boulevard Portland, la rue principale du Vieux-Nord, quartier bourgeois de Sherbrooke. Construite en briques brunes il y a plus de cent ans, la maison se blottit derrière les arbres, bien en retrait de la rue. C'est ici que vit Claude Charest, bien en retrait lui aussi. « Red » Charest — à Sherbrooke on l'appelle ou bien « Red », ou bien « monsieur Charest », mais jamais Claude —, Red, donc, a acheté la propriété en 1957. « Il n'y avait presque pas de trafic sur Portland dans ce temps-là, explique-t-il aux visiteurs. Et derrière, c'étaient les champs. » M. Charest s'y est installé avec la douce Irlandaise qu'il avait épousée un an plus tôt, Rita Leonard. Le couple y a élevé ses enfants : Louise, Robert, Jean, Carole et Christine, cinq petits nés en l'espace de six ans.

Rita a passé ici les derniers mois de sa vie, sa beauté rongée par le cancer. Depuis sa mort en 1978, M. Charest n'a pas redécoré une pièce, pas déplacé un meuble, pas bougé un livre. Lorsqu'ils sont partis faire leur vie, les enfants ont vidé leurs chambres, et celles-ci sont restées ainsi, évacuées. « J'ai gardé la maison telle qu'elle était quand ma femme vivait, laisse tomber Red de sa voix bourrue. Quand mes enfants viennent, c'est leur "chez-eux", ça n'a pas changé. »

Si M. Charest vous invitait à visiter sa maison, vous la trouveriez donc exactement comme elle était lorsqu'y a grandi Jean Charest. La petite chambre qu'il partageait avec son aîné, Robert, est toujours tapissée d'un papier peint aux motifs carrés et ronds, rouges et noirs, que ces ados des années 1970 devaient juger « ben cool ». Déplaçant péniblement son corps massif dans la cage d'escalier, Red vous guiderait jusqu'au sous-sol que les enfants avaient transformé en repaire. Le décor est figé dans le temps, au point qu'on peut sans mal imaginer comment les jeunes y entraient bruyamment et s'affalaient dans les fauteuils pour se raconter leur journée de ski.

M. Charest vous convierait ensuite dans la salle à manger, où il s'installerait pour feuilleter ses albums de photos, feuilleter sa vie. Enfin, si son humeur était particulièrement agréable ce jour-là — avec Red, ça dépend des jours —, il vous entraînerait au salon pour vous faire voir le film de son mariage. Pour que vous voyiez combien Rita était belle. Pour que vous compreniez pourquoi la vie de cet homme solide comme un chêne s'est arrêtée le 16 octobre 1978.

Le calvaire

Retournons à cette année-là, 1978. C'est un matin d'automne, froid et pluvieux. Réfugié dans sa chambre, Jean est incapable d'étudier. Comment se concentrer sur le Code civil quand, dans la pièce voisine, maman se meurt, quand son corps rachitique, ses os rongés, son visage tuméfié lui arrachent des plaintes désespérées? Les yeux mouillés, l'étudiant songe aux derniers mois. Au calvaire que vit sa *mom* adorée depuis que les médecins ont prononcé leur sentence : leucémie.

Quelques jours avant Noël 1977, Rita Leonard, une femme dynamique qui a élevé cinq enfants sans jamais prononcer le mot « fatigue », a brusquement senti toute son énergie s'évaporer. Certains matins, se vêtir même lui semblait une tâche herculéenne. Son état s'aggravant, elle a dû se résoudre à subir des examens au Centre hospitalier universitaire de Sherbrooke. En sortant de la salle d'examen, le médecin, l'air sombre, a demandé à la cadette, Christine, de faire venir son père : « Votre mère est très malade. » Très malade ? « Nous allons essayer les traitements habituels, madame, déclare le médecin, mais j'aime autant ne pas vous donner de faux espoirs : vous n'en avez probablement que pour six mois à vivre… »

Il existe une belle photo du couple Charest, prise ce jour de Noël 1977. Claude et Rita sont assis sur un sofa et rient aux éclats. On peut lire dans leurs yeux un amour profond, de ceux qui ont résisté à tous les orages. Ce soir-là, les rires laisseront place aux sanglots. Les deux amants passeront la soirée dans les bras l'un de l'autre, pleurant jusqu'au bout de leurs larmes.

Les parents Charest sont des batailleurs. Ils combattront de toutes leurs forces. « Votre mère ne mourra pas », tranche Red devant ses enfants. Mais, à l'époque, la leucémie sortait toujours gagnante de ces combats. Le calvaire de Mme Charest durera neuf mois, un reste de vie qu'elle partagera entre la maison et l'hôpital.

Il faut quelqu'un pour prendre soin de Rita. Il est convenu que l'une des filles, Carole, quittera le collège pour rester aux côtés de sa mère durant la journée. La nuit, c'est Red qui la soigne et lui tient la main. Les enfants se partagent la garde nocturne lorsque leur mère demeure à l'hôpital. Une nuit de juin est restée gravée dans la mémoire de Jean et de sa sœur Christine. Ce soir-là, ils doivent changer les draps cinq ou six fois, tellement la malade est fiévreuse et agitée. « C'est fini », pense Christine. Jean appelle un prêtre, qui administre les derniers sacrements. Or, à l'aube, un miracle se produit. « *Let's go home !* » lance Rita toute souriante, régénérée par une transfusion sanguine. La famille passera un été mémorable à l'île Charest, le petit domaine familial du lac Memphrémagog. La maladie a pris quelques semaines de vacances.

L'automne venu, la faucheuse reprend son sordide boulot, décidée d'en finir. Rita est tout aussi déterminée à vivre jusqu'au 28 septembre 1978, date de son vingt-cinquième anniversaire de mariage. La famille célèbre cet anniversaire à la table d'une auberge de la région. Une fête à l'abri des regards indiscrets, *mom* refusant d'être vue dans cet état de déchéance. Invitée à se joindre à la famille, Loretta Leonard a du mal à reconnaître sa sœur. « En neuf mois, dit-elle aujourd'hui, Rita était passée de quarante-sept ans à quatre-vingt-dix-sept ans. »

Ce sont les souvenirs de ces épisodes douloureux qui s'entrecho-quent dans la tête et le cœur du jeune Jean Charest, en cette froide matinée d'automne 1978. Les yeux fixés sur des livres inutiles — à quoi diable servent les lois devant une telle injustice ! —, l'étudiant sent se poser sur ses épaules un fardeau dont il ne pourra plus se défaire, le joug de la culpabilité. Culpabilité pour ce jour où sa mère, souffrante, l'a appelé — « John ! » — et où le jeune homme n'a pas bougé, épuisé qu'il était de la voir ainsi défaite. Culpabilité pour cette autre fois où, entendant Rita se plaindre, il s'est surpris à souhaiter sa mort.

La fin

Au début du mois d'octobre 1978, l'état de la malade se détériore sensiblement, et elle doit être hospitalisée de nouveau. Le 15, vers vingt-trois heures, Rita demande à voir Red. Chacun le sait, le sent, c'est leur dernier moment d'intimité. « Qu'est-ce que je fais ? Est-ce que je reste ? » demande Red en sortant de la chambre. Christine et Robert insistent en vain pour que leur père aille se reposer à la mai-son. Une demi-heure plus tard, l'ange expire. « On dirait qu'elle savait qu'elle allait mourir », sanglote sa fille Christine, que ces sou-venirs bouleversent encore vingt ans plus tard. « Je n'en revenais pas qu'elle soit en train de mourir et que nous ne puissions rien faire ! » Le père et ses enfants restent une demi-heure dans la chambre. Mais l'âme de Rita, l'âme de la famille, n'y est plus.

Le paternel convoque les enfants : « J'veux tous vous voir à la maison ! » Rue Portland, le chêne est plus imposant que jamais : « C'est fini. Votre mère est morte. Il faut maintenant prendre notre courage à deux mains, ce n'est pas le temps de se laisser aller. La vie continue, c'est ce que votre mère aurait voulu. »

John-John

« *Louise! Robbie! John! Carol! Christine! Get up before your father gets home!* » En semaine, tous les matins commençaient ainsi chez les Charest; Rita éveillait les enfants d'un appel lancé de son lit, tandis que Red faisait son jogging. Tous les visiteurs étaient frappés par l'ordre et la discipline qui rythmaient la vie dans la maison de la rue Portland.

Red rentrait dîner tous les midis. Il examinait son courrier, puis se mettait à table. Le soir, il arrivait juste à temps pour le souper, toujours pris en famille à cinq heures et demie pile. « Ça me paraissait être un régime de vie relativement strict », se souvient Martine Fortier, une amie des enfants. « Le lundi c'était le lavage et le pâté chinois, le mardi c'était le spaghetti, puis le mercredi… Ça m'avait bien frappée de voir que, chaque jour, le repas était prévu d'avance. » « Mon père était très militaire », confirme Jean Charest.

Cette atmosphère de régiment régnait même dans les loisirs. Tous les dimanches matin, c'était la messe à l'église Saint Patrick, port d'attache des catholiques irlandais de Sherbrooke depuis 1887. Après la cérémonie, la famille partait en voiture, l'été pour une promenade, l'hiver pour le ski. Pendant que les enfants dévalaient les pentes, Red et Rita placotaient au chalet.

Les jeunes étaient chargés de diverses tâches domestiques et ne se permettaient jamais d'y échapper. Chaque soir, ils devaient faire la vaisselle, pendant que leurs parents allaient marcher. « Au chalet aussi on travaillait très fort », raconte Louise, l'aînée. « Il fallait laver les fenêtres, les bateaux, tondre le gazon… Il y avait beaucoup de travail à faire pour entretenir l'île. Il y avait un équilibre entre le travail et les temps libres. »

Avec sa carrure imposante, sa voix caverneuse, ses grognements d'ours, ses terrifiantes sautes d'humeur, Red imposait une autorité sans partage. Quand les enfants s'excitaient, quand l'un rentrait avec un bulletin digne du *Titanic*, quand l'autre se tenait avec des amis douteux, Red intervenait, et les jeunes se soumettaient. Les premières années, l'heure des repas venue, les hommes s'attablaient et laissaient les femmes faire le service.

Comme dans bien des familles, maman servait de paratonnerre et conseillait les enfants quant au meilleur moment d'annoncer une mauvaise nouvelle : « Aujourd'hui, ce n'est pas une bonne journée. » Le jour où l'un d'eux avait trouvé un lapin, Rita avait inventé une astuce pour convaincre le père de le garder. « Si on lui dit que c'est vous qui l'avez trouvé, il ne voudra rien savoir. Par contre, si c'est lui qui le trouve… » Ce midi-là, Carole était allée cacher le lapin sous la voiture de Red. Quand celui-ci aperçut l'animal, il poussa un cri de conquérant : « Aye ! Regardez ce que j'ai trouvé ! » Rita connaissait son homme. La bête fut baptisée Bugsy et transportée sur l'île Charest, où le père la nourrit consciencieusement. L'hiver venu, Red fit des kilomètres pour trouver des fermiers qui l'adopteraient.

À la mort de sa femme, M. Charest prend les commandes de la maison, la routine servant de radeau. Le souper continue d'être servi à cinq heures et demie pile tous les soirs. Ceux qui arrivent en retard — les enfants sont devenus de jeunes adultes — trouveront leur assiette au frigo. Désormais, c'est Red qui tient les fourneaux. « Ma mère m'avait dit : "Si tu sais faire bouillir de l'eau, tu peux être cuisinier !" » aime-t-il raconter. Hum… Ceux qui ont goûté le jambon ou le ragoût de boulettes du père Charest savent qu'il est davantage doué pour les affaires que pour la cuisine. Mais le cœur y est. Un cœur aussi large que les épaules.

Red

Claude « Red » Charest est né à Sherbrooke le 7 février 1923. Son père, Ludovic, avait hérité de l'entreprise de construction familiale. Parti travailler aux États-Unis, Ludovic a fait faillite, victime de la Crise de 1929. C'est sa mère, Mary Boucher, qui l'a rescapé en lui confiant l'entretien des édifices que son mari, Joe Charest, lui avait laissés à sa mort. C'étaient donc des temps difficiles. « On n'allait pas à la soupe (populaire), c'était quasiment rien que par orgueil, dit Red. On mangeait bien, mais il n'y avait pas de luxe. C'était le strict minimum. »

Féru de politique, Ludovic Charest faisait partie de l'organisation de Maurice Duplessis lorsque celui-ci a été élu chef du Parti conservateur provincial, à Sherbrooke, en octobre 1933. Le Chef l'en remerciera en lui obtenant des contrats de coupe de bois dans le Nord, ce qui permettra au père de Claude de se relancer en affaires.

Ludovic Charest et sa femme, Rose-Amande Dion, n'ont eu que deux enfants, deux garçons. Claude, l'aîné, s'est vu très jeune affublé d'un nouveau prénom. « J'avais les cheveux rouges, raconte-t-il. "Red", ça me dérangeait pas. Mais si on m'appelait "Poil de Carotte", là je me battais ! J'étais pas capable de digérer ça. » Enfant au caractère bouillant, Red quitte l'école après la septième année pour se consacrer au hockey. Il doit avoir un certain talent puisque, quand il atteint l'âge de douze ans, une équipe de Bromptonville, composée de garçons plus vieux, lui paie le taxi pour lui permettre de jouer dans ses rangs.

Au début de la guerre, Claude est recruté par l'équipe de l'usine de munitions Canada Car, à Montréal, ce qui lui permet d'éviter l'armée. Il est ensuite repêché par une équipe semi-professionnelle, les Clippers de Baltimore. Les joueurs étaient payés 150 $ par semaine mais l'équipe ne leur versait pas de salaire durant la saison morte ou pendant le camp d'entraînement. Tout de même, 150 $ par semaine, en 1944, c'était une bon paie. « Mais il ne restait pas grand-chose quand on avait fini de sortir avec les gars ! »

La carrière professionnelle du défenseur de Sherbrooke ne dure qu'un an. Le médecin de l'équipe a constaté que Red porte les séquelles d'une grave blessure d'enfance, infligée par un oncle chasseur qui l'avait atteint par accident d'une balle au ventre. Un coup mal placé, et le joueur pourrait ne jamais se relever, dit le médecin aux propriétaires des Clippers. Il faut dire qu'à l'époque ça jouait dur. Au début de la seule saison de Charest à Baltimore, l'équipe était dirigée par un instructeur d'origine britannique qui avait demandé à ses joueurs de jouer du « hockey propre ». « Ça ne marchait pas, se rappelle M. Charest. Les gens ne venaient pas nous voir. Alors ils ont changé de *coach*. Et lui nous a dit : "C'est du sang qu'on veut !" Là on a commencé à remplir l'aréna. »

La saison et sa carrière terminées, Claude Charest rentre à Sherbrooke. Quand il apprend que la Police provinciale est à la recherche de recrues, il emprunte la voiture de sa grand-mère pour se rendre à Montréal, où ont lieu les examens d'admission. À la hauteur du lac Orford, le moteur de la vieille automobile se met à surchauffer. Red doit s'arrêter à un petit hôtel, dans l'espoir qu'on lui donnera un peu d'alcool pour rafraîchir le radiateur. Le propriétaire, un Irlandais, s'emporte : « La seule chose que le monde arrête icitte pour, christ !, c'est pour des choses *free* ! J'vas vendre ça, cette place-là !

— Vous demanderiez combien pour votre hôtel ? risque Red, vite en affaires.

— Deux mille cinq cents piastres *cash*. Le reste, on s'arrangera. »

Red réussit à convaincre sa grand-mère de lui prêter la somme. Et c'est ainsi que le joueur de hockey devient hôtelier. Il agrandit le Manoir Orford, installe un grill et aménage des pistes de ski. Le travail acharné et la prospérité d'après-guerre font le reste : « Les vétérans revenaient du front. Ces gars-là, ils avaient de l'argent et ça sortait. » Le Manoir compte parmi ses clients réguliers des lutteurs vedettes tels Yvon Robert et Larry Moquin qui, après leur soirée de lutte à Sherbrooke, viennent prendre un verre — la bouteille de vin coûte 3 $ — et passer la nuit. Un ancien client, M. Lorenzo Boisvert, se souvient encore de l'accueil chaleureux que lui a offert M. Charest, à l'occasion de son voyage de noces en 1953 : « La semaine, il n'y avait pas d'autres clients que nous. Alors nous soupions dans la cuisine avec M. Charest. Tous les soirs, il nous faisait un *steak sandwich*. Puis il nous faisait asseoir au bar et nous faisait goûter toutes les boissons imaginables ! »

La petite maison dans la prairie

Un jour qu'il fait ses courses à Magog, Claude Charest aperçoit du coin de l'œil une superbe blonde qui discute avec un jeune homme dans la rue. Il trouve un prétexte pour se mêler à la conversation et, grand romantique, invite Rita Leonard… à la partie de hockey disputée à Sherbrooke ce soir-là. Ainsi commence une histoire d'amour qui, « sur papier », comme disent les commentateurs sportifs, paraissait plus qu'improbable. « On n'a jamais compris ce qu'elle lui trouvait », disent encore certains membres de la famille Leonard. Autant Red était inculte et balourd, autant Rita était cultivée et douce. « Belle en dehors, belle en dedans », « une sainte », disent ceux qui l'ont connue.

Née le 26 novembre 1930, Rita était la cinquième des six enfants d'un couple d'origine irlandaise installé dans le petit village de Bury, à quarante kilomètres de Sherbrooke. Fondé en 1836 par des colons britanniques, le village existe toujours, avec ses quelques centaines d'habitants, ses quatre églises, son bureau de poste et sa scierie. La maison qu'habitaient les Leonard est toujours là, elle aussi, sise à quelques mètres de la voie ferrée du Canadien Pacifique, dont l'inauguration avait été soulignée par le passage à Bury du premier ministre John A. Macdonald en personne. Mais ce qui était autrefois une proprette résidence blanche avec une grande véranda est devenu une maison négligée, à moitié repeinte en gris. À l'instar du village, la maison des Leonard a mal vieilli.

Edward Leonard était commerçant en bois. Il achetait des terres, y envoyait des bûcherons et vendait le bois aux scieries et moulins des alentours. Les affaires marchaient si bien que M. Leonard — « Eddie » — possédait deux voitures. Les enfants de M. Leonard et de Margaret Green ont gardé de leur enfance dans les collines des Cantons de l'Est un souvenir bucolique. « Nous allions cueillir des fleurs dans les champs et les rapportions à notre mère pour qu'elle en décore l'église », raconte l'aînée, Loretta. Comme la plupart des catholiques à l'époque, la famille Leonard était très pratiquante. Parents et enfants récitaient la prière tous les soirs au salon. Tous les jours du mois de Marie, Margaret et ses petits marchaient jusqu'à l'église Saint-Raphaël, à plus d'un kilomètre de leur maison, pour aller prier.

Les enfants Leonard ont grandi parmi les bouquins. « Nos parents nous achetaient des livres plutôt que des jouets », se rappelle Loretta. Un de ses frères, Henry, qui est devenu professeur à l'Université de Sherbrooke, commandait régulièrement des ouvrages qui lui arrivaient par la poste. Et puis on chantait beaucoup dans cette famille irlandaise, une famille de gens doux et sensibles. « Les Irlandais sont comme ça, on pleure à rien, on rit à rien », dit Loretta Leonard. Celle qui allait séduire Red Charest, Rita, n'était pas différente de ses frères et sœurs à cet égard. Mais elle était la seule blonde, et tous se souviennent que, comme ses cheveux, sa voix était d'or.

Eddie Leonard, qui ne parlait pas français, tenait à ce que ses enfants soient bilingues. Rita fit donc son cours primaire à l'école française de Bury, puis son secondaire et son cours d'infirmière au collège Mont-Notre-Dame de Sherbrooke. « Les religieuses, souligne Loretta, avaient beaucoup de classe. » Une classe qui a déteint sur Rita, et séduit Red.

Claude Charest et Rita Leonard se marient le 28 septembre 1953 à Saint Pat's. Le film du mariage nous montre, sur le pas de l'église, un homme costaud et mal à l'aise. À son bras, une femme radieuse, au sourire irrésistible. La fête a lieu à l'hôtel de Red, en présence d'un nombre incalculable d'amis et de clients. « La moitié de la ville de Sherbrooke était là », se souvient Loretta Leonard.

Au bout de cinq ans, Rita convaincra son mari de vendre le Manoir Orford et de se dénicher un autre métier. « C'était pas une femme d'hôtel », laisse tomber Red. Et puis l'affaire devenait moins rentable. Les pistes du mont Orford venaient d'être aménagées ; celles du Manoir, avec leurs trois *rope tows*, ne faisaient pas le poids. M. Charest céda aux pressions de sa femme après qu'un incendie eut ravagé la cuisine.

Le couple emménage à Sherbrooke, rue Portland, à côté de la maison qu'ont achetée quelque temps plus tôt les parents de Rita. C'est là qu'à la suite de Louise et de Robert est né Jean Charest, le 24 juin 1958.

John James

« Son prénom, c'est John sur son extrait de baptême », a lancé la députée bloquiste Suzanne Tremblay durant la campagne électorale fédérale de 1997. « Ça l'arrange d'être Jean pour nous, mais son vrai nom, c'est John. » Une sortie raciste et stupide, qui oblige toutefois à faire la lumière sur cette minuscule controverse.

L'histoire est bien connue. Charest et son personnel la racontent depuis que la chose a été découverte par quelque journaliste intrigué, durant la course au leadership de 1993. C'est celle qu'ont fidèlement relatée les premiers biographes de Jean Charest : « Sa mère, irlandaise de souche, désirait le prénommer James, mais né un 24 juin, la famille Charest opta, comme premier prénom, pour Jean. C'est toutefois un prêtre d'origine anglophone, de la paroisse irlandaise Saint-Patrick de Sherbrooke, *Father* Moisan, qui le baptisera. Lorsque ce dernier s'enquiert, auprès des parents, du prénom à donner à l'enfant, on lui indiquera Jean. Mais *Father* Moisan inscrira John sur le baptistaire[…][1]. »

L'histoire est bien connue, mais elle est fausse. En tout cas, ce

---

1. Henri Motte et Monique Guillot, *Jean Charest, l'homme des défis*, Montréal, Balzac-Le Griot éditeur, 1997.

n'est pas la version de Red Charest : « Ma femme était très amie avec monseigneur Moisan. Ils se parlaient en anglais, mais les deux étaient bilingues. Elle a dû lui dire : *"Name him John James."* Moi, je n'ai pas eu connaissance de ça. Selon moi, le prêtre ne s'est pas trompé. C'est elle qui a dû dire : *"Name him John."* »

La thèse du prêtre anglophone qui aurait mal saisi le nom « Jean » tient d'autant moins que Mgr J. Rosario Moisan parlait le français comme vous et moi. « C'était un bilingue parfait », dit l'actuel curé de Saint-Patrick, le père Pierre Doyon. Fils de parents franco-américains, Moisan était arrivé au Québec à l'âge de treize ans et avait fait presque toutes ses études au Séminaire Saint-Charles de Sherbrooke et au Séminaire de Montréal. Selon le père Doyon, « c'est impossible » que le prêtre ait compris « John » si on lui disait « Jean ». « C'était John », confirme Loretta Leonard, sœur de Rita et marraine de Jean.

On ne sait trop d'où vient cette histoire d'une prétendue erreur du prêtre. « C'est la version que j'ai eue plus tard. Ça se peut que ça ne soit pas le cas », a concédé Charest lorsque je lui ai fait part des témoignages que j'avais recueillis.

Quoi qu'il en soit, John deviendra vite Jean. Si Rita a longtemps appelé son plus jeune fils John-John, Red emploiera toujours ce qu'il croyait être le prénom officiel : « Il était né le jour de la Saint-Jean, alors pour moi c'était clair que ça devait être Jean. » Comme les cinq enfants étudient en français et se tiennent généralement avec des amis francophones, les jeunes appelleront toujours Charest « Jean ». Sauf quelques-uns, qui le baptiseront Red, le fils ayant hérité de la chevelure rousse du père. Le sobriquet ne collera pas.

Ce n'est que plusieurs années plus tard, au moment de la remise des diplômes de la faculté de droit de l'Université de Sherbrooke, que Charest remarque le prénom inscrit sur son baptistaire. Dans la famille, à commencer par Red, c'est la surprise totale. Puis le Barreau du Québec exige que le novice soit inscrit au tableau de l'ordre sous son nom de baptême. Charest deviendra donc avocat sous le nom de John James Charest, et c'est ainsi qu'il est toujours inscrit au Barreau. Ses premières cartes professionnelles porteront ce prénom anglais. Certains confrères de l'époque se souviennent de l'avoir appelé John James, un peu à la blague. « Je me suis senti obligé de pratiquer sous le nom qui était inscrit au Barreau, explique l'avocat devenu politicien. Ensuite j'ai réalisé que mon prénom usuel avait la même valeur légale que le prénom sur le baptistaire. Et tout le monde m'appelait Jean, alors... »

Alors ce sera Jean. Le prénom anglais a brièvement resurgi en 1984, au moment où Charest devait s'inscrire comme candidat à ses premières élections. Le débutant allait écrire John James Charest sur le bulletin de candidature exigé par la loi jusqu'à l'intervention de son organisateur, Denis Beaudoin : « Jean, sacrament, on a besoin des votes des péquistes ! J'ai des *chums* péquistes qui sont prêts à travailler pour nous, on est pas pour mettre *John James Charest* ! » Selon Beaudoin, Charest s'inscrira finalement comme *John James dit Jean Charest*, ce qui permettra d'écrire Jean Charest sur le bulletin de vote.

Pourquoi Charest n'a-t-il jamais entrepris de démarche pour faire changer son prénom légal ? Par respect pour sa mère, peut-être. Et puis parce que cet homme des Cantons de l'Est n'a pas de temps à perdre avec de telles vétilles. Qu'il se prénomme John James ou Jean, comment peut-on douter de la profondeur de ses racines ? « Les ancêtres de mon père sont venus dans ce pays il y a plus de trois cents ans », a-t-il rappelé avec émotion lors de sa dernière campagne électorale fédérale, en 1997. « Ma mère s'appelait Rita Leonard, et sa famille est venue s'installer ici il y a quelque cent cinquante ans, fuyant la famine en Irlande. Que vos ancêtres soient francophones ou irlandais, que vous soyez africain ou européen, des gens du monde entier sont venus au Canada pour trouver la liberté ! »

« Sans dessein ! »

Le Manoir Orford vendu, Red Charest se lance dans le courtage immobilier commercial. Il y travaille avec acharnement pendant trente ans et amasse suffisamment d'argent pour élever sa famille dans un confort simple mais sûr. Il achètera quatre buanderies, qu'il administre toujours.

Pour sa part, Rita Leonard apporte à la maisonnée l'affection et la gaieté qui rendent supportable le mauvais caractère de Red. Pour illustrer le contraste entre les personnalités de ses parents, Jean raconte leur réaction le jour où il s'est cassé le nez en jouant au soccer à l'école : « Quand ma mère m'a vu, elle était tout inquiète : *"Oh, poor John! And you had such a beautiful nose!"* Mon père est entré dans la salle de bains et m'a lancé : *"*Qu'est-ce que t'as fait, encore, christ de sans dessein!*"* »

Les enfants se souviennent de leur mère chantant des airs d'opéra, dansant, lisant tout ce qui lui tombait sous la main, autant les journaux que de la poésie. Toujours souriante, malgré une vie difficile où on n'aperçoit que quelques ombres derrière les tentures tirées par la famille. « Ça a été très dur pour elle », dit souvent Jean. Un ami de la famille que j'interrogeais sur le caractère de M. Charest m'a répondu fermement : « Là-dessus, je ne veux pas faire de commentaires. » Red Charest admet lui-même qu'il lui arrivait souvent d'être « un enfant de chienne ».

Rita trouvait le réconfort auprès de Dieu. Carole se souvient de sa mère, le soir, récitant son chapelet : « C'était une façon pour elle de diminuer l'anxiété, de se donner de l'énergie pour continuer. » Sur la tombe de Rita Charest, au cimetière Saint-Michel de Sherbrooke, la pierre est ornée de mains jointes en prière.

Prenons garde, cependant, de tracer de Claude Charest un portrait trop sombre. L'homme était aussi — et est encore — très drôle, un imprévisible pince-sans-rire. D'ailleurs, on riait beaucoup dans le clan Charest. « L'humour, c'était le pansement à tous nos bobos, confie Louise, l'aînée. On y avait recours lorsque la vie était devenue intolérable. » Aujourd'hui, les enfants soulignent la sensibilité que cache la rugueuse carapace du père, une sensibilité qu'ils ont découverte à mesure que l'âge adoucissait les contours de l'homme. « Dans le fond, c'est un gros bébé ! » dit Carole en rigolant.

La sévérité paternelle s'accompagnait d'une solide philosophie de vie, une philosophie bâtie au fil des coups durs, et dont il faisait profiter les enfants sous forme d'anecdotes et de préceptes qu'il laissait tomber au milieu de la conversation, comme de gros cailloux de sagesse. « Il faut que tu partes jeune, disait-il par exemple. Dans n'importe quoi, si tu veux avancer, c'est pas à quarante ans… Si un gars a pas de tête à vingt-cinq ans, il n'en aura pas plus à quarante ans. » Ou encore : « J'ai jamais cru au rêve. Ceux que j'ai rencontrés dans ma vie qui étaient des rêveurs, ça a tout le temps été des gens qui manquent de *guts*. Rêver, c'est bon pour quand t'es couché pis tu te lèves le lendemain matin pis le rêve est parti. » Un jour qu'un invité à la table des Charest déplorait que les immigrants qui arrivent au Canada soient souvent sans le sou, Red a répliqué : « En tout cas, à ma connaissance, mes ancêtres à moi ne sont pas venus ici parce qu'ils étaient propriétaires d'un château chez eux. » Fin de la discussion.

Red faisait preuve d'une grande générosité à l'égard des démunis de son entourage. Dans ses buanderies, il embauchait des gens en difficulté. Le jour de Noël, il leur cuisinait un plat qu'il allait lui-même leur porter. À chaque Noël, aussi, il invitait des gens seuls à la table familiale. Il lui arrivait même de les adopter, de les inviter si fréquemment à la maison qu'ils finissaient par faire partie de la famille. Ce fut le cas d'un certain M. Cummings, un homme « bizarre », au dire des enfants, qu'ils en sont venus à considérer comme une sorte de grand-père.

Si différents l'un de l'autre qu'ils fussent, les parents Charest s'entendaient sur quelques valeurs essentielles. D'abord la persévérance. « Il y a trois choses importantes dans la vie, répétait Red : premièrement le travail, deuxièmement le travail et troisièmement le travail. » Quand on entreprenait un projet, il fallait le mener à terme : « Si t'as pas de cœur au ventre, fais-le pas ! » « Pour nous, explique Louise, ça voulait dire que si tu fais quelque chose, il faut que ça vienne du cœur, il faut que tu aies envie de le faire et il faut que tu aies envie de le faire à cent cinquante pour cent. Si tu n'es pas prêt à t'engager à le faire comme ça, fais-le pas, perds pas ton temps. »

Lorsqu'un des jeunes traversait un mauvais moment ou rencontrait un obstacle, Rita l'écoutait tendrement, patiemment, puis lui donnait un bonne poussée : « *When you fall, you have to get back on your horse!* » Ou bien : « C'est pas grave, on va trouver une solution, il y a une solution à tout. »

Autres principes de base : l'autonomie et le sens des responsabilités. D'où le partage des tâches au sein de la famille. D'où aussi le fait que, dès l'âge de treize ou quatorze ans, chacun des enfants a dû payer une partie de ses dépenses et donc travailler. « Cela explique le côté sérieux que nous avons tous, dit Louise. C'est bien de jouer, de jouer à plein, mais nous avons des responsabilités, et ça vient avant. »

Enfin, Claude et Rita accordaient tous deux une grande importance aux études. « Mes parents nous martelaient l'idée qu'il fallait faire des études universitaires pour avoir un emploi convenable », explique Jean. Rita suivait donc attentivement les travaux scolaires des enfants, leur faisant faire leurs devoirs tous les soirs et rencontrant régulièrement les enseignants. Si l'un des enfants avait de mauvaises notes, Red s'emportait et les murs tremblaient. Cependant, il n'exigeait pas l'impossible. L'important n'était pas d'être premier de classe, mais de se donner les outils pour réussir. Avant tout, il fallait faire montre de jugement, de courage, d'initiative, autant de qualités qui, le père Charest en est la preuve vivante, ne s'enseignent pas qu'à l'université.

« *I love you* »

Tous les matins, John-John jouait avec sa mère à un jeu que leur amour mutuel avait inspiré. En partant pour l'école, l'enfant passait la porte, se cachait, et revenait en courant en criant à Rita : « *I love you!*

— *I love you too, John-John. Now, go to school!* »

Le petit sortait, allait se cacher derrière le garage, puis revenait à toutes jambes pour sauter dans les bras de sa mère : « *I love you!* »

« Ça fait un peu quétaine de dire ça... », s'excuse Jean Charest en racontant ce souvenir. On sent ici l'émotion si forte qu'elle perce la carapace.

John-John était le bouffon de la famille, le plus actif des cinq enfants. Toujours en train de courir, celui-là, d'imiter quelqu'un, d'agacer ses sœurs, de construire un fort avec Robert, dont il était inséparable, ou de planifier quelque mauvais coup : « Je ne sais pas combien de fois je me suis sauvé de la maison ! »

Autrefois exclusivement anglophone, le Vieux-Nord était envahi depuis plusieurs années par la nouvelle élite francophone. Au sein de la famille Charest, comme dans plusieurs autres familles de la région, le français et l'anglais étaient interchangeables. Les enfants parlaient généralement le français avec leur père et l'anglais avec leur mère, mais les deux parents étant bilingues, c'était parfois le contraire. Mme Charest était intraitable sur un point : c'était une langue ou l'autre, pas de « Tu mettras mes *socks* dans le *dryer* » !

Un ami d'enfance, Jean Desharnais, se rappelle que Jean jouait les médiateurs dans les affrontements entre les clans francophone et anglophone : « Jean était l'arbitre. Il négociait... Mais quand la bataille devenait inévitable, il se retirait, il n'aimait pas prendre parti. » Charest, lui, se souvient de relations harmonieuses entre enfants anglophones et francophones : « On jouait ensemble, on se mélangeait. Très jeune j'ai su ce qu'étaient des *penny loafers* et des bas blancs. C'était une mode très anglophone, les francophones ne s'habillaient pas comme ça. » Certains ont dit que les souvenirs de Charest étaient trompeurs, que les relations entre anglophones et francophones dans l'Estrie étaient loin d'être aussi bonnes qu'il le prétend. Tout dépend des époques, m'a expliqué en entrevue Jean-Pierre Kesteman, un historien de l'Université de Sherbrooke : « À mesure que se crée une élite francophone et que le rôle des anglophones diminue, il y a de moins en moins d'agressivité. Dès les années 1960, les anglophones ne représentent plus que 10 % de la population ou moins, et ils ne possèdent plus les leviers économiques. Alors ils doivent composer. » Et puis Sherbrooke compte de nombreuses familles mixtes, comme les Charest, ce qui facilite la bonne entente. « Même le chef de file des nationalistes de l'Union nationale dans la région, Johnny Bourque, était issu d'une famille anglophone-francophone, souligne le professeur Kesteman. C'était des gens qui avaient une vision d'une réalité où les deux communautés avaient leur place. » Une réalité que traduisent les données officielles : en 1961, 35 % des Sherbrookois se déclaraient bilingues.

Il y avait relativement peu d'enfants dans le voisinage immédiat des Charest, peuplé de juges, de médecins et même d'un sénateur, le sénateur Paul Desruisseaux, chez qui les enfants allaient jouer en cachette, au risque de se faire expulser. « C'était un quartier *dull*, résume la plus jeune des enfants, Christine. Du genre *"Keep off my lawn !"* »

À l'école primaire, le bouffon s'est transformé en élève modèle, au grand étonnement de Mme Charest. Ses premiers enseignants se souviennent d'un enfant relativement calme et très curieux. Michel Dufour, qui lui a enseigné la géographie en huitième année, dit de Jean qu'il était « un de ses bons élèves ». Jacques Blais, professeur de français, se rappelle qu'« il était tranquille en classe, au-dessus de ses affaires. L'image qui me revient, c'est quand il allait dîner chez lui le midi. Il partait les deux mains dans les poches, sourire en coin. Il paraissait plus vieux que son âge. » Déjà ! « C'était un petit bonhomme très éveillé. Il gobait tout », dit sa titulaire de septième année à l'école Sainte-Anne, Louise Meunier.

Charest garde un vif souvenir de cette septième année. Mme Meunier avait fait lire à ses élèves *Le Survenant*, le chef-d'œuvre de Germaine Guèvremont. C'était son premier contact avec la littérature québécoise : « J'y ai retrouvé ma famille, mes racines. » Peut-être, aussi, Jean y a-t-il retrouvé son père dans le personnage de Didace… : « […] d'un amour bourru et muet, mais robuste et jamais démenti[2]. »

---

2. Germaine Guèvremont, *Le Survenant*, Presses de l'Université de Montréal, Montréal, 1989, p. 95.

Le gamin

Jean Charest, ado? « Il faudrait que tu retrouves l'affiche du camp de ski! » m'avait dit l'ancien animateur de pastorale de l'école secondaire Montcalm, Bernard Bonneau. Des camarades de jeunesse de Charest m'en avaient aussi parlé. L'un d'eux a fini par retrouver un exemplaire jauni de cette affiche, oublié dans un coin de son sous-sol. La voici, cette fameuse photo de l'adolescent Jean Charest! Coiffure afro, longs favoris, assis sur le capot d'un autobus d'écoliers. Pour la postérité, Charest tire la langue et dresse le majeur de la main droite. « Ça, c'était lui, dit Bonneau en riant. Un gamin! »

Disons les choses comme elles sont : ce n'est pas pour ses prouesses intellectuelles que ses anciens camarades et professeurs de l'école Montcalm se souviennent de Jean Charest. C'est plutôt comme impayable joyeux luron que le second fils de Red Charest a fait sa marque. « Les études étaient vraiment une seconde priorité », admet-il prudemment une vingtaine d'années plus tard. « À l'école Montcalm, on n'a pas étudié fort », dit plus ouvertement son grand ami de l'époque, Bruno Hallé. « Si on étudiait une demi-heure par mois, c'était beau! »

Il faut dire que le contexte ne se prêtait pas à l'étude. Replongeons-nous au début des années 1970. Les jeunes des polyvalentes découvrent à la fois la liberté, la sexualité, l'alcool, la drogue, la contestation. Professeurs et directeurs ne savent trop comment s'y prendre pour contenir cette effervescence. Certains prônent la fermeté, d'autres baissent les bras, d'autres enfin se laissent eux-mêmes emporter par la vague de folie. Montcalm ne fait pas exception, et se classe fort bien au palmarès des écoles perturbées du Québec. « C'étaient des années olé olé, résume une copine du temps, Martine Fortier. En secondaire cinq, si j'ai pas *skippé* la moitié de mes cours, j'en ai pas *skippé* un ! »

Pour donner une idée du climat qui règne à Montcalm à l'époque, il suffira de citer une lettre ouverte publiée durant l'année scolaire 1972-1973 (Charest est alors en 3e secondaire). L'auteur s'en prend à la « christ de justice » du directeur à la vie étudiante, Jean-Paul Laurendeau : « Es-tu payé pour nuire aux étudiants ou pour les aider à devenir des adultes ? […] Les procédés de style matraque que tu utilises sont bien à l'image de la société dans laquelle nous vivons et très dignes de ton rôle. » Le signataire est un élève de 4e secondaire, Guy Gendron, aujourd'hui reporter politique à Radio-Canada. Cet hiver-là, les grèves se multiplient, jusqu'à ce que les élèves obtiennent la tête du directeur.

Jean Charest ne joue pas de rôle particulier dans ces événements. Il est davantage préoccupé par le soccer, par le ski et par sa première blonde, Brigitte Charland, avec qui on le retrouve généralement appuyé sur un mur près de l'entrée des élèves. Au dire de Bernard Bonneau, Charest était un élève « ordinaire ». Ce que confirment ses résultats scolaires. Après trois années dans la bonne moyenne, ses notes enregistrent quelques spectaculaires plongeons en quatrième et cinquième secondaire. On imagine la réaction de Red lorsqu'il reçoit le bulletin de Jean à la fin de la 5e secondaire. Il y a bien un 76 % en expression française et un 80 % en anglais oral ; déjà, Charest parle bien. Mais comment expliquer ce 31 % en initiation à la vie économique ? Et ce 21 % en culture religieuse ? « Il n'était vraiment pas réveillé », constate Bernard Bonneau.

En fait, l'éveil se produit ailleurs qu'en classe. En 4e secondaire, le gamin devient représentant de sa classe au conseil étudiant. Puis, à l'aube de la 5ᵉ secondaire, l'abbé Bonneau le convainc de se présenter à la présidence du conseil. « Je ne sais pas pourquoi je le poussais, raconte Bonneau. Je l'imaginais bien là. Pourtant je ne voyais rien de spécial en lui. »

M. Bonneau s'est fait un plaisir de m'emmener derrière la scène de la grande salle de l'école Montcalm, où il a forcé le jeune Charest à prononcer son premier discours devant quelques centaines d'élèves. « Il ne voulait plus y aller ! raconte l'abbé. Il a fallu que je le pousse ! Et à mon grand étonnement, il n'a même pas sorti de sa poche le discours que nous avions préparé ensemble. Il a simplement parlé. » L'allocution du futur politicien est accueillie, paraît-il, par un tonnerre d'applaudissements, et il remporte l'élection haut la main. « La réaction positive de la salle m'a donné un choc, dit Charest aujourd'hui. Ça m'a donné confiance. Je me suis dit : "Bon, ben je suis capable de faire ça." » Son ami Bruno Hallé se souvient tout de même d'un jeune président « tremblant comme une feuille » chaque fois qu'il devait prendre la parole en public.

Cette année-là — 1974-1975 — sera passablement plus calme que celle de la « christ de justice ». Mais, tout de même, les élèves débraient une ou deux fois, pour des raisons que tous ont oubliées. « Il a été un excellent président, estime Bernard Bonneau. Dynamique, pas gêné, et il est rapidement devenu autonome, capable de mener son conseil, de prendre des décisions et de les assumer. »

Le nouveau président du conseil étudiant manifeste parfois un petit penchant autocratique. Ce que lui reproche son ami Hallé au cours d'une réunion du conseil : « Jean, il me semble que tu mènes le conseil étudiant tout seul. Tu prends les décisions tout seul, tu fais ce que tu veux.

— Explique donc c'est quoi ton problème ! » réplique durement Charest en regardant son copain droit dans les yeux.

Hallé ayant expliqué « son problème », Charest conclut, maîtrisant une humiliation évidente : « T'as raison, j'en prends note, ça va changer. »

À certains moments, comme lorsque les élèves travaillent à modifier la constitution de leur conseil, Charest est étonnamment sérieux. La constitution, déjà! Mais de façon générale, le président consacre toute son énergie à jouir de sa jeunesse. « Nous avons fait des choses qui ne se racontent pas, dit Hallé. Jean n'était pas le pire, mais n'était pas le plus sage non plus. Il était dans le courant de son époque. Il aimait la fête, sortir, danser, prendre un coup, rentrer tard. On pouvait faire des *parties* au conseil étudiant en écoutant de la musique *underground* au fond. On avait du *fun*. » Et la popularité de Charest s'accroît : « Il était rassembleur. Tu avais le goût de passer du temps avec lui. »

« C'était un leader, se rappelle une amie proche, Marie Fabi. Toujours de bonnes idées, ratoureux, toujours plein de trucs ! » Victime d'une vilaine fracture, Marie a vu Jean arriver chez elle avec un immense bouquet de marguerites : « Je pense qu'il avait dévalisé un fleuriste, il avait du mal à fermer les bras ! » Autre anecdote : quelques jours après avoir été invité à souper chez Mlle Fabi, Charest avait fait publier ses remerciements… dans le journal *La Tribune*. Quelle jeune femme résisterait à un tel charmeur ?

Entouré d'abbés

Difficile, cependant, de combiner les études, la politique scolaire et la vie sociale. Durant sa 5e secondaire, Charest s'est absenté 34 fois du cours d'histoire et 43 fois du cours d'économie ! « Il était tout le temps au *party*, relate Martine Fortier. Il avait déjà beaucoup de charisme. C'était tout le temps drôle. Ce n'était pas du tout le Jean Charest sérieux qu'on connaît maintenant. »

Pas du tout. Et cela inquiète les parents Charest, qui se demandent quoi faire de ce fils qui court de frasque en frasque. Aussi décident-ils de l'envoyer faire son cours collégial dans un établissement privé. Et pas n'importe lequel : le Séminaire Saint-Charles, *le* collège privé de la région. Autant la toute moderne école Montcalm, dans son architecture même, semble être faite pour la contestation et le laisser-aller, autant les vieux couloirs du Séminaire, ornés des photos des dizaines de prêtres formés là depuis le XIXe siècle, respirent la religion, l'autorité et la tradition. « Pour les vieilles familles de Sherbrooke, le Séminaire, c'était un endroit par où il *fallait* passer. Ce n'était pas pensable d'aller au cégep », explique René Poitras, un ami d'enfance des jeunes Charest.

Quatre-vingts ans plus tôt, un futur premier ministre du Canada, Louis Saint-Laurent, avait étudié au Séminaire. En ce temps-là, il était interdit aux élèves de lire les journaux. Les garçons devaient porter la cravate en classe, se donner du « monsieur » et se vouvoyer. Pendant les années de Saint-Laurent à Saint-Charles, l'institution avait reçu la visite du premier ministre canadien de l'époque, Wilfrid Laurier. « J'ai consacré ma carrière politique à une seule idée, avait dit Laurier aux élèves. Que je réussisse ou que j'échoue, lorsque l'on m'aura couché dans ma tombe, j'aurai acquis le droit de faire inscrire sur mon monument les mots : Ci-gît un homme qui a essayé de faire des familles canadienne-française et canadienne-anglaise une seule famille, unie et vivant en harmonie, sous un drapeau unique[1]. » Des mots que pourrait prononcer aujourd'hui un certain Jean Charest, non ?

Le souffle de révolte de la décennie 1970 est trop puissant pour que le vénérable établissement soit épargné. Deux ou trois ans avant l'arrivée de Charest, la direction a abandonné l'uniforme obligatoire. Cette concession n'empêche pas l'année 1975-1976, la première du fils de Red au Séminaire, d'être particulièrement mouvementée. Les élèves mettent sur pied une association et s'agitent. En novembre, les jeunes bourgeois de Sherbrooke trouvent leur cause : la mixité. Depuis 1972, le Séminaire dépanne le collège Sacré-Cœur, une institution pour filles en manque de locaux. Les collégiennes viennent au Séminaire pour certains cours, notamment les laboratoires et l'éducation physique. D'année en année, le nombre de filles augmente,

---

1. Dale Thomson, *Louis Saint-Laurent, Canadien,* Montréal, Cercle du livre de France, 1968, p. 35, 40-41.

mais elles continuent de suivre plusieurs de leurs cours à part des garçons et doivent quotidiennement faire la navette entre le Collège et le Séminaire.

En 1975, les jeunes en ont assez de cette situation ambiguë. Ils exigent que le Séminaire se déclare officiellement mixte et rapatrie les filles du Sacré-Cœur pour les intégrer à part entière. On s'en doute, c'est d'abord une question de principe ! Dirigés par leur président Jean Desharnais et par Charles Larochelle, aujourd'hui très actif au sein du Parti québécois, les élèves font la grève — trois jours — et exigent une rencontre avec le recteur du Séminaire. Ils obtiennent même l'appui de la comédienne Clémence DesRochers. *La Tribune* leur consacre deux articles. Le premier est accompagné d'une photo où l'on voit un élève portant une pancarte : « La mixité ou les cols romains. » Le lendemain, en éditorial, le journal ridiculise les grévistes : « Personne n'exige la soumission des étudiants des collèges privés de Sherbrooke. On souhaite cependant qu'ils acquièrent rapidement une maturité qui leur fasse comprendre qu'ils sont, ne leur en déplaise, des privilégiés. »

Et Jean Charest dans tout cela ? Comme il le fait souvent quand il parle de son passé, Charest exagère l'importance du rôle qu'il a joué : « Comme je savais comment organiser les grèves… » Comme s'il l'avait fait tout seul ! Si l'on en croit les témoignages et les documents de l'époque, il ne compte même pas parmi les leaders du mouvement, qui sont pour la plupart des élèves de deuxième année. Néanmoins, si l'on tient compte du fait qu'il vient d'arriver au Séminaire, son rôle n'est pas négligeable. Notre homme ne semble pas le moins du monde intimidé par la réputation de l'institution, lui qui est l'un des rares élèves issus de l'école publique. « Nous venions tous des écoles privées alors que Jean arrivait de Montcalm, qui avait très mauvaise réputation, raconte une ancienne élève, Lucie Émond. On disait qu'il y avait de la drogue là-bas, et que les élèves trichaient aux examens provinciaux. » De la drogue, imaginez !

Lorsque les élèves du Séminaire rencontrent le recteur Georges Cloutier, Charest est l'un de ceux qui prennent la parole. Il le fait avec éloquence et modération. Il est appelé à présider une des assemblées générales des élèves et il sera élu membre du « comité sur la mixité », chargé de négocier avec la direction du Séminaire.

Toutefois, le jeune Charest a des préoccupations plus pressantes. Sa cause à lui est moins noble : il veut que le Séminaire organise une semaine de ski dans les Laurentides, comme celles qu'il avait connues à l'école Montcalm. Tout l'automne, il harcèle le directeur à la vie étudiante, Maurice Ruel. L'abbé n'est pas chaud à l'idée. « Le Séminaire était une institution assez traditionnelle, explique M. Ruel aujourd'hui. Alors, des gars et des filles qui partaient dans le Nord pour une semaine, vous comprenez… » Nous comprenons. Ces camps de ski, « c'était la foire », selon l'expression de Martine Fortier. C'est pourquoi Charest y tenait tant : il n'aimait rien plus que la foire. À force d'insister — « Quand il voulait quelque chose, rien ne l'arrêtait », dit l'abbé Ruel —, il finit par convaincre la direction.

Un pari pour Michou

Une autre préoccupation trotte dans la tête et dans le cœur de l'élève Charest à cette époque. Une préoccupation qui a pour nom Michèle Dionne, une jeune femme qu'il a connue au cours de son année folle à l'école Montcalm, au hasard d'un pari pris avec son copain Hallé. Ce soir-là, les deux garçons étaient attablés dans une brasserie, illégalement, puisqu'ils étaient tous les deux mineurs. Martine Fortier leur présente son amie Michèle, une superbe fille aux cheveux longs, native de Sherbrooke, que ses parents ont envoyée étudier à Montréal, plus précisément à l'école Villa Maria, la crème des établissements privés. Après la rencontre, les deux coqs engagent un pari : c'est à qui sortira le premier avec Michèle.

Jean prend son ami de vitesse, et la fin de semaine suivante annonce qu'il a gagné le pari ! « Ce fut le coup de foudre ! » affirme Michèle, qui s'est cependant emportée quand elle a appris, quelque temps plus tard, que leur idylle avait commencé par une gageure. Jean, paraît-il, a passé un fort mauvais quart d'heure.

Il n'empêche, la relation devient vite plus solide que les habituelles passades d'adolescents. « Eux, c'était sérieux, se rappelle un ami, Bruno Fortier. Nous autres, on avait une blonde, puis ensuite on en avait une autre. Eux, c'était constant. » Qui aurait cru ? « Dès le départ ce n'est pas le type de couple que tu aurais mis ensemble. Elle tellement sérieuse, puis lui tellement foufou. Ce n'était pas le *match* parfait à nos yeux », dit Martine Fortier. Un peu comme Red et Rita…

Michèle Dionne est la benjamine des trois filles du chirurgien Philippe Dionne et de Lisette Plourde. Un couple aisé, un soupçon empesé, amant des arts. Les filles ont été élevées de manière stricte, « d'une façon assez protocolaire, selon Martine Fortier. Tu n'allais pas t'énerver chez elle, il fallait bien se tenir. »

Chaque été, la famille Dionne passait un mois en Provence, les parents emmenant leurs filles d'un musée et d'un concert à l'autre. Devrais-je dire « traînant » leurs filles ? « Nous y allions de bon cœur, ils ne nous entraînaient pas de force », jure Lise Dionne, d'un an l'aînée de Michèle.

Le docteur Dionne est mélomane, passion qu'il a héritée de son père, Luc. Tous les samedis après-midi, cet agriculteur de Kamouraska écoutait les opéras du Metropolitan à la radio, et tous les dimanches, il allait s'acheter un disque de musique classique. Son fils médecin a appris le violon ; il en jouera longtemps, le soir en rentrant de sa journée de travail et les dimanches matin. Le docteur Dionne est amateur de Beethoven, de Mahler, de Schubert, de Chopin… « J'aime toute la belle musique ! » dit-il quand on lui demande qui sont ses compositeurs préférés. Marie Fabi, qui est devenue pianiste, se souvient encore de ses visites chez son amie Michèle, de la porte qui s'ouvrait sur une symphonie de Mahler, des propos passionnés du maître de la maison.

Monsieur et madame Dionne sont aussi cinéphiles. Au milieu des années 1950, le chirurgien a mis sur pied un club de cinéma à

Sherbrooke. « Avant, il fallait aller à New York pour voir les bons films, comme *Les 400 Coups* de Truffaut », déplore Lisette Dionne. Certes, une fois l'an, les amateurs pouvaient se délecter au Festival des films de Montréal ; le couple Dionne passait la semaine dans les salles, de huit heures le matin à minuit. Mais, justement, ce n'était qu'une fois l'an. Le ciné-club leur a permis de faire venir les plus grands films et de les projeter à Sherbrooke pour un groupe d'amis. « J'avais installé une cabine, relate M. Dionne. Après chaque projection, nous avions une discussion. » La veille, les filles avaient eu droit à une projection en primeur.

Michèle Dionne était donc une adolescente particulièrement cultivée, singulièrement raffinée. « Elle avait une classe qui faisait qu'elle tranchait sur les autres filles, se souvient Bruno Hallé. C'était une fille qui savait vivre. Ça a attiré énormément Jean. » Michèle se débarrassait lentement d'une timidité presque maladive. « C'était une fille relativement froide. Elle ne donnait pas son amitié à tout le monde », selon Martine Fortier. Quelques années plus tôt, au camp de vacances américain où l'avaient envoyée ses parents, Michèle refusait systématiquement d'entrer à la cafétéria si sa sœur Lise ne l'accompagnait pas. Lorsque son école de ballet organisait une représentation, Michèle restait obstinément dans les coulisses ; résigné, le professeur laissait tomber le rideau. « Le premier mot qu'elle a appris, c'est *non,* confie son père. Nous ne pouvions rien lui imposer. Si elle ne se sentait pas capable ou si elle ne voulait pas, c'était *non* ! »

Au fil des ans, ce couple improbable se révélera, à l'encontre des prévisions, le « *match* » parfait. Michèle Dionne apportera à son mari une stabilité, un sens de l'organisation qui lui auraient peut-être manqué. Elle fera fleurir les valeurs de persévérance et de discipline que M. et Mme Charest avaient plantées en lui. Des valeurs qui ressortent de tout le comportement, de chacune des paroles de « Michou ». Par exemple, parlant de ses enfants, elle dit : « Quand ils entreprennent quelque chose, ils doivent aller jusqu'au bout. "On vous emmène en ski, mais ça va être des cours toute la semaine !"

S'ils ne veulent pas, on ne va pas en ski. Il y a un temps pour s'amuser, et un temps pour être sérieux.» Un temps pour être sérieux... en vacances?

Après la mort de sa mère, Jean trouvera au sein de la famille Dionne une chaleur qui avait disparu de la maison de la rue Portland. «L'appui de Mme Charest n'était plus là, constate René Poitras. Jean retrouvait chez les Dionne une sorte de climat familial.»

Michèle fera l'éducation artistique de Jean, de sorte que «le chef» prend plaisir aujourd'hui à montrer aux invités les tableaux accrochés aux murs de la maison familiale, à North Hatley: «Dans la région, ce sont surtout des peintres naïfs...»

Pour sa part, Jean apportera à la vie de Michèle une touche de fantaisie, d'humour, d'imprévisible. «Quand il venait voir Michèle, raconte Mme Dionne, ce n'était pas une fleur qu'il apportait, c'était des brassées!» Décidément, les fleuristes de Sherbrooke avaient trouvé un bon client! Quand Lise Dionne sortait en voiture, le soir, Jean s'étendait sur l'asphalte pour lui bloquer le passage. Le genre de blague que personne d'autre n'aurait pu se permettre chez les Dionne. Je pense à cette phrase du *Zubial,* le roman d'Alexandre Jardin que Michèle Dionne a adoré: «Pour moi, il était tour à tour mon clown, Hamlet, d'Artagnan, Mickey et mon trapéziste préféré[2].»

Mais j'anticipe. Car, pendant la première année de Jean au Séminaire, le couple se sépare. Charest est pourtant sur la liste des candidats pour le concours du «collégien le plus sexy»! Les notes de la recrue de l'école Montcalm se ressentent un peu de toute cette agitation parascolaire. Dans la plupart des cours, l'élève se classe dans la moyenne ou un peu au-dessus. Mais il subit deux échecs, dont un cuisant dans le cours de poésie: 28 %. On comprend pourquoi notre homme disait son amour avec des fleurs...

L'abbé Ruel sent qu'il est de son devoir de brasser un peu ce jeune bourré de talent: «Si tu veux être admis à l'université, il va fal-

---

2. Alexandre Jardin, *Le Zubial,* Paris, Gallimard, 1997.

loir que tu travailles. » Le message passe, l'ambition fait surface. Charest s'attelle à pas moins de neuf cours durant sa dernière session, ce qui ne l'empêche pas de réussir particulièrement bien en Histoire de la Russie (88 %). À l'heure de la remise des diplômes, Maurice Ruel écrira au sujet de son élève, dans le journal du collège : « Sa prochaine conférence s'intitulera *Comment obtenir un DEC en une session (la 4ᵉ)* ? Ce devrait être une belle pièce d'art oratoire. À ne pas manquer ! » Et au sujet de Michèle Dionne, cette phrase intrigante : « L'écho ne fait que multiplier les solitudes. »

Bonne fête, Marie !

En somme, Charest est devenu un garçon sérieux ? N'exagérons rien. S'il consacre plus de temps qu'auparavant à ses études, le bouffon n'est pas mort. Même qu'il mijote un de ces coups fumants dont il a le secret. Un coup dont il se gardera longtemps de parler, de crainte de ternir sa sacro-sainte image.

Un soir de mai 1976, à la fin d'un souper à la Rôtisserie Saint-Hubert avec son copain Hallé, il sort de son sac deux gallons de peinture rouge.

« C'est quoi, ça ? demande Bruno, intrigué.

— Tu vas voir. On va faire une belle carte de fête à Marie Fabi ! »

Tard dans la nuit, Charest et Hallé se rendent rue Lomas et peignent en immenses lettres rouges : BONNE FÊTE MARIE ! Juste comme ils mettent la touche finale à leur chef-d'œuvre, Hallé aperçoit les phares d'une voiture qui s'approche. La police ! Nos fanfarons s'enfuient à toutes jambes. Hallé s'échappe, mais l'instigateur du mauvais coup est coincé. Les policiers l'embarquent.

« C'est qui l'autre gars qui était avec toi ?

— Quel autre gars ? J'ai pas vu d'autre gars…

— T'es le fils de qui, toi ?

— De Claude Charest.

— Pas Red Charest ?

— Ouais… »

Se retournant vers son collègue, l'agent éclate de rire :

« Lui, y'est dans la *marde* ! »

Et au garçon : « Toi, tu vas en manger une ronde ! »

Arrivés au poste, les policiers appellent les parents. « Votre gars a été arrêté, venez le chercher ! » Mais ils refusent de dire quel crime leur fils a commis. Mme Charest est folle d'inquiétude. Furieux, Red s'amène au poste : « O.K., m'as m'occuper de lui ! » Éclate alors entre le père et le fils une violente engueulade, sans doute déterminante dans leur relation. « On a eu une discussion très vive, très franche, dit Jean. Ça a été très dur. Il m'a dit ce qu'il avait à dire, j'ai dit ce que j'avais à dire, et on n'en a plus jamais reparlé. » Ce que Jean avait à dire à son père ? Selon ses amis, quelque chose comme : « J'suis tanné de me faire engueuler ! J'suis tanné de me faire traiter de sans dessein pis d'imbécile ! » Sa colère, apparemment, a porté. « On s'est argumenté une secousse, se souvient M. Charest. Finalement, j'ai réalisé que c'était plus une singerie que d'autre chose. Un moment donné, on se regarde dans le miroir, pis on se rappelle qu'on a fait nos propres bévues nous autres aussi. » Ce n'est plus une relation père-fils qu'entretiendront désormais Red et Jean, mais une relation d'homme à homme. Presque.

Quelques mois plus tard, Jean Charest comparaît devant le juge Albert Gobeil, du Tribunal de la jeunesse, futur juge en chef du Québec. Comme seule sentence, ce conseil : « La prochaine fois, tu enverras une carte de souhaits ! »

Au secours de l'Union nationale

Et la politique ? La politique a toujours été présente dans la maison des Charest. À la suite de son père, Red s'y intéresse vivement. Mais contrairement à Ludovic, il n'est pas engagé de manière active : « Dans l'hôtellerie, c'était pas une place pour s'ouvrir la trappe publiquement, explique-t-il aujourd'hui. Dans ce temps-là, si tu étais contre le gouvernement, tu gardais pas ta licence longtemps. » Bleu comme le ciel, le patron du Manoir Orford n'avait pourtant pas à s'inquiéter. Encore aujourd'hui, Red est resté un admirateur de Maurice Duplessis et de son complice sherbrookois Johnny Bourque. «C'est plutôt l'organisation de Duplessis qui était corrompue», estime-t-il quand on lui rappelle la mauvaise réputation du «Chef». «Duplessis lui-même ne l'était pas. Les gens sont portés à aimer quelqu'un qui peut s'exprimer... Comme Lucien Bouchard... Je ne suis pas un fervent de Bouchard, mais pour s'exprimer, il s'exprime le gars! Duplessis était comme ça.»

Au fédéral, le père Charest a voté pour John Diefenbaker, même s'il ne l'aimait pas beaucoup: «Il avait l'air de donner tout dans l'Ouest, tandis que, dans ce coin-ci, les fermiers n'étaient pas riches! Il y en avait à côté de l'hôtel... Ils avaient trois ou quatre poules, une truie, trois chevaux, puis une vache, et c'était tout.» Mais à l'époque, quand on était bleu, on votait bleu.

Tous les soirs autour de la table, rue Portland, la famille parle politique. Jean et son frère Robert hériteront de la passion familiale. Plus tard, Robert sera attaché politique du ministre de l'Environnement du Canada, un certain Lucien Bouchard. L'aîné des garçons jouera aussi un rôle important dans les campagnes de son cadet et sera présent à tous les tournants de sa carrière.

Jeune, Jean dévore les journaux. Il n'est évidemment pas le seul à cette époque, mais rares sont les élèves francophones qui, comme lui, lisent le journal anglais de Sherbrooke, *The Record*, se promènent avec un exemplaire du magazine américain *Time* sous le bras et regardent *60 Minutes*, la grande émission d'affaires publiques du réseau CBS. Jean s'informe, discute beaucoup, mais agit assez peu. Cependant, il participe à une manifestation contre la loi 22 du gouvernement de Robert Bourassa, qui institue le français comme langue officielle du Québec, mais qui, aux yeux des nationalistes, ouvre encore trop grandes les portes de l'école anglaise. «C'était manifester pour manifester, juge Charest aujourd'hui. Et j'étais réticent, parce que je ne comprenais pas très bien les enjeux.» On le voit, Charest n'est pas insensible à la vague nationaliste qui emporte la jeunesse de l'époque. En novembre 1976, il vote pour le Parti québécois de René Lévesque. Il faut dire que, cette année-là, bien des Québécois votent pour le PQ sans être pour autant indépendantistes. C'est même le cas du père de Jean. « La première fois [en 1976], il n'était pas question de séparation ! se justifie Red. Comme l'Union nationale n'existait plus, la seule solution de rechange aux libéraux, c'était Lévesque. » Et puis au Séminaire Saint-Charles, Jean est entouré de péquistes. Selon un sondage maison réalisé par l'association étudiante, le PQ recueille 40 % des intentions de vote, contre 24 % pour les libéraux.

L'Union nationale, elle, obtient la sympathie de seulement 2 % des élèves du Séminaire. Pourtant, ce parti moribond suscite durant quelque temps un vif intérêt chez le jeune Charest. Même qu'au cours d'une rencontre avec son ancien mentor de l'école Montcalm, Bernard Bonneau, il lui annonce son intention de « relancer l'Union nationale ». Rien de moins ! Alors que Jean termine sa première année au Séminaire, une connaissance de la famille lui offre d'être délégué au congrès à la direction de l'Union nationale, à Québec. Il s'y rend en compagnie de Bruno Hallé, qui se rappelle aujourd'hui que Charest a refusé que le parti paie sa chambre d'hôtel. Refusé aussi de se servir de la carte de crédit que son père lui avait prêtée. « Pour garder son indépendance d'esprit », croit son ami.

Étrange congrès que celui de mai 1976. Les délégués, plutôt que d'être élus par les membres, ont été choisis par la direction du parti. Les candidats sont pour la plupart inconnus du grand public. Le chef intérimaire, le vieux lion Maurice Bellemarre, paraît d'ailleurs plus populaire que tous les candidats réunis. L'élection de son successeur semble dépendre de jeux de coulisses dirigés par ceux qu'on surnomme les « colonels ». Finalement, c'est un industriel de Lotbinière, Rodrigue Biron, qui l'emporte au premier tour. « Le vainqueur », souligne la journaliste Lise Bissonnette dans *Le Devoir,* « est d'une quasi totale inexpérience politique. »

Les deux jeunes s'amusent beaucoup à Québec, mais Charest revient déçu. « Ça ne m'avait pas beaucoup impressionné, soupire-t-il. C'était Maurice Bellemarre… J'ai déchanté. Je voyais que ce parti-là ne se renouvelait pas. Je ne m'y identifiais pas. » Vraiment ? Cela ne l'empêchera pas, deux ans plus tard, à l'issue d'une soirée dans un bar, de jurer à son camarade Michel Coutu : « Un jour, je vais devenir chef de l'Union nationale, puis premier ministre du Québec ! » (Premier ministre du Québec ? Tiens, tiens…)

Coutu pouffe de rire : « Voyons donc, Jean. C'est un parti qui est quasiment mort !

— Ben si c'est ça, je vais aller au fédéral, je vais devenir chef du Parti conservateur, puis premier ministre du Canada ! Chose certaine, je suis un bleu ! »

Son intérêt pour l'UN ne s'est donc pas complètement évaporé. Union nationale, Parti conservateur, il s'agit de trouver un véhicule qui lui permette de canaliser ses ambitions naissantes… et pressantes. « Je pouvais faire des blagues — "Je veux être premier ministre" — mais je pense que j'étais assez lucide », se défend Charest aujourd'hui. Puis il concède : « C'était une blague, mais l'humour, c'est une autre façon de dire les choses, il y a toujours un petit peu un fond de vérité là-dedans. Ça me tentait. Il me semblait que je serais heureux dans un rôle où je pourrais changer les choses, aider les gens. »

À dix-sept ans donc, Charest envisage sérieusement une carrière politique : « Après mon expérience au conseil étudiant, j'étais capable de me voir député, de penser à ça et de me dire : "Un jour, j'haïrais pas ça, faire de la politique." » Il propose à son ami Hallé une rencontre hebdomadaire pour parler politique. « Ben, Jean, on se voit tout le temps, et on parle de ça sans arrêt.

— Oui, mais il faudrait systématiser nos discussions !

— Voyons donc ! »

Ne le voyez-vous pas surgir ? Le gamin est en voie de devenir un homme sérieux. Celui qui, lorsqu'il sera chef du Parti conservateur vingt ans plus tard, interviendra dans un restaurant afin que ses députés cessent de se lancer un petit pain : « Aye, lancer un pain dans un restaurant ! »

Les conseils de Sun Tzu II

Un autre souvenir révélateur. Bruno Hallé raconte qu'en route vers le congrès de l'Union nationale, dans la Vega de Mme Charest, Jean préparait sa fin de semaine : « Il visualisait comment il allait se comporter en fonction de ce qui allait se passer. Il réfléchissait : "C'est quoi, le portrait ? Qui va être là ? Comment les débats se dérouleront-ils ? Où vais-je être assis ?" »

Ce besoin d'être prêt, cette crainte d'être pris au dépourvu sont restés, et même devenus caractéristiques de Jean Charest. Sur la table à café dans sa maison de North Hatley, j'ai trouvé le livre de maximes du stratège de l'Antiquité chinoise Sun Tzu II, *The Lost Art of War* *(L'Art perdu de la guerre)*. Charest applique plusieurs de ces préceptes à la lettre, en particulier celui-ci : « N'agissez que lorsque vous êtes prêt[3]. » « Il a toujours été comme ça, dès le conseil étudiant, confie Hallé. Même entre amis, il visualise toujours la situation avant qu'elle ne se présente, pour contrôler les événements. » Même entre amis ? C'est-à-dire que, sauf pour des occasions intimes, Charest fait vérifier par son adjointe Suzanne Poulin qui sera là, comment la soirée se déroulera, à côté de qui le chef sera assis. Dans les milieux politiques, c'est une pratique courante, mais le clan Charest l'a peut-être poussée plus loin que d'autres. Un organisateur de longue date, Jacques Fortier, s'est senti proprement insulté quand son épouse, après avoir invité Charest au quarantième anniversaire de naissance de Jacques, a dû se soumettre à l'interrogatoire de Mme Poulin : « Qui va être là ? C'est à quelle heure ? Écoute, je te rappelle… Jean a peut-être quelque chose…

— Aye, Suzanne, s'est impatientée Mme Fortier après quelques appels. Ça fait dix ans que Jacques se dévoue pour Jean Charest. J'espère qu'il va trouver le moyen d'être là ! »

De l'insécurité ? Avant tout, de la circonspection saupoudrée d'orgueil. La crainte de ne pas avoir le contrôle, la peur d'être humi-

---

3. Sun Tzu II, *The Lost Art of War*, New York, Harper Collins, 1997, p. 22.

Red. Claude Charest à vingt-deux ans, alors qu'il endossait l'uniforme des Clippers de Baltimore. « J'étais pas une star », admet M. Charest. *Collection Claude Charest.*

La plus jolie. Red Charest et Rita Leonard se sont mariés en 1943. Tous ceux qui ont connu la mère de Jean Charest gardent le souvenir d'une femme « aussi belle en dedans qu'en dehors ». *Collection Claude Charest.*

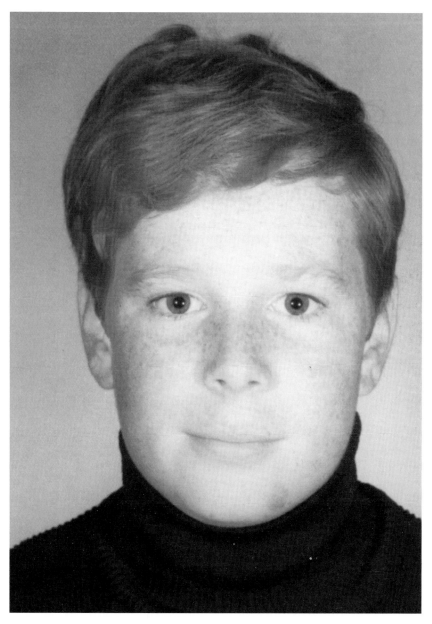

John-John. Sa mère l'avait fait baptiser John James et l'appelait affectueusement John-John. Son père l'appelait Jean. Tout le monde s'entend sur une chose, il était le bouffon de la famille. *Collection Jean Charest et Michèle Dionne.*

La famille. Les Charest réunis autour de Rita, quelques mois avant sa mort. Au premier rang, Red, Rita, Christine et Louise. Derrière, Jean, Carole et Robert. *Collection Jean Charest et Michèle Dionne.*

Futur ministre du Sport. Adolescent, Jean Charest était un adepte de soccer. On le reconnaît sur cette photo, au premier rang, à l'extrême droite, parmi les joueurs de l'équipe de l'école Montcalm. *Collection Jean Charest et Michèle Dionne.*

Le gamin. « Ça, c'était lui », disent de cette photo ses copains d'adolescence. Voici donc Jean Charest, ado, à l'occasion du camp de ski annuel de l'école Montcalm. *Collection André Pratte.*

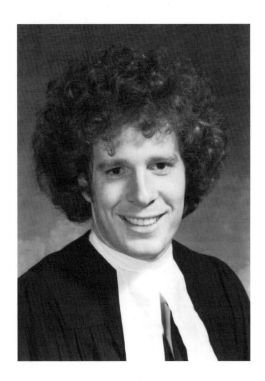

Maître chez lui. Jean Charest, diplômé de la faculté de droit de l'Université de Sherbrooke, à l'aube d'une brève carrière d'avocat. *Collection Jean Charest et Michèle Dionne.*

Un couple parfait. Michèle Dionne et Jean Charest à l'occasion du bal des finissants de l'école Montcalm, en 1975. Ce qui paraissait alors comme un couple improbable s'est lentement transformé en couple idéal. *Collection Jean Charest et Michèle Dionne.*

Une famille parfaite. Michèle Dionne, Jean Charest et leurs enfants, Alexandra, Antoine et Amélie, par une belle journée d'hiver à leur maison de North Hatley. *Collection Jean Charest et Michèle Dionne.*

Générations. Jean Charest, son fils, Antoine, et son père, Red. Les deux plus vieux raffolent de la politique. Et Antoine ? *Collection Claude Charest.*

« *As-tu fait tes devoirs ?* » Pendant les campagnes électorales, le téléphone permet aux parents Charest-Dionne de garder le contact avec leurs enfants. *Photo Bill McCarthy. Collection Jean Charest et Michèle Dionne.*

lié. Tout en collaborant de bonne grâce à la rédaction du présent ouvrage, le député de Sherbrooke n'a eu cesse de se protéger. Il a fallu insister pour pouvoir interviewer Carole et Christine, ses sœurs cadettes, deux femmes merveilleuses de simplicité et de sincérité. « La famille a convenu qu'elles ne donnaient pas d'entrevues, m'a d'abord expliqué Suzanne Poulin. Elles ne sont pas très "habiles" avec les médias. » Autrement dit, elles risquaient de parler vrai, sans tout filtrer à travers la passoire du *politically correct*. Elles risquaient de parler comme Red l'a toujours fait.

En outre, Charest a demandé aux proches qui acceptaient de me rencontrer d'enregistrer l'entrevue, que j'enregistrais déjà moi-même. Et puis il a fallu beaucoup manœuvrer pour le convaincre de me laisser consulter ses bulletins scolaires. Cela a duré des semaines. « Il ne veut pas, il voudrait garder ça pour un livre qu'il songe à écrire lui-même », a d'abord répondu Mme Poulin. Puis : « C'est d'accord, mais nous allons faire venir les dossiers nous-mêmes de la commission scolaire. » Un peu plus tard : « Oui, oui, je les ai. Mais il faut que Jean donne son accord final. » Et ensuite : « Je n'ai pas eu le temps de lui en parler. » C'est probablement un argument purement politique qui l'a emporté : de quoi aurait eu l'air le sauveur du pays si j'avais écrit qu'il avait refusé de me laisser voir ses bulletins ?

Dans cette affaire, cependant, j'ai pu constater que, tout en cultivant son image, Jean Charest mise finalement sur la franchise. S'il maîtrise parfaitement la langue de bois de notre culture politique, il refuse de franchir certains seuils. Par nature autant que par calcul, Charest joue franc-jeu. Reconnaissons que peu de politiciens auraient fourni à un journaliste des copies de ses relevés de notes, surtout si ceux-ci avaient comporté bon nombre de preuves de dissipation. Les risques étaient réels. On peut compter, je suppose, sur les Suzanne Tremblay de ce monde pour lancer dans un discours : « Comment peut-on prendre son programme économique au sérieux alors qu'il a coulé ses cours d'économie au secondaire ? »

Il ne faut ni exagérer ni sous-estimer l'intérêt de ces documents. Le dossier scolaire de Jean Charest montre qu'il était de son temps et qu'il était plus porté à l'action qu'à l'étude, ce qui est encore vrai aujourd'hui. Par ailleurs, la réussite scolaire ne donne évidemment pas la mesure d'une personne[4].

Ce curieux mélange d'ouverture et de prudence, de franchise et de secret, est une composante de l'énigme Charest. « Alors », me demandait Suzanne Poulin au cours d'un souper avec Charest, « après toute cette recherche, commences-tu à mieux le connaître, notre chef?

— Non, ai-je répondu, encore trop incertain de mes conclusions.

— Tant mieux! » a soupiré le principal intéressé.

Sur les traces de Perry Mason

Un soir, quand il avait douze ans, Jean Charest s'est assis à table et a déclaré à ses parents, l'air décidé : « Je sais ce que je veux faire dans la vie. Je vais être avocat. » Il venait de regarder un épisode de la série *Perry Mason*.

L'idée ne le quitte plus. Après avoir terminé son cours de droit à l'Université de Sherbrooke, il choisit le droit criminel. Pourquoi? « C'était Perry Mason, la veuve et l'orphelin. J'aimais beaucoup l'idée de donner un coup de main, d'aider les gens. » Mais surtout, beau parleur, Charest veut plaider : « Ce n'est pas tant le droit criminel qui m'attirait que les procès devant juge et jury. Or, des procès devant juge et jury, il n'y en a qu'en droit criminel. » À l'université, pourtant, ce ne sont pas les cours de droit pénal qui passionnent

---

4. Parmi les multiples arguments que j'ai utilisés pour convaincre Charest de mes bonnes intentions à cet égard, je me suis engagé, en désespoir de cause, à faire part aux lecteurs de cet ouvrage de quelques éléments moins reluisants de mon propre cheminement scolaire. Il suffira sans doute de dire qu'au secondaire j'étais un élève très moyen, spécialisé en parlotte. Les remarques écrites des professeurs dans mes bulletins en disent long : « André dérange à sa façon »; « Un problème pour *tous* les professeurs »; « Trop négligent; son travail n'est pas suffisamment organisé. » Comme celles de Red, les colères de mon père pouvaient se mesurer à l'échelle Richter.

l'émule de Mason. Ses études sont surtout l'occasion d'une rencontre avec un jeune professeur ontarien venu s'installer au Québec, Michel Krauss : « Ça a été comme un éveil ! » Krauss dispense quelques cours obligatoires, mais il est surtout reconnu pour son séminaire sur la philosophie de l'interprétation du droit. Un cours exigeant, suivi par une douzaine d'étudiants parmi les plus brillants de la faculté. Rares sont ceux qui s'en sortent avec des notes élevées. « J'étais sans aucun doute le professeur de la faculté qui donnait les notes les plus basses », concède Krauss, aujourd'hui professeur à l'Université George-Mason, à Washington. Curieux comme toujours, fasciné surtout par la perspective différente qu'offrait son professeur, Charest s'inscrit au séminaire pour la session d'automne 1979. Chaque semaine, Krauss impose à ses étudiants la lecture de bouquins touffus, écrits par des professeurs d'Oxford ou de Cambridge, ouvrages qu'ils doivent ensuite discuter en classe. « Jean n'était pas celui qui avait les notes les plus élevées à la faculté, se rappelle Krauss. Il a suivi mes cours sachant qu'il était dans une situation de désavantage relatif, que cela ne ferait rien pour améliorer sa moyenne. Il savait qu'il n'était pas philosophe, mais je pense qu'il ressentait le besoin d'être exposé à cela. »

« C'était un type très agréable, qui voulait apprendre, mais ce n'était pas un génie », conclut le professeur Krauss. « Il ne m'avait pas donné une grosse note, se souvient Charest en riant. Je lui en voulais, parce que j'avais travaillé tellement fort ! »

La vie

Michel Krauss a très tôt acquis la certitude que son étudiant ferait une carrière politique : « Il avait une présence, presque un charisme. Les gens écoutaient lorsqu'il parlait. » Krauss n'a donc pas été étonné de voir le jeune Sherbrookois devenir candidat aux élections fédérales, cinq ans plus tard. Pas étonné, mais un peu déçu : « Je ne lui reproche pas d'avoir saisi une occasion qui se présentait. Mais je me demande si, dans son for intérieur, il n'aurait pas voulu faire autre chose pendant une dizaine d'années avant de se lancer en politique. Si j'avais souhaité faire une telle carrière, il me semble que j'aurais voulu occuper d'autres fonctions auparavant, pour avoir l'occasion de songer plus profondément à certains problèmes. » Homme d'affaires de Sherbrooke et ex-candidat libéral dans Sherbrooke, Dennis Wood dit les choses plus crûment : « Jean connaît la politique, mais il ne connaît pas la vie. »

Charest a appris sur le tas, et nul doute qu'aujourd'hui, arrivé à la quarantaine, il jouit d'une expérience que plusieurs pourraient lui envier. Cependant, on entrevoit parfois des trous étonnants dans sa culture, sa culture politique notamment. Des trous qui peut-être s'expliquent par des débuts prématurés et une ascension trop rapide. Par exemple quand, en entrevue, il confond le *bill* 63 du premier ministre Jean-Jacques Bertrand et le *bill* 22 de Robert Bourassa, pour finalement parler du « *bill* 69 du gouvernement Bourassa. » Ou quand, comme il l'a fait en 1994, il soutient que le fédéralisme peut être considéré comme une forme de souveraineté-association, puisque de toute façon « le concept de souveraineté-association, à [sa] connaissance, n'a pas été défini dans ses détails ». Alors que René Lévesque a consacré un livre à la question dès 1968 et que le gouvernement péquiste, en 1980, a publié un livre blanc définissant, justement, le concept « dans ses détails ».

Des discours, un texte

Outre la philosophie, l'étudiant Charest adore ses cours de droit constitutionnel. Son professeur, Pierre Patenaude, est un juriste aussi brillant que flamboyant. « C'était un cours extraordinaire, raconte un camarade de l'époque, Michel Coutu. Jean voyait un peu de lui-même dans le personnage de Patenaude. Il cherchait à avoir des débats en classe avec lui. » Cette passion pour les débats vaut à Charest une petite réputation parmi les étudiants : « Dans les cours, Jean ne posait pas de questions. Ses questions, c'étaient des discours ! »

Difficile de percevoir, dans ce que nous savons des idées du professeur Patenaude, une influence marquante sur la pensée constitutionnelle de Jean Charest. À l'époque, Patenaude est fédéraliste (cela changera après le rapatriement de la Constitution en 1982). Président de l'Association des professeurs de droit constitutionnel du Canada, l'universitaire est convaincu — et il ne s'en cache pas devant ses étudiants — de la nécessité d'apporter de profonds changements dans le régime fédéral. « Il est essentiel, leur dit-il, d'avoir une réforme substantielle du partage des pouvoirs, particulièrement pour permettre au Québec de vivre pleinement dans sa culture et dans sa langue, ce qui n'est pas le cas actuellement à cause du pouvoir de dépenser d'Ottawa. Quand il y a deux centres de décisions en matière de culture qui prennent souvent des décisions contradictoires, ça rend la planification culturelle pratiquement illusoire. »

Stimulé par Michel Krauss, Charest s'intéresse aussi au problème de la liberté religieuse. Il participe aux travaux d'un comité qui s'est donné le mandat de réfléchir au statut confessionnel de l'Université de Sherbrooke. Et pendant que fait rage le débat sur le statut de l'école Notre-Dame-des-Neiges, que les parents veulent neutre à l'encontre de la volonté de la Commission des écoles catholiques de Montréal (CÉCM), Charest écrit une lettre au *Devoir,* un de ses très rares écrits de jeunesse.

Son texte est une réplique à l'opinion exprimée dans le même journal par un commissaire de la CÉCM s'opposant à la déconfessionnalisation de l'école en question. On y trouve quelques traits qui restent caractéristiques du politicien que nous connaissons aujourd'hui. D'abord, le respect de l'opinion d'autrui. « Ce n'est pas votre témoignage en faveur de la religion catholique qui me contrarie, écrit-il dès le début de sa lettre. Étant moi-même catholique, j'apprécie la ferveur et la franchise avec laquelle vous affirmez votre foi[5]. »

---

5. « Une question à laquelle il faut aussi répondre », *Le Devoir,* 17 janvier 1980, p. 5.

Déjà chez le jeune Charest, la tolérance et l'ouverture constituent des valeurs fondamentales. C'est pourquoi il s'oppose à ce que les catholiques imposent leur école aux immigrants, de plus en plus nombreux au Québec. « Il s'agit, explique-t-il, de corriger une grave injustice sociale qui permet à ceux qui se croient détenteurs d'une vérité d'imposer leur propre dogme à ceux qui ne partagent pas ladite vérité. » La possibilité pour les enfants non catholiques d'être exemptés des cours de religion est insuffisante à ses yeux. Il faut des établissements au statut non confessionnel, sans quoi l'auteur de la lettre « serait forcé de croire que l'intégration des immigrants à la communauté francophone du Québec n'est qu'un vœu pieux, fait par un groupe ethnique replié sur lui-même, contrairement à une nation qui cherche à composer son avenir ». Notez la méfiance à l'égard d'un certain nationalisme, en même temps que l'emploi du mot « nation » pour décrire les francophones du Québec.

À long terme, le jeune Charest souhaite que toutes les écoles deviennent neutres et que, comme aux États-Unis, l'enseignement de la religion soit laissé aux Églises : « [...] il n'est pas certain que l'éducation religieuse relèvera de l'État dans une société pluraliste et francophone. »

« À l'heure où le Québec se voit pressé de répondre à la "question", conclut Jean Charest (nous sommes à quatre mois du référendum de mai 1980), je souhaite que les Québécois n'oublient pas que leur avenir se compose en fait de plusieurs questions. » On le voit, si le style est un peu lourd et le texte émaillé de quelques fautes, Charest possède déjà un certain sens de la formule.

Ses copains de l'époque se souviennent d'un étudiant déterminé, discipliné, qui travaillait fort, au moins dans les cours qui l'intéressaient. À son camarade Mario Proulx, il cite la maxime de Red : « Dans la vie, il y a trois choses qui comptent. Premièrement le travail, deuxièmement le travail, et troisièmement, le travail. » À vingt ans, Jean Charest fait la leçon.

Ses talents naturels de plaideur ressortent dès les premiers procès simulés auxquels il participe à la faculté. « Il ne ressentait aucune gêne. Tous les autres étaient intimidés, alors que lui se sentait à l'aise tout de suite », se souvient un ami, Marc Lapointe. Malgré tous ses efforts, ses notes se situent légèrement sous la moyenne. On remarque bien un spectaculaire 91 % en Droit constitutionnel I. Mais il y a aussi quelques résultats désastreux, notamment un curieux 43 % en Droit pénal I. Il faut dire que le contexte n'est pas propice à la concentration. C'est durant sa deuxième année de droit que Charest perd sa mère adorée.

« *I love you!*

— *I love you too, John-John.* »

« Ça a été très difficile pour lui, mais il l'a vécu avec beaucoup de dignité, se rappelle Mario J. Proulx, qui comme plusieurs autres camarades s'est rendu au salon funéraire. Il a vécu sa peine intérieurement. Il pleurait en silence. »

Suivra une période pénible, que la famille n'évoque qu'à demimots. « Entre nous, ce fut une expérience dure, confie Charest. Il y avait un sentiment de culpabilité très profond dans la famille. Il nous a fallu plusieurs mois pour s'en remettre, pour refaire nos relations. »

Mais, comme Red l'avait ordonné, la vie a continué. En quittant l'Université de Sherbrooke, diplôme en poche, Jean Charest a fait écrire à côté de sa photo, dans l'album des finissants, une citation de l'écrivain libanais Khalil Gibran :

Et vous qui voulez comprendre la justice, comment le pourrezvous, à moins de regarder toutes choses dans l'éclat de la lumière?
Alors seulement, vous saurez que le juste et le déchu ne sont qu'un seul homme debout dans le crépuscule entre la nuit de son moi-Pygmée et le jour de son moi-divin,
Et que la pierre angulaire du temple n'est pas supérieure à la pierre la plus basse de ses fondations.

Animé de cet esprit, Jean J. Charest, vingt-deux ans, part à la défense de la veuve et de l'orphelin.

La découverte du Canada

De toute sa jeunesse, Jean Charest n'était pas sorti de Sherbrooke, outre la tournée des centres de ski et quelques virées à Montréal et à Québec. Le temps est venu de prendre le large. De prouver à son père, et à lui-même, son indépendance. Prendre le large, c'est ce qu'il fera, littéralement, deux longs étés.

Sur le conseil d'un ami, Charest se rend au port de Montréal dans l'espoir de décrocher un emploi sur un des lacquiers qui sillonnent le fleuve Saint-Laurent et les Grands Lacs. Après quelques jours d'attente dans le bureau du Syndicat des marins, et après avoir déboursé la cotisation — 260 $ comptant —, le freluquet obtient sa chance. Le *J.N. McWaters,* un navire jaugeant 16 000 tonnes qui transporte du grain vers Québec, cherche un aide-mécanicien.

« Qu'est-ce que tu as fait comme boulot, avant?

— Euh… J'ai conduit des camions de bière, répond Charest, étirant la vérité quelque peu (en réalité, il avait seulement travaillé au chargement desdits camions).

— OK, tu as la job : aide-mécanicien. »

Red Charest est furieux. « Tu veux dire que ta mère pis moi, on t'a élevé pour que tu deviennes *sailor*! » Une colère de plus…

La nuit suivante, à deux heures du matin, à l'écluse de Saint-Lambert, le prétendu mécanicien embarque pour la première fois de sa vie sur un cargo. Il contemple le mastodonte : 730 pieds de long, 75 de large. Ses yeux écarquillés trahissent sa totale inexpérience. Le voyant ainsi, l'ingénieur explose : « *The bastards, that's what they gave me for a mechanic!* » (« Les salauds, c'est ça qu'ils m'ont trouvé comme mécanicien! »)

Ces deux étés passés à naviguer seront à la fois durs — « La seule chose qui se rapproche de la vie à bord des navires, dit Charest, c'est la vie dans les prisons! » —, fascinants et payants. Jean Charest explore ses propres limites; il se laisse pousser la barbe, fait un jeûne de dix jours et fréquente les bars *topless,* souvent les seuls établissements ouverts quand les bateaux arrivent au port.

Et Charest découvre le Canada. Sa géographie, son économie, ses gens.

La géographie, d'abord. Il voit les Grands Lacs, le fleuve Saint-Laurent. Ah! le fleuve! Charest en parle avec une émotion sincère : « J'ai des souvenirs du fleuve un dimanche après-midi. On avait fait des Escoumins jusqu'à Québec. Les clochers d'église, le soleil. Et puis le soir, le Château Frontenac illuminé! C'est inoubliable! » Il y a eu aussi les Mille-Îles : « Quand tu passes là la première fois!... » Et les grandes villes américaines, Détroit, Cleveland, Chicago.

L'économie, ensuite. Le transport du grain de l'Ouest vers l'Est, et du fer des mines québécoises jusqu'aux usines américaines. « Je me rappelle de ma première visite à Port-Cartier. C'était une période très difficile, les mines fermaient... »

Les gens, enfin. Les autochtones de Thunder Bay, les « Newfies ». L'intolérance, aussi. Car les marins n'étaient pas les Canadiens les plus favorables aux aspirations québécoises. Surtout lorsque leur esprit était échauffé par l'alcool ou embrouillé par la drogue : « On parlait politique sur les bateaux, mais il fallait faire attention. »

On ne voit rien dans tout cela qui aurait pu provoquer un coup de foudre entre l'apprenti marin et son pays. Or, le référendum du 20 mai 1980 approche. Que fera Charest, le nationaliste, celui qui a voté pour le PQ trois ans et demi plus tôt? Rien. Dès la fin de sa dernière session à l'université, il s'enfuit sur un cargo. Il sera absent du Québec le jour du vote. Sauvé par la sirène? Comment expliquer qu'un jeune homme féru de politique ne tienne pas à se prononcer sur l'avenir de son pays? Charest dit aujourd'hui qu'il avait désespérément besoin d'argent. De l'argent pour faire son Barreau à l'automne. Mais surtout, de l'argent pour se marier. L'été précédent, il avait demandé la main de Michèle. Une demande des plus romantiques : Jean, dans une cabine téléphonique au bord du canal Welland, Michèle, dans un hôtel en Grèce, où elle était partie plutôt que de passer un été à Sherbrooke à s'ennuyer sans son *chum*.

Qui sait? Resté à terre, Jean Charest se serait-il laissé porter par la

vague du *oui* ? Aujourd'hui, le leader fédéraliste affirme, bien sûr :
« J'aurais voté *non*. Je me rangeais sans doute du côté de ceux qui se
percevaient comme nationalistes. Mais je n'étais pas persuadé par le
projet [souverainiste]. Le Canada signifiait encore quelque chose
pour moi. J'avais vécu sur les navires, j'avais vu le pays, l'immensité.
J'avais une perspective différente. » Soit.

Perry Mason à l'Aide juridique

Jean Charest fait son Barreau durant l'automne de 1980. Puis, il
entreprend un stage de six mois à l'Aide juridique, en compagnie de
son ami Mario J. Proulx, sous la supervision de Me Claude Leblond.
Tout de suite, il impressionne. Par son ardeur au travail, d'abord.
Quand son patron lui demande de préparer d'urgence une cause
qu'il doit défendre le lendemain, Charest y travaille jusqu'à cinq
heures du matin. « Il m'avait présenté des tableaux comparatifs
extrêmement fignolés. J'étais très chanceux d'avoir un stagiaire aussi
débrouillard et aussi travaillant », dit Leblond aujourd'hui.

Le débutant se distingue aussi par son assurance en cour, où les
stagiaires sont amenés à intervenir dès leurs premières semaines.
« On voyait tout de suite l'aisance de ce gars-là au tribunal, se souvient Proulx. Il ne répétait jamais la même erreur deux fois. Il avait
une capacité de contrôle sur son stress. C'était un plaideur né. On
sentait, malgré certaines hésitations, une volonté de bien perfor-
mer. » « On avait l'impression qu'il avait plaidé toute sa vie », affirme
le juge Laurent Dubé, devant qui Charest a défendu quelques clients.

Le criminaliste Michel Dussault, associé dans un petit bureau de
Sherbrooke, remarque la tête frisée dans la salle des pas perdus, là où
se retrouvent des dizaines de pauvres diables accusés des crimes les
plus divers. « Il parlait à tout le monde, les yeux dans les yeux. Les
gens étaient comme attirés par lui, et il se trouvait un paquet de nouveaux clients comme ça », raconte Dussault. Charest venait de décrocher son premier emploi : Me John James Charest aura son bureau
au cabinet Beauchemin, Dussault, rue Wellington.

Le novice pousse parfois le zèle trop loin au goût de certains. Une nuit, il ramène à la maison un client en difficulté. Le matin, Michèle Dionne, distinguée même en robe de chambre, descend préparer son déjeuner... et trouve un inconnu endormi sur le divan du salon ! Paniquée, elle remonte en courant : « Jean ! Y'a quelqu'un qui est couché dans le salon !

— Ben oui, je le sais, c'est un client, répond Charest.

— Un client ! Qu'est-ce qu'il a fait ?

— Un vol de banque...

— Un vol de banque ! Tu vas me sortir ce gars-là d'ici tout de suite ! »

Me Leblond sent le besoin de lancer un peu d'eau sur le feu qui anime son stagiaire : « Jean, je remarque que tu t'occupes beaucoup de tes clients. Je veux juste te dire que tes clients ont droit à un avocat. Quand tu essaies d'être leur travailleur social, tu les prives d'un avocat. »

Jean Charest évoque souvent sa carrière d'avocat comme si celle-ci avait été longue et mouvementée. C'est un trait de caractère que le lecteur aura encore l'occasion de remarquer : Charest ne déteste pas embellir son autoportrait. En québécois, on dirait qu'il en « beurre épais ». Son ascension a été si rapide qu'il disserte parfois en adoptant le ton d'un sage jouissant d'une vaste expérience. Plus tard, à la Chambre des communes, le député libéral Jean-Claude Malépart lui reprochera ce ton condescendant et lui suggérera de cesser de « se péter les bretelles parce qu'il est avocat ». Jean Charest n'a pratiqué le droit que trois ans. Il a plaidé, en tout et pour tout, huit procès devant jury. Personne, ni son directeur de stage, ni Michel Dussault, ni même lui, ne se souvient d'une cause marquante qu'il aurait défendue. Au seuil de son saut en politique, Me Jean J. Charest n'est toujours qu'un débutant. Mais, il est vrai, un débutant promis à une belle carrière. Et que s'arrachent les cabinets de Sherbrooke.

Un parallèle étonnant

Les similitudes sont frappantes. Né un quart de siècle plus tôt, cet autre politicien n'avait sous la ceinture qu'une courte carrière d'avocat dans une petite ville du Québec quand il a été catapulté à Ottawa. On disait qu'il manquait de profondeur.

Lui aussi fut élevé par un père sévère et protégé par une mère d'une grande douceur. Sa mère est morte alors qu'il était âgé de dix-neuf ans, pratiquement le même âge qu'avait Jean Charest à la mort de Rita Leonard. Comme Charest, ce politicien d'une autre génération a épousé son amour d'adolescence. À l'image de Michèle Dionne, c'était une jeune femme sérieuse et ambitieuse. Elle s'assurera que son homme retombe de sa folle jeunesse les deux pieds sur terre. Tout au long de sa carrière politique, elle sera son gouvernail, son ange gardien.

Les similitudes sont frappantes, mais quels enseignements en tirer ? Cet homme dont la vie, à certains égards, ressemble tant à celle de Jean Charest, c'est Jean Chrétien[6].

La vie du mauvais côté

Durant les trois années passées devant les tribunaux, le jeune Charest a tout de même beaucoup appris. Ce sera toujours une de ses principales qualités : il sait tirer le plus grand profit de chacune de ses expériences, si modeste soit-elle. Au Palais de justice de Sherbrooke, Me Charest prend conscience d'une « certaine misère humaine » : « Je ne sais pas si tu as déjà envoyé la main à quelqu'un qui s'en va [en prison] pour sept ans... » Charest découvre avec stupéfaction que bien des jeunes de son âge ne savent pas lire ni écrire. Cette misère devient vite insoutenable pour le bon vivant qu'il est : « Je n'allais pas toujours regarder la vie par le mauvais côté du périscope. »

---

6. Voir *Chrétien : The Will to Win*, de Lawrence Martin, Toronto, Lester Publishing, 1995.

Et puis Charest a de l'ambition. Michèle peut-être davantage. Or, le droit criminel n'offre pas les carrières les plus reluisantes. Jean envisage alors de faire une maîtrise en droit maritime, en Angleterre ou aux États-Unis. Au même moment, il reçoit une offre du plus grand cabinet de Sherbrooke, Monty, Coulombe, pour un poste en droit du travail. Charest accepte… puis change d'idée, au grand désespoir de Michou. Notre homme est trop pressé : « Je n'étais pas intéressé à rentrer dans un bureau où ça allait prendre vingt ans pour devenir associé *senior*. Je préférais me mettre à mon compte. »

C'est l'hiver de 1983. Jean Charest a vingt-cinq ans. Sa vie professionnelle est à un carrefour. Droit criminel, droit du travail, droit maritime ? Un dimanche soir, à l'occasion du traditionnel souper de famille, Jean se retrouve avec son père dans la cuisine. « Jean, grogne Red, si tu veux faire de la politique un jour, tu devrais t'intéresser à ce qui passe au Parti conservateur. »

Ce qui se passe au Parti conservateur, c'est l'ascension d'un autre formidable ambitieux. Un ambitieux du nom de Brian Mulroney.

La vague

Pouvoir se proclamer le père de la carrière politique de Jean Charest, ce n'est pas rien. Surtout à Sherbrooke. Il s'agit donc d'une paternité contestée.

Le psychiatre Pierre Gagné, aujourd'hui directeur du département de psychiatrie de l'Université de Sherbrooke, est un des aspirants au titre. Le Dr Gagné a toujours été passionné de politique. Il est des quelques dizaines de vieux bleus qui ont tenu le fort conservateur à Sherbrooke durant le règne de Pierre Trudeau à Ottawa, de 1968 à 1984. « Je suis un conservateur-né », dit-il, rappelant que le père de son père avait été baptisé « Johnny » en l'honneur de John A. MacDonald, tandis que son grand-père maternel, Wilfrid Labbé, a été ministre sous Duplessis.

Par conséquent, personne ne s'étonne de trouver le médecin, un soir de l'automne de 1982, à la réunion de l'association du Parti conservateur à Sherbrooke. Les bleus se sont donné rendez-vous pour choisir des délégués en vue du prochain congrès national du parti. Ce congrès, qui aura lieu en janvier 1983 à Winnipeg, sera déterminant pour l'avenir du chef, Joe Clark. Brièvement premier ministre en 1979, Clark a été battu en Chambre à la suite de la présentation de son premier budget et renvoyé dans l'opposition à l'issue d'élections précipitées. Presque par miracle, Pierre Elliott Trudeau est redevenu premier ministre du Canada. Le soir de son triomphal retour, Trudeau a lancé, avec son arrogance habituelle : « Bienvenue dans les années 1980 ! » On imagine la rage des militants conservateurs ! À Winnipeg, ils pourront exprimer leur frustration en se prononçant par vote secret sur le leadership de Clark.

D'un bout à l'autre du pays, l'élection des délégués donne lieu à une bataille farouche entre les partisans de Clark et ceux qui veulent le voir partir, ces derniers étant pour la plupart à la solde de Brian Mulroney, le président de la compagnie minière Iron Ore. À Sherbrooke, le camp Mulroney n'a pratiquement pas d'opposition. « Il y avait au plus une trentaine de personnes dans la salle, si on compte les conjoints », raconte le Dr Gagné. Comme la plupart des notables bleus souhaitent le départ de Clark, ils élisent une délégation hostile au chef.

Gagné sort de l'hôtel Le Baron dégoûté par le manque de loyauté des conservateurs sherbrookois. Écarté de la délégation locale, il n'assiste pas au congrès de Winnipeg où Clark, n'ayant obtenu que 67 % d'appuis, décide de la tenue d'un congrès à la direction. « Tant que nous n'aurons pas fait taire les critiques dans nos rangs, nous ne pourrons démontrer au peuple canadien notre capacité de former un gouvernement », déclare l'Albertain. Il devra donc y avoir, dans chacune des 282 circonscriptions du pays, une nouvelle élection de délégués. Au Québec, l'affrontement Clark-Mulroney s'annonce particulièrement féroce. Les associations conservatrices étant inexistantes dans la plupart des circonscriptions, le gagnant sera, tout bêtement, celui qui aura vendu le plus de cartes de membre.

Dans les semaines qui suivent l'assemblée de Winnipeg, Joe Clark prie Pierre Gagné de prendre en charge son organisation à Sherbrooke. Mais Gagné n'a rien d'un organisateur : « J'étais un peu désespéré, je me sentais un peu comme un missionnaire en Chine. » Il se tourne vers tout ce qu'il compte d'amis et de connaissances. Parmi eux, le criminaliste Michel Dussault, qu'il connaît pour avoir témoigné comme expert dans plusieurs procès. Les deux hommes se donnent rendez-vous au *steak house* Le Brasier, rue King, en compagnie de l'associé de Dussault, Michel Beauchemin. « Est-ce que ça te dérange si j'emmène aussi Jean Charest ? » demande Dussault. Le médecin, qui a croisé le jeunot à quelques reprises au Palais de justice, n'a aucune raison de s'opposer à sa présence. À table, Gagné expose son projet. Ses amis ne sont pas enthousiastes. « Vous savez, monsieur Gagné, dit Charest, moi je suis plutôt pour M. Mulroney. » Pour le convaincre, le psychiatre lui fait miroiter la possibilité d'être délégué au congrès d'Ottawa. Un congrès politique ? Une fin de semaine à Ottawa ? Il n'en faut pas plus. Charest embarque. Au point de payer sa carte de membre 15 $, trois fois le prix demandé.

L'autre père

Ainsi débute la carrière politique de Jean Charest. Du moins selon Pierre Gagné. Car il existe une autre version des premiers pas du gamin de Sherbrooke vers la capitale du Canada. C'est celle de Denis Beaudoin, qui était dans le temps un des principaux organisateurs de Joe Clark au Québec. Beaudoin connaissait bien les Cantons de l'Est. Son père, Léonel Beaudoin, avait été député créditiste de Richmond, où Denis avait ensuite été candidat conservateur en 1979 et en 1980. Quand s'amorce la bataille Clark-Mulroney, Beaudoin s'affaire à mettre sur pied des organisations pro-Clark dans plusieurs comtés, dont Sherbrooke. Un de ses contacts — le juge Léo Daigle jure que c'est lui — lui suggère d'appeler « le fils à Red Charest ». Laissons Beaudoin raconter la suite : « Je l'ai rencontré à son bureau de la rue Wellington, un vendredi soir. Je lui ai dit : "J'ai un mandat de Joe pour te proposer l'entente suivante : aide-nous pour la chefferie, et si nous gagnons, nous allons t'aider pour que tu sois le candidat conservateur aux prochaines élections." »

Pourquoi un organisateur chevronné allait-il chercher, pour organiser la campagne dans Sherbrooke, un jeune dont il ne savait rien et qui n'avait aucune expérience en politique ? Parce que, répond Beaudoin, toute l'organisation locale était favorable à Brian

Mulroney : « Il fallait que je sorte de la structure du parti. Il fallait que je me trouve une autre *gang*, une *gang* d'ailleurs que personne n'attendrait, qui vendrait plein de cartes de membre. »

Avant de prendre une décision, Charest convie Beaudoin au traditionnel souper familial du dimanche, boulevard Portland. Le paternel met son invité à l'épreuve : Clark a-t-il vraiment des chances ? Que disent les sondages ? De son côté, Michèle est plus que réticente à l'idée de voir son mari abandonner sa carrière naissante. Entre Riopelle, Truffaut et Beethoven, la politique n'a jamais pu se frayer un chemin chez les Dionne. « Toute la famille s'en est mêlée », relate Beaudoin. Finalement, Jean accepte l'offre du mandataire de Clark.

Ainsi commence la carrière politique de Jean Charest. Du moins selon Denis Beaudoin, dont le récit est amendé sur quelques points par M. Daigle. La vérité se situe sans doute quelque part entre les trois versions. Ne comptons pas sur Jean Charest pour trancher et ainsi risquer de froisser un de ses amis : « Tout ça coïncidait... »

Un vernis

Les souvenirs de Beaudoin et ceux de Gagné concordent sur un point. Comme le psychiatre, l'organisateur se rappelle que, quand il approche Charest, celui-ci n'est pas très enthousiaste à l'idée d'une confirmation du leadership de Joe Clark : « Il m'a dit : "Sais-tu, entre les deux, je préférerais Brian." » La sollicitude soudaine de Charest pour l'avenir de Clark étonne d'ailleurs son ami Bruno Fortier : « Avant, il n'avait jamais manifesté... Puis boum ! L'homme de Joe Clark à Sherbrooke : Jean Charest ! Sauver Joe Clark, en 1983 ! Si au moins ça avait été une grande figure nationale ! »

Charest, lui, ne se souvient pas d'avoir été un partisan de Brian Mulroney. Au contraire : « Clark m'avait beaucoup impressionné par ses prises de position à l'époque du rapatriement de la Constitution », soutient-il aujourd'hui. Joe Clark, rappelons-le, avait déploré l'exclusion du Québec de l'entente constitutionnelle de 1981, tandis que Mulroney avait appuyé la manœuvre du gouvernement Trudeau. Le jeune criminaliste aurait donc choisi de militer dans le camp Clark par sympathie pour sa vision du Canada? En réalité, Jean Charest applique sur ses premiers pas en politique un vernis idéologique dont ceux qui le côtoyaient à l'époque ne se souviennent pas. Selon eux, l'intérêt de leur ami était on ne peut plus terre-à-terre. « C'était : "J'appuie Clark parce que je veux gagner la course aux délégués et aller au congrès" », affirme Fortier.

Une fois converti, Charest se met à vendre des cartes de membre avec l'énergie qui caractérise toutes ses entreprises. De sorte que, lorsque l'association conservatrice choisit ses délégués pour Ottawa, il n'y a plus trente, mais quelques centaines de personnes entassées dans une salle de l'Auberge des Gouverneurs. Et le camp Clark fait passer tous ses délégués, y compris Jean Charest.

Le mythe qui s'est construit à mesure que Charest grimpait vers le firmament politique veut qu'il ait été le grand maître d'œuvre de cette victoire pro-Clark à Sherbrooke. Le principal intéressé ne fait rien pour dissiper cette impression : « J'ai donc embarqué avec Joe. Ils avaient besoin de quelqu'un pour organiser, j'ai accepté le rôle, puis je l'ai fait. » Nuançons. Charest a certainement vendu un grand nombre de cartes de membre, notamment à des dizaines de jeunes qui, autrement, n'auraient jamais perdu une soirée pour une assemblée de vieux bleus. Peut-être a-t-il été le meilleur vendeur du groupe, bien que ce titre lui soit contesté. De là à se proclamer organisateur en chef, il y a une marge : « Charest, il vendait des cartes, il n'était patron de rien ! » affirme Léo Daigle. Le Dr Gagné ne dit pas autre chose.

Début juin 1983, Jean Charest arrive à Ottawa pour participer à l'élection du prochain chef du Parti conservateur. Dans l'esprit de tous ceux qui y ont assisté, ce congrès a été l'un des plus excitants de toute l'histoire politique canadienne. Il faudra, aux trois mille délégués présents au Centre civique, quatre tours de scrutin, pas moins de neuf heures de vote et d'attente par une chaleur écrasante, avant que le nom du vainqueur ne soit annoncé.

Le jeune avocat de Sherbrooke s'est pointé dans la capitale fédérale avec sa femme : « C'était notre première sortie depuis la naissance d'Amélie. » À chacun son idée d'un week-end romantique... Quelques semaines plus tôt, sur le point d'accoucher, Michèle avait fondu en larmes quand Jean lui avait annoncé son intention de se lancer dans la bataille des délégués. Arrivée à Ottawa à reculons, au bout du compte, elle s'amusa ferme. Aujourd'hui, le couple Charest adore raconter comment Michou, l'apolitique par excellence, se levait à quatre heures du matin pour glisser des tracts sous la porte des chambres des délégués.

Cependant, Michèle aurait dû s'inquiéter ; son mari venait de trouver maîtresse. Après un rendez-vous raté au congrès de l'Union nationale quelques années plus tôt, c'est le coup de foudre entre l'avocat et la politique : « J'étais responsable d'un certain nombre de délégués, j'avais l'impression d'être sur les premières lignes, même si je ne l'étais pas nécessairement. » Pas du tout, en réalité ; un délégué parmi trois mille ! « Quand il est revenu d'Ottawa, il ne portait plus à terre », se rappelle l'avocat Michel Dussault.

Pour Pierre Gagné aussi, le congrès est l'occasion d'un coup de foudre. Un coup de foudre pour Jean Charest, politicien en herbe. Le psychiatre est vivement impressionné par l'entregent et l'énergie de sa recrue. Par sa fidélité aussi, Charest étant resté avec Clark jusqu'à la fin, tandis que bien d'autres le délaissaient pour rallier le camp du vainqueur.

À 21 heures 20, le samedi 11 juin, le résultat du quatrième tour de scrutin est annoncé : Joe Clark : 1 325 votes, Brian Mulroney... 1 584 ! Pendant que Mulroney et sa femme Mila se fraient un chemin vers la scène, les partisans de Clark, qui se battent depuis trois ans pour sauvegarder le leadership de cet homme d'une bonne volonté irréprochable, s'effondrent en sanglots.

Amers, Gagné et son groupe retournent à Sherbrooke décidés à prendre leur revanche, à faire élire *leur* candidat en vue des prochaines élections. Un projet audacieux, quand on sait que Brian Mulroney prend maintenant le contrôle de la machine du parti. Un projet qui prendra des allures presque loufoques lorsque le parti fera savoir qu'il jette son dévolu sur Claude Métras, un évaluateur agréé connu partout à Sherbrooke pour son engagement social.

Kamikaze recherché

Les anciens combattants pro-Clark sont tous d'accord pour mettre les bâtons dans les roues du clan Mulroney à Sherbrooke. Mais où trouver le champion qui acceptera de se sacrifier ? Pierre Gagné avance auprès de ses amis la candidature du jeune Charest. Plusieurs sont sceptiques : « C'est qui, ce gars-là ? » « Les gens se demandaient comment il pouvait avoir une chance de passer (contre Métras), et ensuite de battre le député libéral », se rappelle le psychiatre. Mais, devant l'impossibilité de recruter un autre candidat, et tombant les uns après les autres sous le charme de Charest, tous finissent par accepter. « Personne ne s'illusionnait sur les chances de Charest, ou de Métras, de battre le libéral, poursuit Gagné. On faisait ça en vue de la prochaine élection. » Le néophyte, lui, ne se fait pas prier. Il a le goût. Il ne reste qu'à convaincre Michou. « Elle était réticente », admet Charest. Dieu sait comment il s'y prend, mais il la gagnera à l'idée.

Au début du mois de janvier 1984, Pierre Gagné et Léo Daigle convient quelques dizaines d'amis au lancement de la campagne de Jean Charest en vue de l'assemblée d'investiture du Parti conservateur dans Sherbrooke. La réunion a lieu dans le salon des professeurs de la faculté de droit de l'Université de Sherbrooke. Jean Charest éclate de rire en se remémorant cette soirée : « C'est là que j'ai fait mon premier discours, un petit boniment qui était absolument terrible ! Il me semble de me voir là, j'ai l'air d'un *kid,* avec les cheveux longs ! Comme si les gens qui étaient là savaient ce qui se passait ! » Bruno Fortier non plus ne peut s'empêcher de rigoler en résumant l'allocution de Charest, déjà prudent dans ses propos comme il le restera toujours, s'acharnant à ne pas se peinturer dans un coin : « Il avait dit ça comme ça : "Je suis très surpris de vous voir ici…" — c'est son père qui payait le cocktail ! — "Je réfléchis pour trouver des solutions canadiennes aux problèmes canadiens, et un jour peut-être je militerai dans le Parti conservateur." »

Promené par ses parrains parmi l'élite sherbrookoise, Charest séduit un groupe de jeunes et hommes d'affaires qui s'est baptisé « Le Club de la Relève » et qui a pour ambition de succéder à la vieille élite de la « Reine des Cantons de l'Est ». Font partie de ce groupe le comptable Denis Berger, le conseiller municipal Jean Perrault, un autre échevin et homme d'affaires, Jean-Yves (Jerry) Laflamme, et le directeur général du CRSSS de l'Estrie, Albert Painchaud. À l'approche des élections fédérales, « La Relève » se cherche un porte-étendard.

À la fin d'un petit déjeuner à l'hôtel New Wellington, Painchaud demande au jeunot : « Es-tu capable de gagner ?

— Moi si je vais là-dedans, s'entend-il répondre, c'est pour aller très loin ! »

« Quand on a vu ce gars-là pousser comme ça, raconte Berger, on s'est dit : "C'est un de nos champions !" » « L'establishment de la ville se préparait à ramener quelqu'un de l'ancienne *gang*, explique Painchaud. Alors nous avons décidé de miser sur quelqu'un d'entièrement neuf. »

Ainsi, si Jean Charest vise Ottawa, sa carrière politique naît d'une lutte on ne peut plus locale, une lutte pour le contrôle politique et économique de Sherbrooke. Lorsqu'on cherche à comprendre la trajectoire subséquente de Charest, il ne faut jamais perdre cette donnée de vue. Comme disait Tip O'Neil, vieux routier de la politique américaine, « *All politics is local* ».

Le 29 février 1984, Pierre Elliott Trudeau démissionne de son poste de premier ministre et de chef du Parti libéral. C'est au tour des libéraux de se lancer dans une course au leadership. Mais le nom du vainqueur ne fait pas de doute : c'est John Turner qui va affronter Brian Mulroney.

Un cirque

L'assemblée pour le choix du candidat du Parti conservateur dans Sherbrooke est prévue pour le 15 mai 1984. Encore là, il s'agit de vendre des cartes de membre. Chaque camp en distribue plusieurs centaines. M. Métras jouit non seulement d'une réputation enviable, mais aussi de l'appui de l'organisation du parti à Montréal, qui lui envoie fonds et bénévoles. Cependant, le dynamisme de l'organisation Charest semble irrésistible. « Nous nous sommes tous mis à racoler nos amis, nos parents, tous ceux à qui on pouvait penser, dit René Poitras, un ami d'enfance de Jean. Moi, j'ai sorti des vieilles tantes, et même mon père, qui était un libéral convaincu ! On a fait venir plein d'amis souverainistes, qui d'habitude n'allaient pas voter au fédéral. Nos arguments ? C'était Jean, un des nôtres. C'était l'époque du "beau risque" de Lévesque. Et puis il fallait dégommer les libéraux. » Red prend un mois de vacances pour vendre des cartes de membre à ses amis, à ses clients, à ses fournisseurs. « J'ai dû en vendre sept cents », dit celui qui, en effet, devait être un vendeur fort convaincant, sinon intimidant.

Dans le camp de Claude Métras, on est confiant. Trop. Le soir du vote, deux mille cinq cents personnes s'entassent à l'aréna Eugène-Lalonde, au milieu des fanfares, des affiches, des banderoles et des meneuses de claque. Deux mille cinq cents personnes pour choisir un candidat conservateur ! Et dire que, quelques mois plus tôt, ce parti était moribond.

Métras et Charest livrent des discours passables, le jeune avocat se présentant comme « un rassembleur d'hommes et de femmes qui ne se déguisera pas en courant d'air lors des moments difficiles ». Mais dans ce genre de réunions, les discours ne comptent pas. Tout dépend non seulement du nombre de cartes vendues, mais surtout de la proportion des détenteurs de cartes qui prendront la peine de se déplacer pour voter. Certains de la victoire, plusieurs partisans de Claude Métras sont restés chez eux. Tandis que les jeunes recrutés par l'organisation Charest sont fidèles au rendez-vous. Et pour

cause : « Nous autres, on avait vendu des cartes à des gens qui vien-
draient voter parce qu'on leur avait promis un party de bière [après
l'assemblée] », résume Léo Daigle. Charest l'emporte par 908 voix
contre 800.

Organisateur de Métras, habitué à des réunions plus intimes, le
président de l'association conservatrice de Sherbrooke, Guy Bureau,
dénonce ce « cirque » : « C'est dégueulasse. Au moins 50 % des gens
qui sont ici sont des conservateurs d'un soir. Ce n'est certainement
pas la clientèle qui nous permettra de battre les libéraux aux prochaines élections. » Charest rétorque avec un aplomb et un sens de la
formule qui ne le quitteront pas : « Des conservateurs d'un soir, il en
faudra aussi le soir des prochaines élections générales. »

Le rassembleur

Le lendemain de l'assemblée, le vaincu, Claude Métras, se pointe
au bureau à 8 heures 30 comme si rien ne s'était passé. À 9 heures 15,
sa secrétaire l'avise de l'arrivée d'un visiteur inattendu. Un certain
Jean Charest. « Monsieur Métras, dit le tout nouveau candidat
conservateur dans Sherbrooke, j'aimerais qu'ensemble nous fassions
au député libéral une lutte aussi farouche que celle que nous venons
de nous livrer.

— Jean, tu peux compter sur moi. Mais pour ce qui est de mon
organisation, il faut que tu les laisses respirer un peu. »

Les deux camps fusionneront. Mais il y aura des grincements de
dents. Et les rivalités de cette époque ne s'effaceront jamais tout à
fait.

La victoire de l'avocat de vingt-cinq ans contre une vedette
locale, favorite de l'organisation, fait quelques vagues. D'abord à
la centrale du PC à Montréal, où Bernard Roy, patron de l'aile
québécoise et proche de Brian Mulroney, s'en inquiète. Il s'en ouvre
à George MacLaren, éditeur du *Record* de Sherbrooke. « Je l'ai vu
aller, le jeune. À mon avis, c'est un excellent candidat », lui dit
MacLaren. Une vaguelette se rend jusqu'au quartier général du parti

à Ottawa, où l'un des bonzes du parti, Harry Near, entend pour la première fois le nom de Jean Charest.

George MacLaren est suffisamment impressionné par Charest pour prendre en charge le financement de sa campagne électorale. Ami commun de Mulroney et de Roy (ils ont tous trois fait leur droit à l'Université Laval), bien branché dans le milieu des affaires, il deviendra pour le petit frisé de Sherbrooke un précieux allié et un sage conseiller.

Le lendemain de leur victoire, le Dr Gagné et son poulain vont chercher les documents accordant à l'avocat la bénédiction du parti. Gagné se souvient d'un accueil frigorifique : « Nous nous sommes installés dans la salle d'attente. Une demi-heure plus tard, la pièce était vide, mais nous étions toujours là. » Finalement, Bernard Roy les reçoit, « poliment mais froidement ». Charest sort préoccupé de cette brève rencontre : « Ouais, je pense qu'on n'aura pas beaucoup d'appuis du parti pour la campagne ! » Et Gagné de répondre à son ami interloqué : « T'en fais pas, Jean, non seulement tu vas battre [le député libéral Irénée] Pelletier, mais après ça on va se lancer dans l'autre projet, faire de toi le premier ministre du Canada ! » Une blague, sans doute ? « Une demi-blague, assure le psychiatre aujourd'hui. Parce que s'il y a quelqu'un [à l'époque] qui peut devenir premier ministre du Canada, tu sais, une *long, long shot,* c'est quelqu'un comme Charest. »

L'apprentissage de Michèle

Michèle Dionne l'évoque à peine aujourd'hui, mais ses premiers pas en politique ont été difficiles. La veille de l'assemblée d'investiture, le camp Charest avait convenu d'appeler tous les détenteurs de cartes, y compris ceux du camp Métras, pour les inciter à aller voter. Sur l'insistance de l'avocat Daigle, Michou est mise à contribution. Il l'installe dans un coin de son bureau, compose un premier numéro et passe le récepteur à madame. Daigle nous conte la suite : « Elle s'est fait engueuler ! Alors elle s'est mise à pleurer et m'a sauté dans les bras en disant : "Je ne fais plus un appel, je m'en vais. De toute façon, la politique, je n'ai jamais aimé ça !" » L'organisateur insiste, et Michèle fait un deuxième appel. Elle tombe sur un partisan de son mari. Puis sur un autre… Et un autre. La soirée, finalement, ne sera pas désagréable.

Quand, quelques mois plus tard, commence la campagne électorale, la jeune femme se rebiffe contre le rôle qu'on veut lui faire jouer. Un rôle conforme à la tradition, que résume ainsi Albert Painchaud : « Tu mets l'épouse à côté, tu l'enlèves quand c'est fini, pis tu la remets. » « Michou en avait plein le dos d'entendre parler de politique, dit Painchaud. Et elle n'avait pas le caractère facile non plus… » C'est-à-dire qu'elle ne se laisse pas faire. Painchaud tente de s'imposer : « Ou bien tu la fais [la campagne électorale], t'es là, et on règle les problèmes de féminisme, pis de machin, etc. Ou bien tu ne la fais pas. »

Entre autres choses, Michèle refuse qu'on l'appelle « madame Charest » : « Moi je ne m'appelle pas madame Charest, je m'appelle Michèle Dionne !

— Écoute ben ! rétorque Painchaud. Si tu t'appelles Michèle Dionne, y' a personne qui va te reconnaître ou savoir d'où tu viens. »

Michèle n'en démord pas. Dès la seconde campagne électorale de son mari, en 1988, les organisateurs conviendront de lui faire son propre itinéraire de campagne. Et personne ne l'appellera plus madame Charest. Cependant, encore aujourd'hui, Michèle monte sur la scène avant chaque discours de son mari, fait quelques pas de danse avec lui — les partisans adorent cela —, puis retourne s'asseoir sagement, pour ne revenir qu'à la fin du discours. Un scénario qui ressemble beaucoup à ce que décrivait M. Painchaud : « Tu mets l'épouse à côté, tu l'enlèves quand c'est fini. »

Soucieuse de donner de tout ce qui touche à la carrière de Jean une image positive, Michèle évite aujourd'hui de parler des accrochages des premières années. Voici comment elle raconte la campagne électorale de 1984 : « Ça a été fantastique, parce que nous partions vraiment au bas de l'échelle. Nous n'avions rien. C'est le père de Jean qui nous avait trouvé un local. Son frère nous avait prêté un réfrigérateur, mon père m'avait donné un classeur. Il y avait une table de ping-pong avec des gros meubles orange. On s'embarquait dans une grande aventure ! »

Et quand on lui demande si elle avait des hésitations ou des réserves, elle répond : « Non. Nous, on s'est lancés dans ça corps et âme. »

Corps et âme, oui. Sans réserves ni hésitations, ce n'est pas le souvenir qu'en garde l'entourage du couple.

Le premier débat

Irénée Pelletier était député libéral de Sherbrooke depuis douze ans. À l'élection précédente, en 1980, il avait remporté la victoire avec une majorité écrasante de 23 000 voix. Il n'était pas ministre et ne le serait jamais, mais il avait gagné le respect des électeurs de la circonscription. Bref, le jeune Charest s'attaquait à ce qui semblait être une forteresse.

Lorsque le tout nouveau chef libéral et premier ministre John Turner annonce la tenue d'un scrutin le 4 septembre 1984, les sondages placent son parti loin devant les conservateurs de Brian Mulroney. À Sherbrooke, la situation est identique, les premiers coups de sonde de Denis Beaudoin indiquent que Pelletier est très populaire. Mis à la porte de la permanence du parti par le nouveau chef conservateur Brian Mulroney, Beaudoin a fondé une petite entreprise, Majoricom, qui propose aux candidats bleus d'organiser leur campagne électorale en échange de quelques milliers de dollars. Jean Charest est l'un des cinq candidats qui retiennent ses services. « Mes sondages montraient que Charest était inconnu. Il n'y a pas une personne sur cinq qui le connaissait. Zéro comme profil ! » se souvenait Beaudoin quand je l'ai rencontré quelques mois avant son décès, survenu en avril 1998.

Sur le plan national, la popularité de John Turner se met bientôt à vaciller. Le jour même du déclenchement des élections, il annonce 19 nominations, des récompenses accordées à des fidèles par son prédécesseur Trudeau. Ces nominations hanteront Turner tout le long de sa campagne, en particulier pendant le débat télévisé en langue anglaise. « Je n'avais pas le choix », se défendra le premier ministre. « Vous aviez le choix, monsieur ! répliquera Mulroney. Vous auriez pu dire : "Non, je ne ferai pas ces nominations, c'est mauvais pour le Canada !" » À partir de ce moment, la campagne nationale des libéraux s'effondre et le mécontentement profond des Canadiens à l'endroit de ceux qui les gouvernent depuis plus de vingt ans remonte à la surface.

Certain d'écrabouiller son adversaire, Irénée Pelletier accepte de l'affronter au cours d'un débat télévisé. « J'étais convaincu qu'il allait refuser, dit Beaudoin. Si j'avais été à sa place, c'est ce que j'aurais fait. Il avait tout à perdre. » Charest se prépare « comme quand [il] préparai[t] [s]es causes. » Fiches, statistiques, il étudie fort. « Il ne connaissait rien des dossiers locaux », avait constaté Léo Daigle. Cette ignorance n'avait rien de honteux pour un avocat de vingt-six ans. Mais elle met en relief les motivations réelles de ses débuts en politique. Charest a beau prétendre aujourd'hui qu'il s'est présenté en 1984 parce que « les libéraux étaient indifférents à ce qui se passait dans [s]a région sur le plan économique » et parce qu'il voyait poindre à l'horizon, à l'échelle nationale, « une nouvelle période de réconciliation », en réalité, tous ses amis en témoignent, il s'est lancé en politique… pour le plaisir de la politique. Utilisé, aussi, par ceux qui voulaient assouvir leur soif de vengeance contre le camp Mulroney, et par d'autres qui, à Sherbrooke, voulaient devenir l'establishment à la place de l'establishment. « Charest est la victime de son ambition à l'époque, confie Léo Daigle. Il ne contrôle pas grand-chose, il ne connaît rien ! »

L'avocat arrive tout de même bien armé au studio de CHLT. Bien armé, et en retard : « J'avais fait exprès d'arriver à la dernière minute, raconte-t-il. Je me suis assis dans mon fauteuil et *chlak!* l'émission commence ! » S'il fait tout pour avoir l'air sûr de lui, le néophyte est nerveux. « C'était très intimidant. J'étais assis en face de quelqu'un qui était là depuis douze ans, un homme intelligent, qui avait été un bon député. » Un bon député ? Ce n'est pourtant pas ce que le jeune Charest clame sur les tribunes en cet été de 1984 !

Le travail de préparation de Charest porte fruit. Quand Pelletier, pour démontrer l'inexpérience de son adversaire, lance que celui-ci ne connaît probablement pas le taux de chômage dans le comté, Charest réplique avec le pourcentage exact et enchaîne en dénonçant la politique économique du gouvernement libéral. Et lorsque le député l'accuse de compter parmi ses partisans plusieurs personnes ayant voté *oui* au référendum de 1980, le conservateur réagit en prenant la défense de ces Québécois qui représentent, rappelle-t-il, 40 % de la population de la province. « Si le conservateur Jean Charest était un boxeur olympique, écrit le lendemain l'éditorialiste de *La Tribune*, il faudrait lui donner la victoire par décision parce qu'il a porté plus de coups. » À la fin de l'émission, la station de télévision mène une enquête maison : 51 % de téléspectateurs attribuent la victoire à Charest, et 44 % à Pelletier.

Ce premier affrontement de la carrière politique de Jean Charest, gravé dans la mémoire de tous ceux qui l'ont vu, est perçu comme le tournant de la campagne dans Sherbrooke. De fait, le soir du 4 septembre 1984, Charest est élu, avec 210 autres conservateurs à travers le Canada. Les 23 000 votes de majorité de Pelletier se sont transformés en déficit de plus de 7 000 voix.

Mais restons calmes. Une vieille loi de l'organisation politique veut que le candidat local, quoi qu'il fasse, ne compte que pour 5 % du nombre de votes qu'il recueille. Les 95 % qui restent résultent de la tendance nationale. C'était, sans aucun doute, le cas de Jean Charest en 1984. On n'a qu'à relire les journaux sherbrookois de l'époque pour s'en convaincre : les campagnes des chefs, Mulroney, Turner et Broadbent, y occupaient la première page quotidiennement, tandis que les rares articles parlant des candidats locaux étaient enfouis dans les pages intérieures. Le principal intéressé est le premier à admettre qu'il doit sa victoire à la vague bleue qui a balayé le pays le 4 septembre 1984 et non à ses efforts, le soir du débat ou durant le reste de la campagne : « Le débat n'aurait pas eu lieu, ou je l'aurais perdu, et je me serais fait élire [quand même]. » Reste que cet affrontement a été un moment marquant dans sa carrière : « Psychologiquement, ça a été important pour moi, parce qu'à partir de ce moment-là, j'ai gagné en confiance. Je me disais : "Bon, je suis capable de me débrouiller dans des circonstances comme celles-là." »

N'eût été la vague bleue, Jean Charest ne serait pas devenu député en 1984. Serait-il allé aux États-Unis pour plonger dans sa maîtrise en droit maritime ? Aurait-il ouvert son petit bureau à Sherbrooke ? Chose certaine, le virus politique ne l'aurait pas quitté.

Plaire à Brian

Le Dr Gagné rêvait peut-être de voir son protégé devenir premier ministre, mais soyons clair : le 5 septembre 1984, Jean Charest n'est rien d'autre qu'un petit politicailleur de vingt-six ans. Ses trois ans de pratique du droit, on l'a dit, n'ont pas laissé de traces. Ses discours politiques n'ont exprimé aucune idée originale. Cependant, tout le monde sait qu'il peut vendre des cartes de membre et « faire sortir le vote ». « À ce moment-là, je le voyais plus comme un organisateur, se souvient Pierre-Claude Nolin, lui-même organisateur du camp Mulroney. Lorsqu'il est arrivé à Ottawa en 1984, c'était un député comme les autres. »

Comme les autres ? Pas tout à fait. Dès ses premiers mois comme représentant de Sherbrooke à la Chambre des communes, Charest commence à manifester un sens politique particulièrement aiguisé. Le soir même de sa victoire contre Irénée Pelletier, il annonce que son bureau de comté ouvrira ses portes le lendemain matin. Et de fait, constate *La Tribune* le 6 septembre, « le bureau du nouveau député de Sherbrooke Jean Charest était ouvert dès hier matin, au lendemain de l'élection, au 780 King Ouest ».

Ce même jour, le 6 septembre, au quartier général électoral du PC à Ottawa, les patrons de l'organisation font leurs boîtes, encore ivres de leur triomphe. « Qui se pointe là, deux jours après l'élection ? raconte l'un d'eux, Harry Near. Ce jeune gars, Charest ! Il venait nous remercier pour la campagne ! C'est le genre de choses dont vous vous souvenez longtemps, qui vous indique que le gars comprend comment ça marche ! »

Sur les conseils de George MacLaren et de Denis Beaudoin, Charest décide de s'installer rapidement au Parlement, même si la Chambre ne siégera pas avant deux mois. Les députés québécois portés par la vague bleue sont à peine remis du choc de leur victoire que leur collègue de Sherbrooke se familiarise déjà avec les couloirs du pouvoir. « Alors que, nous, nous ne nous installons pas avant novembre, se rappelle François Gérin, élu dans le comté voisin de Mégantic-Compton, lui était là dès la mi-septembre, à se faire plein de contacts, notamment chez les anglophones. »

Quoi qu'on en dise, le Parlement fédéral est resté une institution essentiellement anglophone. Dans cette mer d'anglais, le nouveau député de Sherbrooke nage parfaitement à son aise tandis que la plupart de ses collègues québécois, dictionnaire à la main, se débattent pour éviter la noyade. Le député de Richelieu, Louis Plamondon, se souvient d'une invitation qu'ont reçue tous les membres du caucus québécois à l'occasion de la rentrée parlementaire : « Nous étions invités à une réception donnée par Jean Charest à son appartement. Déjà, il voulait se faire reconnaître comme un leader. »

Pourtant, dans l'esprit de tous, l'homme fort de l'Estrie dans le caucus conservateur, ce n'est pas ce jeune homme ambitieux (prétentieux ?), mais Gérin. Brian Mulroney n'a-t-il pas dit de lui, au cours d'une assemblée à Coaticook : « Vous entendrez parler de François Gérin à la grandeur du comté, à la grandeur de la province, et bientôt à la grandeur du pays » ? Une déclaration dont Gérin s'est amplement servi durant sa campagne électorale. On imagine la déception du député de Mégantic-Compton lorsque, en formant son cabinet, le nouveau premier ministre l'ignore totalement, tandis que le député de Sherbrooke est nommé vice-président adjoint de la Chambre des communes ! À compter de ce moment, la rivalité

Gérin-Charest n'échappera à aucun membre du caucus conservateur du Québec.

Pourquoi Brian Mulroney offre-t-il ainsi un poste à Jean Charest, qu'il ne connaît ni d'Ève ni d'Adam ? « Il a dû se passer quelque chose entre le 4 septembre et la formation du cabinet », avance l'organisateur Pierre-Claude Nolin qui, à l'époque, suit la scène de son bureau chez Dessau, à Laval. De fait, il s'est passé quelque chose. Ce quelque chose porte la marque de George MacLaren, l'éditeur du *Sherbrooke Record*, qui a pris Charest sous son aile. Dans les jours qui ont suivi la victoire du 4 septembre, MacLaren a envoyé à Peter White, au cabinet du nouveau premier ministre, la cassette du débat télévisé entre Charest et Pelletier. White est impressionné : « Il était très vite sur ses patins », se rappelle l'ancien conseiller de Mulroney. En outre, MacLaren avait déjà eu l'occasion de vanter les mérites de son protégé devant son ami Mulroney : « Charest te ressemble comme deux gouttes d'eau ! C'est un Irlandais francophone, parfait bilingue, bourré de charisme ! » « Quand nous sommes arrivés au gouvernement, j'ai commencé à le surveiller, m'a confié l'ancien premier ministre au cours d'une entrevue. J'ai décidé de lui donner des responsabilités avant même de le connaître, parce que j'avais confiance en MacLaren. »

Vice-président adjoint de la Chambre des communes, c'est mieux que rien. Mais c'est un emploi terriblement ennuyeux. « Une *job* tranquille », résume celui que Mulroney a nommé vice-président, Marcel Danis. Aux Communes, le président dirige les débats dans les moments les plus intéressants, en particulier pendant la période des questions. Le vice-président a le deuxième choix. Ses deux adjoints héritent des restes, c'est-à-dire des débats de fin de journée, lorsque quelques députés présents par obligation discourent dans le vide. Danis croit se rappeler que son jeune adjoint n'avait pas accueilli sa nomination avec beaucoup d'enthousiasme : « Il était déçu. Il voulait être au cabinet, c'est un gars ambitieux. » « Étiez-vous content de cette nomination ? » ai-je demandé à Charest lors d'un de nos entretiens. « J'étais content, a-t-il répondu après un moment d'hésitation. Ah ! je me disais toujours, parce qu'au Québec il y avait un nouveau cru de députés, je me disais que peut-être… Mais il fallait être réaliste, j'avais vingt-six ans. » Un gars ambitieux, comme dit Danis.

Charest prend le parti de tirer le maximum des fonctions qu'on lui a confiées. « C'est un excellent poste pour former quelqu'un, analyse Danis. Si tu identifies une personne comme pouvant devenir ministre un jour, c'est peut-être la meilleure place. Parce que tu y acquiers une connaissance de la Chambre des communes que tu ne pourrais trouver ailleurs. » Le député de Sherbrooke s'attelle donc à la tâche. Il apprend les règlements de la Chambre. Et surtout, il observe. Il admire en particulier les parlementaires terre-neuviens : « Les Newfies ont une tradition orale extraordinaire. » Il évoque autant des libéraux que des conservateurs : John Crosbie, George Baker, Brian Tobin.

Reste que des heures à écouter des discours… « Je trouvais ça long… *long* ! » Alors, pour passer le temps, Charest met à profit son sens de l'humour. Un soir, le greffier adjoint Robert Marleau lui fait parvenir une note. C'est habituellement le moyen de transmettre à celui qui préside les débats une information sur les règlements. Mais ce message-ci dit : « Regarde la jolie fille dans la tribune des fonctionnaires. » Le vice-président adjoint de la Chambre des communes regarde en direction de la tribune, froisse la note en petite boule… et l'avale !

Charest, le clown

La faune outaouaise a vite découvert le petit côté gamin de ce jeune homme sous ses dehors sérieux. Tous ceux qui ont travaillé avec Charest durant ces années-là vous diront à quel point il les a fait rire avec ses blagues, ses grimaces et ses imitations. « On se bidonnait ! » raconte l'ex-ministre Monique Vézina, qui s'est retrouvée un temps assise aux côtés de son jeune collègue à la Chambre des communes. Camille Guilbault, responsable des relations entre le bureau du premier ministre Mulroney et le caucus conservateur du Québec, raconte cette anecdote. Impeccablement mise comme toujours, Mme Guilbault marche le long de la rue Wellington, la rue du Parlement, lorsqu'elle entend un homme la héler : « Camille ! » Se retournant, elle aperçoit une limousine ministérielle. Le ministre de l'Environnement du Canada, M. Jean Charest, a baissé la vitre arrière et sorti la tête. Il porte une paire de ces lunettes où des yeux de plastique pendouillent au bout de longs ressorts.

La même Camille Guilbault garde à la maison un souvenir impérissable. Une cassette où l'on voit Jean Charest donner un numéro digne de nos meilleurs humoristes. « C'est une cassette très rare », confie-t-elle avant de me la laisser voir. La première partie montre la satire d'un bulletin de nouvelles, préparée en 1996 pour la fête annuelle d'un regroupement de politiciens et de journalistes baptisé le Gatineau Hills Gentlemen's Club. Jean Charest y imite le général Jean Boyle, ex-chef d'état-major canadien. Cette partie est plutôt ennuyeuse, sauf le décor : assis derrière un bureau, Charest porte une énorme casquette militaire, décorée de l'emblème du Parti progressiste-conservateur. Accrochée au mur, comme dans tout bureau de militaire, la photo du chef de l'État. Dans le cas présent, il s'agit de… Kim Campbell !

L'enregistrement du bulletin factice terminé, Charest prolonge la blague. Une caméra continue de tourner, et c'est cette partie, jamais diffusée, qui fait les délices de quelques privilégiés. D'abord, Charest caricature Jean Chrétien et sa promesse d'abolir la TPS : « Peut-être que vous m'avez compris hors contexte. Ce n'est pas ce que j'ai dit… D'accord, d'accord, c'est ce que j'ai dit. Et alors, j'ai exagéré un peu. Quelle affaire ! Je leur ai dit que je me débarrasserais de la TPS. Abolir, jeter aux poubelles. Regardez dans le dictionnaire : harmoniser, c'est presque la même chose ! Jeter l'harmoniseur, harmoniser la poubelle… C'est la même chose, vous savez ! » Puis, changeant sa voix, il imite une femme, peut-être Sheila Copps : « Vous êtes si technique, si pointilleux ! » Ensuite, retour à un Chrétien déchaîné : « À quoi vous attendez-vous, bon Dieu ! Un joueur de la Ligue nationale de hockey fait plus d'argent que moi ! Vous attendez-vous à ce que je sois Einstein ? Vous croyez que c'est facile, vous croyez que c'est amusant ? Comment croyez-vous que je me sens quand ma propre femme se promène dans la maison avec ces maudites statues et frappe le personnel[1] ! » Contrit, il penche la tête, froisse la feuille qu'il tient et, pendant que les cameramen croulent de rire, soupire : « J'ai essayé… »

L'ancien sous-ministre de Charest, John Edwards, conserve un souvenir du même genre dans le sous-sol de sa maison de Rockliffe, le quartier huppé d'Ottawa. Il s'agit de l'enregistrement du discours de Charest, alors tout jeune ministre, au cours d'un dîner en l'honneur d'Edwards. Charest se présente au lutrin, l'air perdu. Il commence son discours avec la voix empâtée d'un homme qui a trop bu : « Mesdames et messieurs, je suis très heureux de me retrouver au Club Rotary… Euh… C'est encore le mauvais discours ! » Il a l'assistance dans sa poche.

Il se moque ensuite d'un autre fonctionnaire, Barry Carin, avec qui il s'entend particulièrement bien : « J'ai appris que, quand Barry a préparé son discours, il croyait qu'il n'y aurait pas de ministres dans la salle. Alors nous avons conclu une entente : Benoît [Bouchard] et moi [nous] irons aux toilettes pendant son discours… Tant qu'à recevoir de la merde, aussi bien que ce soit de la vraie ! » Il entreprend ensuite d'imiter les nombreuses conversations téléphoniques qu'il a eues avec son sous-ministre ; c'est… son soulier qui fait office de combiné !

« Mon sens de l'humour, c'est une soupape », dit Charest. Il n'hésite pas à se prendre pour cible : « En politique, on devient un peu une caricature de soi-même. Quand on le comprend, ça nous aide à survivre, parce que ça nous aide à faire la part des choses. »

---

1. Charest fait allusion à un incident survenu quelques mois plus tôt à la résidence officielle du premier ministre, alors qu'un individu armé avait pénétré à l'intérieur de la maison. Pendant que son mari dormait, Mme Chrétien s'était emparée d'une statue esquimaude pour se défendre contre l'intrus.

Rire de lui-même, soit. Mais Charest accepte difficilement qu'on s'amuse à ses dépens. « C'est peut-être pareil pour tout le monde », répond-il quand on lui en fait la remarque. Peut-être... Son ami de collège Bruno Fortier m'a rapporté en entrevue qu'il avait catégoriquement refusé de collaborer au tour qu'envisageait de jouer à Charest l'équipe de *Surprise sur prise* : « Je ne le voyais pas dans ces situations-là.

— Pourtant il a participé à certaines émissions humoristiques?

— Oui, des choses qu'il contrôlait ! »

Un des meilleurs amis de Charest dans le monde politique, l'ancien ministre Pierre Blais, se rappelle le « bien-cuit » organisé en 1989 à l'occasion du cinquième anniversaire des débuts politiques du député de Sherbrooke : « J'en avais mis épais. Jean n'était pas habitué à se faire faire ça. Sur le coup, il avait été... un peu d'orgueil... Mais de toute façon il s'était vengé tout de suite après. » Et comment ! L'allocution de Blais était savoureuse, le député de Bellechasse se moquant des nombreux voyages de son collègue et de sa recherche constante de publicité. La réplique de Charest fut plus grinçante, laissant de toute évidence l'auditoire mal à l'aise : « Pierre, c'est un bon gars, mais il est un peu limité... Soyons francs : c'est pas le gars le plus vite au monde. » Bruno Hallé, qui se souvient de la scène, explique ainsi la réaction de son ami : « Toute la famille est comme ça. N'attaque jamais, n'humilie jamais un Charest en public, parce que la réponse va être cinglante. »

Papier fin, fin politicien

C'est dans un dossier économique régional, celui de la modernisation de l'usine de Domtar à Windsor, dans l'Estrie, qu'émerge ce qu'il est aujourd'hui convenu d'appeler « la manière Charest ». Une subtile combinaison de travail acharné, de manœuvres discrètes et d'utilisation des médias. « Il travaille comme une araignée », dira sa collègue de l'époque, Monique Vézina.

Février 1985. *La Presse* annonce que le gouvernement fédéral a rejeté la demande de subvention de 100 millions de dollars faite par la compagnie Domtar, qui veut construire à Windsor l'usine de papier fin la plus moderne du monde, un projet de 1,2 milliard. La décision du ministre de l'Expansion économique régionale, Sinclair Stevens, soulève un tollé, non seulement au sein de l'élite de l'Estrie, mais dans l'ensemble du Québec, qui sort péniblement d'une profonde récession. Le Front commun pour la survie de l'usine Domtar est mis sur pied et multiplie les assemblées et les manifestations. Plus de 450 000 lettres sont envoyées aux élus de Québec et d'Ottawa. Les médias entreprennent de suivre l'affaire de près, ce qui oblige les premiers ministres Mulroney et Lévesque eux-mêmes à la prendre en main.

L'usine de Domtar se trouve dans la circonscription d'un député libéral, Alain Tardif. Mais c'est son collègue du comté voisin, le flamboyant Jean Lapierre, libéral lui aussi, qui mène la bataille. Le député Charest se retrouve coincé entre son gouvernement et les intérêts locaux. Pour un débutant, négliger l'un au profit de l'autre peut être fatal. Mulroney s'étant empressé d'évoquer une assistance qui prendrait une autre forme qu'une subvention et ayant promis de discuter du problème avec le premier ministre Lévesque, Charest exhorte les membres du Front commun à faire preuve de patience. « Il m'appelait souvent, tard le soir, pour me demander d'écraser un peu », se souvient le porte-parole du Front commun, Michel Bousquet. « Le premier ministre a dit qu'il s'occupait personnellement du dossier, explique alors Charest. À mon sens, ce sont des acquis pour les intervenants et ils devraient le reconnaître. » Cette attitude lui attire un torrent de huées au cours d'une assemblée publique. « Charest fait du patinage », accuse le maire de Windsor, Adrien Péloquin.

Aux déclarations tonitruantes, Charest préfère les pressions discrètes auprès de ses collègues du caucus. Il les harcèle. Et, quand se produit quelque développement favorable, le député n'hésite pas à contacter les médias locaux pour en prendre le crédit.

Lorsque les dirigeants du Front commun se rendent à Ottawa, le député de Sherbrooke est incapable de leur obtenir un entretien avec le premier ministre. Mais ils le verront tout de même… grâce au libéral Jean Lapierre. « Mon Jean Lapierre prend le plancher, raconte aujourd'hui Péloquin, qui observait la scène du haut de la tribune réservée au public à la Chambre des communes. Il dit : "Je ne comprends pas que le premier ministre refuse de rencontrer le groupe de Windsor qui s'est déplacé exprès pour ça !" Et il défie Mulroney de nous rencontrer ! » Le premier ministre juge préférable de se rendre : « Ça me fera plaisir de les voir immédiatement après la période de questions. » « Les gardes du corps sont venus nous chercher à la tribune pour nous emmener au bureau du premier ministre, on flottait dans les airs », poursuit Péloquin.

L'affaire se réglera, après quelques semaines de tractations, par une aide fédérale sous forme de garantie de prêt. Une réalisation que Jean Charest inclura dans son bilan lors de la campagne électorale de 1988. À tort ou à raison ? L'affaire ayant été menée au plus haut niveau, il n'est pas certain que les simples députés, Charest ou les autres, aient pesé bien lourd dans la balance. De toute façon, dans l'esprit de bien des acteurs de l'époque, c'est le libéral Jean Lapierre qui est resté le héros de ce combat. « Lapierre était drôlement habile », reconnaît Charest aujourd'hui. Il faut dire que, des banquettes de l'opposition, le libéral avait beau jeu. La recrue conservatrice se trouvait dans une position plus délicate.

Alors correspondant parlementaire au réseau TVA, Luc Lavoie se souvient d'une conférence de presse donnée par le député de Sherbrooke à la sortie d'une réunion du caucus consacrée au dossier Domtar : « Avec sa tête à la Robert Charlebois, il avait l'air plus jeune que sa jeunesse. Mais il était extrêmement articulé et semblait très sûr de lui. » Charest s'en tire donc honorablement, impressionnant autant ses collègues que les décideurs locaux par sa maîtrise du dossier et son habileté à manœuvrer entre l'obligatoire discipline de parti et les légitimes exigences de ses commettants. « La réussite d'un parlementaire dépend de sa capacité de concilier les deux », conclut le Sherbrookois, une douzaine d'années plus tard. C'est un jeu d'équilibriste que Jean Charest maîtrisera toujours à merveille.

Le mini-ministre

À la veille du remaniement ministériel du 30 juin 1986, le téléphone sonne dans l'appartement de Jean Charest à Gatineau. C'est Fred Doucet, le chef de cabinet de Brian Mulroney : « Le premier ministre veut vous voir demain. » Il va devenir ministre ! « J'étais dans tous mes états, raconte Charest. Je m'en souviens parce que je suis descendu à Sherbrooke après et je me suis fait arrêter... »

Une fois ministre, Charest allait quelque temps continuer de conduire sa voiture entre Ottawa et Sherbrooke. « Ce n'est pas prudent de conduire, avec toute la fatigue qui s'accumule, insiste Jules Pleau, un ami qui est à l'époque chef de cabinet du président du Conseil du Trésor, Robert René de Cotret.

— Je ne veux rien savoir d'un chauffeur, je veux être capable de jaser avec Michou sans que quelqu'un m'entende ! »

« C'était le côté rétif de son âge, estime Pleau aujourd'hui. Jusqu'à ce qu'il réalise qu'effectivement ce n'était pas très prudent. »

D'autant plus que Charest a toujours eu un petit faible pour la vitesse. Un ami d'enfance, René Poitras, raconte qu'au retour d'un séjour en Floride, à l'époque où ils étudiaient au Séminaire, il avait passé le volant de sa Coccinelle à Jean en lui demandant bien de ne pas dépasser la limite de vitesse de 55 milles à l'heure en vigueur en ce temps-là. Puis Poitras s'était assoupi sur le siège arrière. Quelques minutes plus tard, il était réveillé par les gyrophares d'une voiture de police.

« Qu'est-ce qui se passe, Jean ?

— Ben, j'allais peut-être un peu plus vite.

— À quel point, plus vite ?

— Ben, *pas mal* plus vite… »

La contravention s'élevait à plus de cent dollars américains, qu'il fallait payer immédiatement, sous peine d'être emmené au poste. Charest n'ayant pas un sou en poche, Poitras a vidé son portefeuille. Pour toute nourriture pendant le reste du voyage, les deux jeunes hommes ont dû se contenter d'un pot de beurre d'arachide.

Bruno Hallé, lui, se souvient d'une course menée à un train d'enfer sur l'autoroute Décarie, alors que lui et son ami Charest étaient étudiants à l'université. Jean était au volant d'une Opel d'occasion, dont le radiateur n'avait plus de bouchon. « Il faisait des pointes à 160 kilomètres à l'heure, et on voyait ça, *pfffffft* ! »

Au bilan du député de Sherbrooke, il faut donc ajouter un nombre indéterminé de contraventions. « Est-il vrai que tu aimes la vitesse ? lui ai-je demandé peu après son saut en politique provinciale.

— Je ne conduis pas… Je ne me permets pas de conduire. »

Jean Charest est un homme pressé… qui a appris à être prudent.

La potiche jeunesse

Le 30 juin 1986, en présence de son père et de plusieurs membres de sa famille, Jean J. Charest est assermenté ministre d'État à la Jeunesse, devenant ainsi, à 28 ans, le plus jeune député de l'histoire canadienne à accéder au Cabinet. Brian Mulroney a aimé ce qu'il a vu du protégé de George MacLaren. « Charest, c'était un *comer*, se souvient M. Mulroney. Il avait beaucoup d'avenir, pour moi c'était évident. Il faisait preuve d'une très grande maturité pour son âge. Et il avait ses priorités à la bonne place. » L'ancien premier ministre aime raconter que le jeune Sherbrookois était arrivé en retard à un petit déjeuner auquel le patron avait convié quelques députés, comme il le faisait tous les mercredis matin : « Pour des députés, invités au 24 Sussex, sachant que le premier ministre veut scruter leurs activités… J'ai noté son retard, et je me suis renseigné, à son insu. Et j'ai appris que la raison de son retard, c'était qu'il allait conduire ses enfants à l'école. » Aucune raison ne pouvait séduire davantage l'Irlandais de Baie-Comeau.

Les retards de Charest aux réunions convoquées tôt le matin à Ottawa font désormais partie de sa légende personnelle, comme preuve de son attachement à sa famille. Au ministre Marcel Masse, que ces retards irritaient, Charest répondit qu'il n'avait qu'à changer l'heure de ces réunions. Il se fit remarquer à quelques reprises en arrivant à des rencontres ou à des activités publiques la petite Amélie dans les bras. Il n'est pas certain, cependant, que les enfants soient les seuls responsables du manque de ponctualité de Jean Charest. Des amis soulignent que, plus jeune, notre homme était loin d'être un lève-tôt. Denis Beaudoin rappelait que, durant la première campagne électorale de Charest, il allait littéralement le sortir du lit : « J'avais une clé de la maison. Je rentrais à 5 heures 45, je partais le café et je rentrais dans la chambre. Michou était furieuse… » Et puis Charest a tout simplement une notion bien personnelle du temps qui passe, explique son adjointe de toujours, Suzanne Poulin : « Il n'est jamais stressé par le temps. C'est toujours comme s'il avait toute la vie devant lui. Jamais tu ne le verras regarder l'heure pour mettre fin à un rendez-vous. »

Voici donc Jean Charest ministre. Mais ministre d'État, une sorte de ministre de deuxième classe. Sans la bénédiction du « vrai » ministre, le ministre d'État ne peut rien. Dans ce cas-ci, le « vrai » ministre, c'était Benoît Bouchard, le député de Roberval, un ancien directeur de cégep dont la cote était à la hausse. À la faveur du remaniement ministériel, il avait hérité de l'imposant portefeuille de l'Emploi et de l'Immigration, et son orgueil s'était gonflé encore davantage. « Le ministre d'État n'est pas nécessairement bien reçu par la fonction publique d'un ministère, m'a expliqué Bouchard lorsque je l'ai rencontré. Il n'est pas considéré comme étant un joueur important si le ministre n'est pas très, très clair à cet égard. » Bouchard jure qu'il a toujours appuyé son cadet, mais il semble que l'entente n'ait pas été parfaite entre les deux hommes, que le ministre *senior* n'ait pas trop apprécié les projets grandioses nourris par Charest. Ce dernier évoque cette époque de sa carrière en soupirant, et parle d'« une longue période d'apprentissage, mon Dieu ! ». « La relation entre un ministre *senior* et un ministre *junior*, poursuit Charest, c'est comme mettre deux enfants dans un carré de sable et dire à l'un : "Toi, tu es responsable de tous les jouets et tu prêteras à l'autre les jouets que tu veux." Le ministre d'État est totalement à la merci du ministre *senior.* »

De toute façon, le premier ministre n'avait pas nommé le jeune député à ce poste pour qu'il lance cinquante nouveaux programmes. « Ce ministère d'État était vraiment, selon Benoît Bouchard, une invention politique. C'était quelque chose que le premier ministre avait créé pour donner plus de visibilité aux jeunes. » Ce que confirme un peu Charest lui-même quand il rapporte que Brian Mulroney lui avait demandé, en lui annonçant son accession au cabinet, de voyager le plus possible. Le nouveau ministre ne se fera pas prier. Il découvrira ce qui va devenir une de ses activités politiques préférées : traverser le pays de part en part en rencontrant le maximum de gens. Ce qui, « en passant » comme il dit, n'est pas un mauvais moyen de se faire connaître et de tisser des alliances… pour plus tard.

Mais Charest ne veut pas être seulement la potiche jeunesse du gouvernement. Il veut agir. Faire quelque chose. Au début d'août 1986, Charest et ses fonctionnaires passent une journée en retraite fermée. Par le plus pur des hasards, son sous-ministre, John Edwards, est une connaissance de George MacLaren. Un jeune ministre ne pouvait mieux tomber. Edwards était — et est toujours, même à la retraite — un homme extraordinairement ordonné. Au cours de l'entrevue qu'il m'a accordée, il consultait ses agendas et ses notes de l'époque, citant avec exactitude les dates, les discours, les politiques. À l'occasion de cette retraite — « C'était le 9 août, au Country Club » —, Edwards trace un portrait peu encourageant de la situation. Un an plus tôt, le gouvernement avait déposé sa « Stratégie canadienne pour l'emploi », un programme de deux milliards de dollars comprenant un volet jeunesse. Compte tenu de l'importance de la stratégie, il est exclu que le gouvernement accorde de nouveaux fonds pour stimuler l'emploi chez les jeunes. Ou bien Charest se contente de faire comme ses prédécesseurs et se promène d'un comté à l'autre pour distribuer les chèques qui découlent des programmes d'emplois d'été, ou bien il se trouve un créneau, un secteur encore ignoré par le gouvernement fédéral. « Les fonctionnaires du ministère avaient identifié un problème d'importance nationale qui n'avait pas encore été abordé de façon satisfaisante : le décrochage », raconte John Edwards. Le ministre d'État saute sur cet os prometteur. Dans les mois suivants, Charest et ses fonctionnaires vont mettre sur pied un programme de 300 millions sur cinq ans, baptisé « L'école avant tout ».

Mais l'enseignement secondaire, n'est-ce pas une compétence exclusive des provinces ? Jean Charest le reconnaissait. Mais il estimait que la gravité du problème justifiait une intervention du fédéral... en collaboration avec les gouvernements provinciaux. Il s'en est expliqué à la Chambre des communes : « Le paternalisme et le sectarisme que suscite la question découlent en partie du fait que, bien que tout le monde admette qu'il s'agit de notre plus important problème, personne avant nous ne s'était donné la peine de le définir et de demander leur assentiment aux autres Canadiens. » Le programme a en tout cas été très mal reçu à Québec. « Ça nous avait mis en beau maudit », lance aujourd'hui Thomas Boudreau, qui était à l'époque sous-ministre de l'Éducation. Le programme fédéral allait être lancé au moment même où le gouvernement québécois préparait sa propre stratégie contre le décrochage. Boudreau et son ministre, Claude Ryan, ont fait des représentations « vigoureuses » auprès de Charest pour qu'Ottawa verse son argent au gouvernement du Québec, qui l'injecterait dans son programme. « Évidemment, du point de vue de la visibilité, ce n'était pas très intéressant, concède Boudreau. Un jeune ministre veut accrocher son nom à un programme. » Thomas Boudreau se souvient d'une rencontre sur ce dossier entre Claude Ryan et Jean Charest : « Il était charmeur. Il avait étudié à la même école que ma fille. Il m'a dit : "Ah ! c'est vous le père d'Hélène !" Je ne sais pas s'il se souvenait vraiment d'elle. En tout cas, il n'était pas baveux du tout. Ce n'est pas un homme de controverse. »

Mais sous le charme se cachait la détermination : le fédéral a rejeté la requête provinciale. « Ça permettait au gouvernement fédéral de mettre un pied dans la porte, souligne l'ancien sous-ministre Boudreau. Ça faisait deux gouvernements dans l'éducation. Le Parti québécois n'aurait jamais accepté ça, mais M. Ryan l'avait accepté. »

« L'école avant tout » est la première réalisation importante de Jean Charest, et il en parlera toujours avec beaucoup de fierté. Un bilan réalisé par des consultants en 1994 concluait d'ailleurs que « l'importance du programme a été reconnue de façon unanime » par les intervenants du milieu scolaire.

Non, c'est non

Le ministre ne veut pas s'arrêter en si bon chemin. Il envisage une vaste « stratégie jeunesse », faisant en sorte d'une part qu'aucun jeune citoyen ne reçoive d'aide sociale ou d'assurance-chômage sans être engagé dans un programme de formation et, d'autre part, que soient regroupés dans un « guichet unique » les services fédéraux et provinciaux destinés aux jeunes. « Il était très ambitieux, très fin, toujours à la recherche d'une occasion de faire la différence », se rappelle Edwards, qui avait dû supporter au cours des ans bien des ministres d'État moins talentueux. Il voulait faire du Canada un meilleur pays. Il avait un côté très idéaliste. Mais en même temps, il n'y a pas de doute qu'il avait un côté très politique. Il voulait faire de bonnes choses, mais aussi en obtenir le crédit. Il avait toujours un œil tourné vers les médias. »

La stratégie jeunesse de Charest échouera au Cabinet. On la jugeait trop coûteuse et trop risquée, politiquement parlant. En outre, comme « L'école avant tout », la stratégie s'aventurait en pleines compétences provinciales, éducation et aide sociale. Le sort du projet est décidé au cours d'une réunion du comité du cabinet sur le développement social, présidé par Jake Epp. Comme le veulent les règles très strictes de la machine gouvernementale, les fonctionnaires du Conseil privé rédigent un texte officiel enregistrant la décision du comité, un *Record of decision (RD)*. Ne manque que l'approbation finale des ministres. Lorsque le comité se réunit à nouveau, Charest fait une ultime tentative pour renverser la vapeur. Comme les discussions s'embourbent, il produit son propre *RD*, que son chef de cabinet a pris soin de rédiger sur une copie du papier à en-tête du Conseil privé. Autant dire, un faux! Son nouveau sous-ministre, Nick Mulder, est estomaqué : « Qu'est-ce qui se passe? lui demande-t-il à l'oreille. Vous n'êtes pas censé faire ça! » « C'est quelque chose qui ne se fait pas! maintient encore Mulder aujourd'hui. Le *Record of decision* est préparé par les fonctionnaires du Conseil privé! Un Cabinet ne peut pas fonctionner si chaque ministre interprète à sa façon les décisions qui ont été prises. » Mais, à l'époque, Charest ne s'embarrassait guère des règles et du protocole. Nommé vice-président adjoint de la Chambre, il n'avait pas voulu pas enfiler la toge réglementaire. Pas de toge, pas de chauffeur, pourquoi s'inquiéter de la procédure du Cabinet?

Le naufrage de la stratégie jeunesse sera tout de même fécond. D'une part, des ententes seront conclues entre Ottawa et deux provinces, le Nouveau-Brunswick et Terre-Neuve, créant un guichet unique pour les programmes s'adressant aux jeunes. D'autre part, l'apprenti ministre aura réalisé à quel point il est important de « vendre » un projet auprès de ses collègues avant la tenue d'une réunion. Il aura aussi appris comment on dit « non » dans le langage politique. « J'ai compris qu'on m'avait dit *non* plusieurs fois auparavant sans jamais prononcer le mot. On m'avait envoyé toutes sortes de signaux. Ça a dû être embarrassant et encombrant pour mes collègues », confie Charest aujourd'hui. Embarrassant pour lui, d'abord. Au cours d'une réunion du Cabinet, alors que le ministre des Finances a écarté son projet du revers de la main, Charest s'est mis à insister, se permettant d'élever le ton. La scène est gravée dans la mémoire d'un haut fonctionnaire de l'époque, Norman Spector : « Vous aviez là le ministre le moins important du cabinet de l'époque, qui tenait tête au ministre des Finances, Michael Wilson ! Wilson l'a tout simplement ignoré. Vous connaissez Wilson, un concombre froid. C'est le genre de comportement qui peut raccourcir une carrière. Mais Charest a appris. » Assurément. « J'ai été surpris de voir l'importance de l'influence du ministre des Finances, dit Charest maintenant. Il n'y avait pas vraiment de discussion. Quand le ministre des Finances se prononçait, c'était presque sans appel. »

« Je retiens aussi, poursuit l'ancien député fédéral, l'immense influence du premier ministre. Un mot, un signal de Mulroney pouvait changer complètement le sort d'une quelconque initiative. »

Tête de Turc

Aussi Charest observait-il le premier ministre avec beaucoup de soin. « Il buvait littéralement ses paroles », se rappellent plusieurs collègues. Des collègues qui ont assez tôt noté, aussi, que « Brian » avait pris le député de Sherbrooke sous son aile. « Le premier ministre avait une attention spéciale pour lui, se souvient le député de Chicoutimi André Harvey. Sa façon de lui parler, de l'avoir à ses côtés. On sentait qu'il voyait en Jean un homme prometteur pour l'avenir, et qu'un jour il serait en mesure de prendre le parti sur ses épaules. »

Il faut se méfier, bien sûr, de ces souvenirs embellis à la lumière de la suite des événements. Mais très nombreux sont ceux qui ont témoigné de l'attitude du premier ministre, une préférence qui a certainement suscité quelques jalousies. Celle du député de Mégantic-Compton, François Gérin, est légendaire, qui s'en confiait même à ses « amis d'en face », Jean Lapierre et Alain Tardif. D'autres ont dû être envieux, sans l'exprimer aussi ouvertement. « Le monde politique est très discret, très prude », rappelle l'ancien député conservateur Gabriel Desjardins. Pour ne pas dire hypocrite.

En général, cependant, le député de Sherbrooke était apprécié par ses collègues. On admirait son sérieux, sa pondération. Aux réunions du caucus québécois, tous les mardis soir, il s'assoyait au dernier rang et écoutait. Il prenait rarement la parole, mais quand il le faisait, il se distinguait par sa façon d'aborder les questions. « Sa portée allait plus loin que la nôtre, dit Guy St-Julien, à l'époque député conservateur d'Abitibi. Lui, il parlait *national*. Tandis que nous autres, on parlait de notre comté. »

Certains le trouvaient trop solitaire, snob même. Tous les midis, une douzaine de députés québécois se rassemblaient autour d'une même table, la « table du Québec », au restaurant parlementaire. Les habitués ne se souviennent pas d'y avoir vu Jean Charest. Pas plus que ne l'ont vu les députés qui, tous les mardis soir après la réunion du caucus québécois, allaient souper en groupe, souvent accompagnés par un ministre, que ce soit Benoît Bouchard, Marcel Masse ou Pierre Blais. Charest? Jamais. « C'est vrai qu'il avait sa famille… », concèdent les participants à ces soirées. Par nécessité, mais aussi par goût, Jean Charest n'était pas fort sur « le social ».

Entre-temps, l'opposition libérale s'amuse à ses dépens. Le ministre d'État à la Jeunesse devient une de ses cibles préférées. « Son problème, c'est qu'il avait la *fuse* courte, dit Jean Lapierre, à l'époque député libéral de Shefford. Chaque fois que la pression montait un peu, *clouk*! » Souvenons-nous de ce que disait son copain Bruno Hallé : « N'humilie jamais un Charest en public… » Alors les libéraux font monter la pression. Ils l'appellent « le mini-ministre », ou encore « le ministre d'État aux petites affaires ». Le coloré député montréalais Jean-Claude Malépart, entre autres, prend un plaisir fou à se moquer de lui, l'accusant de perdre son temps « à se promener dans sa limousine et à parler à son chauffeur ». « Le ministre d'État se dit fort et content ainsi que tous les autres ministres du Québec, le supposé *French Power*! lance Malépart. Ils ont leur petite *job*, leur

limousine, ils coupent les rubans de temps en temps et ils sont bien
heureux. Et lui, il se fait friser, et c'est ça le *French Power*! » Ces sar-
casmes ont le don de mettre hors de lui ce jeune coq, qui, plus que
tout, désire être pris au sérieux. Il s'indigne, déplore le ton du débat,
en appelle au règlement. Rien à faire. « On le picossait », raconte
Lapierre. « J'étais un ministre *junior,* je voulais prendre ma place,
faire des choses, expliquera plus tard Charest. C'était peut-être juste
de l'orgueil aussi. »

Il faut dire que, à l'époque, le climat en Chambre est particulièrement houleux. Les libéraux sont peu nombreux, mais les Copps,
Tobin, Dingwall, Nunziata et Boudria sont d'une agressivité telle
qu'on les a surnommés « *The Rat Pack* » (la bande de rats). Charest
et quelques autres jeunes ministres, dont Bernard Valcourt, sont de
tous les combats. « Pour Mulroney, c'était un gars extraordinaire
pour aller au front. C'est pour ça que Mulroney l'aimait, beaucoup
plus que pour sa compétence dans les ministères dont il a été responsable », estime Lapierre. « Mulroney aimait bien avoir sa garde
prétorienne de jeunes ministres francophones qui étaient toujours
prêts à monter au front », confirme le député de Sherbrooke.

Avec le temps, cependant, Charest se calmera, se fera une carapace. Au point que quand, quelques années plus tard, Lucien Bouchard explosera en Chambre après s'être fait traiter de « lâche » par
le Terre-Neuvien Brian Tobin, c'est Charest qui lui conseillera de
faire la part des choses.

Ça, c'est du sport!

C'est avec appréhension que, au printemps de 1988, les membres
du Groupe de travail sur la politique nationale du sport attendent le
nouveau ministre responsable du sport amateur au pays, Jean Charest. Ces gens-là ont une vaste expérience dans leur domaine, à commencer par Abby Hoffman, ex-championne canadienne d'athlétisme. Formé par le prédécesseur de Charest, le groupe a travaillé
plusieurs mois pour produire des recommandations visant une

réforme du système sportif canadien. Et voici que le premier ministre, tout à la fin du processus, leur impose un nouveau ministre, ajoutant ce portefeuille aux responsabilités de son ministre de la Jeunesse. Comble de malheur, à l'époque, le garçon est engraissé aux hot-dogs. « Ça ne semblait pas être un portefeuille naturel pour lui. Juste à voir comment il était bâti, il n'était pas du type athlétique », raconte un des membres du comité, Wilf Wedmann. « Nous étions tous frappés par sa jeunesse, se rappelle le président de l'Association olympique canadienne, Roger Jackson. Il avait une coiffure afro… Nous nous demandions s'il avait la maturité nécessaire. » « Je ne cadrais pas dans le portrait », concède le principal intéressé.

Les membres du Groupe de travail, comme bien d'autres avant et après eux, tomberont vite sous le charme. « Quand nous l'avons rencontré pour la première fois, dit Jackson, il avait de toute évidence lu tous les documents importants. Il a posé des questions et fait des commentaires très pertinents. » Comme d'habitude, Charest avait fait ses devoirs. De retour à Sherbrooke quelques jours après sa nomination au Sport, il avait fait venir Jean-Guy Ouellette, professeur d'éducation physique à l'Université de Sherbrooke et président du conseil d'administration de l'Association canadienne d'athlétisme. Ouellette, un homme émotif au physique de footballeur, avait passé la journée à exposer au ministre les arcanes du sport amateur, avec sa forêt d'associations, de fédérations et d'unions, ses instances provinciales, nationales et internationales, ses traditions, ses acteurs et leurs querelles. Amélie dans les bras, Charest prenait des notes.

Son sous-ministre à l'époque, Lyle Makosky, se souvient de leur première rencontre comme si c'était hier : « Quand il est entré dans mon bureau, il m'a serré la main, en me regardant droit dans les yeux pendant plusieurs secondes. Cela a beaucoup d'impact, parce que cela montre que cette personne a confiance en elle. » Bref, l'effet Charest joue à plein. Pas plus au Sport que dans les autres portefeuilles dont il a eu la charge, il n'aura de réalisation spectaculaire à son actif. Mais il saisit les dossiers qui se trouvent sur la table du ministre à son arrivée et les mène avec ardeur, compétence et enthousiasme, qu'il s'agisse de l'élaboration de la nouvelle politique du sport amateur proposée par le Groupe de travail, des négociations internationales sur le dopage, de la participation des athlètes handicapés aux Jeux du Commonwealth ou de l'organisation des premiers Jeux de la francophonie. Tellement que le milieu se souvient de lui comme d'un des meilleurs ministres que le sport amateur canadien ait jamais connus.

Le ministère d'État à la Condition physique et au Sport amateur — qui n'existe plus depuis la mode du déficit zéro — était à l'époque perçu par les politiciens fédéraux comme un cadeau. En le nommant à ce poste, Brian Mulroney avait dit à son cadet qu'il s'agissait du « ministère le plus extraordinaire ». Un portefeuille peu controversé, dont le titulaire se consacrait essentiellement à distribuer des chèques d'un océan à l'autre et à se faire photographier aux côtés des Ben Johnson et des Sylvie Bernier de ce monde. « C'était le ministère idéal pour se construire un réseau politique », explique Marcel Danis, qui a lui aussi occupé ce poste. Habile, Charest a su en profiter sans abuser : « Il était toujours récalcitrant à se faire photographier avec les athlètes, affirme Lyle Makosky. Il nous disait toujours : "C'est leur fête, leur spectacle, pas le mien." » « Il restait en arrière-plan », confirme Hugh Glynn, à l'époque président du Centre national du sport et de la récréation, qui a travaillé avec quinze ministres différents. « Nous avions eu des ministres dont la seule préoccupation était de se faire photographier ! »

« Un ministère extraordinaire », avait dit Brian Mulroney, ne se doutant certainement pas que son protégé allait devoir faire face à deux gigantesques controverses. La première provoquée par un échantillon d'urine. La seconde par un numéro de téléphone.

9,79 secondes

Le soir du 24 septembre 1988, des millions de Canadiens attendent, le cœur battant, la course du 100 mètres des Jeux olympiques de Séoul. Dès le départ, le Canadien Ben Johnson explose hors des blocs. Son avance sur l'Américain Carl Lewis devient vite insurmontable et, avec une aisance déconcertante, il franchit la ligne d'arrivée en 9 secondes 79 centièmes, améliorant ainsi son propre record du monde. Sur l'autre rive du Pacifique, la population canadienne triomphe, dans un moment de frénésie qui ne manque pas de rappeler la réaction populaire au but de Paul Henderson donnant la victoire à Team Canada pendant la « Série du siècle », seize ans plus tôt. Le premier ministre s'adresse au vainqueur, en direct, à la télévision. Pour Brian Mulroney, qui se prépare à déclencher des élections générales, il s'agit d'une extraordinaire aubaine politique.

Ce soir-là, le ministre d'État au Sport amateur, en poste depuis à peine six mois, n'est pas à Séoul. Il n'a assisté qu'aux premiers jours des Jeux, désireux de revenir au Canada pour œuvrer à sa réélection dans Sherbrooke. Le 24 septembre, il dîne en tête à tête avec Michèle dans un restaurant de North Hatley. Pas trop préoccupé par le 100 mètres, notre ministre du Sport! Mais il peut voir l'exploit de Johnson parce que le chef, lui, regarde la course entre deux sauces.

Dans la nuit du 25 au 26 septembre, les responsables de la mission canadienne à Séoul apprennent du Comité international olympique (CIO) qu'un échantillon d'urine de Ben Johnson a montré des traces de stanozolol, un stéroïde anabolisant. Une expertise d'un deuxième échantillon doit être faite plus tard dans la journée. La nouvelle se répand comme une traînée de poudre. On ne sait trop qui l'apprend au ministre responsable, mais nombreux sont ceux qui, de Séoul, lui parlent pendant ces heures folles. Tous se souviennent de lui comme d'un homme calme, en pleine possession de ses moyens. Sauf une fois, quand, au cours d'une conversation avec Makosky, il donne un violent coup de poing sur le comptoir de la cuisine : « Ça a fait une marque sur le comptoir, raconte Charest. C'est une des rares fois où je me suis choqué. » Devant Jean-Guy Ouellette, il s'inquiète de l'embarras que l'incident — l'affaire Johnson, pas la marque sur le comptoir! — causera au premier ministre.

Dans les heures qui suivent, le résultat du premier test de dopage est confirmé, et le CIO annule la médaille d'or de Ben Johnson.

« C'était comme si le ciel nous tombait sur la tête », confiera plus tard Charest. L'événement provoque un raz de marée planétaire. À Ottawa, le bureau du ministre est débordé par les appels des médias du monde entier. La grande émission d'affaires publiques américaine *Nightline* sollicite le ministre pour une entrevue. C'est au grassouillet député de Sherbrooke, maintenant, de décider quelle mesure l'État canadien prendra contre celui qui, il y a quelques heures encore, était un héros national.

Mais en réalité, il n'y a pas de décision à prendre. Les règlements de Sport Canada, édictés en 1985, laissent peu de place à l'interprétation :

> Les personnes trouvées coupables d'avoir enfreint les règles antidopage portant sur les stéroïdes anabolisants et substances apparentées seront automatiquement privées à vie d'admissibilité aux programmes d'aide et aux avantages du gouvernement fédéral.

Deux semaines avant les Jeux, la règle s'était appliquée, automatiquement, à quatre haltérophiles québécois trouvés coupables de dopage. Le ministre les avait privés, à vie, de toute aide financière gouvernementale. Quand éclate l'affaire Johnson, Jean Charest estime qu'il n'a pas le choix : « Je venais d'appliquer la règle à des haltérophiles, je ne pouvais pas agir différemment dans le cas de Johnson. » « Ben Johnson suspendu à vie », annonce donc le communiqué de presse publié le soir du 26 septembre 1988. « Le gouvernement du Canada est catégoriquement opposé à l'usage de stéroïdes anabolisants et, par conséquent, il suspend à vie Ben Johnson de toute aide financière. » À la Chambre des communes, le lendemain, Charest déclare : « Sport Canada arrêtera de financer Johnson, qui ne pourra plus jamais faire partie de l'équipe nationale. » De Séoul, les dirigeants de l'Association canadienne d'athlétisme s'empressent de le contredire : seule l'Association peut décider qui fait partie de l'équipe nationale. La suspension à vie prévue par les règlements du ministère ne s'applique qu'au financement gouvernemental. Autrement dit, dans la mesure où l'ACA est d'accord, Ben Johnson pourrait fort bien courir pour le Canada dans l'avenir, pour autant qu'il paie lui-même ses dépenses. Oups !

Dix ans plus tard, certains attribuent la confusion aux médias, qui auraient mal compris les propos de Charest. D'autres soulignent, avec raison, que la portée de la politique du ministère ne faisait pas consensus, et que le ministre a simplement adopté le point de vue majoritaire parmi les fonctionnaires. Son sous-ministre de l'époque, Lyle Makosky, estime quant à lui que Charest, comme bien d'autres, ne saisissait pas les subtilités de la politique canadienne : « M. Charest n'était titulaire du portefeuille que depuis quelques mois. Il n'y avait que trois personnes qui connaissaient vraiment bien nos règlements, et nous étions toutes les trois à Séoul. Le manque de temps, les problèmes de communication et l'inexpérience ont fait que les déclarations du ministre ne furent pas assez claires. Il aurait été préférable de dire que le gouvernement du Canada retirait son appui [à Johnson] et espérait que la fédération sportive fasse de même. »

En somme, Charest avait beau avoir bien fait ses devoirs, dans le cas Johnson il s'était mis les pieds dans les plats en ne prenant pas en compte les susceptibilités des fédérations sportives, férocement jalouses de leurs prérogatives. D'où les déclarations contradictoires des uns et des autres ; d'où la confusion. Surtout, en annonçant la sanction dans les minutes suivant la confirmation du test positif, en voulant faire son dur, le ministre n'avait pas prévu le courant de sympathie qui se lèverait en faveur du coureur. Car, excitée par les députés de l'opposition, la population s'est d'abord rangée du côté de son héros déchu. Certes, il avait triché. Mais le priver *à vie* du droit de courir, cela paraissait vraiment excessif. « Quel pouvoir autorise le ministre à dire que Ben Johnson ne devrait plus jamais faire partie de notre équipe nationale ? s'indigne en Chambre le libéral Warren Allmand. Cet homme n'a-t-il pas le droit de se défendre avant d'être condamné à vie ? »

La décision de Sport Canada ne fait pas des mécontents seulement parmi l'opposition. Dans les rangs conservateurs aussi, nombreux sont ceux qui trouvent la sanction exagérée. Les députés de la région de Toronto, où la communauté d'origine jamaïcaine est importante, sont particulièrement critiques. Alors même que Brian Mulroney s'apprête à déclencher des élections, son poulain vient de provoquer une tornade d'antipathie dans la métropole du pays! Pressé par l'entourage du premier ministre, Charest cherche un moyen d'apaiser la colère des partisans de Johnson sans reculer sur le fond. « On a l'impression, partout au pays, que Ben Johnson est en quelque sorte une victime dans cette affaire et nous sommes d'accord, dit-il à la Chambre des communes. Comme Ben Johnson est un Canadien en difficulté et qu'il y a eu erreur de sa part, je crois que nous sommes tous sympathiques à sa cause. »

Tout au plus Jean Charest admet-il aujourd'hui avoir commis une erreur « pédagogique » : « Mon erreur à moi, ça a été de ne pas prendre le temps de bien expliquer la nature de la décision qui avait été prise. » Voici une occasion où un peu plus de patience, un peu plus de sagesse auraient été fort bienvenues. Autrement dit, un peu plus d'expérience. « Jean était tellement pressé qu'il a banni Ben Johnson avant même le test d'urine ! » se moquera quelques mois plus tard son ami Pierre Blais.

C'est à son retour de Séoul que Jean-Guy Ouellette deviendra un admirateur inconditionnel de Jean Charest. Dès leur arrivée, Ouellette et le président de l'Association d'athlétisme, Paul Dupré, sont convoqués par le ministre. L'atmosphère est fébrile. Les journalistes font le pied de grue devant l'édifice qui abrite les bureaux du petit ministère du Sport amateur, bureaux qui sont fermés à clé par mesure de sécurité. Outre Ouellette et Dupré s'y trouve le sous-ministre de Charest, Lyle Makosky. La discussion tourne au vinaigre, Makosky accusant Dupré et Ouellette d'avoir fait preuve de laxisme dans le dossier du dopage. « On se renvoyait la balle, raconte Ouellette. Mais Jean était là, et disait : "Attendez. On va regarder ça de façon rationnelle." Ça m'a vraiment impressionné, un jeune ministre, dans une crise semblable, qui, après avoir été un peu trop vite au début, était capable de se reprendre comme il l'a fait. »

Le gouvernement se sortira du pétrin en créant une commission d'enquête sur le dopage dans le sport, présidée par le juge Charles Dubin. « Une réponse qui est assez typique des gouvernements qui sont coincés et qui ne savent pas quoi faire », admet Charest aujourd'hui. Sauf que dans ce cas-ci, de l'avis général dans le milieu du sport amateur, la commission a porté fruit. Elle a fait éclater l'abcès sur la place publique, et ses recommandations ont mené à la mise sur pied d'un système plus efficace de contrôle du dopage. Et puis, à moyen terme, l'affaire Ben Johnson a sans doute eu un effet positif sur la carrière de Jean Charest. Pierre Blais le disait au « bien-cuit » raconté plus haut : « Jean l'aime bien, Ben [Johnson]. C'est lui qui l'a mis sur la carte. Qui connaissait Jean Charest avant l'affaire Ben Johnson ? »

« Le ministre savait »

Le courant de sympathie envers Johnson s'épuise rapidement. À mesure que les médias enquêtent sur l'entourage douteux du sprinter, notamment sur le Dr Jamie Astaphan, à mesure qu'apparaît la faiblesse de la défense du coureur, les Canadiens se font à l'idée que leur héros a bel et bien triché. Plus d'une fois.

L'opposition et les médias continuent cependant de rendre le ministre responsable de l'incident. Les libéraux soulignent que des rumeurs de dopage dans l'équipe des sprinters circulaient depuis des mois. « Il a décidé de ne rien faire ! s'indigne Allmand. Le ministre aurait pu prévenir cette sombre affaire s'il avait pris des mesures appropriées à ce moment-là, il aurait pu sauver Ben Johnson et le Canada de cette sérieuse humiliation ! » « L'Association olympique canadienne et le ministre du Sport étaient parfaitement au courant des rumeurs qui couraient au sujet de Johnson, constate le *Globe & Mail* dans son éditorial. Mais les bonzes du sport n'ont rien fait pour s'assurer que leur athlète était "propre" avant de l'envoyer à l'étranger avec tous nos espoirs sur ses épaules. Quelle négligence, quelle insouciance. » Le lendemain, le même journal publie à la une des extraits d'une lettre envoyée à Charest par un spécialiste canadien du dopage, le Dr Andrew Pipe. Rédigée quelques semaines avant les Jeux, cette lettre faisait savoir au ministre que « des allégations d'usage de drogues illégales minent l'intégrité du programme anti-dopage canadien ».

Il est vrai qu'à l'époque les rumeurs au sujet du dopage en géné-ral — et de Johnson en particulier — abondaient. Certaines s'étaient rendues jusqu'aux oreilles du ministre. La question est de savoir s'il en savait assez long pour agir, par exemple pour exiger de l'Associa-tion canadienne d'athlétisme qu'elle fasse la lumière sur les alléga-tions concernant Johnson. La réponse des personnes qui connais-saient le mieux le dossier à l'époque est unanime : non. C'est notamment l'opinion d'Andrew Pipe, l'auteur de la lettre déterrée par le *Globe & Mail* : « On a mal interprété ma lettre, a soutenu le médecin quand je l'ai interviewé. Je voulais sensibiliser le ministre aux inquiétudes que j'avais à ce moment-là et lui proposer une ren-contre pour en discuter, mais il serait injuste d'en conclure qu'il avait reçu des informations lui permettant d'intervenir et d'empêcher ce qui s'est produit. » « Le ministre était relativement loin de tout cela », renchérit Rolf Lund, qui était président de l'Ontario Track and Field Association et qui avait tenté de convaincre les têtes dirigeantes de l'athlétisme canadien d'enquêter sur les pratiques d'entraînement des sprinters. « Sport Canada n'avait aucune responsabilité dans ce domaine », affirme enfin Roger Jackson, ancien président de l'Asso-ciation olympique canadienne. « C'est un organisme de finance-ment, qui est loin des athlètes et qui n'est pas impliqué dans leur entraînement. »

La commission Dubin a fait reposer la responsabilité de la fai-blesse du contrôle antidopage canadien sur l'Association cana-dienne d'athlétisme qui, malgré des pressions insistantes du minis-tère du Sport amateur, avait tardé à renforcer son programme de contrôles hors compétition. Le rapport du juge Dubin ne men-tionne pas une seule fois le nom de Jean Charest, qui n'a d'ailleurs pas été appelé à témoigner. Le procureur de la commission, l'avocat torontois Bob Armstrong, qui avait interrogé Charest en privé, m'a expliqué pourquoi il n'avait pas jugé bon de le convoquer à la barre : « Il n'avait rien de neuf à nous dire. Il n'avait pas d'information personnelle ou directe au sujet de l'usage des drogues dans le sport. Le gouvernement avait très peu de contrôle direct sur les fédérations sportives. La question de la responsabilité du ministre n'a jamais été soulevée devant la commission. »

Des rumeurs circulaient, mais ce n'étaient que des rumeurs, et ceux qui auraient pu les confirmer se taisaient. Le système sportif canadien s'apprêtait à améliorer les contrôles antidopage, même s'il le faisait en se traînant les pieds. Jean Charest avait bien joué son rôle à la première Conférence mondiale sur l'antidopage dans le sport, tenue à Ottawa deux mois avant les Jeux de Séoul. Au pays, ses fonctionnaires faisaient pression là où il le fallait. En somme, rien ne pouvait laisser penser au ministre que la situation nécessitait un geste radical de sa part. Et de toute façon, s'il avait voulu imposer ses vues, « il y aurait eu une rébellion de la part des associations sportives », estime Paul Dupré, ancien patron de l'Association canadienne d'athlétisme. « On dit aujourd'hui que tout le monde était au courant des pratiques de Johnson, souligne le procureur de la commission Dubin. Le saviez-vous, vous ? Moi, je ne le savais pas. C'est si merveilleux d'être sage après le fait ! »

D'une vague à l'autre

L'affaire Johnson n'est pas calmée que Jean Charest doit se lancer dans son propre sprint. Le premier ministre a annoncé des élections générales pour le 21 novembre 1988, et la réélection du jeune ministre est loin d'être assurée. Cette fois, son adversaire libéral est un homme d'affaires bien connu, un temps président de la Chambre de commerce de Sherbrooke, Dennis Wood.

Le débat électoral local reflète celui qui agite le pays. Un thème s'impose, le traité de libre-échange que le gouvernement canadien a signé avec les États-Unis l'année précédente. La confortable avance dont jouissent les conservateurs de Brian Mulroney en début de campagne s'effondre après les débats des chefs, où John Turner s'érige en défenseur de la souveraineté canadienne. L'avance de Charest dans Sherbrooke se met à fondre elle aussi. « Quand Turner a monté en flèche, on l'a senti dans nos pointages », se souvient le directeur de la campagne du Sherbrookois cette année-là, Conrad Chapdelaine.

Que Charest embauche l'avocat Chapdelaine comme organisateur en chef en a étonné plusieurs à l'époque. Chapdelaine était en effet connu pour ses opinions souverainistes et il faisait même partie de l'organisation du péquiste Raynald Fréchette. Les libéraux provinciaux gravitant autour de Charest n'ont pas accepté cette nomination de gaieté de cœur. En réalité, il s'agissait d'un choix stratégique, tenant compte de la nécessité pour Charest de conserver le suffrage des péquistes qui avaient voté pour lui en 1984.

La montée de Turner est de courte durée, et les conservateurs reprennent vite leur avance, à Sherbrooke comme dans le reste du pays. La tâche de Charest est facilitée par le peu d'expérience politique de son adversaire.

Les deux débats contre Wood sont les premiers que Charest prépare avec l'aide de spécialistes en communication et marketing, Jean-Bernard Bélisle et Claude Lacroix, de la firme de relations publiques sherbrookoise Everest. L'exercice est pénible pour le jeune orgueilleux. Au cours d'une séance de travail tenue chez Bélisle, Charest est soumis à un barrage de critiques. « Écoute, Jean, ça n'a pas de bon sens ! répètent les communicateurs. On dirait que tu lis un livre, il n'y a pas de cœur ! » Le ministre sort de là furieux, humilié. « Suzanne, dit-il à son adjointe, je ne veux plus jamais que tu me traînes à une réunion comme celle-là ! » La nuit portant conseil, le lendemain, Charest demande à revoir Bélisle et Lacroix avant le premier débat. Une décision qui portera fruit. « Il l'avait mangé ! » dit Bélisle de la performance de son champion contre l'homme d'affaires. Le député de Sherbrooke ne se séparera plus de ces deux conseillers.

La gaffe

En début d'après-midi, le 23 janvier 1990, le juge Yvan Macerola, de la Cour supérieure, termine la rédaction d'un jugement tout en avalant un sandwich. L'arrêt décidera du sort de l'entraîneur Daniel Saint-Hilaire, que les dirigeants du sport amateur canadien ont écarté de l'équipe représentant le Canada aux Jeux du Commonwealth, qui s'ouvrent ce jour-là en Nouvelle-Zélande.

Le téléphone sonne : « Bonjour, ici Jean Charest, ministre du Sport amateur. Il paraît que vous avez besoin d'éclaircissements ? »

Le juge Macerola n'est pas surpris outre mesure par cet appel, pourtant fort inhabituel. Déjà, plus tôt dans la journée, le bureau du ministre a tenté de communiquer avec lui. Le magistrat a fait savoir par sa secrétaire qu'il ne pouvait absolument pas parler au politicien. Il répète, fermement, la même chose à son interlocuteur : « Monsieur Charest, je regrette, je ne peux pas vous parler. J'entends une cause dans laquelle vous êtes impliqué. Je vous souhaite bonne chance ainsi qu'aux athlètes canadiens en Nouvelle-Zélande. »

Le juge raccroche. Il doit retourner dans la salle 208 du Palais de justice de Montréal pour rendre son jugement. De longues minutes, il se demande comment réagir à l'appel du ministre. Son jugement est déjà écrit, le geste de Charest ne peut plus l'influencer d'aucune manière. Mais doit-il en faire état publiquement ? M. Macerola conclut qu'il ne peut faire autrement. « Ça me faisait de la peine de le dire parce que j'imaginais quelles pouvaient être les conséquences pour lui, explique le magistrat aujourd'hui. Mais un juge est tenu de le faire savoir, quand un membre de l'exécutif entre en communication avec le pouvoir judiciaire. Si je ne l'avais pas fait, c'est moi qui aurais été dans l'eau bouillante. » En outre, sa secrétaire a déjà parlé de l'appel du bureau du ministre dans les couloirs du Palais de justice.

À la reprise de la séance, le juge Macerola indique donc brièvement aux parties que « le ministre a appelé [s]on bureau mais [qu'il a] refusé de lui parler ». Le magistrat rend ensuite son jugement, jugement dans lequel, tentant de minimiser les conséquences de l'incident pour Charest, il précise que le tribunal ne se sent « aucunement lié, ni influencé » par les opinions du ministre, et que celles-ci « ne portent pas atteinte, non plus, à l'indépendance judiciaire ».

Le chroniqueur judiciaire de *La Presse*, Yves Boisvert, est dans la salle. Il voit tout de suite l'importance de ce qui vient de se passer. Il communique avec le député libéral Jean Lapierre, à Ottawa, pour obtenir ses commentaires. Dans les minutes qui suivent, Lapierre et son collègue Stan Keyes convoquent une conférence de presse et exigent la démission de Charest.

Les précédents

Lapierre n'a pas hésité une seconde. Parce qu'il sait flairer les aubaines politiques, d'abord. Mais aussi parce que les rapports entre le politique et le judiciaire, il connaît. Lorsque, en 1976, le ministre André Ouellet avait dû démissionner dans des circonstances similaires, le jeune adjoint chargé d'étudier les précédents pour le ministre s'appelait… Jean Lapierre. M. Ouellet, ministre de la Consommation et des Corporations dans le cabinet Trudeau, avait été accusé d'outrage au tribunal. Souhaitant étouffer l'affaire, le ministre avait demandé à son collègue Bud Drury de contacter le magistrat qui devait entendre la cause. M. Drury avait eu une assez longue discussion avec le juge en question, s'informant des possibilités pour Ouellet d'éviter le procès en présentant des excuses. Après avoir enquêté sur cette démarche inusitée de MM. Drury et Ouellet, le juge en chef de la Cour supérieure, Jules Deschênes, avait qualifié les faits de « graves ».

En même temps qu'éclatait l'affaire Ouellet, on apprenait qu'en 1971 Jean Chrétien, alors ministre des Affaires indiennes, avait communiqué avec un juge pour lui demander quand il rendrait jugement dans une affaire impliquant un résidant de sa circonscription. Le juge avait fait savoir que, « tout en considérant que l'appel n'était pas conforme aux normes habituelles », il n'avait pas cru « que cette interférence ou cette intervention exigeait une protestation formelle ». Chrétien avait pu rester en poste. Dans la foulée de ces révélations, le premier ministre Trudeau avait cru bon de préciser les règles d'éthique s'appliquant aux ministres : « À l'avenir, annonçait-il en Chambre le 12 mars 1976, aucun membre du Cabinet ne pourra communiquer avec un magistrat au sujet de toute affaire dont il est saisi dans l'exercice de ses fonctions juridiques, sauf par l'entremise du ministre de la Justice, de ses agents dûment autorisés ou de l'avocat qui le représente. »

Le cas de Charest est certainement moins grave que celui de Ouellet, où l'intervention visait à protéger les intérêts personnels du ministre. L'appel de Jean Charest est peut-être même plus inoffensif que celui de Jean Chrétien, puisqu'il n'y a même pas eu conversation entre le politicien et le juge. Mais l'opposition libérale ne va pas s'embarrasser de subtilités juridiques. D'autant plus que les lignes directrices énoncées par le premier ministre Trudeau quinze ans plus tôt ne laissent plus de place à l'interprétation. « La règle est simple : un ministre ne peut pas appeler un juge ! » soutiennent les libéraux en conférence de presse.

Les rouges ont une raison de plus pour exiger la démission de Jean Charest, une boutade lancée en Chambre que Lapierre n'a pas digérée. À un libéral lui suggérant de communiquer avec le juge

Dubin (le président de la commission enquêtant sur l'affaire Ben Johnson), Charest avait répondu avec arrogance : « Le député devrait faire attention avec les communications avec les juges. En cette matière, il aurait avantage à consulter certains de ses collègues ! » « C'était tellement évident dans mon esprit, raconte Lapierre aujourd'hui. Je me disais : "Tiens, tiens, tiens, lui qui nous faisait la morale à part ça ! Ah ! ben christie !" Ça fait que là, là, envoye ! On ne lui a pas donné de *break*. »

« Pourquoi démissionner ? »

Lorsque la tempête soulevée à Ottawa atteint Auckland, en Nouvelle-Zélande, Charest commence par s'accrocher. En conférence de presse, il jure qu'« il n'y a eu absolument aucune interférence dans la cause » et qu'il n'est pas question pour lui de remettre sa démission. Dans les heures qui suivent, cependant, il prendra conscience des proportions que l'affaire a prises. Il reçoit un premier appel de Stanley Hartt, chef de cabinet de Mulroney, qui est chargé de préparer le terrain. « Mais pourquoi faudrait-il que je démissionne ? » demande le ministre, catastrophé. Charest parle ensuite au vice-premier ministre Don Mazankowski, vieux routier qui voue une affection particulière au député de Sherbrooke. « Attends, Jean, veux-tu entendre les nouvelles ? C'est le téléjournal qui commence. » La gaffe de Charest fait la manchette. « En tant que ministre, tu ne peux pas faire une chose pareille, laisse tomber celui que tout le monde surnomme Maz. Les libéraux vont te harceler, et tu ne survivras pas à la tempête. Le mieux, c'est de faire le geste approprié.

— Faites savoir au premier ministre qu'il a les mains libres », soupire finalement Charest.

Le mercredi midi, heure d'Ottawa, le premier ministre Mulroney appelle son protégé. Charest continue d'espérer que la tornade passera. Mais les arguments du député de Sherbrooke n'impressionnent pas le patron. Déjà, neuf ministres de Brian Mulroney ont dû quitter le Cabinet à la suite de scandales. L'image du gouvernement conservateur est gravement entachée, et le premier ministre n'a pas l'intention de laisser le geste du député de Sherbrooke la ternir davantage. En outre, l'aîné est moins naïf que le jeunot. Les libéraux, il le sait, ne lâcheront pas un si bel os. « Je craignais que Charest y laisse sa peau, m'a expliqué l'ancien premier ministre en entrevue. Je lui ai dit : "Jean, je veux ta démission avant que je descende pour la période de questions [à la Chambre des communes]. Parce que, sans ça, ta carrière risque d'être gravement compromise. C'est une question de reculer pour mieux sauter." »

La démission du jeune ministre a donc été beaucoup moins spontanée qu'il ne l'a toujours laissé croire. « C'est moi qui ai offert ma démission au premier ministre, je n'ai pas attendu qu'on me la demande », m'a-t-il répété au cours d'une de nos rencontres. Ce n'est ni la version de Stanley Hartt, ni celle de Don Mazankowski, ni celle de Brian Mulroney.

Charest rédige donc sa lettre de démission, à laquelle Mulroney répond en ne laissant aucun doute sur ses intentions futures : « Vous avez été un précieux conseiller et un excellent ministre, et je sais que vous aurez l'occasion de rendre à nouveau de grands services à vos concitoyens dans l'avenir. » Après avoir écrit cette lettre, le premier ministre appelle Red Charest : « Il faut que Jean démissionne du Cabinet, mais il a fait un excellent travail, Red, et un jour, je vais m'organiser pour qu'il revienne, et je vous assure que ça va être par la grande porte. »

Dans les bureaux de Jean Charest à Sherbrooke, les larmes coulent. Red, lui, ne pleure pas. Comme lors du décès de son ange, Rita, le chêne reste droit. Pas d'épanchements, pas de discours. Seulement quelques mots, les mots justes : « Ce qui est dangereux, c'est quand ça monte tout le temps. Il faut de la vague. » La vie continue.

La catastrophe

Alors que le premier ministre fait son entrée à la Chambre des communes, le jour se lève à Auckland. Dans sa chambre d'hôtel,

Michou à ses côtés, le jeune politicien contemple ses ambitions en miettes. « C'était la catastrophe, raconte-t-il maintenant. Pour une gaffe niaiseuse, je venais de ruiner ma carrière politique. » Il pense à tous ceux qu'il a déçus, à commencer par Red, par Robert et par ses sœurs, ainsi qu'à tous ceux qui l'ont aidé depuis 1984. Il en appelle certains, notamment George MacLaren et Denis Beaudoin, pour s'excuser. S'ajoute à cela la pression des journalistes, qui le traquent dans les couloirs de l'hôtel jusqu'à ce qu'il se décide à tenir une conférence de presse. Conférence de presse où, comble de malheur, se retrouvent plusieurs journalistes étrangers couvrant les Jeux du Commonwealth. Difficile d'imaginer pire humiliation : « C'est un petit peu embarrassant d'expliquer tout ça aux Autrichiens… »

Malgré l'embarras, Charest est habile et convaincant. Mais on voit sur son visage les ravages d'une nuit de tourments. Et on sent l'émotion qui lui noue la gorge : « Je comprends les règles, je respecte le Parlement et le système judiciaire, et c'est pourquoi… j'ai offert ma démission, et c'est pourquoi elle a été acceptée. » De la mezzanine, Jean-Guy Ouellette, celui qui a initié Charest au labyrinthe du sport amateur, observe la scène : « Je pleurais comme une vache ! »

Pour Jean et Michèle, le pire est à venir. Rentrer au Canada. Affronter l'humiliation, non plus par téléphone interposé, mais face à face. Ils s'arrêtent trois jours aux îles Fidji pour reprendre leur souffle. De retour au pays, ils font escale à Toronto, où leur ami Bruno Fortier vient les rejoindre. « Je me souviens, confie Charest, quand nous sommes sortis de la chambre, j'avais l'impression que le couloir ne finirait jamais. »

L'accueil chaleureux que lui réservent à Dorval une centaine d'amis et de partisans verse un peu de baume sur ses plaies. Au premier rang, le fier Red. « De part et d'autre, relate *La Tribune*, les larmes ont mouillé les yeux et les joues. » « Ç'a été à la fois un des moments les plus durs et les plus forts de ma vie », dit Charest quelques années plus tard. Le ministre déchu, qui a songé un moment à abandonner son siège, décide d'au moins terminer son mandat comme député de Sherbrooke. Dès son retour à Ottawa, il se présente au caucus national du Parti conservateur, auquel il fait ses excuses. Puis il se rend à la Chambre des communes pour la période des questions et s'installe à sa nouvelle place de député d'arrière-banc. Des premiers rangs, il est relégué au fond de la classe. « Il y avait un silence dans la Chambre quand je suis entré, raconte Charest. Je me suis assis, puis je me suis dit : "Bon, c'est réglé !" »

Les quelques mois de purgatoire qui vont suivre se révéleront salutaires. La petite famille Charest, à laquelle vient de s'ajouter un cinquième membre, Alexandra, renoue avec le père. Mais celui-ci rêve déjà du jour où il retournera au cabinet. Travaillant alors au bureau du premier ministre, Luc Lavoie se souvient que, à l'époque, son ami l'inondait de questions à ce sujet : « Un jour, je lui ai laissé entendre que ça s'en venait. Jean avait les yeux grands comme ça ! »

Fax et crème à raser

Avant de raconter la suite, il faut faire une pause et tenter de comprendre comment Jean Charest a pu commettre une telle bourde. Cette « gaffe niaiseuse », comme il dit. Comment un ministre, avocat de formation, a pu composer le numéro de téléphone d'un juge pour lui parler d'une cause dans laquelle son ministère était impliqué ? Alors que, comme il l'avait lui-même affirmé quelques semaines plus tôt, l'indépendance du pouvoir judiciaire est un des principes sacrés de notre système de gouvernement. « Il importe au plus haut point que cette liberté du Pouvoir judiciaire, conquise de haute lutte au cours des trois derniers siècles, soit jalou-sement préservée de toute atteinte, écrivait à ce sujet le juge en chef de la Cour supérieure, Jules Deschênes. Elle doit donc demeurer, en particulier, à l'abri des interventions de membres du Cabinet, quelle que soit la qualité des intentions qui animent ceux-ci[1]. »

---

1. *Débats de la Chambre des communes,* 12 mars 1976, p. 11776-11779.

Pour comprendre l'incident, il faut jouer au détective. Revoir ce qui s'est produit à Montréal et à Auckland, minute par minute. Parler à tous les témoins. Mais la reconstitution des événements est ardue. Les témoignages se contredisent, tandis que celui du principal intéressé reste singulièrement vague. Le lecteur est prévenu, il lui faudra être attentif.

Situons d'abord le drame, présentons les acteurs. D'abord, à Montréal, au Palais de justice. Le juge Yvan Macerola entend une demande d'injonction présentée par Daniel Saint-Hilaire, entraîneur d'athlètes de haut niveau. Nous l'avons dit, Saint-Hilaire a été ignoré au moment de la composition de l'équipe qui représenterait le Canada aux Jeux du Commonwealth. Il a choisi de s'adresser aux tribunaux, accusant l'Association canadienne d'athlétisme (ACA) et l'Association canadienne des Jeux du Commonwealth de discrimination à l'endroit des Québécois francophones. L'affaire est d'autant plus délicate, du point de vue politique, que c'est loin d'être le premier cas du genre. À la même époque, le sauteur Michel Brodeur soutient de même avoir été écarté de l'équipe canadienne pour des motifs discriminatoires.

En cour, l'ACA est représentée par Me Jean-Laurier Demers, une locomotive d'homme, bouillonnant, soufflant, qui pratique le droit à Sherbrooke. Comment un avocat de Sherbrooke a-t-il obtenu ce mandat d'une association pancanadienne ? Par l'entremise de Jean-Guy Ouellette, président du conseil d'administration de l'ACA, professeur à l'Université de Sherbrooke et ami de Jean Charest.

Complétons le casse-tête par un morceau juridique qui prendra toute son importance bientôt : l'Association canadienne des Jeux du Commonwealth, de qui relève ultimement la composition de l'équipe nationale, a réussi à faire déclarer par la Cour d'appel du Québec que les tribunaux québécois n'ont pas juridiction sur elle. Par conséquent, lorsque le juge Macerola reprend l'audition de la cause, Saint-Hilaire n'a plus de chances de gagner. Le magistrat n'aura pas d'autre choix que de rejeter sa requête, puisqu'il n'a pas autorité sur ceux qui ont pris la décision. L'avocat de l'entraîneur,

Me Daniel Caisse, sait sa cause perdue, tandis que Me Demers se retient pour ne pas fêter son inévitable victoire.

Ça va jusqu'ici? Faisons un saut de 25 000 kilomètres, à Auckland, en Nouvelle-Zélande. Au moment où le juge Macerola entend les derniers arguments des avocats, les Jeux du Commonwealth ont déjà commencé, en présence du ministre d'État à la Condition physique et au Sport amateur du Canada, l'honorable Jean J. Charest. Charest est accompagné de ses principaux adjoints et des dirigeants du sport amateur canadien, entre autres son ami Ouellette et Paul Dupré, également de l'Association d'athlétisme. Les patrons de l'Association canadienne des Jeux du Commonwealth, ceux qui ont exclu Saint-Hilaire et Brodeur de l'équipe nationale, sont eux aussi à Auckland. Charest profite de l'occasion pour les rencontrer et discuter du cas de Brodeur, où, de l'avis du ministre, l'injustice est flagrante. Les dirigeants de l'Association envoient promener le jeune ministre. « Le ministre n'a rien à faire dans le choix des athlètes, soutient encore l'un d'eux, Ken Smith. C'est une prérogative à laquelle les associations sportives tiennent comme à la prunelle de leurs yeux. Elles n'aiment pas que des gens de l'extérieur leur disent quoi faire. » Il n'est pas du tout question de l'affaire Saint-Hilaire au cours de cet entretien.

À l'issue de la rencontre, Charest fait envoyer une lettre à l'avocat de Michel Brodeur, qui est aussi celui de Daniel Saint-Hilaire, Me Caisse. Il y avoue qu'il a échoué dans son ultime tentative pour donner un coup de pouce à Brodeur. Puis, à la fin, cette phrase : « En ce qui concerne le cas de M. Saint-Hilaire, l'Association [canadienne des Jeux du Commonwealth] acceptera de se conformer au jugement de la Cour supérieure du Québec sans exiger une poursuite devant un autre tribunal. » Autrement dit, après avoir obtenu de la Cour d'appel un jugement la soustrayant de la juridiction des tribunaux québécois, l'ACJC accepterait de se plier à leur autorité ! Personne, aujourd'hui, ne se rappelle comment ou pourquoi cette phrase s'est retrouvée là. Jean-Guy Ouellette résume le sentiment général de tous ceux qui ont été impliqués dans cette affaire : « On s'est toujours demandé pourquoi cette maudite lettre-là avait été envoyée ! »

Quand il trouve la télécopie envoyée d'Auckland en entrant au bureau le 23 janvier, l'avocat Caisse n'en croit pas ses yeux. Un cadeau venu du fax ! Il se précipite en cour et, alors que le juge Macerola s'apprête à rendre son jugement, il demande une « réouverture d'enquête » pour produire la lettre de Jean Charest. En prenant connaissance à son tour de la missive, Jean-Laurier Demers est catastrophé, puis furieux. « Charest aurait voulu me torpiller de façon subtile au quatrième degré, il l'aurait fait comme ça ! s'emporte l'avocat. Cette lettre venait détruire complètement ma plaidoirie ! » La cause presque gagnée devient une cause perdue. Demers obtient un ajournement jusqu'au milieu de l'après-midi : « Il faut que je consulte mes gens. »

Me Demers retourne, « en beau joual vert », à son hôtel. Première démarche : il appelle Paul Dupré, le président de l'Association d'athlétisme, à Auckland. Là-bas, il est six heures du matin. Après lui avoir expliqué la situation, Demers lui dicte, presque mot pour mot, une deuxième lettre qu'à son avis le ministre devrait lui faire parvenir pour qu'il puisse la déposer en cour et ainsi amortir l'effet de la première missive. Dupré et Jean-Guy Ouellette communiquent avec Lane MacAdam, un adjoint de Charest, et lui donnent rendez-vous dans les bureaux loués par Sport Canada près de l'hôtel Hyatt, où loge le ministre. Le choix de ce lieu n'est pas inopiné : on y trouve un télécopieur. L'objectif de la démarche, dès le départ, est donc parfaitement clair : il s'agit de télécopier une lettre à Me Jean-Laurier Demers pour que ce dernier puisse la soumettre au juge Macerola.

Des bureaux de Sport Canada en Nouvelle-Zélande, on rappelle Me Demers à Montréal. De cette conversation, MacAdam et Dupré retiennent que le temps presse ; l'audience au Palais de justice doit reprendre d'une minute à l'autre. Peut-être serait-il préférable que le ministre parle au juge Macerola directement. On ne sait trop de qui émane cette étrange suggestion. Certains croient se rappeler qu'elle vient de l'avocat. « Jamais on ne lui a demandé d'appeler le juge !

rétorque Mᵉ Demers. Ça ne me viendrait même pas à l'idée ! » Jean-Guy Ouellette pense que l'idée est plutôt de MacAdam, le jeune adjoint du ministre.

Chose certaine, c'est bien MacAdam qui obtient le numéro de téléphone du juge et le transmet à son ministre. En compagnie de Ouellette, il va ensuite rejoindre Charest à sa chambre. Le ministre leur ouvre la porte, le visage garni de crème à raser. Il vient de raccrocher : « Le juge n'a pas voulu me parler, il n'avait pas l'air de bonne humeur. » Il s'approche ensuite de Ouellette, lui donne une tape sur l'épaule et laisse tomber : « Je pense que je viens de faire une gaffe. » À aucun moment avant cela, on ne s'est interrogé sur le bien-fondé d'une intervention directe auprès d'un juge. « On était des *chums,* on essayait de régler un problème », raconte Paul Dupré. Entouré de *chums,* donc, Charest ne s'est pas méfié une seconde : « Ça ne m'a pas effleuré l'esprit que j'allais commettre un geste allant à l'encontre des règles d'éthique, parce que j'avais l'impression que mon appel était souhaité. »

Le coup monté

Parmi les partisans de Jean Charest à Sherbrooke, on a long-temps cru, et certains le croient encore, que toute cette affaire était un coup monté. Un coup monté par deux libéraux, Jean-Laurier Demers et Yvan Macerola. Cette thèse ne tient pas debout. Pour nuire à un ministre *junior,* Demers aurait pris le risque de perdre une cause importante, tandis que Macerola, magistrat respecté, aurait mis sa carrière en jeu ? Soyons sérieux !

Ce scénario fantaisiste a pour origine des propos tenus par Cha-rest lui-même, à son retour de Nouvelle-Zélande. « On m'a donné le numéro de téléphone du juge. Ce numéro, ce n'est pas moi qui ai appelé au Canada pour le demander.

— Croyez-vous avoir été victime d'un coup monté ? ont demandé les reporters.

— Tirez vos propres conclusions. Il m'est difficile de dire ce qui s'est réellement produit, mais j'avais véritablement l'impression que le juge voulait que je l'appelle. »

En entendant cela, Jean-Laurier Demers explose. Il exige sur-le-champ un rendez-vous avec le ministre démissionnaire. Le petit déjeuner a lieu dès le lendemain du retour de Charest à Sherbrooke. Cela fait partie de la manière Charest. Il n'aime pas les conflits, les inimitiés qui durent, et pratique avec grand soin l'art du désamorçage.

En arrivant au restaurant, l'ex-ministre blague : « T'as vu, Jean-Laurier, j'ai plus de limousine. J'ai plus de compte de dépenses non plus.

— Si c'est comme ça, j'vas te payer le déjeuner, mais ça va être juste un *bacon and egg,* pas des œufs bénédictine comme à Ottawa. »

Demers raconte ainsi la suite de l'entretien : « Je l'ai regardé dans le blanc des yeux et je lui ai dit : "Jean, y' a une chose que je n'accepte pas, c'est qu'on essaie de prétendre que je t'ai parlé, que je t'ai demandé de parler au juge et que j'ai essayé de te piéger." » La rencontre porte fruit. Charest communique avec les médias locaux pour écarter le scénario du piège : « Je ne crois pas à la thèse du complot contre moi », fait-il savoir à *La Tribune.* « Dans mon propre intérêt, je n'allais pas refaire le procès de tout le monde dans cette affaire, dit Charest aujourd'hui. C'était ma faute. Peu importe ce que Demers avait fait, ce n'est pas lui qui avait composé le numéro, c'est moi. Alors c'est moi qui étais responsable. »

Cependant, Charest a longtemps continué de laisser planer un certain flou sur ces événements. Comme si, sans accuser qui que ce soit, il tentait tout de même de se décharger d'une partie du blâme. Quand je l'ai interrogé une première fois à ce sujet, sept ans après les faits, il venait d'en discuter avec Jean-Guy Ouellette. Celui-ci lui avait rappelé que lui, Charest, n'avait pas parlé personnellement à l'avocat Demers pendant qu'il était en Nouvelle-Zélande. Pourtant…

« J'ai reçu un appel…, m'a raconté Charest durant l'entrevue.

— C'est Me Demers ?

— Oui.

[...]

— Vous parlez à Mᵉ Demers, vous-même ?

— C'est le souvenir que j'ai. »

Apprenant cela de ma bouche, Jean-Laurier Demers s'est emporté comme il l'avait fait en 1990 : « Savez-vous ce qu'on peut faire ? On va lui demander de s'asseoir tous les trois ensemble, pis m'as le regarder dans les yeux [et lui dire] : "Jean, j't'ai JAMAIS parlé !" » Cette confrontation devant témoin n'a pas été nécessaire. L'avocat a par la suite croisé Charest à Sherbrooke, lui a parlé une nouvelle fois « dans le blanc des yeux » et l'a convaincu de modifier sa version des événements.

Cette enquête terminée, récapitulons, avant de fermer le dossier. Un : Charest a bel et bien appelé le juge Macerola. Deux : il n'y a pas eu ce qu'on peut appeler une conversation entre les deux hommes. Trois : l'idée de cet appel semble avoir surgi du cerveau de ceux qui le conseillaient à Auckland, probablement Lane MacAdam. Quatre : une fois la gaffe commise, Charest n'a pas spontanément présenté sa démission, contrairement à ce qu'il a toujours prétendu. Et cinq : Charest n'a pas été victime d'un complot, mais plutôt de sa propre étourderie.

Power trip

La réaction du milieu du sport à la démission forcée de Jean Charest a été presque unanime. À Auckland, l'équipe canadienne était abasourdie. Un athlète a même lancé : « Dites à Saint-Hilaire de rester chez lui, redonnez-nous Charest ! » Dick Pound, représentant canadien au Comité international olympique, a résumé le sentiment général : « C'est un dur coup pour le sport canadien. Charest était un jeune ministre intelligent, ambitieux et bien préparé. Son départ est une perte. » En même temps, Pound n'en revenait pas de la gaffe du ministre : « C'est très délicat d'essayer de parler à un juge durant une cause, et c'est difficile pour moi, en tant qu'avocat, de concevoir que lui, qui est avocat mais aussi ministre, ait pu faire une telle erreur. »

Sans doute faut-il mettre cette gaffe sur le compte des circonstances : l'heure matinale, les difficultés de communication, etc. L'inexpérience, aussi, entrait en ligne de compte. Inexpérience autant comme avocat que comme politicien. Et puis Charest découvre à l'époque tous les pouvoirs dont il jouit en tant que ministre et n'hésite pas à les utiliser, parfois inconsidérément. Autrement dit, il fait un *power trip*. Ainsi lorsque, en décembre 1989, un camionneur de sa région est arrêté aux États-Unis à la suite d'un accident de la route, Charest n'hésite pas à intervenir. Comme les Américains hésitent à libérer Richard Bilodeau, le ministre appelle le procureur responsable et s'engage à s'assurer du retour du camionneur au New Hampshire pour le procès. Un engagement pris au nom du gouvernement du Canada... sans l'autorisation du gouvernement ! Une démarche fort imprudente, dont il prend bien soin de se donner le crédit, cette affaire ayant fait couler beaucoup d'encre à Sherbrooke. « J'ai mis ma parole et ma réputation en jeu », dit le député aux médias locaux. Charest dame ainsi le pion (encore une fois !) à François Gérin, qui jusque-là s'était occupé bien plus activement du dossier. À la recherche de gains politiques, Jean Charest a donc pris le risque d'intervenir auprès des autorités judiciaires d'un autre pays, au nom du gouvernement, alors qu'il n'était absolument pas mandaté pour le faire. « Je sais très bien que j'aurais pu me retrouver dans une position difficile si jamais Richard [Bilodeau] avait refusé de retourner aux États-Unis », admet-il à l'époque. Cela se passe à peine un mois avant l'appel au juge Yvan Macerola.

Dis-moi qui te conseille...

En privé, Jean Charest aurait déjà fait porter une partie de la responsabilité de sa démission sur son entourage. Plusieurs de ses partisans ont accusé ses adjoints de l'avoir mis dans le pétrin ou, en tout cas, de ne pas l'avoir averti des conséquences possibles de son geste. Cela nous amène à ce qui, de l'avis de beaucoup de ses proches, de même que de fonctionnaires qui ont travaillé avec lui, est la principale faiblesse de Jean Charest : il s'entoure mal, et quand il est aux prises avec un employé incompétent, il est incapable de s'en défaire.

Ministre, Jean Charest s'est souvent trouvé des conseillers aussi jeunes, sinon plus jeunes que lui. Cela n'a rien d'anormal : le personnel politique des membres du Cabinet est souvent dans la vingtaine ou la trentaine. En échange de salaires modestes, ces gens sont prêts à travailler sans compter les heures et à faire ce qu'on leur demande sans poser de questions. Quand le ministre est expérimenté, cela fait une combinaison parfaite. Mais quand le ministre est presque aussi jeune que ses conseillers, cela peut poser problème. À quelques moments dans sa carrière, il a manqué dans l'entourage de Jean Charest une voix de sagesse. Une voix qui lui aurait conseillé d'y penser à deux fois avant d'annoncer la suspension à vie de Ben Johnson. Une personne qui aurait mis la main sur le combiné au moment où il allait appeler le juge Macerola. « Le principal défaut de Jean Charest », m'a confié avec réticence son vieil ami et organisateur Denis Beaudoin, « c'est la gestion de son *staff*. Jean a de la misère à choisir des gens qui vont travailler pour lui, à les utiliser comme ils devraient être utilisés et à les apprécier comme ils devraient être appréciés. C'est une chose qu'il n'aime pas. Il n'aime pas *dealer* avec des personnalités. Dire à quelqu'un qu'il faudrait travailler un peu plus fort, ou un peu moins fort. »

Lorsque des conflits sont apparus au sein de son personnel au ministère de l'Environnement, après son retour au Cabinet en 1991, Charest a mis beaucoup de temps à les régler, selon les souvenirs d'un de ses attachés politiques et amis, Robert Dubé. « Il y avait deux personnes qui étaient complètement à l'opposé du caractère de Jean, qui engueulaient tout le monde, et tout. J'ai dit à Jean : "Ça n'a pas de bon sens, ce n'est pas toi, ça." Il avait beaucoup de difficulté... C'est pas facile de congédier quelqu'un, et il respectait les gens. » Toby Price, qui fut durant quelques mois chef de cabinet de Charest à l'Environnement, se rappelle qu'il a suggéré au ministre le nom d'un successeur d'expérience à ce poste. Charest a préféré choisir le talentueux mais très jeune Philippe Morel. « Je le trouvais très *wet behind the ears,* confie Price aujourd'hui. S'il avait remporté la course au leadership [en 1993], est-ce qu'il aurait nommé Morel chef de cabinet du premier ministre? » Comme d'autres adjoints de Charest au fil des années, Morel était reconnu pour faire preuve d'arrogance. « C'est un *trip*! constate Price. T'es à côté du pouvoir, peut-être du prochain premier ministre! » Cependant, l'arrogance était la pire attitude à adopter dans la gestion délicate du « Plan vert » où, on le verra plus loin, le ministère de l'Environnement devait coordonner les activités de plusieurs autres ministères.

L'affaire Ben Johnson, l'appel au juge Macerola, les problèmes de gestion du « Plan vert », les ratés de la course au leadership en 1993, les faiblesses de l'organisation électorale en 1997 : autant de moments difficiles où la compétence des plus proches conseillers de Jean Charest a été mise en doute. « En politique, c'est un problème, soulignait l'expérimenté Denis Beaudoin. Dans cette vie-là, ton *staff*, c'est les trois quarts de ta vie, les trois quarts de tes décisions. C'est ton *staff* qui décide ce que tu vas faire demain matin, ou dimanche prochain. » Mal entouré, le politicien le plus habile fera un mauvais premier ministre. Les choix que fera Jean Charest à cet égard au cours des prochaines années seront déterminants. Pour lui, bien sûr. Et peut-être, qui sait, pour le Québec et le Canada.

Le rapport

« Camille, il faut que tu m'aides à convaincre Charest de présider le comité sur Meech ! » lance Lucien Bouchard en entrant chez Camille Guilbault, avec son bébé, Alexandre, dans les bras. Le petit souper entre amis organisé par Mme Guilbault, responsable des relations avec le caucus québécois au bureau du premier ministre Mulroney, devait être l'occasion pour la conjointe de M. Bouchard, Audrey Best, de voir du monde, de se changer les idées quelques mois après la naissance du petit. Cependant, c'est de la politique qu'on a servie comme plat principal. Et sans que les convives s'en rendent compte, la soirée a fait prendre un tournant décisif à la carrière de Jean Charest.

Nous sommes à la fin de mars 1990. À la suite de sa gaffe, Charest n'est plus que député. Depuis deux mois, il profite de la vie. La famille est aux anges. « Ç'a été une période extraordinaire, raconte Michèle, les yeux encore pétillants. Nous avons reçu des amis, nous étions avec les enfants beaucoup plus souvent ! »

Cependant, le Canada traverse une grave crise politique. L'Accord du lac Meech, signé deux ans et demi plus tôt par les onze premiers ministres du pays et qui devait permettre au Québec de donner enfin son aval à la Constitution de 1982, est menacé de naufrage.

Avant de devenir la loi du pays, l'entente doit être approuvée par l'assemblée législative de chaque province. Or, des élections provinciales ont eu lieu depuis la cérémonie de signature et deux premiers ministres hostiles à l'Accord ont été élus, Frank McKenna au Nouveau-Brunswick et Clyde Wells à Terre-Neuve. Ils exigent la réouverture de l'entente, sans quoi ils ne la ratifieront pas. Wells et McKenna, des libéraux, sont confortés dans leur position par l'opposition virulente de l'ancien premier ministre Pierre Elliott Trudeau, selon qui Meech « rendrait l'État canadien tout à fait impotent ». Un point de vue partagé par Jean Chrétien, qui est sur le point d'être élu à la tête du Parti libéral du Canada. Le premier ministre du Manitoba, Gary Filmon, les leaders autochtones et des groupes de femmes sont venus gonfler les rangs des opposants. Et pour ajouter au suspense, l'Accord prévoit une date limite, le 23 juin 1990.

Nous sommes à la fin de mars 1990, disions-nous. Donc, trois mois avant l'échéance. Le premier ministre Brian Mulroney, dont Meech est le chef-d'œuvre, s'active. D'une part, des pourparlers secrets ont lieu à Montréal et à Ottawa entre ses représentants — son chef de cabinet, Stanley Hartt, et l'ancien sous-ministre de la Justice, Roger Tassé — et ceux du futur chef libéral, Eric Maldoff et John Laskin. Résultant d'une initiative de l'homme d'affaires Paul Desmarais, ces discussions portent, pour l'essentiel, sur l'article de l'entente reconnaissant que le Québec forme une société distincte. Jean Chrétien craint que cet article ne diminue la portée de la Charte des droits. « Les discussions ont été très longues, se rappelle M. Tassé. Ç'a parfois été très dur. Ils [les représentants libéraux] laissaient entendre que la société québécoise était peut-être moins démocratique, qu'elle courait des risques d'être plus autoritaire que d'autres. » Entre-temps, le ministre fédéral responsable du dossier constitutionnel, le sénateur Lowell Murray, et le secrétaire du Cabinet pour les relations fédérales-provinciales, Norman Spector, concoctent une solution avec le premier ministre du Nouveau-Brunswick. Frank McKenna suggérait depuis des mois la négociation d'un accord parallèle, visant à satisfaire les revendications des groupes hostiles à l'Accord du lac Meech. Jusque-là, Ottawa avait rejeté l'idée. Mais, l'échéance approchant, le fédéral a signifié qu'il ne serait pas opposé à ce que les parlements du pays adoptent une « résolution d'accompagnement », pour peu que celle-ci ne retranche rien à Meech. Bien qu'ils l'aient énergiquement nié à l'époque, les représentants fédéraux admettent aujourd'hui que chaque virgule de la « résolution d'accompagnement » présentée en mars par le premier ministre du Nouveau-Brunswick avait été négociée avec Ottawa. « Une fois le principe admis, dit Norman Spector, nous nous sommes assis et avons commencé à discuter de la nature de cet accord parallèle. Il y a eu une collaboration très étroite entre les deux gouvernements. »

Voyage au pays de l'article 2

Qu'était-ce donc que cette résolution McKenna ? Les arguties constitutionnelles, il est vrai, font un plat bien indigeste, mais il faut pourtant nous imposer un peu de cette cuisine avant de retourner dans la salle à manger de Mme Guilbault.

Le texte de la résolution tenait sur deux pages et comportait onze articles. Nous ne nous étendrons que sur l'un d'entre eux, l'article 1 (2), qui se rapportait à l'article 2 de Meech. Lisons donc d'abord ce dernier article :

« 2. (1) Toute interprétation de la Constitution du Canada doit concorder avec :

a) la reconnaissance de ce que l'existence de Canadiens d'expression française, concentrés au Québec mais présents aussi dans le reste du pays, et de Canadiens d'expression anglaise, concentrés dans le reste du pays mais aussi présents au Québec, constitue une caractéristique fondamentale du Canada ;

b) la reconnaissance de ce que le Québec forme au sein du Canada une société distincte.

(2) Le Parlement du Canada et les législatures des provinces ont le rôle de protéger la caractéristique fondamentale du Canada visée à l'alinéa (1)a).

(3) La législature et le gouvernement du Québec ont le rôle de protéger et de promouvoir le caractère distinct du Québec visé à l'alinéa (1)b).

Le lecteur aura compris qu'il s'agit du fameux article reconnaissant le Québec comme société distincte. La résolution McKenna aurait ajouté à cette partie de l'Accord du lac Meech un article 2.1 se lisant ainsi :

« Le Parlement et le gouvernement du Canada ont le rôle de promouvoir la caractéristique fondamentale du Canada visée à l'alinéa (1)a). »

Notez la subtilité de la chose. Dans l'Accord de Meech, le gouvernement du Québec se voyait conférer le rôle de *protéger* et de *promouvoir* la société distincte québécoise, tandis que le gouvernement du Canada ne pouvait que *protéger* l'existence de deux groupes linguistiques partout au pays. Dans la résolution McKenna, Ottawa se voyait aussi confier la tâche de *promouvoir* la dualité linguistique. Donc, ont fait remarquer bien des commentateurs québécois, le gouvernement fédéral pourrait prendre des mesures pour *promouvoir* le développement de la minorité anglophone du Québec.

La résolution McKenna proposait plusieurs autres ajouts à l'Accord du lac Meech, ajouts qui étaient cependant de moindre conséquence pour le Québec. Le scénario concocté par les fédéraux prévoyait que la résolution McKenna ferait l'objet d'audiences publiques tenues à travers le pays par un comité parlementaire. Il s'agirait essentiellement d'une entreprise pédagogique, visant à préparer les esprits à l'idée d'une résolution d'accompagnement. Les conservateurs les plus nationalistes, dont Lucien Bouchard, n'étaient pas chauds. Bouchard était particulièrement vexé d'avoir appris la création du comité par la voie des médias alors qu'il se trouvait à Vancouver. Mais, une fois la décision prise, le « ministre politique du Québec » s'est montré solidaire. Il l'a défendue au caucus, spécialement devant François Gérin, futur membre du Bloc québécois. La veille de la mise sur pied du comité Charest, quelques députés rencontrent Bouchard à son bureau. La discussion prend fin par une engueulade entre le ministre et Gérin.

« Lucien, t'ouvres la boîte, alors qu'on avait promis que ça se ferait pas ! crie Gérin.

— Voyons donc, réplique Bouchard, furieux. Le comité ne vise qu'à calmer les esprits au Canada anglais. Meech va rester tel quel ! »

Suit une pluie d'insultes, nourrie par l'antipathie de Lucien Bouchard à l'endroit du député de Mégantic-Compton.

Devine qui vient dîner !

On ignore qui, de Lucien Bouchard ou de Brian Mulroney, a le premier songé à Jean Charest pour présider le comité controversé. Bouchard et Charest entretenaient à ce moment-là des relations professionnelles cordiales, des relations devenues un peu plus intimes avec la naissance à la même époque d'Alexandre, le premier enfant des Best-Bouchard, et d'Alexandra, le troisième du couple Dionne-Charest. Néanmoins, on s'étonne que Bouchard considère alors Charest comme « le choix idéal » pour le poste[1]. S'il s'inquiétait déjà de l'aboutissement de la démarche, comme il l'a toujours prétendu, pourquoi acceptait-il d'en donner la charge à ce député dont il connaissait autant le dévouement total à Brian Mulroney que la foi dans les vertus du compromis ?

Se retrouvent à la table de Camille Guilbault, en cette soirée du dimanche 25 mars 1990, Lucien Bouchard et Audrey Best, de même que les couples Charest et Blais. Le souper est interrompu par un

---

1. Lucien Bouchard, *À visage découvert*, Montréal, Boréal, 1992, p. 305.

appel du premier ministre, que Lucien Bouchard prend dans une autre pièce. Les deux hommes discutent de la présidence du comité. Le nom de Charest surgit. Bouchard, selon le souvenir de M. Mulroney, est enthousiaste : « Justement, il est ici ce soir !

— Ben, organise ça. »

« Quand je le pressentis, à la demande du premier ministre, il ne fit pas de difficulté pour accepter la tâche, raconte Bouchard dans son autobiographie. Il eut l'air si peu surpris que je me suis toujours demandé s'il n'avait pas déjà été mis au courant[2]. » Cette version est contredite par tous les autres convives, qui se souviennent que Charest était à la fois étonné et réticent. « Jean est toujours très nuancé, alors il ne dit pas oui ou non, mais je sentais qu'il ne voulait pas », raconte Pierre Blais. « Jean disait : "Je viens de sortir de quelque chose de très désagréable, je n'ai pas besoin de revenir sur la place publique" », se souvient Camille Guilbault. Pourquoi un jeune homme aussi ambitieux que Charest hésitait-il devant cette occasion, qui se présentait bien plus tôt que prévu, de revenir sous les feux de la rampe? Aujourd'hui, le principal intéressé parle de la difficulté de la tâche, du bonheur de la vie de famille retrouvé. Il faut le questionner plus longuement pour voir poindre le véritable motif : Charest craignait d'être l'agneau sacrifié, que sa carrière, déjà chambranlante, soit définitivement compromise par un exercice dont les risques d'échec étaient considérables. Dans les notes qu'il a rédigées à l'époque, Charest cite l'échange suivant, qui aurait eu lieu ce soir-là :

Charest : Tu trouves pas que c'est dangereux?

Bouchard : Non, non, c'est pas dangereux.

En somme, Charest hésitait... par ambition! Son vieil ami George MacLaren, que le député s'empresse de consulter et qui le rejoindra comme conseiller tout au long des travaux du comité, le met en garde : « Le jour où le rapport sera rendu public, tu vas mettre une cible sur la table. Les péquistes devront le détruire sur-le-

---

2. Lucien Bouchard, *op. cit.*, p. 305.

champ, de même que les provinces récalcitrantes si elles ne sont pas d'accord avec le contenu. Et dans tout ça, c'est *toi* qui vas être visé. » En outre, Charest sait que, si le rapport en question est rejeté par tous, le premier ministre Mulroney devra s'en dissocier. « C'était comme marcher sur la glace, a-t-il expliqué au cours d'une entrevue. "S'il te plaît, sois mon leader, marche sur la glace, on va voir jusqu'à quel point le printemps est avancé." Parfait. Si tu traverses le lac, tu as marché sur l'eau, bravo! Si tu coules à pic, ben... C'était donc un bon gars!

— Mais c'était une occasion extraordinaire de revenir dans le feu de l'action? lui ai-je fait remarquer.

— Ça, c'était l'autre point de vue mais, dans ma perspective à moi, je n'avais pas besoin de m'exposer à ça. »

Tout en exerçant ce soir-là son extraordinaire talent de plaideur pour convaincre le député, Bouchard lui fait part de ses réserves, importantes, à l'égard de l'article de la résolution McKenna portant sur la promotion de la dualité linguistique. Charest réplique en citant un texte publié la fin de semaine même, dans les pages du *Devoir,* par le sénateur et constitutionnaliste Gérald Beaudoin. Selon M. Beaudoin, « ce rôle de promotion de la dualité linguistique ne s'exerce que dans les domaines fédéraux ». Autrement dit, ce nouvel article ne donnerait pas plus de pouvoir au fédéral que l'actuelle Loi sur les langues officielles. « Lucien, j'sais pas si t'as lu le texte de Gérald? Moi, je suis de son avis. Je pense que ça ne pose pas de difficulté », dit Charest. Le fossé commence déjà à se creuser.

Charest n'a rien non plus contre le concept de résolution d'accompagnement, approche qui ne présente pas de danger particulier à ses yeux. Il se rappelle ses lectures sur la Constitution américaine, alors qu'il était étudiant en droit. Au moment de la ratification de la Constitution des États-Unis d'Amérique en 1789, certains États n'avaient adopté le texte fondateur qu'après avoir voté une série d'amendements qu'ils souhaitaient y voir apporter. Ce sont ces amendements, ces « résolutions d'accompagnement » si l'on veut, qui allaient servir de base au fameux *Bill of Rights* américain.

Le lendemain matin, la décision de Charest est prise : il se sacrifiera... par ambition. La fidélité au premier ministre et à Bouchard, conclut-il, est sa meilleure police d'assurance pour l'avenir. Au lunch, au restaurant parlementaire, lieu où se dégustent autant de complots que de repas, Robert Charest, à l'époque attaché politique de Lucien Bouchard, fait le messager entre la table de son patron et celle de son frère ; les deux politiciens échangent des notes sur la composition du comité. Dans l'après-midi, Charest rencontre Mulroney. Le lendemain, le premier ministre dépose en Chambre un « ordre de renvoi » qui crée un comité de quinze députés, représentant les trois partis reconnus aux Communes, chargés d'étudier la résolution d'accompagnement de M. McKenna. Le comité doit présenter son rapport « au plus tard le 18 mai 1990 » ; retenez bien cette date, connue dès la fin du mois de mars ; elle prendra toute son importance plus loin dans notre récit.

Un homme averti en vaut deux

Le comité Charest héritait d'une tâche aussi lourde que son nom : Comité spécial pour examiner le projet de résolution d'accompagnement à l'Accord du lac Meech. Il disposait de moins de deux mois pour s'organiser, faire une tournée du pays et écrire un rapport sur des questions qui divisent le Canada depuis sa fondation. « Les délais étaient très, très courts, raconte l'un des greffiers du comité, Jacques Lahaie. Il fallait mettre en place la logistique très rapidement, ce qui voulait dire prendre cinquante décisions dans la même soirée ! »

On a peine à croire que le groupe hétéroclite que préside Charest pourra arriver à un rapport unanime. Le vice-président, David Mac-Donald, s'intéresse particulièrement aux questions internationales ; il appartient au Parti conservateur, mais il est social-démocrate de cœur. Outre Charest, le principal représentant tory est le Terre-Neuvien Ross Reid, homme sympathique et intelligent, qui serait ministre depuis longtemps n'eût été la présence au caucus d'un autre

Terre-Neuvien de poids, le vétéran John Crosbie. Parmi les membres conservateurs, on trouve les Québécois Gabriel Desjardins et André Plourde, députés plutôt discrets, qui se sont peu mêlés publiquement au débat constitutionnel.

Côté libéral, deux poids lourds, André Ouellet et Robert Kaplan. Ouellet est favorable à Meech, mais il devra faire le pont entre le comité, le caucus libéral qui compte de nombreux trudeauistes, le chef sortant du parti, John Turner, et son successeur probable, Jean Chrétien. Le NPD a deux représentants au comité, Lorne Nystrom et Svend Robinson. Ce dernier est particulièrement sensible aux revendications des autochtones et des groupes de femmes.

Tandis que les fonctionnaires de la Chambre s'affairent à mettre sur pied le comité, les sénateurs Solange Chaput-Rolland et Gérald Beaudoin, qui ont, une douzaine d'années plus tôt, fait partie d'une commission royale d'enquête sur l'unité canadienne, la commission Pépin-Robarts, proposent à Charest de le rencontrer pour lui faire part de leur expérience. Au cours de cet entretien, Mme Chaput-Rolland raconte comment les audiences publiques de la commission avaient dégénéré « en nuits sauvages, en cris et en démonstrations[3] ». Devant l'intolérance des uns et des autres, l'ancienne journaliste avait fini par éclater en sanglots au cours d'une audience publique à Montréal : « Mes nerfs ont flanché, car deux jours plus tôt, nous avions été copieusement insultés à Winnipeg et je souhaitais bien naïvement, je le réalise maintenant, que les Montréalais démontrent leur habituelle courtoisie aux membres de notre Commission[4]... » Les audiences publiques permettent surtout aux contestataires « d'accaparer les micros pour crier leurs colères, leurs frustrations, leurs revendications » et « à des marginaux de se donner en spectacle devant les écrans de télévision », dit Mme Chaput-Rolland à

---

3. Solange Chaput-Rolland, *De l'unité à la réalité*, Montréal, Pierre Tisseyre, 1981, p. 23.

4. *Ibid.*, p. 25.

Charest[5]. Enfin, la sénatrice évoque André Laurendeau, autre éminent journaliste qui, coprésident d'une précédente commission d'enquête sur le bilinguisme au milieu des années 1960, avait trouvé l'expérience extrêmement pénible. « C'est exactement comme si nous subissions une mitraillade, avait écrit Laurendeau dans son journal. Il est facile de comprendre pourquoi les plus faibles plient immédiatement, et pourquoi les plus vigoureux traversent des moments de grande émotivité. Pour tout le monde, c'est un rude traitement[6]. »

« J'avais été prévenu… », commente Charest aujourd'hui. Prévenu aussi de l'importance que le gouvernement attache à l'entreprise : cette fois-ci, pas de gaffe ! C'est Norman Spector, secrétaire du Cabinet pour les relations fédérales-provinciales, qui le lui rappelle sèchement. À l'issue d'une des premières réunions du comité, tenue à huis clos, Spector prend Charest à part : « *Jean,* prévient-il, *don't fuck up !* »

Voyages, sparages et dérapages

Le parrain officiel de la résolution d'accompagnement, Frank McKenna, est le premier témoin entendu par le comité. « Pour nous, déclare-t-il, l'Accord du lac Meech dans sa forme actuelle est inacceptable. Cette formule, à notre avis, pourrait grandement ébranler la stabilité du pays. Il serait très difficile pour les Canadiens d'accepter cette constitution comme la leur si on la leur imposait sans changements ni améliorations. » Sur sa suggestion la plus controversée, celle de la promotion par le gouvernement fédéral de la dualité linguistique, McKenna explique : « Le maintien de la langue et de la culture françaises dans l'ensemble du Canada ne peut être assuré qu'au

---

5. *Ibid.,* p. 24.

6. André Laurendeau, *Journal tenu pendant la Commission royale d'enquête sur le bilinguisme et le biculturalisme,* Outremont, VLB éditeur/Le Septentrion, 1990, p. 173.

moyen d'une promotion active. [...] Nous ne devons jamais oublier que près d'un million de francophones vivent en dehors des limites du Québec et ce sont eux, beaucoup plus que les francophones du Québec, qui font constamment face au danger quotidien de l'assimilation.» Autrement dit, la promotion de la dualité linguistique, c'est pour le bien des francophones hors Québec, pas pour venir en aide aux anglophones du Québec. «Ainsi, poursuit le premier ministre du Nouveau-Brunswick, la promotion de la dualité linguistique du Canada constitue un objectif national, et il est donc essentiel qu'un gouvernement national ait un rôle à jouer dans le cadre de cette promotion et que ce rôle soit confirmé dans la constitution, compte tenu de son champ de compétence. C'est seulement, je le répète, *compte tenu du champ de compétence du gouvernement du Canada.*» C'était le point de vue exprimé dans *Le Devoir* par le constitutionnaliste Beaudoin, que Charest avait cité le soir du souper chez Camille Guilbault.

À l'issue du témoignage de McKenna, Charest revient sur cet argument, tentant de convaincre McKenna d'apporter un changement susceptible de rassurer Lucien Bouchard: «Ne pensez-vous pas qu'il faudrait insérer dans la résolution un article qui énonce clairement que la clause de promotion concerne *uniquement la compétence et les institutions fédérales*?» Le premier ministre du Nouveau-Brunswick ne dit pas non: «Si on pouvait trouver des mots qui préciseraient davantage l'objectif poursuivi sans le restreindre, je serais certainement disposé à examiner un tel article.» Mais plus tard, les représentants des francophones hors Québec se révéleront hostiles à l'idée, les libéraux endosseront leur cause et le comité cédera.

Suivront M. McKenna, au cours des trente et une réunions publiques tenues entre le 9 avril et le 4 mai, cent cinquante-neuf autres témoins. Les membres du comité traversent le pays à une vitesse folle, visitent Yellowknife, Whitehorse, Vancouver, Winnipeg et St John's. Durant ce safari, les membres du comité entendent:

- un leader inuit, John Amagoalik, lancer : « Une promesse de M. Bourassa n'a absolument aucune valeur pour notre peuple. Voilà un premier ministre qui a décidé de détruire le territoire inuit dans le nord du Québec sans aucune considération pour nous » ;
- Keith Lay, un citoyen du Yukon, résumer en ces termes le scepticisme de bien des autochtones à l'endroit des promesses d'amendements futurs, une fois l'accord de Meech adopté tel quel : « Personne n'accepterait d'acheter une voiture neuve dont le radiateur serait défectueux, sur la promesse que le vendeur s'engage à le réparer une fois la voiture achetée » ;
- l'homme d'affaires Claude Castonguay, président du Regroupement en faveur du lac Meech, prévenir : « Si l'Accord du lac Meech est rouvert, il est clair que l'on s'engage dans une longue période d'incertitude. Nous voyons mal comment un premier ministre du Québec reviendrait à la table de négociations constitutionnelles pour engager une discussion valable alors que, pour la majorité des gens du Québec, l'Accord du lac Meech est un minimum » ;
- le maire de Vancouver Ouest, Don Lanskail, affirmer : « J'appuie l'Accord du lac Meech. J'estime que ce n'est pas un document parfait, mais je pense qu'on peut s'en accommoder » ;
- un professeur de science politique de l'Université Simon Fraser, Alex B. MacDonald, prétendre : « L'Accord du lac Meech interdit à tout jamais au gouvernement fédéral d'affecter des fonds de contrepartie à des programmes sociaux qui, dans le passé, ont aidé tous les Canadiens à obtenir, dans une certaine mesure, l'égalité sociale d'un océan à l'autre et ont contribué à notre fierté nationale » ;
- un citoyen de Colombie-Britannique, John McCabe, déclarer : « Chacun sait que le Québec est une société distincte, mais il n'est pas nécessaire de l'écrire dans notre loi fondamentale, car cela en fera une société plus que distincte et très spéciale. Il est stupide d'entériner une telle attitude, car cela crée la discorde.

La première priorité de n'importe quel citoyen de ce pays doit être de se comporter en Canadien et d'être heureux de vivre dans un pays aussi merveilleux » ;

- une autre citoyenne de Colombie-Britannique, Joan Saxon, affirmer que l'Accord du lac Meech ne comporte « rien d'autre que des mécanismes rendant possible l'oppression des droits linguistiques des autres Canadiens ».

En somme, comme l'ont fait avant eux André Laurendeau, Solange Chaput-Rolland et tant d'autres Canadiens francophones, les membres du comité Charest se heurtent au mur des préjugés. « C'était un exercice très douloureux, se souvient Gabriel Desjardins. Quand on est député du Témiscamingue et qu'on s'en va à Vancouver écouter ça... Plourde et moi, parfois, on se regardait... Nous nous sommes même retirés de la table à deux ou trois reprises parce que nous trouvions que c'était dur d'entendre la méconnaissance du Québec manifestée par les gens de l'Ouest. »

Charest lui-même, par moments, n'en revient pas. Entre autres lorsque, à Winnipeg, l'avocate Mona Brown soutient que l'article sur la société distincte pourrait servir à limiter « la liberté de reproduction » au Québec. « La société distincte, affirme la vice-présidente de l'Association de la femme et du droit du Manitoba, est faite essentiellement pour une communauté à majorité catholique, ce qui pourrait justifier toute forme de discrimination dans des procès devant la Cour suprême. [...] La clause de la société distincte peut servir à appuyer la nécessité de maintenir la croissance démographique au Québec. » « J'écoutais ça, confie Charest aujourd'hui, et je me disais : "Ce qu'elle vient de dire là, c'est complètement absurde !" Et je regarde autour de moi — il devait y avoir quelques centaines de personnes dans la salle —, ce que je vois, ce sont des gens qui sont parfaitement sains d'esprit, des avocats, des ingénieurs, des fonctionnaires, qui hochent la tête. Ils sont d'accord avec elle ! Le contexte était tellement tendu, le débat avait tellement dérapé qu'on en était rendu à dire des absurdités et à les accepter. Je me suis mis à penser à l'histoire, à d'autres événements, à la Deuxième Guerre mondiale, à toutes sortes de contextes où les gens ont pu, justement, se laisser embarquer… »

Lorsque de telles inepties sont dites devant le comité, Charest reste parfois silencieux. À d'autres moments, comme pendant le témoignage de Mme Brown, il sent le besoin de rétablir les faits : « Je crois que vous devriez réfléchir attentivement à ce que vous avez dit au sujet de la liberté de choix en matière de reproduction. Je ne suis pas d'accord avec votre position là-dessus et j'estime que vous devriez y réfléchir très attentivement avant de la faire valoir à nouveau. » Le président du comité réagit, également, lorsqu'un leader autochtone dénonce la présence de « séparatistes au sein du cabinet fédéral ». « Nous tenons à préciser que tous les résidents du Québec sont des citoyens du Canada, réplique le député de Sherbrooke. Quel que soit le choix qu'ils ont fait en 1980, comme ils sont des citoyens du Canada, ils jouissent de tous les privilèges et droits qui reviennent aux citoyens de ce pays. Ceux qui ont voté *oui* lors du référendum de 1980 peuvent normalement s'attendre à pleinement participer à tout gouvernement national que nous représentons aujourd'hui. »

Certains diront que les commissaires ont touché à l'essence du problème canadien : l'ignorance et l'intolérance mutuelles. « La crise canadienne n'est pas le résultat de la grossièreté d'une minorité, mais de la mauvaise volonté de la majorité », avait conclu Solange Chaput-Rolland. Jean Charest tirera de l'exercice des enseignements portant moins sur la nature du mal canadien que sur les risques des consultations publiques : « Je pense que ce n'est pas particulier au Canada. C'est l'exercice qui se prête à ça, parce qu'on va chercher dans les entrailles des gens. »

Les résumés du président

De l'avis général, Jean Charest préside ces séances publiques de main de maître. Pendant les moments de tension, il reste calme, maître de ses émotions et de la situation. Entre les membres du comité s'est établi un climat de travail généralement harmonieux,

l'urgence de la situation agissant comme catalyseur. C'est particulièrement le cas entre les principaux joueurs, Charest, Ouellet, Nystrom, Reid, Kaplan et Robinson, qui passent de longues heures à
négocier pour préparer la liste de témoins que le comité entendra.

Cependant, une pratique adoptée par Charest suscitera le
mécontentement des députés d'opposition. Le président a décidé, à
la fin de chaque témoignage, d'en proposer un résumé. C'est du
jamais vu à Ottawa, les présidents des comités parlementaires jouant
généralement un rôle assez discret. Le mécontentement de Robert
Kaplan et de Svend Robinson à ce sujet surgit tout au long des
audiences publiques. « Le résumé du témoignage n'est pas nécessaire. Le président abuse de ses pouvoirs », accuse Robinson. « Nous
ne sommes pas venus au Manitoba pour vous écouter parler, renchérit Kaplan. Vous devriez essayer de vous conformer aux précédents de la Chambre des communes et limiter un peu plus vos interventions. » « Je ne suis pas sûr pour quelle raison il le faisait… J'avais
l'impression que c'était une occasion de montrer combien il était
brillant… », a dit lors d'une interview le vice-président du comité, le
conservateur David MacDonald. C'est une impression que partagent d'autres membres du groupe : Jean Charest n'allait pas présider
un comité d'une telle envergure, dont les audiences étaient diffusées
d'un bout à l'autre du pays, sans profiter de l'occasion pour faire
montre de son talent. Le principal intéressé, évidemment, y voit des
motifs plus nobles. « Ça forçait les membres du comité à un niveau
d'écoute auquel ils n'étaient pas toujours habitués, explique d'abord
Charest avec une certaine suffisance. Dans un comité, c'est facile de
lire le journal ! Sauf que si le président se met à résumer ce que les
témoins ont dit, ils sont obligés d'écouter, parce que chaque fois que
le président résume, c'est un test de rigueur. » « Ça m'a permis d'affirmer mon contrôle sur le comité, dit aussi Charest, de m'assurer
que je gardais la mainmise sur les événements, de faire en sorte
qu'on centre le débat sur les questions que nous voulions régler, au
lieu de juste déraper constamment vers d'autres questions. »

Somme toute, les résumés de Charest lui permettront de baigner dans la lumière des projecteurs, tout en donnant effectivement l'occasion à certains témoins de préciser leur pensée. Et le tout se termine dans la rigolade. Le cent soixantième et dernier témoin, un certain Garry Williams, présente un exposé tout à fait incohérent : « L'accord Mulroney-Bourasssa est un document inacceptable. Pourquoi? Le principe d'égalité pour tous... M. Parizeau, rappelez vos loups. C'est le préambule. » Quelques minutes plus tard, il conclut : « Aucune province ne devrait être beaucoup plus grande que l'île de Terre-Neuve. » Jean Charest remercie poliment M. Williams. Et le député néodémocrate Philip Edmonston d'intervenir, sourire en coin : « En vertu du règlement, monsieur le président, pourriez-vous nous faire bénéficier de votre résumé de l'exposé du témoin, comme vous l'avez fait dans le passé? » « Levez donc la séance, tranche Robert Kaplan, qui n'entend pas à rire. Mettons-nous au travail. »

C'est le 4 mai. Le comité Charest a quatorze jours pour accoucher d'un rapport. « Je nourris l'espoir que le rapport de ce comité contribuera à assurer l'avenir de notre pays », dit le président avant que les membres ne s'enferment pour négocier.

Les mémoires flanchent

Les participants à ce marathon s'en souviennent malheureusement fort mal, tellement l'eau constitutionnelle a coulé sous les ponts depuis. Au cours de mon entrevue avec Ross Reid, par exemple, celui-ci ne cessait de se demander : « Attendez, je vous dis ça, mais peut-être que c'est dans un autre comité que ça s'est passé comme ça... » Les souvenirs de Lorne Nystrom, Svend Robinson, David MacDonald, Bob Kaplan, Gabriel Desjardins et André Plourde sont tout aussi vagues. André Ouellet n'a pas voulu m'accorder d'entrevue, prétextant : « J'ai participé à tellement de ces affaires-là, vous savez[7]... »

L'allure générale et la structure du rapport ont été rapidement

---

7. M. Ouellet m'a cependant fait parvenir ses réponses à une série de questions trans-

déterminées au cours d'un lunch entre Charest, Kaplan et Nystrom. « La décision qu'on a prise, c'était de faire un rapport très court, qui visait spécifiquement les questions litigieuses », m'a expliqué Charest. Ce sont les instructions que le président donne à Gary Levy, ancien recherchiste de la bibliothèque du parlement qui tiendra la plume : « Je veux que le rapport ne fasse pas plus qu'une douzaine de pages. Il doit aborder les préoccupations des trois provinces réticentes. D'abord la résolution d'accompagnement du Nouveau-Brunswick, qui devrait constituer la partie la plus importante. Puis les questions soulevées par le Manitoba et Terre-Neuve. Enfin, je veux une introduction, et une petite conclusion, et c'est tout. » Quand Levy suggère au président du comité d'aborder d'autres thèmes dominants des audiences publiques, Charest refuse catégoriquement. Dérapages interdits ! Levy se met à l'œuvre, en compagnie d'un autre recherchiste de la bibliothèque du Parlement, Jacques Rousseau, avocat de formation, qui s'occupera de la version française et des aspects juridiques. Ils y consacrent la première fin de semaine de mai.

Au même moment, les députés et sénateurs conservateurs sont réunis au mont Tremblant. Une réunion difficile. Ce samedi, la

---

mises par écrit, à la condition expresse « de ne pas être cité directement ». Tout le long de ma recherche, je me suis heurté à cette malsaine habitude des politiciens qui n'acceptent de dévoiler les parties essentielles de la vérité que sous le sceau de la confidentialité, ou en exigeant du journaliste qu'il ne publie pas l'information. Il est même arrivé à l'ancien ministre Benoît Bouchard de s'emparer de mon magnétophone pour l'arrêter avant de me faire une confidence. Ayant dénoncé cette pratique dans un livre précédent (*Le Syndrome de Pinocchio*, Boréal, 1997), désireux d'autre part d'en apprendre le plus possible, je me trouvais dans une position particulièrement difficile. J'ai choisi de jouer le jeu, mais en me jurant bien de révéler l'information et la source, peu importe l'entente verbale plus ou moins explicite conclue au moment de l'entrevue, chaque fois que ces renseignements me paraissaient essentiels à la compréhension des événements. À moins que cela ne présente des risques sérieux pour la source en question, ce qui est somme toute assez rare. Ainsi, la confidence de M. Bouchard est-elle révélée en page 149. On verra au chapitre intitulé « La tentation » comment j'ai appliqué cette règle, fort boiteuse j'en conviens, à des propos que m'a tenus Brian Mulroney. Quant à la lettre de M. Ouellet, elle ne comportait aucune information nouvelle.

presse rapporte que plusieurs députés bleus ont rencontré le vice-président du Parti québécois, Bernard Landry, et que celui-ci les a exhortés à quitter le navire conservateur en cas d'échec de Meech. Brian Mulroney en profite pour montrer la porte à François Gérin et à ceux qui seraient tentés d'adopter son attitude contestataire : « Les députés du Québec partagent mes prises de position et celles du gouvernement intégralement. Si un député, pour une raison personnelle, se trouvait déchiré, il ira siéger ailleurs que chez nous. »

Le climat est donc extraordinairement tendu lorsque, au retour du week-end, Levy présente son projet de rapport à Charest. Le mardi 8 mai, dans la salle 200 du Centre des conférences à Ottawa, là où se sont tenues tant de conférences constitutionnelles, là où, notamment, a été scellée l'entente de 1981, les quinze membres du comité prennent connaissance du brouillon. L'essentiel de la quinzaine de pages soumises par Levy et Rousseau restera intact, si l'on en croit le rédacteur : « L'introduction, la structure du rapport n'ont pas changé. Les débats ont porté sur quelques mots dans certains paragraphes, des jours durant ! Nous réécrivions, et réécrivions, et réécrivions le paragraphe en question. Le paragraphe, dans l'ensemble, demeurait le même, mais ces quelques mots changeaient. »

Dix jours de débats, donc. Avec quelques moments de blocage. Par exemple, le jeudi 10 mai, alors que, dans l'après-midi, Charest doit suspendre la séance plénière pour engager des discussions entre les meneurs de chaque parti, eux-mêmes en consultation avec leur chef respectif, avec leur caucus et avec des représentants des gouvernements provinciaux et des divers groupes de pression. Dans ces moments-là, les autres membres du comité se rassemblent dans la pièce qui a été attribuée à chaque formation. « Il y a des grands bouts, se rappelle le conservateur Gabriel Desjardins, on prenait des cafés puis on se regardait ! »

J'avoue mon incapacité à retracer le chassé-croisé des discussions qui ont eu lieu à ce moment-là, et à mesurer l'influence exacte de chacun des acteurs, à commencer par celle de Jean Chrétien. On sait que Charest et Ross Reid consultaient régulièrement le sénateur

Lowell Murray et le haut fonctionnaire Norman Spector. Robert Kaplan a rencontré Jean Chrétien deux fois durant les travaux du comité et même Pierre Trudeau. « Je croyais important que M. Trudeau sache ce qui se passait », m'a expliqué M. Kaplan. En outre, Kaplan faisait le lien entre le comité et les négociations secrètes menées par Stanley Hartt. Les ébauches de texte préparées par le comité étaient acheminées à Hartt, Tassé, Maldoff et Laskin, qui les étudiaient et renvoyaient le résultat de leurs discussions au député libéral. « Kaplan était informé chaque matin du résultat de notre travail durant la nuit précédente, explique Hartt. Quand Charest a déposé son rapport, il n'y avait pas un élément là-dedans qui n'avait pas obtenu l'aval de Chrétien. » Jean Charest était vaguement au courant de ces manœuvres, mais n'y participait pas.

Le Québec suivait tout cela de très près ; Norman Spector informait régulièrement le proche conseiller de M. Bourassa, Jean-Claude Rivest, et la fonctionnaire du ministère des Affaires intergouvernementales, Diane Wilhelmy. « Ils étaient très nerveux tout le long du processus, affirme Spector. D'un côté, ils ne nous disaient pas d'arrêter. Mais ils ne disaient pas oui et maintenaient qu'ils ne voulaient pas de changement à Meech. Alors il nous revenait à nous d'évaluer à quel point il pourrait y avoir de la flexibilité dans la position du Québec. » « Nous faisions tout pour nous assurer que le Québec serait à bord, soutient le sénateur Murray. Quand le rapport est sorti, je savais qu'il y aurait certaines difficultés, mais j'étais assez confiant que Bourassa n'exploserait pas, qu'il ne brûlerait pas les ponts. » Selon M. Rivest, le premier ministre québécois était (comme Lucien Bouchard) particulièrement inquiet à l'idée de confier à Ottawa la responsabilité de *promouvoir* la dualité linguistique et avait demandé plusieurs avis juridiques à ce sujet.

Le rapport Reid ?

Curieusement, il ne semble pas que les questions touchant directement le Québec soient les plus difficiles à régler au sein du comité.

Les députés s'entendent sans trop de mal pour appuyer la suggestion de Frank McKenna d'inscrire dans la constitution le rôle du gouvernement du Canada de *promouvoir*, et non seulement de *protéger* la dualité linguistique. « Les constitutionnalistes que nous avons interrogés, explique le rapport final du comité, sont unanimes à penser que la promotion de la dualité linguistique, telle que proposée, se limite aux sphères de compétence fédérale[8]. » Cependant, le comité se garde bien de proposer que cette précision soit ajoutée explicitement, comme Charest y avait lui-même songé. Cette recommandation, qui provoquera plus que toute autre la colère de Lucien Bouchard, est si peu controversée parmi les membres du groupe qu'elle ne se rend même pas aux réunions des négociateurs de l'ombre Hartt, Tassé, Maldoff et Laskin.

Par contre, c'est ce mystérieux quatuor qui règle la question de l'interrelation entre l'article sur la société distincte et la Charte des droits. Sur ce point, le comité ira plus loin que la résolution McKenna. Il recommandera « que les premiers ministres déclarent dans une résolution d'accompagnement que l'application de la clause de la caractéristique fondamentale, à savoir la dualité linguistique et la société distincte, ne diminue en rien l'efficacité de la Charte. [...] Cette résolution d'accompagnement devrait aussi stipuler que les clauses qui reconnaissent des rôles au Parlement et aux législatures provinciales n'ont pas pour effet de leur conférer des pouvoirs législatifs. » Des constitutionnalistes l'avaient déjà dit ; le comité voulait que les premiers ministres l'affirment encore plus clairement : la société distincte n'ajouterait rien aux droits et aux pouvoirs du Québec. C'est un pas qui devait être franchi pour obtenir l'appui de MM. Chrétien et Wells. Mais comme le fera remarquer Robert Bourassa au moment de la publication du rapport, « quand on propose un amendement qui dit que l'on ne doit pas tenir compte de la société distincte dans la Charte, ou qu'elle ne donne

---

8. Le lecteur trouvera en annexe le texte du Rapport du comité, dit « Rapport Charest ».

La première victoire. Le 15 mai 1984, Jean Charest remporte l'assemblée d'investiture du Parti conservateur dans Sherbrooke. *Ci-haut,* on le voit en compagnie de quelques-uns de ses premiers supporteurs, notamment Denis Beaudoin (à l'extrême gauche) et le Dr Pierre Gagné (à l'extrême droite). *Ci-dessus,* son adversaire, Claude Métras, lui concède la victoire. *Photos Perry Beaton.*

La voix de l'expérience. Jean Charest écoute les conseils du vétéran Roch Lasalle, le jour du lancement de sa première campagne électorale, le 14 juillet 1984. *Photo Perry Beaton.*

Dans le blanc des yeux. Dès son premier « porte-à-porte », le jeune Charest impressionne les électeurs de Sherbrooke par la franchise de son regard. Déjà, l'effet Charest opère. *Photo Perry Beaton.*

D'une toge à l'autre. Dès son arrivée à Ottawa, le jeune député est nommé vice-président adjoint de la Chambre des communes. Un emploi ennuyeux qui lui a toutefois permis d'apprivoiser le Parlement. *Collection Jean Charest et Michèle Dionne.*

« *C'est pas moi !* » Jean Charest se sert souvent de l'humour pour se gagner un public. D'ailleurs, tous ceux qui ont travaillé avec lui se rappellent combien il les a fait rire. *Photos Perry Beaton.*

L'école avant tout. De son premier portefeuille comme ministre d'État à la Jeunesse, Jean Charest a gardé un vif intérêt pour l'éducation. *Photo Perry Beaton.*

Cheese! Jean Charest et Marcel Masse ont beau sourire, ils n'avaient pas la réputation de bien s'entendre à l'époque où ils étaient ministres dans le cabinet Mulroney. *Photo Perry Beaton.*

Photo mystère. Jean Charest n'a pourtant pas l'habitude de fuir les caméras… *Photo La Tribune.*

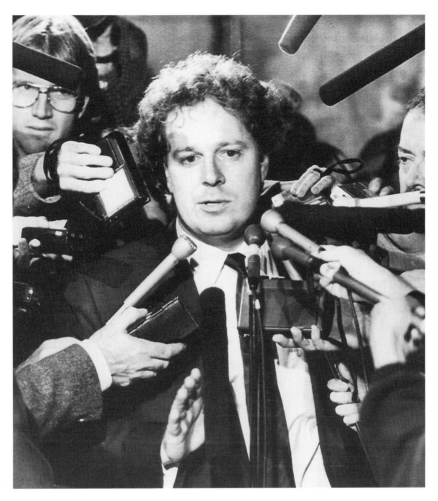

Star d'un sprint. Charest connaît ses premiers moments de gloire à la faveur de la controverse provoquée par la suspension de Ben Johnson aux Jeux olympiques de Séoul, en 1988. *Photo Presse canadienne.*

Où est Lucien? Le 17 mai 1990, Jean Charest dépose le rapport du comité spécial sur l'Accord du lac Meech, comité dont il a présidé les travaux. Quelques jours plus tard, Lucien Bouchard démissionne, jugeant inacceptable le contenu de ce qu'on appellera désormais « le rapport Charest ». *Photo Reuter — La Presse.*

absolument aucun autre pouvoir, on réduit encore davantage ce qui était quand même relativement restreint ».

Le jeudi 10 mai, ce ne sont plus ces questions-là qui bloquent. Libéraux et néodémocrates exigent une garantie que, une fois l'Accord de Meech adopté, une fois le 23 juin passé donc, Ottawa ne laissera pas tomber les autres questions abordées dans le rapport, notamment la réforme du Sénat et les droits des autochtones. Autrement dit, ils veulent être certains que la résolution d'accompagnement aboutira à des résultats concrets. Après de longues discussions, les partis s'entendront pour... remettre la patate chaude entre les mains des premiers ministres. « Le Comité reconnaît, dira le texte du rapport, que pour que les éléments de la résolution d'accompagnement que nous proposons puissent résoudre l'impasse du lac Meech, il faudra régler sans équivoque la question des "garanties". »

Une fois l'entente conclue sur ce point, Jean Charest commence à entrevoir la possibilité d'arriver à un rapport unanime, possibilité qui lui avait paru chimérique un mois plus tôt. S'engagent alors diverses manœuvres visant à convaincre quelques députés récalcitrants, notamment Svend Robinson, Bill Rompkey et Ethel Blondin. Les membres du comité doivent aussi convaincre leur propre caucus, ce qui est passablement laborieux chez les libéraux et les néodémocrates. « À certains moments, vous vous sentiez plus proches des gens des autres partis que de certains députés de votre propre formation, résume Robert Kaplan. Les membres du comité sentaient qu'ils agissaient pour une cause commune, mais certains députés de notre caucus ne le voyaient pas ainsi. »

Les deux représentants du NPD, Lorne Nystrom et Svend Robinson, arrivent au caucus de leur parti, le soir du 14 mai, avec des recommandations opposées : Nystrom est favorable au rapport, Robinson contre. C'est le point de vue de Nystrom qui l'emporte. « Je me souviens que, en quittant l'édifice Wellington [en face de la colline parlementaire, où le comité avait déménagé ses pénates], j'étais déchiré en me demandant si j'avais bien fait de signer le rapport », m'a confié Robinson en entrevue.

Le rapport sera donc unanime. Quelle part de mérite revient à Charest ? Difficile à dire. Tous les membres du comité lui rendent hommage. Mais plusieurs soulignent aussi le rôle très actif, dans les pourparlers des derniers jours, du député terre-neuvien Ross Reid : « Ross fut un joueur absolument essentiel pour le gouvernement, estime Svend Robinson. Reid s'occupait du travail concret, des détails [« *knitty gritty, detail work* »], des pourparlers sur le choix des mots, etc. Charest était impliqué davantage au niveau général, pour faire un tout avec tout cela. » « À l'étape de la rédaction, Ross Reid a joué un rôle plus important que Charest, renchérit l'autre néo-démocrate du comité, Lorne Nystrom. Le rôle de Charest fut proba-blement plus important durant la partie publique de nos travaux. » « Jean était celui qui avait la vision la plus globale, dit pour sa part Reid. Il y avait des moments où il n'y avait que Nystrom, Ouellet et moi, et Jean n'était même pas là. Il fallait qu'il en soit ainsi. C'était une façon de protéger le processus. » Peut-être devrait-on parler du rapport Reid. Il n'est pas certain que Charest nous en voudrait.

Où est Lucien ?

À seize heures trente, le mardi 15 mai, l'entente est scellée. Ne manquent que quelques retouches, les signatures et l'impression à six mille exemplaires. La version française du rapport fait quinze pages. « Nous avons essayé de résoudre ces problèmes au mieux de notre compétence, dit l'introduction rédigée par Levy et Rousseau. Cela dit, nous reconnaissons que la solution de l'impasse actuelle est entre les mains d'autres intervenants, à l'examen desquels nous sou-mettons le présent rapport. » C'est ce que Charest appelait « mettre la table pour les premiers ministres ». « À la fin, dit Gary Levy en riant, je n'en pouvais plus d'entendre cette phrase ! »

Outre les points déjà mentionnés, le rapport appuie l'essentiel de la résolution McKenna, et suggère quelques ajouts susceptibles de mécontenter le gouvernement du Québec. Par exemple, en ce qui concerne la réforme du Sénat, le comité recommande que, après

trois ans, la règle de l'unanimité des provinces soit remplacée par
« une formule de modification moins restrictive ». Le Sénat pourrait
donc être modifié sans l'aval du Québec. Le comité encourage les
premiers ministres à reconnaître les peuples autochtones et le patrimoine multiculturel du Canada « dans le corps de la Constitution ».
Enfin, il souhaite que la résolution d'accompagnement stipule que
l'Accord du lac Meech « n'entrave pas le pouvoir de dépenser du
gouvernement fédéral lorsqu'il s'agit […] de promouvoir l'égalité
des chances des Canadiens dans la recherche de leur bien-être ».

Lorsque Svend Robinson quitte l'édifice Langevin, tous les
membres ont signé. Tout est prêt pour le dépôt officiel du rapport à
la Chambre des communes. Ah! juste un petit détail. Ne faudrait-il
pas obtenir l'accord du ministre responsable du Québec, Lucien
Bouchard? Mais où est Lucien?

Le ministre de l'Environnement est à Bergen, en Norvège, participant à une importante conférence internationale sur les émissions
de gaz à effet de serre. La conférence doit prendre fin le 16 mai,
avant-veille de la date limite fixée pour la publication du rapport du
comité spécial. M. Bouchard revient-il en vitesse dans la capitale
canadienne pour garder un œil sur les dernières tractations? Non, il
rejoint Audrey et Alexandre à Paris, où il compte passer la fin de
semaine. « Le dépôt du rapport du comité Charest n'était prévu que
pour le vendredi 18, explique M. Bouchard dans son autobiographie. Je pensais revenir à Ottawa juste au bon moment pour en
prendre connaissance et arrêter avec mes collègues l'attitude qu'il
conviendrait d'adopter. » Voilà une décision étrange pour un
homme qui se disait très inquiet de l'évolution des choses, et qui
se plaindra plus tard qu'on ne lui ait pas laissé la chance « de bloquer
la manœuvre[9] ». Alors qu'il sait le dénouement proche, il reste
éloigné du cœur de l'action pour prendre quelques jours de congé
avec sa famille! Pour ne revenir à Ottawa qu'après la publication du

---

9. Lucien Bouchard, *op. cit.*, p. 318.

rapport! Ne sait-il pas qu'«en politique, comme le dit George MacLaren, c'est toujours mieux d'être sur place. C'est pour ça que les chefs d'État africains ne quittent pas souvent leur pays!»

Comme celui qui est devenu premier ministre du Québec a refusé de me rencontrer, nous n'aurons pas davantage d'explications sur son attitude. Bien que celle-ci puisse paraître curieuse, il faut se méfier par ailleurs du point de vue exprimé par ceux qui se sont sentis trahis par le comportement subséquent de M. Bouchard. Pour tous ces gens, je m'en suis rendu compte au cours de nombreuses entrevues, Lucien est devenu Lucifer.

En tout cas, selon les témoignages recueillis, y compris ceux des députés qui deviendront ensuite bloquistes, le ministre de l'Environnement ne laissait voir aucun signe de défection avant son départ pour la Norvège. Au caucus québécois du lac Meech, à la mi-mars, il avait fait un tour de table des cinquante-six députés, pour tenter de mesurer les dangers de démission, de déceler les maillons faibles. Il avait conclu la réunion par un vibrant appel à la solidarité. Au caucus national du mont Tremblant, au début de mai, il avait supplié François Gérin de ne pas faire d'esclandre. Puis, le 8 mai, il avait présenté une ébauche du rapport du comité Charest aux ministres fédéraux québécois. Bref, Bouchard jouait à la perfection son rôle de ministre politique du Québec.

Par contre, certaines personnes indiquent que, en privé, Bouchard donnait des signes d'insatisfaction. Le journaliste Michel Vastel fait état d'une longue conversation qu'il a eue avec le ministre de l'Environnement à la mi-février, conversation où celui-ci «parle à l'imparfait, dresse un bilan de son séjour à Ottawa, tire un trait en quelque sorte[10]». Rédacteur de discours de Brian Mulroney, l'ancien journaliste Paul Terrien raconte qu'à la même époque Lucien Bouchard lui avait transmis le texte d'un discours qu'il devait prononcer à Toronto au sujet de l'Accord de Meech. Quand Terrien lui a fait

---

10. Michel Vastel, *Lucien Bouchard. En attendant la suite…*, Outremont, Lanctôt éditeur, 1996, p. 136.

remarquer que le discours était davantage celui d'un représentant du gouvernement du Québec que celui d'un ministre fédéral, Bouchard aurait rétorqué quelque chose comme : « Tu sais bien que je ne serai plus ministre fédéral longtemps, que je m'en vais à Québec ! »

Quoi qu'il en soit, lorsque Jean Charest apprend que Lucien Bouchard sera en Europe au moment de la publication de son rapport, il est catastrophé. « Ça me rend nerveux », confie-t-il à MacLaren. À un point tel que Charest appelle le premier ministre : « Il ne peut pas être absent au dépôt du rapport ! C'est impossible ! Ça prend quelqu'un pour porter le ballon. Moi, je vais vous donner vingt-quatre heures après avoir rendu le rapport public. Je ferai les médias pendant vingt-quatre heures. Après ça, je disparais du décor. Je n'ai pas l'intention de me tuer à défendre ce rapport-là. »

Ces propos de Charest, qu'il m'a lui-même rapportés, méritent d'être retenus pour deux raisons. D'abord, ils illustrent à quel point il était conscient de la tare politique que lui ferait porter ce document. Tout en acceptant ce qui paraissait être une mission suicide, il avait décidé de ne rien négliger pour réduire les risques, pour sauver sa peau. Ensuite, ces propos indiquent que Charest n'avait aucun intérêt à tromper Lucien Bouchard sur le contenu de son rapport, au contraire. Si le ministre politique du Québec était son allié, « portait le ballon », Charest était sauvé. Sinon, le député allait assumer seul l'odieux de toute l'opération. Lorsqu'il remet ce bébé dont il ne veut plus au ministre fédéral Lowell Murray, Charest lance au sénateur : « Lowell, laisse-moi te refiler un conseil qu'on m'a donné quand je me suis lancé dans cette aventure : *"Don't fuck up !"* »

Informés du contenu du rapport au caucus du mardi soir 15 mai, plusieurs députés conservateurs sont inquiets. Inquiets à un point tel que Benoît Bouchard appelle, de son propre chef, le premier ministre du Québec : « Monsieur Bourassa, ne cédez pas ! » implore-t-il. Le ministre considère le moment comme tellement important que sa femme enregistre ce qu'il dit à Bourassa !

Deux jours plus tard, Jean Charest dépose à la Chambre des communes le rapport auquel son nom sera accolé pour l'éternité.

« D'après le comité, dit-il aux députés, une résolution d'accompagnement qui ajoute des dispositions à l'Accord du lac Meech, sans y supprimer quoi que ce soit, est probablement la meilleure façon de résoudre le dilemme constitutionnel. »

Rapidement, ses pires craintes se matérialisent. Les provinces jusque-là récalcitrantes à Meech voient dans le rapport du comité une bonne base de négociation. Mais au Québec, c'est une levée de boucliers. Les péquistes, cela ne surprend personne, tirent à boulets rouges sur le document, Jacques Parizeau le jugeant « insultant ». Mais voici que Robert Bourassa parle de « demandes inacceptables » : « Nous avons respecté notre parole, nous aimerions que les autres fassent de même. » Même le très posé Claude Castonguay dénonce le rapport, estimant qu'il « vide le concept de société distincte de son contenu ».

Comme il l'avait promis, Charest consacre une journée, le vendredi 18 mai, à la tournée des médias québécois. « Ce fut une journée très pénible, se rappelle George MacLaren. Nous allions d'un endroit à l'autre en taxi. Les ministres québécois dans le gouvernement se cachaient, il était seul comme cible. J'avais l'impression que j'étais un peu son seul ami. »

Cette corvée terminée, Charest s'enfuit dans les Cantons de l'Est. La famille a décidé de passer le long week-end de la fête de la Reine chez les parents de Michèle, à North Hatley. Mais le rapport la poursuit.

Le premier ministre Mulroney appelle son député le vendredi soir :

« As-tu pu rejoindre Lucien ?

— Non, monsieur le premier ministre, on essaie depuis plusieurs jours, mais il ne retourne pas nos appels.

— Essaie encore ! »

Jean Charest passe donc le samedi à tenter de joindre le ministre de l'Environnement, qui se terre maintenant chez l'ambassadeur du Canada à Paris. De toute évidence, un orage se prépare. Ce même jour, Bouchard — ministre du gouvernement fédéral, rappelons-le

— a fait parvenir un télégramme aux militants du Parti québécois réunis dans sa circonscription, à Alma. Ceux-ci célèbrent le dixième anniversaire du référendum de 1980. Cette commémoration, leur écrit Bouchard de Paris, « est une autre occasion de rappeler bien haut la franchise, la fierté et la générosité du *oui* que nous avons alors défendu, autour de René Lévesque et de son équipe. La mémoire de René Lévesque nous unira tous en fin de semaine. Car il a fait découvrir aux Québécois le droit inaliénable de décider eux-mêmes de leur avenir. » À Ottawa, le télégramme fait l'effet d'une bombe atomique. Dès ce moment, Charest n'a plus de doute : Lucien va démissionner.

Le dimanche, le député suggère à Camille Guilbault d'inviter chez elle tous les ministres québécois, le lendemain soir. C'est lui, finalement, qui fera les invitations. Le lundi, la famille Charest retourne à Ottawa. Les enfants crient à l'arrière, Jean est accroché à son téléphone cellulaire et Michou, au volant, fulmine de voir ce long week-end gâché.

Dès son arrivée au Parlement, Charest se rend au bureau de Lucien Bouchard. Son collègue n'y étant pas, le député laisse un message lui demandant de le rappeler. L'appel ne viendra jamais. Quand Pierre Blais se présente un peu plus tard, Bouchard est parti annoncer sa démission à Paul Tellier, greffier du Conseil privé. Entrant dans le bureau de son ami, il aperçoit le texte de la lettre de démission sur l'écran d'un ordinateur : « Je rejette ce rapport et je me refuse aussi à lui donner caution par mon silence. [...] » Blais attend. En début de soirée, le ministre de l'Environnement revient de ses rencontres avec Paul Tellier et Bernard Roy, ami commun de Bouchard et de Mulroney. Les deux ont tenté de le dissuader, en vain. Blais raconte la suite : « Nous sommes entrés dans son bureau, et Lucien m'a annoncé qu'il démissionnait : "Ils ont concocté un rapport avec Chrétien, c'est la mort du lac Meech." C'était le drame, du Racine, une tragédie grecque ! »

Blais essaie à son tour de faire changer d'idée son ami : « Attends au moins jusqu'au 24 juin. Fais confiance au premier ministre. Si le 24 juin ça marche pas, tu t'en iras ! Sinon c'est comme quitter l'aréna parce que tu perds 3 à 1 après deux périodes!» Rien à faire. «J'avais l'impression d'avoir perdu le procès le plus important de ma vie», dit Blais aujourd'hui. Sa plaidoirie est interrompue à dix-neuf heures vingt-cinq : le premier ministre convoque son ministre chez lui. Mais même Brian Mulroney ne parviendra pas à retenir Lucien Bouchard.

Les ministres québécois se rassemblent ce soir-là chez Camille Guilbault. Atmosphère de salon mortuaire. Benoît Bouchard est peut-être le seul à continuer à croire que son homonyme restera en place. «Pauvre Benoît!» soupirent intérieurement ses collègues. D'autant que Bernard Roy est venu rejoindre le groupe et a raconté ses efforts infructueux. De fait, Lucien Bouchard démissionne le lendemain, le mardi 22 mai 1990. «Ce rapport n'aurait pas dû exister, explique-t-il à la Chambre des communes. Je le réprouve et je me vois contraint de quitter le gouvernement avec douleur, avec déchirement [...]»

Le choc est tel qu'au caucus québécois, le soir même, le premier ministre Mulroney éclate en sanglots en appelant ses députés à la loyauté. Benoît Bouchard doit prendre le relais. Mulroney l'a nommé ministre responsable du Québec; du coup, ses scrupules nationalistes se sont envolés.

Un marcheur dans la nuit

Les trois semaines qui suivent comptent sans doute parmi les plus fébriles de toute l'histoire politique canadienne : accueil aussi triomphal qu'inattendu de Lucien Bouchard à la Chambre de commerce du Montréal métropolitain; rumeurs de démissions massives au sein du caucus conservateur; activité intense de Mulroney et de Bouchard (Benoît) pour empêcher ces démissions; conférence des premiers ministres du pays, à huis clos, sept jours durant, accouchant d'une entente complexe visant le sauvetage de Meech; blocage de l'entente par un député autochtone du Manitoba, Elijah Harper. Le 23 juin 1990, la mort de l'Accord du lac Meech est consommée. Le premier ministre du Québec, Robert Bourassa, accueille la nouvelle par une déclaration qui enflammera l'âme nationaliste des Québécois : « Quoi qu'on dise, et quoi qu'on fasse, le Québec est, aujourd'hui et pour toujours, une société distincte, libre et capable d'assumer son destin et son développement. » Le lendemain, un million de personnes participent au défilé de la Saint-Jean.

De tous ces événements, et c'est pourquoi nous ne nous y attarderons pas, le héros de ce récit est absent. D'une part, il ne faut pas l'oublier, Jean Charest n'était que député. Les grandes manœuvres ont lieu bien au-dessus de lui. D'autre part, Charest est à la fois meurtri et inquiet. Meurtri par l'attitude de Lucien Bouchard à son endroit. « La décence élémentaire aurait voulu qu'il puisse au moins me regarder dans le blanc des yeux pour me dire ce qu'il allait faire, dit Charest sept ans plus tard. C'est quand même lui qui m'avait demandé d'accepter ce mandat-là ! » Jean Charest est inquiet, en outre, du prix politique qu'il aura à payer pour avoir accompli la mission que lui a confiée le premier ministre. La démission de Lucien Bouchard risque de provoquer une flambée nationaliste dont il pourrait sortir grièvement brûlé.

C'est peut-être cette inquiétude qui le ronge, le soir du 9 juin 1990, à la sortie de la cérémonie marquant la signature de la nouvelle entente tout juste conclue par les onze premiers ministres du pays. Montant dans sa voiture, le sénateur Lowell Murray aperçoit Jean Charest qui marche, seul, l'air préoccupé. « Il n'avait pas l'air d'un homme très heureux, se rappelle Murray. Il semblait plutôt dégoûté. Je l'ai appelé, lui ai serré la main et lui ai dit à quel point son rôle avait été important. Mais il n'était pas dans un état d'esprit enthousiaste. À mon avis il craignait, en cas d'échec, de devenir le bouc émissaire. »

« Le petit tas de merde de Chrétien »

C'est ainsi que Lucien Bouchard a qualifié le rapport du comité présidé par Jean Charest[11]. Il nous faut maintenant nous pencher, ne

_____
11. M. Vastel, *op. cit.*, p. 149.

serait-ce que brièvement, sur l'acte d'accusation dressé par le ministre démissionnaire contre son collègue député de Sherbrooke. Il comporte trois chefs :

1) Charest aurait mal informé son collègue de ce qui se passait. « J'avais des raisons de croire, écrit Bouchard, qu'il [le comité] ne proposerait pas de modifications affectant la substance de l'accord. En effet, deux ou trois semaines auparavant, vers la fin d'avril, comme j'assistais aux débats de la Chambre, Jean Charest vint s'asseoir près de moi. Je retins de la conversation que le comité ferait des propositions compatibles avec les éléments essentiels de Meech, mais il fallait se préparer à faire un pas en ce qui concernait les autochtones, la pression étant très forte de ce côté. En un mot, les choses se présentaient plutôt bien[12]. »

2) Plusieurs des recommandations du comité Charest changeaient « l'essentiel des conditions de l'accord ». Le caractère distinct de la société québécoise se trouvait « banalisé » et « dilué ».

3) Charest aurait « concocté en cachette » cette dilution avec Jean Chrétien.

Première accusation. Dans son autobiographie, Lucien Bouchard parle d'une seule discussion entre Charest et lui sur le projet de rapport, tenue à la Chambre le 27 avril. Les notes que Jean Charest a rédigées à l'époque indiquent qu'une semaine plus tard Bouchard a reçu une copie du projet de rapport, et que les deux hommes en ont discuté aux Communes le 7 mai. « L. Bouchard se dit satisfait de ce projet », indique le journal de M. Charest. En outre, Lucien Bouchard était informé quotidiennement de l'évolution du dossier par son attaché politique, Robert Charest. Reste à savoir si le ministre de l'Environnement a été correctement et complètement informé. Jusqu'à preuve du contraire, tout nous porte à croire que oui.

D'ailleurs, de l'avis de la plupart des acteurs du drame, y compris certains bloquistes, le rapport Charest n'a été que le « prétexte » de la

---

12. *Ibid.*, p. 309.

démission du ministre, celle-ci résultant d'un ensemble de frustrations, engendrées notamment par un conflit avec le nouveau chef de
cabinet du premier ministre Mulroney, Stanley Hartt. Écoutons à ce
sujet Luc Lavoie, aussi proche de Lucien Bouchard que de Brian
Mulroney, et témoin privilégié de l'époque : « Je ne suis pas le seul à
croire que la raison du départ de Lucien, c'est Stanley Hartt. » Selon
cette version, le vase débordait déjà lorsque est tombée la goutte du
rapport Charest.

Je ne prendrai pas position quant au fond de la seconde accusation. Que le rapport Charest ait proposé des changements à l'Accord
du lac Meech pour obtenir l'assentiment de Jean Chrétien, entre
autres opposants, cela est indéniable. Ces changements étaient-ils
importants ou mineurs ? Cela est question d'appréciation, appréciation qui dépend généralement du penchant idéologique de chacun.
De toute façon, il ne faut pas oublier qu'une fois le rapport Charest
déposé la partie n'était pas terminée. Les décisions ne revenaient pas
au comité Charest, mais aux premiers ministres. « La *game*, c'était
Bourassa-Mulroney », souligne le sénateur Jean-Claude Rivest, principal conseiller du premier ministre du Québec à l'époque. « Charest
pouvait écrire ce qu'il voulait dans son rapport, c'était moi le premier ministre ! » a rappelé M. Mulroney en entrevue. Et de fait, l'entente conclue *in extremis* par les premiers ministres en juin, tout
en retenant certaines suggestions du comité Charest, en rejetait
d'autres, notamment l'article controversé sur la promotion de la
dualité linguistique. « Le rapport Charest n'aurait pas existé, ça n'aurait rien changé. Trudeau aurait continué d'exercer des pressions, les
autochtones aussi… », souligne M. Rivest.

De mon point de vue, la question clé est la suivante : dès qu'un
comité était formé pour étudier la résolution McKenna, n'était-il pas
inévitable que celui-ci propose des ajouts à l'Accord du lac Meech ?
Qu'aurait souhaité Lucien Bouchard ? Que Jean Charest, ayant
accepté de présider ce comité — « un instrument de dialogue »,
selon les propos de Bouchard lui-même — annonce qu'il n'était pas
question de quelque changement ou ajout que ce soit à Meech ?

Pourquoi alors former un comité? Aussi est-il nettement exagéré de prétendre — c'est la troisième accusation — que M. Charest négociait en cachette avec Jean Chrétien. Le président du comité n'a pas négocié directement avec M. Chrétien et, comme nous l'avons vu, il a joué dans toute l'affaire un rôle plutôt accessoire. Certes, Charest cherchait à obtenir l'accord des trois partis représentés au comité, dont le Parti libéral, et il était évident qu'André Ouellet et Robert Kaplan ne signeraient jamais un texte sans obtenir l'aval de M. Chrétien. Cela, Lucien Bouchard aurait dû le comprendre, aussi bien que Charest, dès la mise sur pied du comité. Sinon, répétons la question, pourquoi créer un comité?

Le pas décisif, Jean Charest l'a franchi lorsqu'il a accepté de diriger ce comité, non lors de la rédaction du rapport. Or, est-il besoin de le rappeler, Lucien Bouchard est particulièrement mal placé pour accuser le député de Sherbrooke d'avoir fait ce pas. D'autant plus que, par son absence et son refus de discuter avec son ami dans les dernières étapes du processus, Bouchard a laissé la voie libre à un compromis qu'il était bien davantage en mesure d'empêcher que Charest, grâce à son influence personnelle auprès du premier ministre. Lucien Bouchard, le Québécois, a mal joué ses cartes. Jean Charest, le Canadien, a docilement joué celles que Bouchard et Mulroney lui avaient données.

Que reste-t-il… ?

Ottawa, novembre 1994. Les Charest soupent chez une journaliste du *Globe & Mail*, Susan Delacourt, en compagnie de quelques autres invités. Cependant, personne n'a le cœur à la fête. Quelques heures plus tôt, le Québec a appris avec stupeur que le chef du Bloc québécois, Lucien Bouchard, était hospitalisé, aux prises avec la terrible bactérie mangeuse de chair. Revenant des studios de CBC, Chantal Hébert, de *La Presse*, apporte aux dîneurs une rumeur encore plus effroyable : M. Bouchard pourrait bientôt succomber à la maladie. En apprenant cette nouvelle, Jean Charest se lève, bouleversé, et se place dos au mur. La suite du récit dépend de la source. Certains prétendent que celui qui était alors chef du Parti conservateur s'est mis à se frapper doucement la tête contre le mur. Quand Mme Delacourt lui a demandé si ça allait, Charest aurait répondu en parlant de ses sentiments confus à l'égard de Lucien Bouchard, autrefois ami, puis adversaire politique. D'autres sources indiquent même que Charest aurait exprimé le regret que, Bouchard mort, il ne pourrait jamais prendre sa revanche. Certains tirent de cet épisode la preuve que, à la suite de Meech, Charest et Bouchard ont développé l'un pour l'autre rien de moins que de la haine. Selon Rhéal Séguin, du *Globe & Mail*, l'animosité entre les deux hommes « est viscérale, n'ayant d'égal que leur désir profond de vengeance[13] ».

Deviner les pensées d'un homme aussi secret que Jean Charest n'est déjà pas facile; deviner ses émotions est tout simplement impossible. Lui-même ne cache pas qu'il s'est senti profondément blessé par l'attitude de M. Bouchard à l'époque de Meech. Démissionner en un moment aussi crucial, c'était déjà contre les principes de Charest. Accuser Charest de l'avoir trompé, c'était franchement insultant. Et faire tout cela sans même daigner s'expliquer de vive voix, c'était trahir une amitié, geste que la victime ne lui a pas pardonné : « Je n'ai jamais pris au sérieux ou accepté ses arguments que Charest… Aye ! s'il pensait ça et s'il le croyait vraiment, je ne sais pas pourquoi il n'a jamais eu le courage de me le dire en pleine face ! Ç'a été pour moi très, très décevant, parce que non seulement il prenait une décision avec laquelle je n'étais pas en accord, mais sa façon de faire me faisait découvrir un côté de Lucien Bouchard que je ne connaissais pas. »

Il est vrai que les interventions publiques de Jean Charest au sujet de Bouchard sont, depuis, particulièrement virulentes. Mais de là à parler de haine, de soif de vengeance… Pour peu que je

---

13. *Globe & Mail*, 28 mars 1998, p. D-1.

connaisse Charest, je parierais que non. Revenons un instant chez Mme Delacourt, ce soir de novembre 1994. La journaliste Chantal Hébert, qui comptait parmi les invités, rappelons-le, ne se souvient pas d'avoir vu Jean Charest se cogner la tête sur le mur. Et surtout pas de l'avoir entendu regretter que le décès de M. Bouchard le prive de la vengeance tant espérée. Le chef conservateur aurait plutôt exprimé son ambivalence au sujet de l'homme. « Il y a deux Lucien Bouchard », aurait-il dit. Ce à quoi Chantal aurait répondu : « Il y a aussi deux Jean Charest. » Et Michèle Dionne d'enchaîner : « Elle a raison. »

« Nous étions tous en état de choc, se souvient pour sa part Charest, mais je ne me cognais pas la tête sur les murs, ce n'est pas mon genre. » Quant à sa présumée haine pour Lucien Bouchard, il dit : « Ce n'est pas dans ma nature de m'asseoir pour haïr quelqu'un. Je n'ai pas le temps, et je ne suis pas disposé à ça. Je ressentais de la déception, mais pas de haine ou d'animosité profonde. Je ne l'aimais pas, j'étais très déçu, je lui en voulais d'avoir fait ça, mais je me disais : "La vie a son cycle, on se retrouvera bien un jour." Je ne me suis jamais mis dans la tête que j'allais me venger de Lucien Bouchard. »

La loyauté est une des valeurs les plus importantes dans la philosophie de vie de Jean Charest. Peu de choses lui font plus mal que la trahison ou l'humiliation, et il peut être rancunier. Par contre, Charest n'est pas homme à se laisser guider par ses émotions, qu'il cherche au contraire à maîtriser le plus possible. Et puis, sa rancune n'est pas éternelle. Peu de gestes lui ont fait plus mal que la décision de son ami Pierre Blais de ne pas l'appuyer lors de la course à la direction du PC en 1993 ; pourtant, il a fini par rétablir les ponts avec son ancien collègue.

Pierre Blais, justement, quand on lui parle des sentiments de Charest, raconte sa propre rencontre avec Lucien Bouchard, huit ans après la déchirure : « Ça a été très cordial. Il m'a demandé des nouvelles des enfants. J'avais l'impression qu'il était très heureux de me voir… et je vous dirai que moi aussi j'étais content de le voir ! Il est venu souper chez nous, ce gars-là ! Sa femme était assez proche de la mienne ! » Autrement dit, au-delà des vicissitudes de la vie politique peut subsister un fond d'amitié, de respect, qui empêche la rancœur de devenir de la haine. « Il faut vraiment que quelqu'un t'ait fait un coup de cochon pour que tu le haïsses le reste de tes jours ! », souligne M. Blais. Qui du même souffle, cependant, compare l'attitude de Bouchard à l'égard de Charest lors de l'épisode de Meech au nageur « qui aurait pilé sur la tête de l'autre pour se sortir de l'eau ».

Oublions la haine. Il reste une blessure, un ressentiment. « C'est sûr que Jean a pris le départ de Lucien de façon très dure et très personnelle, soutient Gabriel Desjardins, qui était membre du comité spécial sur Meech. C'est vraiment profond, c'est ancré. » Profond, mais à quel point ? Il faut tenir compte ici du point de vue de George MacLaren, ami à la fois de Bouchard, de Charest et de Brian Mulroney. C'est d'ailleurs MacLaren qui, en 1988, avait organisé la première rencontre entre le député de Sherbrooke et Bouchard, rencontre qui avait eu lieu au restaurant Alexandre, autour d'excellents steaks frites. « Jean Charest voit Bouchard comme un adversaire politique, mais il n'a rien contre lui personnellement, jure MacLaren. Il était déçu de Bouchard, et il aimerait bien le battre [aux prochaines élections provinciales]. Mais de là à faire une guérilla personnelle contre lui... je pense que sa tête n'est pas là. »

Quand Brian Mulroney parle de Lucien Bouchard, on sent la rage et le mépris. « Il y a tellement de mythes au sujet de Bouchard, c'est un ballon prêt à être dégonflé ! » l'a-t-on entendu dire en privé. Mais on ne peut comparer la blessure de Charest à celle de Mulroney. Ce dernier connaissait Lucien Bouchard depuis l'université ; l'amitié qui a été brisée était donc ancienne et riche. Jean Charest le connaissait depuis moins de deux ans au moment de la cassure de Meech, et leur amitié était celle de collègues de travail bien plus que celle d'intimes.

Cependant, la politique transforme les hommes. Le relationniste Luc Lavoie, ami commun de Bouchard et de Charest, estime que l'animosité entre ceux-ci s'est développée à la faveur du débat politique. Et il n'est pas impossible que, désormais forcés de s'affronter face à face dans une sorte de « combat mortel » politique, les deux hommes finissent effectivement par se détester. De dire George MacLaren : « Si c'est ce que les gens veulent, c'est ce qu'ils vont avoir : un combat de gladiateurs. »

La grande porte

On n'aurait pu imaginer toast plus étonnant.

Daniel Green était à l'époque le militant écologiste le plus en vue au Québec. « L'homme qui plantait des entreprises », avait titré en 1991 le magazine *Affaires +*. Compte tenu de ses critiques à l'égard des politiques gouvernementales, on aurait pu tout aussi bien dire : « L'homme qui plantait des ministres. » Or, voici qu'en juin 1992, à l'issue du Sommet de la Terre à Rio de Janeiro, Daniel Green se rend à la réception donnée par le gouvernement du Canada et invite tous les invités à lever leur verre au ministre de l'Environnement du Canada, Jean Charest ! « Quand je rencontrais les hauts fonctionnaires du ministère, a raconté Green quelques années plus tard, ils me disaient que leur nouveau ministre était très bon. Mais je me disais : *"So what?"* Quand je l'ai vu travailler à Rio, de six heures du matin à minuit, j'ai compris que c'était vrai. »

Trois événements ont donné au personnage politique de Jean Charest son relief actuel. La campagne référendaire de 1995 et la course au leadership du Parti conservateur de 1993, bien sûr. Mais c'est d'abord le Sommet de Rio qui lui a permis de se révéler comme un politicien d'envergure, capable de mener des dossiers complexes, de faire honneur au Canada sur la scène mondiale, de concilier les

intérêts les plus divergents et de séduire les journalistes les plus sceptiques. Cela à deux semaines de son trente-quatrième anniversaire.

Jean Charest a été nommé ministre de l'Environnement le
21 avril 1991. Le premier ministre l'a intégré du même coup au puissant comité des priorités et de la planification du cabinet, le *P and P.*
Brian Mulroney avait tenu la promesse faite à Red un an et demi plus
tôt : Jean revenait au cabinet « par la grande porte ». « Aujourd'hui,
explique Brian Mulroney durant l'une des entrevues qu'il a accordées pour ce livre, l'environnement est mort à Ottawa. Mais à ce
moment-là, l'Environnement était un ministère des plus importants. » Et de raconter, avec une fierté évidente, la cérémonie d'asser-
mentation signalant la fin du purgatoire : « Charest était là avec sa
famille et son père. Après la cérémonie, Red m'a dit : "Vous tenez
toujours parole, vous, hein ? C'est effectivement par la très grande
porte." »

Jean Charest arrive à l'Environnement au bon moment. Responsable de ce portefeuille jusqu'à sa démission fracassante en 1990,
Lucien Bouchard avait conçu et fait adopter par le cabinet un vaste
programme environnemental baptisé le « Plan vert ». Un programme de trois milliards sur cinq ans, comprenant des dizaines
de projets de recherche, de dépollution et de sensibilisation de la
population. Bouchard parti pour fonder le Bloc québécois, Brian
Mulroney avait d'abord nommé à sa place Robert René de Cotret,
économiste respecté qui, plutôt que de devenir une vedette du gouvernement comme on s'y attendait, était en voie de sombrer dans
l'insignifiance. De l'avis général, le passage de De Cotret à l'Environnement a été tout simplement désastreux. À une conférence de
presse à Toronto pour l'annonce de la toute première initiative du
Plan vert, un programme de dépollution des Grands Lacs, il avait
perdu les pédales devant les protestations insistantes des militants de
Greenpeace, allant jusqu'à traiter l'un d'eux, Gordon Perks,
d'« enfant de chienne ».

Le Plan vert a été alors officieusement suspendu, le temps de
trouver un commis voyageur plus convaincant. C'est donc avec

beaucoup d'espoir que les fonctionnaires d'Environnement Canada voient arriver leur nouveau ministre. « Charest était le gars parfait pour vendre le programme », affirme le sous-ministre de l'époque, Len Good. Et le Plan vert était le programme parfait pour Charest : « Le plan comportait un grand nombre d'initiatives et le ministre était ainsi en position de multiplier les annonces au cours des deux années qui allaient suivre, ce qui est le rêve de tout ministre. » « Nous avons fait pas loin d'une annonce toutes les deux semaines », confirme celui qui a été le chef de cabinet de Charest à l'Environnement, Philippe Morel.

Fidèle à ses habitudes, Jean Charest commence par apprendre ses leçons. À fond. Il s'adjoint un biologiste de formation, Robert Dubé, ami d'enfance du ministre et ci-devant directeur général de la Fondation québécoise en environnement. « Il lisait les gros dossiers que les fonctionnaires lui préparaient et ensuite me posait des questions sur le CO_2 et tout ça, raconte Dubé. Même moi, souvent, je ne retenais pas toutes les concentrations et tous les chiffres. Lui, en conférence de presse, il te sortait ça comme s'il l'avait appris depuis fort longtemps. » C'est la plus grande force de Charest : son cerveau est une véritable éponge. Il absorbe une quantité phénoménale d'informations en un temps record et peut la régurgiter à n'importe quel moment, avec cohérence et conviction. Les sceptiques, cependant, se demandent si l'on parle ici d'une *intelligence* phénoménale ou d'une *mémoire* phénoménale. Charest possède la seconde, c'est indéniable. Mais la véritable intelligence, ce n'est pas seulement enregistrer l'information ; il faut la comprendre, la combiner à d'autres connaissances et se servir de ce bagage pour résoudre des problèmes, pour trouver des idées nouvelles. Un étudiant en droit peut bien réciter le Code civil par cœur, cela ne garantit pas qu'il sera un brillant avocat. « Charest peut prendre un énorme dossier, le lire une fois, et faire un discours à ce sujet-là ! Lui et Castro devraient faire un concours de discours ! » se moque l'homme d'affaires Dennis Wood, ancien adversaire libéral du député de Sherbrooke. Mémoire ou intelligence ? Image ou contenu ? Il faut s'en remettre ici aux fonctionnaires, non partisans, qui ont travaillé sous les ordres de Charest et qui tous sont convaincus que leur ministre était beaucoup plus qu'un perroquet particulièrement doué.

En tout cas, les fonctionnaires d'Environnement Canada ne tardent pas à tomber sous le charme de leur nouveau patron. « À peine un mois après son arrivée, jure Len Good, les gens disaient : "C'est le ministre le plus extraordinaire que nous ayons jamais eu." » À l'opposé de Lucien Bouchard, brillant mais froid à l'égard de ses fonctionnaires, Charest leur donne l'impression qu'ils font tous partie de l'équipe. Chaque fois qu'il rencontre un groupe d'employés du ministère, il se présente en blaguant aux dépens de son sous-ministre : « Bonjour, je m'appelle Jean Charest et je travaille pour Len. » « Il l'a fait plusieurs fois et ça marchait à chaque coup, dit Len Good en riant encore. Les gens éclataient de rire et il les avait dans sa poche, juste comme ça ! »

En héritant du Plan vert, Charest doit relever deux défis : 1) faire confirmer le financement de chaque initiative par le cabinet et 2) faire en sorte que la myriade d'annonces découlant du plan tournent à l'avantage du gouvernement, malgré les jérémiades des groupes écologistes, toujours insatisfaits. En ce qui a trait au premier défi, le ministre a appris de ses expériences de Jeunesse : il sait qu'il doit préparer le terrain avant les réunions du cabinet. « Il était extraordinairement habile avec ses collègues du cabinet », déclare Len Good. Quand Charest s'y présente, il est bien au fait de ses dossiers, sûr de lui, ferme, mais toujours calme, respectueux des commentaires des autres ministres. Le contraste avec Lucien Bouchard est saisissant. « Ça ne semblait pas très important pour Bouchard d'aller chercher l'accord des gens autour de la table, explique l'ancien ministre Pierre Blais. Comme s'il se disait : "Si ça bloque quelque part, je donnerai un coup de téléphone [au premier ministre] et le problème se réglera." Jean, lui, s'attelait à la tâche de convaincre ses collègues. »

Pour ce qui est du second défi, Charest a vite compris qu'il ne suffisait pas de distribuer les millions pour amadouer les écolos. Sa première annonce, 100 millions de dollars pour la protection de l'environnement du Nord canadien, est vigoureusement dénoncée par les militants écologistes. Le nouveau ministre de l'Environnement n'en revient pas : « Je me suis battu au cabinet pour obtenir 100 millions. J'allume la télé et j'entends les écologistes dire que c'est ridicule. J'étais sidéré ! » Au conseil des ministres, le lendemain, son collègue Jake Epp ne manque pas l'occasion de lui mettre ça sous le nez : « Bon travail, Jean. Si je comprends bien, nous avons dépensé 100 millions de dollars et voilà ce que ça donne ? »

Le ministre de l'Environnement confie alors à Robert Dubé la tâche d'organiser, avant chaque conférence de presse du Plan vert, une rencontre d'information avec les groupes intéressés. Ainsi Charest, à défaut d'obtenir l'appui inconditionnel du mouvement écologiste, gagnera au moins son respect. De même, lorsque Gordon Perks, le militant de Greenpeace qui avait fait sortir de Cotret de ses gonds, tente de perturber une de ses propres conférences, Charest désamorce l'incident en offrant tout simplement le micro au militant : « Vous avez quelque chose à dire ? Venez le dire sur l'estrade ! » C'est cette même approche qui fera le succès de sa participation au Sommet de la Terre, immense *happening* politico-médiatique auquel participent une centaine de chefs d'État.

Voyage au Sommet de la Terre

À Rio, l'« effet Charest » joue à plein. Tout le monde est séduit, de Daniel Green au directeur de l'Environmental Protection Agency américaine, Bill Reilly, en passant par le critique pour l'Environnement du Parti libéral, Paul Martin. Chaque matin, le ministre rassemble la délégation canadienne pour faire le point sur les négociations et répondre aux questions de tous et chacun. Puis, le midi, nouvelle rencontre avec les représentants des organisations non gouvernementales (ONG). « Pendant trois heures, il répondait aux questions sur la conférence, sur les différents dossiers, raconte Christian Simard, alors président de l'Union québécoise pour la conservation de la nature. Il était seul en avant, et il discutait avec tous les spécialistes de ces organisations, avocats, écologistes, toxicologues de tout le Canada, et il n'en manquait pas une. » « Ces gens-là avaient vraiment l'impression que c'était l'Équipe Canada à Rio, explique le sous-ministre de l'époque, Len Good. Charest leur expliquait la stratégie du Canada tous les matins, et ces gens devenaient par le fait même des supporters de cette stratégie. Je n'avais jamais vu cela auparavant. Si nous n'avions pas agi ainsi, vous auriez eu des Canadiens qui se seraient promenés un peu partout à la conférence en dénonçant tel ou tel aspect de notre politique. »

Brian Mulroney, qui arrive à Rio quelques jours après l'ouverture de la conférence, est fier comme un paon du boulot accompli par son protégé : « Il a fait un travail tout à fait exemplaire. Et j'ai reçu des commentaires de la part de Mitterrand et de Bush : "Mes gens me disent que votre ministre de l'Environnement est un jeune homme exceptionnel." C'était évident qu'il faisait une percée importante. Et sur place, j'ai pu voir dans quelle mesure il savait se comporter au niveau international. »

Au Sommet, le Canada a annoncé qu'il signerait la Convention internationale sur la biodiversité, ce qui le démarquait des États-Unis. Il a aussi été signataire de la Convention-cadre des Nations-Unies sur les changements climatiques et s'est engagé à réduire, en l'an 2000, ses émissions de gaz à effet de serre au niveau de 1990. Enfin, Jean Charest a étonné tout le monde en annonçant que le Canada porterait son aide étrangère à 0,7 % de son PNB, ce qui signifiait une dépense supplémentaire de 1,7 milliard de dollars.

Le gouvernement canadien prétendait se placer ainsi à l'avant-garde du monde en matière environnementale. En fait, il ne faisait que suivre un vaste mouvement ; à Rio, c'était à qui serait le plus vert. Ainsi, avant que le Canada ne confirme son intention de signer le traité sur la biodiversité, quatre-vingt-dix-huit autres pays l'avaient déjà fait. Son engagement à réduire ses émissions de gaz à effet de serre correspondait à la position déjà adoptée par les pays européens. Quant à l'aide étrangère, plusieurs pays ont profité de la conférence de Rio pour faire des annonces similaires.

Certes, ces engagements redoraient le blason du Canada. Mais représentaient-ils autre chose qu'un exercice de relations publiques ? En ce qui concerne les gaz à effet de serre, Charest a lui-même admis à Rio qu'il ne savait pas trop comment le Canada arriverait à atteindre son objectif. « Nous savions que nous n'avions pas de plan, explique-t-il aujourd'hui. C'était vrai pour tous les pays. Les pays se disaient : "Il faut d'abord faire les inventaires et après ça il faudra faire le plan." Ça devait être en 1993. Il y a eu des élections et les choses ont changé. » « Nous pensions que l'objectif était atteignable, principalement en améliorant l'efficacité énergétique, renchérit le fonctionnaire qui était responsable du Sommet de Rio à Environnement Canada, Bob Slater. Nous savions en gros ce qu'il fallait faire. Avions-nous mis en place tous les instruments pour y arriver ? Non. »

Aujourd'hui, il est clair que le Canada n'atteindra pas l'objectif qu'il s'est fixé. En 1997, le niveau des gaz à effet de serre dépassait de 13 % celui de 1990. Jean Charest blâme le gouvernement libéral. En aurait-il été autrement si les conservateurs avaient été reportés au pouvoir en 1993 ? On peut en douter. À mesure que la situation économique se détériorait au milieu des années 1990, l'environnement a perdu la cote. Et les gouvernements, de quelque couleur qu'ils fussent, ont donné priorité au déficit zéro et à la croissance économique. À la mode en 1992, l'expression « développement durable » n'était plus prononcée que du bout des lèvres deux ou trois ans plus tard.

Si l'engagement relatif aux gaz à effet de serre était fort ambitieux, la promesse de rétablir à 0,7 % du PNB l'aide canadienne au développement n'avait tout simplement aucun sens. Il est vrai que Charest avait bien pris soin de ne pas fixer de date. La promesse était donc peu compromettante. Elle était d'autant moins crédible que le gouvernement Mulroney avait fait de l'aide étrangère une des principales cibles de ses compressions budgétaires. La décision de faire cette étonnante annonce avait été prise au-dessus de la tête de Charest, par le premier ministre Mulroney et son représentant aux négociations de Rio, Arthur Campeau. Selon Campeau, l'engagement devait servir, justement, à protéger l'aide au développement contre de futures compressions : « Lorsqu'il y aurait des discussions au cabinet pour déterminer où seraient réalisées les économies, il serait important de rappeler qu'on ne pouvait pas trop réduire l'aide étrangère parce que nous nous étions engagés de façon publique à atteindre un certain chiffre. » Vain espoir : de 2,515 milliards en 1992, l'aide canadienne au développement est tombée à 2,4 milliards l'année suivante.

Charest dans votre salon

Jean Charest travaille fort à Rio. Si elles durent depuis plusieurs mois, les négociations ne sont pas tout à fait terminées. Les discussions se poursuivent jour et nuit, et c'est Charest et le premier ministre Mulroney qui ont le dernier mot sur la position canadienne. Charest passe aussi beaucoup de temps à s'assurer que le gouvernement tirera de l'événement le plus grand bénéfice politique possible. C'est ici qu'entre en scène David Small avec son antenne parabolique. Small a été embauché par Environnement Canada pour organiser les communications de la délégation canadienne. Du même âge que Charest, il est déjà considéré à l'époque comme un vétéran de l'organisation politique. En 1983, alors qu'il n'avait que vingt-quatre ans, il a joué un rôle de premier plan dans l'organisation de la défense du leadership de Joe Clark contre Brian Mulroney. Charest l'a croisé en 1990, au moment où Small a été engagé pour s'occuper des relations de presse de son comité parlementaire sur l'Accord du lac Meech.

Small décide de ne pas se contenter de la couverture offerte par les médias nationaux qui peuvent se permettre d'envoyer un reporter au Sommet de la Terre. Il loue une antenne parabolique portative qui lui permettra d'offrir à toutes les stations de télévision locales des entrevues avec le ministre de l'Environnement du Canada. « L'objectif, c'était d'avoir Jean Charest en direct dans tous les salons du pays à l'heure du souper », explique Small. Chaque fin d'après-midi, le ministre montait sur le toit d'un hôtel de Rio. « Le décor était splendide, avec les palmiers et tout, se rappelle Small. Et nous faisions des entrevues les unes après les autres, bam, bam, bam ! Les stations en voulaient toujours plus ! »

De tout cela, certains ont gardé l'idée que Charest a été l'une des grandes vedettes du Sommet de la Terre. Du point de vue canadien, certes. À l'échelle internationale, pas du tout. Le *New York Times*, par exemple, ne mentionne pas son nom une seule fois durant ces semaines de juin 1992. L'article du grand quotidien sur les figures marquantes de la réunion porte sur les ministres de l'Environnement de l'Allemagne, de l'Inde, de Singapour et de la Malaisie. Lian Ting, vous connaissez ?

Retour sur terre

Le ministère de l'Environnement a fourni à Jean Charest une occasion rêvée de faire oublier sa gaffe de 1990 et d'acquérir l'envergure que seule offre la scène internationale. Il l'a aussi replongé dans les eaux constitutionnelles canadiennes, terriblement troubles comme chacun sait. Il ne s'agissait plus ici de grands principes et de théorie constitutionnelle, comme un an plus tôt à l'époque du comité sur la résolution McKenna. Charest se retrouvait maintenant dans le concret. Pour tout dire, dans le béton.

À l'époque, le premier ministre du Québec, Robert Bourassa, rêvait d'une deuxième baie James, le développement hydro-électrique de la rivière Grande-Baleine, projet de 22 milliards. Les autochtones du Nord québécois ne voulaient rien savoir et avaient gagné à leur cause les écologistes canadiens et étrangers. Pour entreprendre les travaux au plus tôt, le gouvernement du Québec avait décidé, pour fins d'études d'impact environnemental, de scinder le projet en deux : d'abord les routes d'accès au chantier, ensuite la centrale hydroélectrique. Comme les routes ne posaient pas de problèmes écologiques particuliers, on pourrait entreprendre leur construction à court terme, sans attendre les évaluations de l'impact environnemental des barrages.

Ottawa estimait avoir son mot à dire sur ce projet en vertu de sa compétence sur la protection de certaines espèces de poissons et d'oiseaux. Deux jugements de la Cour suprême relatifs à des projets du même genre lui avaient rappelé ses obligations à cet égard. Par conséquent, du point de vue tant légal que politique, Jean Charest pensait ne pas avoir d'autre choix que de former une commission chargée d'étudier les conséquences écologiques de Grande-Baleine, commission dont les travaux pourraient durer deux ans. Et pas question, dans son esprit, d'étudier séparément les deux volets du projet.

Conscient de l'appui dont jouit Grande-Baleine dans les milieux patronaux et syndicaux — le Québec est en pleine récession —, Brian Mulroney demande à son jeune ministre d'aller expliquer la décision fédérale à Robert Bourassa. Pour celui qui aspire aux plus hautes fonctions, c'est une occasion unique de se frotter à l'habileté politique personnifiée. « Ça a été fascinant ! » se souvient-il aujourd'hui.

Le soir du 9 juillet 1991, le premier ministre du Québec attend le ministre fédéral dans son bureau du Complexe J à Québec, le *bunker*. Charest est frappé par l'atmosphère informelle, qui contraste avec le décorum toujours en vigueur dans le bureau du premier ministre du Canada. Comme chaque fois qu'il est à l'abri des caméras, Bourassa a laissé tomber son veston et a dénoué sa cravate. La soirée tire à sa fin : le lait a cédé la place au vin. Le représentant fédéral arrive avec, sous le bras, le dernier numéro du magazine américain *Time*, qui consacre deux pages au rêve du premier ministre québécois : « Le projet hydroélectrique le plus coûteux du monde a déjà perturbé les rivières, la vie sauvage et les traditions des Indiens du Québec. Est-il vraiment nécessaire ? » titre le magazine. De toute évidence, le lobby cri chez nos voisins a porté fruit. « Je pense que le gouvernement du Québec ne mesurait pas très bien ce qui se passait aux États-Unis », soutient Charest maintenant.

Ottawa est convaincu qu'une évaluation environnementale complète, à laquelle participeraient toutes les autorités concernées, serait le meilleur moyen de désamorcer la campagne des Cris. « Vous voyez ? » dit Charest au premier ministre du Québec en lui montrant la couverture du magazine.

« Bof… Vous savez, Jean, il ne faut pas trop s'en faire avec ce genre de choses… » Et Bourassa de raconter à Jean Charest comment, dans les années 1970, il avait vaincu la résistance des Cris et des Inuit pour faire construire le complexe de la baie James. « C'est une histoire que je ne connaissais pas beaucoup », admet Charest. Et pour cause. En 1970, le Sherbrookois avait douze ans. « Ce qu'il me disait essentiellement, c'est qu'il était prêt à faire la même chose, se rappelle Charest. C'était un peu le rouleau compresseur. Sauf que les temps avaient changé. » L'avenir donnera raison au cadet, et Grande-Baleine sera mis au rancart. Mais à l'époque, c'est le bébé du premier ministre, la clé de la stratégie économique du gouvernement Bourassa. La rencontre est cordiale, ni Bourassa ni Charest n'étant du genre à frapper la table du poing. Cependant, en sortant, le ministre fédéral sait que Québec réagira fortement à sa décision. « Ça lui a demandé un courage épouvantable, dit un haut fonctionnaire fédéral, Michel Dorais. Ce n'était pas du tout évident, et à la fin il était pas mal tout seul dans tout ça. » Le lendemain matin, Jean Charest annonce la décision fédérale au cours d'une importante conférence de presse à Montréal : « Quand il s'est présenté devant les cent quatre-vingts personnes qui assistaient à la conférence de presse, il n'était pas plus brave qu'il faut, et moi non plus », relate Dorais.

La réaction du gouvernement québécois est effectivement vive : « Nous n'accepterons pas de nous soumettre à des directives ou des procédures émanant d'une commission fédérale », déclare la ministre de l'Énergie, Lise Bacon. « Il n'y avait aucune nécessité de sa part de procéder de la sorte. Il s'agit d'une querelle constitutionnelle tout à fait inutile », lance pour sa part le directeur général de l'Association des manufacturiers du Québec, Richard Le Hir. Par contre, les écologistes se réjouissent. « Ottawa n'avait pas le choix, il devait aller de l'avant », soutient David Cliche, futur ministre péquiste. « Il est clair que le projet relève de Québec, mais il est de mon devoir de faire une évaluation sur les aspects de compétence fédérale », se défend le ministre fédéral de l'Environnement.

Rendons à César ce qui appartient à César. En adoptant la ligne dure, en acceptant d'affronter la tourmente, Charest forcera le Québec à être plus raisonnable. Trois mois plus tard, les deux gouvernements s'entendront pour harmoniser leurs processus d'évaluation environnementale du projet Grande-Baleine. « Parce qu'il a agi de la sorte, dit Michel Dorais, tout le monde s'est aligné. Les autochtones, le Québec, Hydro-Québec : tout le monde s'est dit : "O.K., on va arrêter de se battre devant les tribunaux et on va la faire, la maudite évaluation !" »

Sur les traces de Lucien

Dans la foulée de cette décision, Ottawa cherche à mettre de l'ordre dans son processus d'évaluation environnementale. Quand et comment l'impact écologique d'un projet doit-il faire l'objet d'une étude fédérale ? Le décret qui régit cette question — la Procédure fédérale d'examen des évaluations environnementales (PFEEE) — est contesté de toutes parts en cour, et personne ne sait trop quelle interprétation en donner.

En 1990, le ministre de l'Environnement de l'époque, Lucien Bouchard, avait présenté un projet de loi visant à mettre de l'ordre dans ce fouillis, le projet de loi C-78, mais le gouvernement l'avait laissé mourir au feuilleton. Arrivé à l'Environnement, Jean Charest présente un nouveau projet de loi, C-13, qui reprend l'essentiel du texte précédent. Il prévoit que le gouvernement fédéral effectuera une évaluation environnementale sur tout projet dont il est le promoteur, auquel il accorde une aide financière ou pour lequel il doit délivrer un permis. Si le projet en question est déjà soumis à une évaluation environnementale provinciale, C-13 prévoit la possibilité d'une évaluation conjointe, pour autant que celle-ci satisfasse « aux exigences de la présente loi ».

Québec s'oppose à cette deuxième mouture du projet de loi fédéral comme il l'avait fait pour la première. Mais cette opposition est fort discrète, et l'affaire fait peu de bruit dans les médias jusqu'en mars 1992, au moment où la Chambre des communes est sur le point d'adopter la loi. Le ministre québécois de l'Environnement, Pierre Paradis, se lance alors dans une charge féroce contre le texte pondu par son homologue Charest. « Tout ce qui bouge dans le domaine industriel et commercial sera bloqué par l'intrusion du gouvernement central dans des matières de juridiction strictement provinciale ! » dénonce Paradis à l'Assemblée nationale. Venant d'un député connu pour sa foi inébranlable dans les vertus du fédéralisme, voilà des propos étonnants ! La sortie écorche d'autant plus l'image du fédéral au Québec. « Le fait que Québec soit en désaccord n'était pas une surprise. Mais la virulence des déclarations, oui », confie aujourd'hui Michel Dorais.

Comment expliquer la colère du gouvernement québécois ? D'une part, quelques jours plus tôt, au cours d'une rencontre avec son homologue fédéral, Pierre Paradis avait cru comprendre que l'adoption du projet de loi C-13 n'était pas pour le lendemain. Voilà qu'il se rendait compte à présent que c'était une question de jours ! « Pierre a toujours prétendu que je ne lui avais pas envoyé les bons signaux, dit Jean Charest quelques années plus tard. Je pense que non, mais c'est possible. Dans le brouhaha, des fois, on pense qu'on a dit les choses d'une certaine façon. Je ne sais pas... » Le lendemain de sa première esclandre, Paradis en remet : « Il faut que quelqu'un se réveille à Ottawa et empêche l'adoption de cette loi, en pleine nuit, avec le rouleau compresseur, pour piétiner les compétences du Québec ! »

Cependant, ce qui est en cause ici, bien plus que la compétence provinciale en matière d'environnement, c'est Grande-Baleine et la crainte que le nouveau processus fédéral ne vienne compliquer davantage la réalisation du projet chouchou de Robert Bourassa.

« Politiquement, c'est ce qui mobilisait les gens au gouvernement, explique celui qui était le sous-ministre de Pierre Paradis, André Trudeau. Il y avait aussi le fait que le gouvernement du Québec occupait déjà le champ de l'évaluation environnementale. Alors pourquoi Ottawa viendrait-il envahir ce champ de compétence ? Mais derrière ça, l'enjeu véritable, qui faisait que nous sommes montés aux barricades, c'est Grande-Baleine. »

Dans un geste presque sans précédent, le ministre Paradis comparaît devant le comité du Sénat chargé d'étudier le projet de loi. Il parle d'un processus « totalitaire et dominateur » et d'« uniformisation forcée ». On croirait entendre Jacques Parizeau ! En tout cas, sa démonstration convainc les sénateurs conservateurs québécois, qui espèrent que leur gouvernement attendra l'automne pour faire adopter C-13. Le lendemain, devant le même comité, Jean Charest ne peut rassurer les tièdes, notamment le constitutionnaliste Gérald Beaudoin, l'ancienne ministre libérale Thérèse Lavoie-Roux et l'ex-haut fonctionnaire provincial Roch Bolduc. « J'ai été sous-ministre assez longtemps pour voir ce qu'il y a derrière tout ça, déclare alors ce dernier. Les fonctionnaires fédéraux ont tout simplement agi pour élargir le plus possible leur champ d'action au détriment de celui des provinces, sans se soucier du fouillis qu'ils vont créer. »

Mauvais *timing*

Ce violent désaccord entre Québec et Ottawa ne peut survenir à pire moment : le Canada est alors plongé dans une nouvelle ronde de négociations constitutionnelles ! Les premiers ministres canadiens concluront tout de même l'Entente de Charlottetown, destinée à réparer les dégâts causés par l'échec de Meech. Tout à son ministère, Jean Charest n'est pas mêlé à ces pourparlers. Mais, fidèle à ses habitudes et à son premier ministre, il se lancera avec zèle dans la bataille du référendum du 30 octobre 1992 qui porte sur l'entente. Les médias nationaux s'intéresseront peu à ses discours, toute l'attention étant tournée vers les gaffes du camp du *oui* (l'absence d'un texte formel de l'entente, la conversation téléphonique entre deux fonctionnaires québécois, etc.).

La confiance qu'ont les stratèges fédéraux en ses talents ressortira tout de même lorsque, dans l'espoir de sauver la campagne du *oui*, on évoquera la possibilité d'organiser un débat entre Charest et le chef du Bloc québécois, Lucien Bouchard. Ce dernier refusera d'affronter quelqu'un qui n'a pas joué un rôle de premier plan dans la négociation de l'Entente. Ce n'est que partie remise. Un jour, on s'en doute bien, les deux meilleurs *debaters* du pays, les deux faces du miroir québécois (selon l'expression du politologue Gérard Bergeron, à propos de Trudeau et de Lévesque)[1], vont bien devoir s'affronter.

C.Q.F.D. ?

Certains verront dans ses décisions en matière d'environnement la preuve du penchant centralisateur de Jean Charest. Ce penchant existait, c'est certain, on l'a vu poindre quand il était ministre d'État à la Jeunesse. Mais le passage du député de Sherbrooke au ministère de l'Environnement n'en fournit pas la meilleure démonstration.

La Constitution de 1867 ne dit pas un mot sur l'environnement. Lequel, du gouvernement fédéral ou de celui des provinces, a autorité en cette matière ? Les deux, répond le constitutionnaliste Gérald Beaudoin. « La protection de l'environnement ne peut à notre avis constituer un sujet unique relevant d'un seul pouvoir public au Canada. Il s'agit au contraire d'un agrégat de matières qui n'a pas l'unicité et la spécificité voulues pour revêtir une forme globale. Il est diffus ; il touche à d'innombrables secteurs d'activités. Il ne peut être que partagé dans un régime fédéral comme le nôtre[2]. » Il y a donc ici un flou. D'où la nécessité pour les législateurs, souligne le sénateur

---

1. Gérard Bergeron, *Notre miroir à deux faces*, Montréal, Québec/Amérique, 1985.

2. Gérald Beaudoin, *Le Partage des pouvoirs*, 3ᵉ éd., Ottawa, Éditions de l'Université d'Ottawa, 1983, p. 483-484.

Beaudoin, « de faire preuve de dextérité dans la rédaction de leurs lois[3] ». Là où il aurait fallu de la dextérité, la Loi canadienne sur l'évaluation environnementale est au contraire plutôt gauche. D'abord, elle permet à Ottawa non seulement d'étudier l'impact d'un projet sur l'environnement, mais aussi d'en évaluer la raison d'être. Dans le cas de Grande-Baleine, par exemple, la nouvelle loi aurait permis au fédéral de se prononcer sur l'opportunité pour le Québec de se doter de nouvelles installations de production d'électricité. Les grosses pattes d'Ottawa n'ont rien à faire sur ce terrain-là. De plus, la nouvelle loi aurait pu être plus respectueuse des processus déjà mis en place par les provinces. Écoutons l'avocat Michel Yergeau, spécialiste québécois du droit de l'environnement : « L'harmonisation [entre les processus fédéral et québécois] n'a pas été possible parce qu'Ottawa a dit : "Nous sommes bien prêts à harmoniser, à condition que ce soit Québec qui change sa loi." Mais après tout, le Québec avait adopté sa loi sur l'évaluation environnementale en 1978 ! »

Cependant, les mécaniques provinciales n'étaient pas toujours adéquates. Le Québec avait beau se vanter d'être un modèle à cet égard, à l'époque les grands projets industriels n'étaient soumis à aucune évaluation environnementale. « On évaluait des marinas mais pas les alumineries », résume l'écologiste Christian Simard. Dans le dossier Grande-Baleine, Québec était de toute évidence prêt à écraser sous les bulldozers les inquiétudes des écologistes et des autochtones. Pour ces raisons, les groupes écologistes québécois, telle l'Union québécoise pour la conservation de la nature que dirigeait M. Simard, souverainiste de longue date, étaient déchirés à l'égard du projet de loi C-13. Ailleurs au pays, les verts suppliaient Ottawa de ne pas céder d'un pouce.

En somme, du point de vue de l'environnement, l'initiative fédérale était fort louable. « Une très bonne loi », résume l'avocat Yergeau. La cause étant bonne, peut-on blâmer Jean Charest d'y avoir sacrifié les susceptibilités québécoises ?

---

3. *Ibid.*, p. 493.

Et puis, de toute façon, les décisions des tribunaux — notamment, de la Cour suprême — en rapport avec un projet de barrage en Alberta, ne laissaient plus grand choix au gouvernement fédéral. « Cette mécanique-là, fondamentalement, ce n'est pas la loi de Jean Charest qui l'a établie, c'est la Cour suprême, poursuit Mᵉ Yergeau. Si quelqu'un a fait de l'ingérence [dans les compétences provinciales], c'est la Cour suprême beaucoup plus que Charest. »

Enfin, si les dossiers de Grande-Baleine et du projet de loi C-13 démontrent la volonté centralisatrice de Charest, qu'en est-il de Lucien Bouchard qui, deux ans auparavant, avait adopté exactement les mêmes positions ? Dans son autobiographie, Lucien Bouchard parle d'une « politique interventionniste que [le] resserrement judiciaire força [s]on ministère à adopter. [...] Personne ne peut contester l'obligation ainsi faite à Ottawa d'évaluer [...] les effets du déversement dans ses eaux du mercure engendré par le baignage des terres. Il en est de même des répercussions de l'ensemble des changements écologiques sur les mammifères marins de la baie d'Hudson. »

« Un Québec souverain devrait quand même s'entendre avec ses voisins canadien et américain sur l'examen et la mitigation des contrecoups d'un tel projet sur leurs territoires », poursuit Bouchard au sujet de Grande-Baleine[4]. Réflexe centralisateur, ou exercice légitime de l'autorité du gouvernement du Canada ?

Aucun politicien n'est imperméable à la culture du gouvernement au sein duquel il œuvre. Ceux qui siègent à Ottawa ont tendance à voir les problèmes à travers la lorgnette fédérale ; transportez-les à Québec, ils adoptent graduellement la lentille provinciale. Cela est arrivé à Jean Lesage qui, lors de son passage en politique provinciale en 1958, après treize ans à Ottawa, a été accusé d'avoir été un fédéraliste centralisateur. Cela ne l'a pas empêché de devenir le père de la Révolution tranquille et un farouche défenseur des compétences du gouvernement du Québec.

---

4. Lucien Bouchard, *op. cit.*, p. 289.

Un « tiens » vaut mieux que deux « tu l'auras »

L'ex-directeur de l'Environmental Protection Agency améri-caine, Bill Reilly, se rappelle encore une conversation qu'il a eue avec son homologue canadien, Jean Charest, pendant les négociations sur l'Accord de libre-échange nord-américain. Souvenons-nous que l'ALÉNA était fort controversé aux États-Unis. Les groupes écolo-gistes comptaient parmi ses adversaires les plus déterminés, crai-gnant que l'Accord n'entraîne les normes environnementales amé-ricaines vers le laisser-aller mexicain. La Maison-Blanche était convaincue qu'il lui fallait l'appui d'au moins une partie de ces groupes pour obtenir un vote favorable au Congrès. De ce fait, Bill Reilly était très engagé dans les négociations. À l'issue de la conver-sation relatée par Reilly au cours d'une interview, Jean Charest a éclaté de rire : « Bien, Bill, merci de m'avoir fait connaître la position du Canada dans ce dossier ! Ici, personne ne me dit quoi que ce soit ! » De toute évidence, le ministre ne jouissait pas de la même influence sur les négociateurs canadiens que son homologue améri-cain sur ceux de son pays.

En bout de piste, le traité signé en 1993 tiendra compte des ques-tions environnementales plus que n'importe quel accord commer-cial précédent. Mais on doit cela bien davantage aux pressions des mouvements écologistes américains qu'à l'influence de Jean Charest. Le préambule du traité engage les gouvernements des États-Unis, du Canada et du Mexique à agir « en conformité avec la protection et la conservation de l'environnement » et à « promouvoir le développe-ment durable ». L'article 1114 du traité stipule qu'il est « inapproprié d'encourager l'investissement en diminuant la protection de la santé, de la sécurité ou de l'environnement ». En outre, les trois signataires concluront une entente parallèle, l'Accord nord-améri-cain de coopération environnementale. « Ce n'était pas une petite chose, affirme l'avocat montréalais Pierre Marc Johnson, expert en matière de droit international de l'environnement. C'était une grosse *job* pour Charest et Reilly que d'amener les ministères du

Commerce extérieur à prendre en compte les questions environnementales. Et ils l'ont fait. » « C'était la première fois que le commerce
et l'environnement étaient ainsi liés, renchérit l'ancien sous-ministre
canadien de l'Environnement, Len Good. En ce sens-là, l'ALÉNA
faisait office de pionnier. »

Mais si l'on en croit le livre que Johnson et son confrère André
Beaulieu ont consacré à la question[5], les deux ententes sont pleines
de trous à l'égard de la protection de l'environnement. Par exemple,
devant le risque de voir un pays abaisser ses exigences environnementales pour attirer des investisseurs étrangers, l'ALÉNA ne fait
qu'exprimer des vœux pieux, sans qu'aucune sanction soit prévue.
Quant à l'Accord de coopération environnementale, il prévoit
d'éventuelles sanctions seulement lorsqu'un pays ne fait pas respecter ses lois, lois qu'il peut cependant étioler à sa guise. « Les solutions
proposées par les rédacteurs des accords sont plutôt timides »,
concluent Johnson et Beaulieu. L'inclusion des questions environnementales dans l'ALÉNA semble donc largement symbolique. Ce
qui n'empêche pas que, par le biais des pressions publiques, ces sym-
boles puissent avoir des effets concrets sur le comportement des trois
pays. « Nous faisions quelque chose qui aurait paru absolument
impossible deux ou trois ans auparavant, soutient Len Good. Plutôt
que de se demander si nous avons obtenu tout ce que nous voulions,
il faut constater que nous avons fait du progrès. »

Ah ! si j'avais des sous

Jean Charest est arrivé à l'Environnement à un bon moment,
disions-nous plus haut. Mais c'était aussi à un moment où le vent
commençait à tourner. L'environnement avait encore la cote, mais
le déficit était en voie de devenir une obsession. Dans ce contexte,
le ministre a dû souquer ferme pour défendre ses budgets contre

---

5. P. M. Johnson et A. Beaulieu, *The Environment and NAFTA : Understanding and
Implementing the New Continental Law*, Washington D.C., Island Press, 1996.

la hache du ministre des Finances, Don Mazankowski. Il y réussira, somme toute, plutôt bien.

Les groupes écologistes ont fait grandement état des compressions annoncées dans le Plan vert et du fait que les nombreux projets tardaient à se mettre en branle. Il n'existe aujourd'hui aucun bilan du Plan, que le gouvernement Chrétien a jeté à la poubelle. À Environnement Canada, une seule donnée circule : des 3 milliards annoncés par Robert de Cotret, 2,6 milliards ont été dépensés. Comment ? Où ? Cela a-t-il donné quelque chose ? Combien d'argent neuf y avait-il vraiment ? « Une chatte n'y retrouverait pas ses petits », constate comme bien d'autres l'écologiste Christian Simard. Reste que, si ce chiffre de 2,6 milliards est exact, l'essentiel des 3 milliards semble avoir été protégé contre les compressions. « Un gouvernement conservateur qui met près de trois milliards dans l'environnement ! On est loin de ça aujourd'hui ! » souligne Simard.

En outre, sous Charest, le budget du programme de protection de l'environnement est tout de même passé de 358 millions (1991-1992) à 399 millions (1993-1994). Une hausse moins importante que prévu, mais une hausse tout de même.

« Nous allons perdre tous les appuis que nous sommes en train de gagner dans les milieux écologistes ! s'est plaint Charest à son collègue Mazankowski.

— Jean, a rétorqué *Maz*, si nous ne réduisons pas nos dépenses dans tous nos ministères, nous ne serons plus là pour profiter de ces gains de toute façon. »

L'avocat

Parmi les fonctionnaires d'Environnement Canada et au sein des groupes environnementaux, Jean Charest est perçu, de la même façon qu'il l'avait été dans le milieu du sport amateur, comme l'un des meilleurs ministres que ce secteur ait jamais connus. Non qu'il ait marqué l'environnement par son imagination ou la mise sur pied de programmes novateurs. Ce ne sont pas les réalisations de Jean

Charest qui ont séduit les écologistes de tout poil, c'est l'homme. Sa compréhension des dossiers, son ardeur au travail, ses talents de communicateur, sa capacité de rallier tout le monde. Charest a donné l'impression à tous, fonctionnaires et militants, qu'il les respectait ; il s'est acquis la réciproque.

Cependant, une note discordante, entendue un peu partout et que résume un ancien fonctionnaire : « Il vous gagne tellement par sa passion et son enthousiasme… Quand, dans ses incarnations subséquentes, l'environnement n'apparaît pas, vous vous demandez : "Était-il sincère ?" Quand il a été candidat au leadership [du Parti conservateur], vous n'avez pas entendu le mot "environnement" une seule fois ! »

En 1997, le programme électoral du Parti conservateur dirigé par Jean Charest en disait à peine plus. Simplement, on y proposait une diminution de 9 % du budget consacré au ministère de l'Environnement et la création, essentiellement pour faire des économies, d'un gigantesque ministère du Développement durable, qui aurait regroupé les portefeuilles de l'Environnement, de l'Agriculture, des Ressources naturelles et des Pêches. De plus, un gouvernement dirigé par Jean Charest aurait sabré 473 millions du budget d'aide internationale du Canada. Une baisse de 25 % ! Où était rendu le Jean Charest de Rio ? « Charest est un politicien professionnel, constate notre ancien fonctionnaire. Quand il est ministre de l'Environnement, il est le meilleur ministre de l'Environnement que vous avez jamais vu. Quand il est ministre de l'Industrie, il est le meilleur ministre de l'Industrie. Et quand il est candidat à la direction de son parti, il fait ce qu'il doit faire pour avoir du succès ; si l'environnement n'est pas sur le radar, tant pis ! »

Un politicien professionnel, certes. Précisons, dans le cas de Jean Charest : un avocat. Car d'abord et avant tout, Charest est un plaideur. Jeune, il a choisi le droit criminel pour pouvoir convaincre des jurys. Plaider, c'est ce qu'il fait depuis qu'il est en politique.

Or, un avocat ne choisit pas ses causes en vertu d'une idéologie ou de ses convictions. Il défend, simplement, les causes que lui confient ses clients. Nul besoin de fumer pour être l'avocat des fabricants de produits du tabac, point besoin d'être convaincu de l'innocence d'un inculpé pour lui éviter la prison. Ainsi en est-il pour Jean Charest. Ministre du Sport, il a défendu les athlètes avec passion ; ministre des Pêcheries, il aurait fait de même pour les poissons.

Cela nous amène au reproche qui lui est le plus souvent fait : « Charest n'est qu'un beau parleur », « Il n'a pas de contenu ». Le verdict n'est pas dénué de fondement, mais il est caricatural. Caricatural parce que, comme on l'a vu, Charest s'intéresse vivement au contenu. Ministre, il se plonge dans les dossiers jusqu'à les connaître à fond. Nous n'avons pas affaire ici à un jeune Ronald Reagan.

Mais nous n'avons pas non plus devant nous un Trudeau ou un Lévesque, hommes qui ont eu l'occasion de réfléchir, de se forger des convictions, de se bâtir un système de référence intellectuel avant d'entrer en politique. Aussi, plus souvent qu'autrement, Jean Charest a suivi le courant. Nationaliste à son arrivée à Ottawa — il avait accroché une photo de René Lévesque sur un mur de son bureau —, il a ensuite absorbé la vision du Canada véhiculée dans la capitale. Défenseur de « la veuve et de l'orphelin », il s'est plus tard porté à la rescousse du contribuable de la classe moyenne. Après avoir plaidé pour que l'État dépense des milliards en faveur des jeunes et de l'environnement, il s'est transformé en chantre de la lutte au déficit. Pour finalement estimer peu après son entrée en politique provinciale que l'atteinte d'un budget équilibré n'était pas si urgente. Certains verront là la preuve que Charest est un opportuniste. On pourrait dire qu'il est tout simplement un politicien pragmatique, comme l'ont été bien d'autres avant lui, et non les moindres. Qu'il suffise de mentionner le nom de Robert Bourassa. Les succès de ce dernier incitent à penser que les électeurs ne détestent pas les leaders qui voguent au gré du vent, tout en gardant le cap sur l'essentiel.

Pendant longtemps, Jean Charest n'a pas su ce qu'était, pour lui, l'essentiel. Il savait qu'il pouvait être un meneur ; mais mener le peuple vers quoi ? « Jean vient de comprendre, depuis deux, trois ans peut-être, pourquoi il est en politique, à part d'avoir du plaisir », me confiait en entrevue son ami et conseiller Denis Beaudoin. Ce « pourquoi », c'est la survie du Canada, « pays de tolérance, de diversité et de respect », pays « différent de tous les autres pays du monde ». Jean Charest croit que les Québécois doivent et peuvent trouver leur place au Canada. Malgré quelques flous, il estime aussi que, s'ils en décidaient autrement, le reste du Canada devrait respecter leur volonté.

Pour le reste, qu'il s'agisse de la société distincte, du déficit ou du contrôle des armes à feu, tout dépend de la direction des vents. Cela fait-il de Jean Charest un opportuniste? L'opportunisme, dit *Le Petit Robert*, c'est une « politique qui consiste à tirer parti des circonstances, à les utiliser au mieux... » — jusque-là, la définition s'applique parfaitement à Charest — « ... en transigeant, au besoin, avec les principes ». Or, si Jean Charest n'adhère pas à une doctrine politique précise, il a certainement des principes. L'intégrité et la franchise par exemple, avec lesquelles il fait relativement peu de compromis; dans ce monde de Pinocchios, le fils de Red Charest a le nez modeste. Autre principe, le respect des adversaires et des institutions. De façon générale, Charest évite les coups bas et les vulgarités. Durant sa dernière session à la Chambre des communes, il décourageait ses députés de participer au cirque mené par les députés des autres partis — échanges d'insultes, sorties intempestives, affichage de drapeaux et autres fiestas. Autrement dit, il a beau être ambitieux et politicien jusqu'au bout des ongles, Jean Charest est un homme intègre. Beau parleur? Disons plutôt bon plaideur.

Le fief

Lorsqu'on emprunte la bretelle menant à l'Université de Sherbrooke, on peut apercevoir, à droite, un immense terrain vague. On n'y trouve plus de traces d'un grand écriteau, planté là par Jean Chrétien le 24 mai 1984, à l'époque où il était ministre de l'Énergie et des Ressources naturelles. Plus de traces non plus de la première pelletée de terre soulevée ce jour-là par le ministre, sur le site qui devait accueillir le nouvel Institut de cartographie du Canada, édifice de 35 millions où auraient travaillé quelque quatre cents spécialistes. L'Université, la municipalité, le cégep et la Chambre de commerce de Sherbrooke rêvaient de faire de l'Institut de cartographie le premier pan d'un parc de recherche et de développement. « Des laboratoires gouvernementaux ou industriels, des centres et des instituts de recherche appliquée et de développement attireraient dans la région des capitaux considérables », expliquait le journal de l'Université. Quelques mois plus tard, les libéraux ont perdu le pouvoir. L'affiche de M. Chrétien est restée en place plusieurs mois. Mais l'Institut de cartographie n'a jamais vu le jour, et le rêve des élites sherbrookoises s'est évanoui.

Il y a bien aujourd'hui un Centre de géomatique du Canada à Sherbrooke. L'institution, dont les réalisations jouissent d'une excellente réputation, emploie une centaine de personnes. Mais Ottawa l'a installée dans un édifice qui appartient à un groupe d'hommes d'affaires parmi lesquels on trouve Denis Berger, important bailleur de fonds pour Jean Charest. Le parc de recherche et de développement? Oublié. Bien des gens à Sherbrooke chuchotent que « Charest a donné ça à ses *chums* ». Une conclusion d'autant plus facile à tirer que, dans ce même édifice du 2144 King Ouest, on trouvait jusqu'à tout récemment… le bureau du député fédéral de Sherbrooke, Jean Charest.

Le sort de l'Institut de cartographie est symptomatique de deux traits de l'action politique de Charest. Un : malgré sa grande popularité dans la région, sa contribution au développement économique de Sherbrooke est perçue comme plutôt modeste. Deux : la solidité des liens qu'il entretient avec son clan de Sherbrooke. Des liens qui tiennent certainement de la plus sincère amitié, mais qui paraissent parfois dériver vers le favoritisme. Chose certaine, pour connaître la vraie nature de Jean Charest, on ne peut se contenter d'admirer ses prestations sous les feux de la rampe de la politique nationale. Il faut aussi pénétrer dans son fief. Circuler dans les bureaux des professionnels du 155 King Ouest, et s'attabler au Da Toni, *le* restaurant des avocats, des comptables et des gens d'affaires qui font rouler l'économie de la « Reine des Cantons de l'Est ». Car, comme le dit un ancien organisateur de Charest, Jacques Fortier, « ça part *toutte* de Sherbrooke ». Rappelez-vous la distribution du drame de la démission forcée du *golden boy* conservateur : Jean-Guy Ouellette, de Sherbrooke, Jean-Laurier Demers, de Sherbrooke…

« Sherbrooke, c'est un village », n'hésitent pas à dire les Sherbrookois eux-mêmes. Avec les années, grâce notamment à la terrifiante efficacité de son organisation, la « *gang* à Charest » s'est imposée comme la force dominante du village. À cet égard, il n'est pas facile de faire la distinction entre la réalité et les rumeurs, résultats de la paranoïa de certains. Chose certaine, Charest et son entourage en mènent large. Et leur tendance à jouer du coude provoque des grincements de dents. La machine politique mise en place dès 1984 ne sert plus seulement à garantir le siège du député. Elle est maintenant utilisée pour lui assurer l'influence la plus grande à tous les niveaux, des directions d'hôpital aux circonscriptions voisines, en passant par la mairie. Pour ne donner qu'un exemple : quand son ex-organisateur Conrad Chapdelaine, un souverainiste, s'est présenté à l'investiture péquiste en vue des élections provinciales de 1994, Jean Charest est intervenu dans la campagne en déclarant que Chapdelaine était le plus fédéraliste des deux candidats. Difficile de faire un plus beau croc-en-jambe à quelqu'un qui tente d'obtenir les faveurs des militants péquistes ! Chapdelaine a perdu contre Marie Malavoy qui, devenue députée provinciale de Sherbrooke, n'était certes pas en mesure de rivaliser d'influence avec le député fédéral.

Un couple et l'Everest

À Sherbrooke, nombreux sont ceux qui se plaignent d'avoir été bousculés par deux des personnes les plus proches de Jean Charest, son adjointe de toujours, Suzanne Poulin, et le vice-président du Groupe Everest, Claude Lacroix. Poulin et Lacroix se ressemblent, d'une certaine façon. S'ils sont généralement d'une grande gentillesse, ils n'hésitent pas à défendre bec et ongles leur champion. Qui se ressemble s'assemble : depuis plusieurs années, l'adjointe et le faiseur d'images vivent ensemble, ce qui ajoute au mythe qui les entoure. Les faits sont rares, mais les perceptions sont omniprésentes. Des perceptions que résume l'évaluateur agréé Claude Métras, qui connaît bien les milieux économique et communautaire de Sherbrooke : « Claude Lacroix a un peu trop le style *bully*. C'est-à-dire qu'il vient vous voir et c'est quasiment acquis que vous allez faire affaire avec lui. Si vous refusez, il a les moyens de créer un certain froid autour de vous. Les gens n'aiment pas beaucoup ça parce qu'ils se disent : "À un moment donné, on va peut-être avoir besoin de Jean Charest et si Lacroix lui dit : Ce gars-là, fais attention à lui, il m'a pas donné d'ouvrage, etc." Vous savez, dans une petite communauté, c'est *Scratch my back, I'll scratch yours.* »

« On ne peut pas aller plus loin parce que personne n'a de preuves, il n'y a rien d'écrit, mais c'est une espèce de zone grise », conclut Métras. « Si tu n'aimes pas Jean Charest ou que tu ne partages pas ses idées, tu peux être sûr qu'il va y avoir une vengeance quelque part », renchérit un organisateur déçu.

Claude Lacroix a connu Jean Charest par l'entremise de Jean-Bernard Bélisle, conseiller et ami de Charest que le lecteur a déjà croisé au fil des pages précédentes. En 1976, Bélisle avait fondé une petite firme de marketing qui, sous le nom d'Everest, allait rapidement devenir l'une des plus importantes maisons de publicité du Québec. Bélisle avait offert ses services au nouveau député de Sherbrooke quelques mois après sa première élection, en 1985, et s'était intégré au Club de la Relève, le groupe de jeunes entrepreneurs et de professionnels qui appuyait Charest. Lorsque Everest a embauché le graphiste Claude Lacroix, celui-ci a naturellement été entraîné dans l'orbite du député.

Au cours d'une de ses premières rencontres avec Charest, Lacroix lui fait remarquer qu'on entend peu parler de lui à Sherbrooke : « Vous me faites penser au marchand de peinture qui fait une promotion et place ses affiches à l'intérieur du magasin ! lance le graphiste. Vous faites plein de bons coups, vous travaillez fort, mais personne ne le sait ! » Depuis, grâce aux soins de Lacroix, l'organisation locale de Jean Charest est reconnue pour ses événements hauts en couleur. Et le slogan du Groupe Everest s'applique tout à fait au travail de Lacroix & Cie auprès de la vedette sherbrookoise : « L'Everest représente notre capacité de mettre tout en œuvre pour aider nos clients à se hisser au sommet. »

Jusque-là coordonnatrice d'événements au Palais des sports de Sherbrooke, Suzanne Poulin est entrée au service de Jean Charest quelques semaines après son élection en 1984. Travailleuse infatigable, organisatrice hors pair, loyale comme pas une, elle est vite devenue indispensable au député. « Si Jean Charest est rendu là, c'est à 50 % grâce à Suzanne Poulin », entend-on dire souvent. Même si, jusqu'au saut de Charest en politique provinciale,

Mme Poulin était officiellement responsable de son bureau à Sherbrooke, son influence a toujours dépassé les Cantons de l'Est. C'est Suzanne Poulin qui, littéralement, organise la vie de Jean Charest. Il ne parle à personne plus souvent, il ne fait confiance à personne plus qu'à elle.

Femme déterminée au service d'un patron exigeant, Suzanne Poulin s'est fait des ennemis. Plusieurs lui reprochent de surprotéger Charest, de limiter exagérément l'accès qu'on peut avoir à lui. « Tout le monde devait se rapporter à Suzanne Poulin ou à Jean-Bernard Bélisle, ce n'est pas acceptable dans un parti politique, déplore un ancien organisateur de Charest. On sentait que pour faire accepter quelque chose, on n'avait le choix que de passer par Suzanne Poulin. C'est un manque de respect pour les gens. » Un adjoint de Jean Charest, à l'époque où ce dernier était ministre fédéral, se souvient que négocier avec Suzanne Poulin était « son calvaire » tellement elle tenait à tout contrôler. Des militants conservateurs ont longtemps déploré l'attitude de Suzanne Poulin à leur égard. Quand le chef était insatisfait, c'est à elle que revenait la tâche de le faire savoir aux bénévoles responsables, et elle mettait rarement des gants blancs. « Au lieu de prendre le stress et de l'absorber, elle est un amplificateur de stress, déplore un autre organisateur bleu. Si Charest sort d'une salle mécontent parce qu'il n'y a pas suffisamment de gens, elle va appeler les responsables pour les engueuler. Comment pensez-vous qu'ils se sentent, ces gens-là ? Ils ont travaillé deux semaines pour remplir la salle ! »

Encore une fois, de ces reproches, il est difficile de distinguer ceux qui sont justifiés de ceux qui découlent de la jalousie ou de la frustration. Tous les leaders ont dans leur entourage un *alter ego* chargé de prendre des décisions en leur nom, de les protéger des importuns et de s'occuper de ce qu'on appelle en langage politique les *jobs de bras,* c'est-à-dire les refus, les reproches, les mauvaises nouvelles. L'emploi est aussi ingrat que nécessaire. « Je suis obligée d'exiger la même rigueur que celle qu'exige de nous Jean Charest, se défend celle qu'on appelle couramment "la députée de Sherbrooke".

Ceux qui s'embarquent avec lui doivent s'imposer la même rigueur, nous ne nous satisfaisons pas de choses faites à moitié. Jean Charest aime le succès, et il veut une équipe qui lui permet d'atteindre cet objectif. »

Mme Poulin a sur ses épaules un fardeau supplémentaire du fait que son patron, parce qu'il aime tellement être gentil et populaire, ne dit jamais non. Il accepte toutes les invitations et toutes les requêtes. Même quand on lui demande quelque chose qui lui déplaît souverainement, il évite de refuser sur-le-champ. Il laisse la chose en suspens… et confie à son adjointe le soin de transmettre la mauvaise nouvelle. « J'ai une tâche ingrate, dit Suzanne Poulin. Ce n'est pas que je ne veux pas que les gens le rencontrent, c'est qu'il n'a pas le temps. Ce qui fait que j'ai l'air dure, que j'ai l'air d'interdire l'accès à Jean, c'est que lui dit oui à tout le monde ! Très sincèrement, il veut faire plaisir à tout le monde ! »

Personne ne met en doute l'extraordinaire compétence de Suzanne Poulin. Sa mauvaise réputation dans certains milieux tient surtout à son ton, à son manque de diplomatie. À sa loyauté excessive, aussi. Jean Charest n'est pas parfait, et il serait non seulement légitime, mais salutaire que des gens le disent et puissent l'atteindre pour le lui faire savoir. Mme Poulin ne semble pas pouvoir l'admettre. Son patron non plus, faut-il en conclure.

Le divorce

Jacques Fortier, expert en sinistres de Sherbrooke, sort une photo de ses dossiers : « Ça, c'est mon épouse au milieu, avec Mila, et Michèle… » La voix s'effrite, les sanglots lui montent à la gorge. « C'était pendant une visite de Brian Mulroney à Sherbrooke. Denise travaille au centre hospitalier, et Jean s'était organisé pour que Mila puisse aller la rencontrer… » Les larmes reprennent le dessus. « Pendant dix ans, mon épouse et ma fille Caroline m'ont appuyé, alors que je n'étais pas souvent à la maison… Elles n'ont pas compris l'attitude que Jean a eue à mon égard. »

Jacques Fortier est l'organisateur le plus dévoué qu'ait eu Jean Charest au cours de sa carrière. Il a travaillé corps et âme pour l'homme, pour l'ami, sans rien attendre en retour. Pendant quatre ans, il a organisé le tournoi de golf que Charest tient chaque année pour financer son organisation sherbrookoise. Après l'appel au juge Macerola en 1990, il a été l'un des organisateurs de l'accueil réservé au champion déchu à l'aéroport de Dorval. Aux élections de 1993, il était responsable du « jour J » à Sherbrooke, c'est-à-dire responsable de la machine qui devait « faire sortir le vote ». Après sa victoire, Charest lui a écrit : « Je ne sais comment te dire à quel point je suis fier de te compter dans mon équipe. Tes qualités personnelles, ajoutées à ton sens de l'organisation, ton dynamisme et ton dévouement, m'ont toujours impressionné. » Un an plus tard, Jean Charest allait brutalement trahir cette amitié. Et blesser profondément un homme qu'il sait d'une grande sensibilité. « Je le vis comme un divorce », soupire Fortier.

Comme beaucoup d'organisateurs politiques, Fortier œuvrait à plus d'un niveau. En 1994, il prend les rênes de l'organisation du maire de Sherbrooke, Paul Gervais. L'adversaire du maire est un dénommé Jean Perrault. Membre du Club de la Relève, Perrault est appuyé par le clan Charest ; il n'y a là aucune surprise. La surprise, c'est que Jean Charest, qui ne s'était jusqu'ici jamais mêlé ouvertement de politique municipale, prend publiquement position en faveur de Perrault. Un geste qui, de l'avis général, sera déterminant et qui permettra à Perrault d'être élu maire de Sherbrooke par 757 voix. Jamais Charest n'a cru bon d'avertir le dévoué Jacques Fortier. Quand celui-ci apprend la nouvelle à la télévision, il est humilié, bouleversé. « Ça ne me dérangeait pas qu'il appuie Jean Perrault, il a le droit de faire ce qu'il veut. Mais j'aurais souhaité que, par respect, par amitié, il m'appelle pour me le dire. » « Ce n'était pas la chose à faire, estime Richard Miquelon, homme d'affaires local important et conservateur depuis toujours. Jean Charest s'est mis à dos certains de ses organisateurs, qui ne sont jamais revenus. C'était un commentaire de trop. Moi et d'autres proches de Charest, nous n'étions pas d'accord avec ce geste. Nous avions été témoins de ce que Fortier avait fait pour lui, et c'est pour ça qu'on ne trouvait pas ça correct. Ce n'était pas le petit organisateur de troisième rang, c'était le numéro un de Charest ! »

Ce n'était pas la chose à faire, mais Charest répondait aux désirs de ses plus proches organisateurs, dont Jean-Yves Laflamme, qui allait devenir chef de cabinet du nouveau maire après l'élection. Certains parlent d'une vengeance du clan Charest, Paul Gervais ayant refusé d'appuyer le Sherbrookois lors de la campagne au leadership de 1993. « Suzanne Poulin m'a dit au cours d'une conversation téléphonique que Paul Gervais avait couru après », rapporte l'avocat libéral Martin Bureau.

Résultat net : le clan Charest contrôle maintenant l'Hôtel de ville. En outre, si la députée provinciale de Sherbrooke est péquiste (pour l'instant…), Charest a toujours pu compter sur le soutien inconditionnel des députés libéraux des comtés voisins Monique Gagnon-Tremblay (Saint-François) et Robert Benoit (Orford). Au cours des années, Gagnon-Tremblay et Charest ont partagé plus d'un organisateur, notamment Denis Berger, Albert Painchaud et Jean-Yves Laflamme. On imagine facilement qu'à Sherbrooke il faut être courageux pour s'opposer ouvertement à Jean Charest. Ou à Suzanne Poulin. Ou à Claude Lacroix. « Il n'y a rien de clair, et ça n'a pas besoin de l'être non plus, souligne le rédacteur en chef de *La Tribune,* Jacques Pronovost. Les gens savent que ces liens existent, que Jean Perrault, c'est Jean Charest, qu'Everest, c'est Claude Lacroix donc Jean Charest, que Monique Gagnon-Tremblay, c'est Jean-Yves Laflamme donc Jean Charest. »

Rien de clair, pas de scandales, juste une atmosphère. À Sherbrooke, les gens qui ont des choses à dire contre Charest sont très prudents. Ils savent que tout se sait et craignent d'avoir un jour à se repentir. « Je fais toujours attention à ce que je dis *devant* et *de* Suzanne Poulin, parce que c'est sûr que ça peut vous être fatal », nous a confié un Sherbrookois en vue. Le réseau de communication mis en place au cours des années par Suzanne Poulin est, en effet, d'une efficacité redoutable. Chacune des personnes du clan Charest que j'ai rencontrées au cours de ma recherche faisait *subito presto* un rapport à l'adjointe du chef. De sorte qu'elle pourrait vous dire, presque aussi bien que moi, qui j'ai vu et quelles questions j'ai posées. Et Mme Poulin a une façon fort efficace de vous faire sentir qu'elle vous a à l'œil : « Ouais, t'en rencontres du monde ! Il paraît que tu t'intéresses à tel dossier ? »

Incorruptible… ou presque

Jean Charest n'est pas un politicien corrompu. Il est, instinctivement, un homme honnête et intègre. Mais la politique a ses règles, ses exigences, que l'ambitieux n'ignore qu'à ses dépens. N'attendons pas de Jean Charest qu'il réforme les mœurs politiques canadiennes. Il sait jouer dur. Il sait récompenser ses amis et, parfois, punir ses ennemis. En somme, le député de Sherbrooke a beau être relativement jeune, il est un politicien passablement traditionnel. Depuis le début de sa carrière, quelques affaires de présumé patronage ont éclaté. Dans certains cas, Charest n'a tout simplement rien à se reprocher. Dans quelques autres, la chose est moins évidente. Regardons-y de plus près.

Première de ces affaires, celle, évoquée plus haut, de l'Institut de cartographie. On a reproché deux choses à Charest dans ce dossier. Un : de s'être satisfait d'une version ratatinée du projet initial, sans impact réel pour la région. Deux : nous l'avons dit, d'avoir favorisé ses *chums*. Les faits, tels qu'il est possible de les reconstituer aujourd'hui, innocentent Charest des deux accusations.

Au début des années 1980, le dossier de l'Institut de cartographie était chaud, non seulement dans les Cantons de l'Est mais à l'échelle provinciale, et même nationale. Le projet de Jean Chrétien avait fait beaucoup de mécontents, particulièrement chez les fonctionnaires d'Ottawa, qui ne voulaient rien savoir de déménager à Sherbrooke. Charest avait fait de l'aboutissement du projet une promesse électorale, mais au ministère de l'Énergie, des Mines et des Ressources, on espérait bien que l'élection des conservateurs permettrait d'enterrer ce dada libéral. « À l'intérieur du ministère, tout le monde était opposé, se rappelle Pierre Perron, qui venait d'arriver à Ottawa comme sous-ministre associé. Le syndicat était contre, et la ministre Pat Carney ne voulait pas en entendre parler. » La décision devait en outre être prise au moment même où le nouveau gouvernement revoyait tous les programmes à la recherche d'économies. Il faudra deux ans d'efforts de la part de Charest, du milieu économique sherbrookois, du caucus conservateur du Québec et du gouvernement québécois pour finalement arriver à une solution qui permette de donner un bonbon à Sherbrooke sans rien enlever aux fonctionnaires fédéraux et sans qu'il en coûte cher au Trésor. La « Reine des Cantons de l'Est » allait abriter un centre où on mettrait au point la cartographie de l'avenir, la géomatique. Les fonctionnaires d'Ottawa qui souhaitaient y travailler pourraient y venir, mais personne ne serait forcé de quitter la capitale fédérale.

Le projet était certes plus modeste — une centaine d'employés plutôt que quatre cents — mais, dans les circonstances, ce n'était pas mal du tout. « J'ai été impressionné par le pragmatisme de Charest, dit Pierre Perron. Il réalisait que c'était mort dans l'œuf et que, finalement, un "tiens" vaut mieux que deux "tu l'auras". J'ai trouvé que c'était un gars de compromis, qui savait reconnaître l'art du possible. »

Une fois la formule trouvée, Ottawa devait choisir l'emplacement du nouveau centre. C'est là que plusieurs ont accusé Charest de favoritisme, l'édifice choisi appartenant à un groupe de comptables parmi lesquels on trouvait Guy Savard, libéral provincial proche du jeune ministre, et Denis Berger, son principal bailleur de fonds. Il y a bel et bien quelques indices en ce sens, mais la preuve est insuffisante. D'abord, il faut dire que, du temps de Jean Chrétien, une première cellule de l'Institut de cartographie avait déjà été installée au 2144 King Ouest, dans l'édifice en question. « Tous les chiffres sont là, les gens peuvent les voir et juger si oui ou non la bonne décision a été prise », se défend Charest aujourd'hui. De fait, les chiffres sont là puisque le locateur a été choisi à la suite d'un appel d'offres. Et les documents obtenus du ministère des Travaux publics sont on ne peut plus clairs : les propriétaires du 2144 King offraient un loyer beaucoup plus avantageux que le groupe formé par les intervenants locaux. Ceux-ci auraient voulu que, compte tenu des retombées potentielles de leur projet sur la région, le gouvernement les favorise malgré la différence de prix. Mais il faut donner raison à Jean Charest : l'écart était tout simplement trop important (près de 200 000 $ par année) et les rêves de l'élite locale trop hypothétiques pour permettre au gouvernement d'ignorer le plus bas soumissionnaire.

Ce qui a fait le plus de tort à Charest dans cette histoire, c'est qu'il a installé son propre bureau dans le même édifice. Il s'agit, de toute évidence, d'un petit cadeau à ses amis. « Installer son bureau là, concède l'homme d'affaires Richard Miquelon, ça n'a pas aidé. Aussi bon qu'il soit, Jean, il n'est pas parfait. »

Patronage vert

L'« affaire » suivante éclate alors que Charest est ministre de l'Environnement. Dans le cadre du Plan vert, le gouvernement fédéral lance un programme d'aide aux groupes écologistes, « Les partenaires de l'environnement », pour leur permettre de réaliser divers projets. En 1991, le groupe qui bénéficie de la plus grosse subvention est — comme par hasard — un groupe de Sherbrooke, la toute nouvelle succursale estrienne de la Fondation québécoise en environnement (FQE) de l'animateur de radio Louis-Paul Allard. Le groupe reçoit 188 000 $ pour son projet, « campagne de communication multimédia visant à amener les gens à passer à l'action en matière environnementale ». Essentiellement, il s'agit d'une grosse campagne de promotion — sondage, publicité dans les médias, affiches, pièce de théâtre, gala.

L'annonce de cette subvention provoque la colère des groupes écologistes locaux. D'abord, parce qu'ils n'aiment pas la FQE, qu'ils jugent trop proche des entreprises. Ensuite, parce que la section sherbrookoise n'a pas encore fait ses preuves. Enfin, on flaire le patronage. Le président de la FQE-Estrie est Guy Fouquet, ingénieur en vue à Sherbrooke. L'ancien directeur général de la FQE, Robert Dubé, ami d'enfance de Charest, fait partie de son cabinet. Et puis la campagne de promotion en question a été confiée… au Groupe Everest. Toutes les personnes qui ont été impliquées dans cette affaire, de Guy Fouquet à Jean Charest en passant par les gens d'Everest, nient toute forme de favoritisme. Cependant, il s'est bel et bien passé quelque chose.

Toutes les demandes des groupes écologistes étaient étudiées par un comité consultatif formé de fonctionnaires et de représentants du milieu écologiste. La liste des projets rejetés par le comité en date de décembre 1991 comprend le projet QUE-561, le projet Enviro-Info de la Fondation québécoise en environnement — section Estrie. « Le comité, peut-on lire, considère que les moyens envisagés sont démesurés par rapport à la réalité de la région. Le plan de travail est imprécis et le budget surévalué. » Pourtant, un mois plus tard, le cabinet du ministre approuve le projet. Parmi tous les projets refusés à ce moment-là, c'est le seul pour lequel le ministre a passé outre aux recommandations du comité. Les apparences, au moins, laissent croire que le ministre de l'Environnement et/ou son personnel ont favorisé un projet mis sur pied par des gens qu'ils connaissaient. « Faudrait être fou pour penser qu'ils [les gens du bureau de Jean Charest] n'ont pas donné un coup de main, concède le président de la Fondation, Guy Fouquet. Charest a dû sûrement regarder la liste de ce qui était dans la région, dans son comté en particulier. »

« Ce sont des organismes à but non lucratif, c'est pour donner dans le milieu », fait ensuite remarquer Fouquet. Point sur lequel il faut bien lui donner raison. S'il y a faute, il est loin d'être clair que quelqu'un en a profité, financièrement parlant. Le Groupe Everest a été payé pour l'organisation de cette campagne mais, si l'on en croit les documents remis au ministère de l'Environnement, les montants sont relativement modestes, et Everest a fourni plusieurs services gratuitement. Au mieux, les personnes et entreprises concernées ont profité de la visibilité associée à une bonne cause, et leur participation leur a permis de se faire des contacts. Somme toute, le scandale paraît bien petit.

Une affaire de famille

L'École de langue de l'Estrie, installée à Ottawa depuis 1990, fait de très bonnes affaires. À tel point que, lorsque je l'ai visitée à l'automne de 1997, l'école avait dû louer des locaux supplémentaires pour accueillir tous les fonctionnaires à qui elle apprend le français.

L'École de langue de l'Estrie appartient à la sœur aînée de Jean Charest, Louise, et à son mari, Stanley Mardinger. Une semaine avant le congrès à la direction du Parti conservateur, en juin 1993, un établissement concurrent a mis les journalistes sur une piste savoureuse : cette nouvelle venue raflait de plus en plus de contrats depuis que Charest était ministre. Il devait bien y avoir anguille sous roche.

Y a-t-il eu favoritisme ? Si l'on en croit les Charest, Jean s'est plié aux règles gouvernementales en la matière. Mais ici, on n'a pas à se fier à la parole de l'un ou de l'autre. On peut, tout simplement, laisser parler les chiffres.

Les Comptes publics du Canada dressent chaque année, pour chaque ministère, la liste des fournisseurs de services professionnels ayant reçu plus de 100 000 $ en contrats du gouvernement. Dès sa première année sur le marché d'Ottawa, soit l'année fiscale 1990-1991, l'École de langue de l'Estrie a reçu 632 461 $. Un départ exceptionnel, il est vrai, mais qu'il serait bien imprudent d'attribuer à l'influence de Jean Charest. Cette année-là, rappelons-le, Charest n'est que député, ayant dû démissionner du Cabinet à la suite de son appel au juge Macerola.

Le montant des contrats importants donnés ensuite par le gouvernement à l'école de Louise Charest a varié selon les années, mais rien n'indique l'existence d'une influence indue. Après l'arrivée des libéraux de Jean Chrétien au pouvoir, les affaires ont continué.

Même que, en 1996-1997, l'École de langue de l'Estrie a connu sa meilleure année de tous les temps, avec plus de 1,1 million de dollars de contrats majeurs.

Le retour d'ascenseur

Au restaurant Da Toni, personne n'a été surpris quand Léo Daigle, organisateur de la première heure de Jean Charest, et Paul-Marcel Bellavance, pendant quelques années président de l'association conservatrice de Sherbrooke, ont été nommés juges à la Cour supérieure.

« Il y a bien des gens à Sherbrooke qui disent que vous devez à Jean Charest votre nomination, ai-je fait remarquer au juge Daigle.

— Et puis après? Même si je prétendais que c'est pas ça… Mais je peux vous conter comment c'est arrivé. »

Bellavance et Daigle ont été nommés juges le 11 juillet 1991. Alors, M. Daigle, comment est-ce arrivé?

« C'est lui qui est venu me voir : "Cout'donc, t'es le seul qui m'a pas demandé d'être nommé juge!

— Pourquoi tu me parles de ça?

— Y' a des postes qui s'ouvrent, là.

— Jean, je t'ai déjà dit que mon ambition, à moi, c'était d'être avocat.

— En tout cas, penses-y."

Il m'a donné quinze jours pour que je me branche. »

Le conseil que lui a donné un juge en place a fait pencher la balance : « Si t'as un ticket pour prendre le train, tu prends le train. »

Quand on demande au juge Bellavance s'il doit sa nomination à Jean Charest, le malaise est palpable. « Vous lui demanderez…

— Je vous le demande à vous.

— Mon point de vue là-dessus, c'est qu'il ne faut pas empêcher quelqu'un qui a fait partie d'une organisation politique d'accéder à une fonction quelconque. »

« Est-ce que c'est parce qu'on s'est occupé de politique qu'on a moins de talent?» fait remarquer Conrad Chapdelaine, avocat et organisateur souverainiste. Et Mᵉ Chapdelaine de citer plusieurs libéraux notoires de la région qui ont été nommés à la magistrature par les gouvernements libéraux. La pratique est ancienne, admise dans le milieu du droit autant que dans le milieu politique. En général, il s'agit de nommer l'avocat le plus compétent… à l'intérieur de son camp. À cet égard, Jean Charest, avocat et politicien, n'a rien fait d'autre que respecter la tradition.

La star de Sherbrooke

Jean Charest est député de Sherbrooke depuis 1984. En 1993, il a survécu au raz de marée bloquiste et gagné par plus de huit mille voix. En 1997, il a écrasé ses adversaires. Charest paraît maintenant imbattable dans sa circonscription. Et pourtant, même ses partisans ont du mal à dresser une liste de ses réalisations locales. « C'est dur d'identifier des projets d'envergure, dit l'homme d'affaires conservateur Richard Miquelon. Des projets d'envergure à Sherbrooke, il n'y en a pas eu. Il n'y en avait pas eu avant lui non plus. » L'évaluateur Claude Métras, autre conservateur, exprime les choses plus crûment : « C'est là son problème, il n'a rien fait pour Sherbrooke, il n'a rien apporté. […] Les gens d'affaires sont encore à chercher un investissement d'envergure. »

« Y' a jamais fait un christ de projet à Sherbrooke, lance l'homme d'affaires Dennis Wood, ancien adversaire libéral de Charest. La seule affaire qu'il ait jamais faite, c'est de se promener avec ses petits chèques de 100 $ ou de 500 $… Il a l'appui de tout le bien-être social à Sherbrooke, des filles d'Isabelle, et des affaires de même. Il va à toutes les soirées. Puis il a nommé une couple de juges. »

Ces jugements sont tous trop sévères. Durant ses années au Cabinet, Jean Charest a bel et bien contribué à amener des projets intéressants à Sherbrooke, qu'on pense à l'Institut de pharmacologie de Sherbrooke, au Centre de recherche clinique de l'Université de Sherbrooke ou au centre Enviro-Accès. La période 1991-1993, alors que Charest et Gagnon-Tremblay étaient ministres, a été particulièrement fertile. « Nous avions la chance d'avoir Monique Gagnon-Tremblay qui était ministre à Québec et Jean Charest dont le parti était au pouvoir, fait remarquer le commissaire industriel de Sherbrooke, Pierre Dagenais. Ce n'est pas parce que c'était Jean Charest. Ça aurait été n'importe qui d'autre qui avait un poste important au gouvernement, ça aurait donné les mêmes résultats. »

Alors comment expliquer le jugement sévère porté par certains hommes d'affaires ? Sans doute par le fait que, malgré les efforts des gouvernements, l'économie de la région a beaucoup souffert au cours des dernières années, le taux de chômage passant de 7,2 % en 1988 à 11,8 % en 1997. Mais comment blâmer Charest : durant la même période, le taux de chômage dans l'ensemble du Québec grimpait aussi. En 1987, première année où l'influence de Charest en tant que ministre aurait pu se faire sentir, le taux de chômage à Sherbrooke était de 0,4 % plus élevé que celui de la province ; dix ans plus tard, cet écart était de… 0,4 %.

À l'inverse, il ne faut pas non plus exagérer le rôle du député dans les projets mentionnés plus haut, qui sont d'abord le résultat du génie local. « Les politiciens peuvent aider, mais ils sont très limités dans ce qu'ils peuvent faire, souligne le commissaire industriel de Sherbrooke. Charest aurait été là ou non, ça n'aurait pas changé grand-chose. » M. Dagenais estime néanmoins que le nouveau chef du PLQ a été un bon député « parce qu'ayant été ministre, il a des relations, et parce qu'il a de l'ambition, il veut se faire aimer ».

Quelques pratiques, qui ne lui sont pas exclusives mais que son bureau mène avec une efficacité remarquable, ont aussi permis au fils de Red de s'assurer une présence constante. Par exemple, comme le ministère des Affaires extérieures n'a pas de succursale à Sherbrooke, le bureau de Charest a pris en charge les demandes de passeport des gens de la région. Les premières années, le député portait lui-même la paperasse à Ottawa et rapportait les passeports la fin de semaine suivante. Aujourd'hui, tout cela se fait par services de messagerie, avec l'aide d'employés bénévoles.

En outre, des bénévoles scrutent les journaux locaux pour trouver toute annonce — mariage, décès, prix — digne d'un mot du député. Depuis ses débuts en 1984, Jean Charest consacre de longs moments à signer des lettres de condoléances et de félicitations, geste toujours fort apprécié. Cependant, l'histoire politique canadienne ne compte plus les députés présents et efficaces emportés par une vague. Si Charest a résisté en 1993, malgré un bilan contestable et quelques gaffes, s'il semble aujourd'hui imbattable, c'est parce qu'il est devenu une vedette nationale. Et qu'ainsi, dit M. Miquelon, « il a mis Sherbrooke sur la *map*. Je me promène partout au Canada, et quand je dis que je viens de Sherbrooke, les gens me demandent tout de suite si je connais Jean Charest. »

Charest a toujours pris soin de flatter l'orgueil de ses concitoyens. Ce n'est pas pour rien que toutes les annonces importantes de sa carrière ont été faites à Sherbrooke, braquant sur les Cantons de l'Est les regards du pays tout entier. C'est à Sherbrooke qu'il a annoncé sa candidature à la direction du Parti progressiste conservateur en 1993. C'est à Sherbrooke qu'il a fait savoir qu'il faisait le saut dans l'arène provinciale. « Tout le monde avait les yeux tournés vers Sherbrooke », titrait fièrement *La Tribune* le lendemain de cette dernière annonce.

« La popularité de Jean à Sherbrooke n'a rien à voir avec ce qu'il a réalisé ou non, conclut le juge Léo Daigle. C'est un rapport personnel. C'est le fils de tout le monde. » Et à un fils qui a réussi, on est prêt à tout pardonner.

La tortue

Comme bien d'autres Québécois, l'organisateur conservateur Pierre-Claude Nolin passait la semaine de relâche scolaire sur les pentes de ski. C'est donc au mont Saint-Anne que l'a appelé Jean Charest, ministre de l'Environnement du Canada, à l'aube du 24 février 1993 :

« Pierre-Claude?

— Salut, Jean.

— C'est aujourd'hui.

— Ah oui!

— Est-ce que ça tient toujours?

— Certainement. »

Qu'annonçait Charest à Nolin? Que, plus tard dans la matinée, le premier ministre du Canada, Brian Mulroney, annoncerait sa démission. Qu'est-ce qui tenait toujours? L'entente conclue entre les deux hommes, deux mois plus tôt, voulant que Nolin prenne en charge l'organisation québécoise de la campagne de Jean Charest à la direction du Parti progressiste conservateur du Canada. Ce jour-là, le député de Sherbrooke le préparait depuis longtemps.

Il n'avait jamais caché ses ambitions. En 1986, il avait emmené son ami Léo Daigle devant le Parlement pour lui dire : « Léo, je vais te confier quelque chose que je n'ai jamais dit à personne : depuis l'âge de treize ans, je rêve d'être le patron un jour. » En embauchant Philippe Morel comme chef de cabinet à l'Environnement en 1992, il l'avait prévenu : « Moi, je m'en vais là », en levant la main au ciel. Morel avait compris sans peine que « là » signifiait le poste de premier ministre du Canada.

Les rumeurs de la démission de M. Mulroney couraient depuis le naufrage de l'Accord constitutionnel de Charlottetown, rejeté par une majorité de Canadiens en octobre 1992. À pas de loup, les successeurs potentiels avaient commencé à placer leurs pions. Et quand eux-mêmes ne le faisaient pas, d'autres s'en chargeaient pour eux. Ainsi, un cadre de Bombardier et organisateur conservateur de longue date, Jules Pleau, avait offert son appui à Jean Charest. C'est Pleau qui lui avait suggéré de faire de Pierre-Claude Nolin son organisateur en chef au Québec. Pendant l'affrontement entre Joe Clark et Brian Mulroney en 1983, Pleau et Nolin s'étaient retrouvés dans des camps opposés et, comme beaucoup de militants, ils étaient sortis meurtris de cette « bataille du Québec ». Les deux hommes s'étaient juré que, à la prochaine campagne au leadership, les conservateurs québécois s'uniraient derrière le même candidat. Or, le seul Québécois susceptible de rassembler les bleus en 1993, c'était Jean Charest. « Notre idée, c'était de faire de Jean Charest le *kingmaker,* raconte aujourd'hui ce vice-président de Bombardier. On se disait que si le Québec était derrière Charest, c'était sûr et certain qu'il allait décider qui serait le chef. »

Il faut dire qu'à l'époque, tout le monde était convaincu qu'on assisterait à une course à la direction endiablée, où s'affronteraient de nombreux participants. C'était, en tout cas, le projet de Brian Mulroney. « J'avais fait mes deux derniers remaniements ministériels en fonction de ça, m'a expliqué l'ancien premier ministre au cours d'un long entretien. J'avais placé Charest à l'Environnement pour qu'il soit candidat. J'avais enlevé Michael Wilson des Finances, pour le "purifier", pour qu'il soit candidat. J'avais nommé Barbara McDougall aux Affaires étrangères, Bernard Valcourt aux Ressources humaines et Kim Campbell à la Défense pour la même raison. Ils étaient tous presque au même niveau, et membres du comité des priorités du cabinet. Moi, je pensais qu'on allait finir avec onze ou douze candidats. »

Jean Charest est décidé à faire partie de ce peloton. C'est durant les Fêtes, donc bien avant la démission du premier ministre, qu'il a contacté Pierre-Claude Nolin. À la même époque, il a reçu à North Hatley une amie de George MacLaren et chef de cabinet de Joe Clark, Jodi White, pour lui proposer de prendre la direction de sa campagne nationale. De son côté, Philippe Morel a fait entrer au cabinet de son ministre du personnel plus « politique », notamment Marie-Josée Bissonnette, jusque-là employée du cabinet du premier ministre. « On ne visait pas à ce moment-là à gagner le leadership, mais à s'imposer parmi l'establishment du parti, à faire en sorte que Jean Charest jouisse d'une plus grande notoriété », dit l'ami et conseiller du député de Sherbrooke, Jean-Bernard Bélisle.

Du côté anglophone, David Small s'active. Small, le lecteur se le rappellera, c'est l'homme de l'antenne parabolique à Rio et un des principaux organisateurs de la campagne au leadership de Joe Clark en 1983. Après le Sommet de la Terre, il a obtenu un nouveau contrat du ministère de l'Environnement, cette fois pour piloter le Plan vert. Ce contrat fera plus tard l'objet d'une controverse : les libéraux prétendront que, payé par Environnement Canada, Small œuvrait en réalité à la future campagne de son ministre. Ces accusations ne seront jamais prouvées, et Small continue aujourd'hui de jurer que, avant la démission de Brian Mulroney, il ne travaillait en vue du leadership que « sur son temps ». « Je faisais ça le soir seulement. Le jour, j'étais dans un bureau rempli de fonctionnaires, je ne pouvais pas faire de politique ! » Small a fait parvenir à son sous-ministre, dès le début de la course à la direction, une lettre demandant la suspension de son contrat. « En général, je travaille bénévolement », soutient même l'organisateur. Bénévolement ? La rémunération des organisateurs politiques professionnels constitue un des secrets les mieux gardés de la politique canadienne. Certains d'entre eux sont payés par l'organisation qui les embauche. Combien? Personne ne vous le dira. À chaque campagne électorale, des dizaines d'autres consultants et avocats abandonnent leur boulot pour des semaines, voire des mois, et s'adonnent « bénévolement » à leur passion. Le salaire viendra plus tard, sous forme de contrats ou d'emplois.

Quoi qu'il en soit, en janvier 1993, le grenouillage de Small et de ses semblables des autres camps provoque la colère de Brian Mulroney. Son chef de cabinet, Hugh Segal, avertit ses homologues dans les cabinets ministériels : « Calmez-vous. IL reste. » « Mais on ne fait pas campagne! rétorque Morel. On ne sort même plus le ministre de peur que ça soit mal interprété! » Morel transmet tout de même le message à Small. Qui, comme les autres, répond : « Merci beaucoup »… et continue ses appels. « Ça me laissait indifférent, avoue-t-il maintenant. La "Kim-manie" soufflait sur le parti, et les organisateurs de Campbell allaient beaucoup plus vite que tout ce que je pouvais faire. Aussi longtemps qu'ils pilotaient leur voiture devant moi, je n'allais pas me retirer de la course! »

Raz de marée

Brian Mulroney a démissionné un mercredi. Le samedi suivant, les patrons de la machine bleue de la région de Québec, notamment les avocats Jean Riou et Marc Dorion, convoquent les organisateurs conservateurs de l'est du Québec dans un hôtel de la Vieille Capitale. Ils n'ont aucun mal à rallier tout ce monde derrière la ministre de la Défense, Kim Campbell, qui n'a pourtant pas encore annoncé sa candidature. « Il y avait un consensus selon lequel avoir une femme, qui venait de l'Ouest, pouvait être quelque chose de très intéressant », explique Dorion.

Dès les premiers jours de mars, les organisateurs et bailleurs de fonds les plus influents du parti, au Québec comme dans le reste du pays, se sont rangés en masse derrière Campbell, dont les sondages révèlent la soudaine popularité. Au Canada anglais, les stratèges tories ont vite conclu que la députée de Vancouver est la seule à pouvoir faire oublier Brian Mulroney, littéralement détesté hors du Québec. Pourtant, Kim Campbell est relativement peu connue. Elle n'a fait son entrée en politique fédérale que cinq ans plus tôt. Certes, son ascension a été très rapide et, comme ministre de la Justice, elle s'est fait remarquer en manœuvrant habilement dans des dossiers difficiles, comme l'avortement et le contrôle des armes à feu. Mais de là à provoquer une « Campbellmanie » !

Le clan Charest est pris de vitesse. Nolin a choisi de rester au Mont Sainte-Anne avec sa famille jusqu'à la fin de la semaine ; c'est une erreur qu'il regrette depuis. À Ottawa, le jeune personnel du ministre de l'Environnement s'active. Philippe Morel et Marie-Josée Bissonnette rejoignent leurs amis, des anciens de l'association des jeunes conservateurs qui deviendront le cœur de l'organisation Charest, notamment Martin Desrochers. Et le futur candidat ? « Jean était un peu figé », se rappelle Bissonnette.

Ce n'est que le surlendemain de la démission du premier ministre que Charest se décide à entreprendre une tournée téléphonique des députés et des principaux organisateurs conservateurs du Québec, question de jauger leurs réactions à une éventuelle candidature. Pour chaque député, il note à la main — Charest est gaucher — le contenu de la conversation : la position du député, le nom de contacts clés dans chaque circonscription, les sources potentielles de fonds. En relisant ces notes aujourd'hui, on constate les ravages faits par l'organisation Campbell quelques heures à peine après l'annonce de M. Mulroney. Plusieurs députés ont déjà été contactés par la ministre de la Défense ou par un de ses supporteurs. Marcel Danis, ministre junior qui songe à se porter candidat, a aussi devancé Charest. Plusieurs députés évitent de s'engager, disent qu'il est trop tôt, qu'ils doivent consulter leur association locale ; ceux-là appuieront presque tous Kim Campbell. Quelques-uns sont plus francs. Le député de Portneuf, Marc Ferland, dit à Charest : « J'ai un problème d'âge avec ta candidature. Je te vois comme premier ministre, mais seulement en 1998-1999. » L'organisateur Luc Ouellet

lui fait un compte rendu des plus honnêtes de la réunion de Québec :
« Quatre-vingt-dix pour cent des gens sont pour Kim. Ce n'est pas le
temps d'un Québécois. Les gens voient en toi l'avenir. » Toujours
selon les notes prises par Charest à l'époque, le ministre Marcel
Masse lui dit qu'il « n'a pas l'intention de s'en mêler » parce qu'il doit
être « nommé dans quelques semaines ». M. Masse n'obtiendra pas
le poste attendu — celui d'ambassadeur du Canada à l'UNESCO —
et, de toute façon, s'affichera très tôt en faveur de Kim Campbell.

Poursuivons la lecture des notes manuscrites de Charest. Jean-
Guy Guilbault, député de Drummond, explique à son collègue que
« [le ministre Gilles] Loiselle a promis Kim pour mon assemblée
d'investiture » ; Loiselle aurait ajouté : « Tu auras ce que tu veux
après. » Certains font preuve d'une étonnante clairvoyance. Marcel
Tremblay, député de Québec-Est, dit au ministre de l'Environnement : « Si tu ne passes pas, le Québec va voter Bloc québécois. » Le
jeune François Pilote, qui deviendra un des principaux organisateurs de Charest, dit à ce dernier : « Je n'ai pas aimé la réunion de
Québec, il y a un vent de panique. »

Au président du caucus québécois, Gabriel Desjardins, Charest
demande de mesurer ses appuis parmi les députés de sa province :
« Il me faudrait au moins une vingtaine de députés du Québec, dit-
il au député de Témiscamingue. Le lendemain, Desjardins lui rap-
portera la récolte attendue : 22 députés. C'est un minimum.

À la fin de cette tournée téléphonique, début mars, Charest sait
que, même au Québec, Kim Campbell part avec une longueur
d'avance. Il souffre notamment du contrecoup de l'épisode de
Meech, les députés plus nationalistes le considérant désormais avec
méfiance. Son collègue du cabinet, Benoît Bouchard, résume les
choses simplement : « Je suis Québécois, Jean Charest est Canadien. »
De son côté, David Small intensifie ses coups de sonde au Canada anglais. Comme Charest lui-même, il récolte des tonnes de bons vœux,
mais très peu d'appuis fermes : « Il n'était pas clair du tout qu'une
campagne Charest pourrait être viable. » La puissance du mouvement en faveur de celle qu'on n'appelle plus que Kim lui confère

rapidement un air d'invincibilité. « Pourquoi appuierait-on Charest quand on peut appuyer le prochain chef ? » répondent les militants approchés par l'embryon d'organisation Charest. Au Québec, les bailleurs de fonds Mario Beaulieu, Guy Charbonneau et Fernand Roberge ont déjà « accroché leur char en arrière de Kim Campbell », selon l'expression de Jules Pleau. Les organisateurs de Campbell eux-mêmes n'en reviennent pas. « Nous avions imaginé une belle petite campagne, très moderne, avec l'appui de dix ou quinze députés, raconte Ross Reid, qui a été directeur de la campagne de la ministre de la Défense. Mais il y a eu cet incroyable torrent d'appuis ! »

Les autres organisations font le même constat : il n'y en a que pour Kim Campbell. Aussi, l'un après l'autre, les candidats attendus se désistent-ils en sa faveur : Wilson, McDougall, Valcourt, Beatty. La grande stratégie de Brian Mulroney s'effondre comme un château de cartes. Peut-être par sa propre faute. Dans le parti, nombreux sont ceux qui croyaient que le premier ministre, s'il souhaitait bel et bien une course vigoureuse, avait en même temps mis ses organisateurs au service de la « comète blonde ». M. Mulroney a toujours repoussé cette hypothèse avec vigueur : « Hugh Segal, Jean Bazin, Michel Cogger, Bernard Roy, Pat MacAdam, les gens qui sont vraiment près de moi se sont tous rangés derrière Charest. Ma femme et mes enfants étaient pour Charest ! » Peut-être, mais ces appuis se sont manifestés bien tard dans la course. Trop tard pour avoir un impact significatif.

Devant le raz de marée Campbell, la volonté de Jean Charest commence à fléchir. Le retrait de l'Ontarien Perrin Beatty l'a particulièrement ébranlé. Tous deux jeunes et ambitieux, Charest et Beatty étaient de bons amis. Durant les semaines précédentes, ils s'étaient parlé à quelques reprises — « Si j'y vais, y vas-tu ? » — et avaient commencé à jeter des ponts qui auraient pu servir au moment du congrès. Beatty sur la touche, Charest se retrouve seul. « Quand il y a plusieurs candidats, on peut former des alliances, comme Joe Clark l'a fait [en 1976], ce qui lui a permis de gagner à la surprise générale », lui rappelle George MacLaren. Nul besoin d'ajouter qu'à l'inverse, quand on est le seul adversaire du favori, on risque de se faire planter. C'est la première inquiétude qui ronge Charest. « Il ne fallait surtout pas faire une course dont j'allais sortir humilié », expliquera-t-il quelques années plus tard.

En outre, le député a peur de sortir de la course endetté. « Je mettais en péril la sécurité matérielle de ma famille », dit-il aujourd'hui. Exagération ? Non. La route de la politique est jonchée de candidats au leadership qui ont mis des années à se sortir du gouffre financier dans lequel leur ambition les avait plongés. Chargé du financement de l'éventuelle campagne, MacLaren était très préoccupé par cette question : « Rappelez-vous Donald Johnston : on organisait des soupers bénéfices pour payer ses dettes trois ans après le congrès ! [Johnston a été candidat à la direction du Parti libéral du Canada en 1984]. » Le candidat est-il vraiment, personnellement, responsable des dépenses faites pendant une campagne ? « Une fois que tout le monde de l'organisation est parti, souligne l'homme d'affaires, les créanciers commencent à appeler le candidat, parce que c'est le seul nom qu'ils connaissent. » Au bas mot, on estimait qu'une campagne Charest coûterait un million de dollars.

Charest se fixe une date limite pour prendre une décision : le 16 mars. C'est le jour du souper bénéfice annuel du député à Sherbrooke. Si campagne il y a, c'est là qu'elle commencera.

À quoi servent les amis ?

Dans les jours qui précèdent, Charest est assommé par deux coups durs. Un sondage publié par le magazine *Maclean's* révèle que Kim Campbell obtient l'appui de 38 % des militants conservateurs, contre seulement 5 % pour son jeune collègue. Épreuve plus cruelle encore, son ami Pierre Blais, dont il croyait l'appui acquis, profite d'une rencontre impromptue à l'aéroport de Toronto pour lui annoncer qu'il vire capot.

« Jean, je vais appuyer Kim…

— Ah… »

« La rencontre a peut-être duré deux minutes, se rappelle Charest, mais ça a eu l'air de durer deux heures tellement c'était pénible pour tous les deux. » « Blais n'était pas capable de regarder Jean dans les yeux, raconte pour sa part Philippe Morel, qui a assisté à la scène. Ça, c'était comme un coup de poignard. C'était un *chum*. Ils étaient arrivés au cabinet ensemble, leurs femmes étaient amies, la fille de Pierre Blais gardait les enfants des Charest ! »

M. Blais n'avait pas pris cette décision de gaieté de cœur. Mais tout le monde dans la région de Québec, région qu'il prétendait contrôler, était déjà monté à bord du Campbell Express. Torturé, Blais était allé consulter Brian Mulroney. « Monsieur le premier ministre, tout le monde est du côté de Campbell. Masse, Loiselle et (Michel) Côté ont déjà mis leurs organisateurs de son côté. Je ne peux pas appuyer Jean !

— Pierre, avait répondu Mulroney de sa voix la plus suave. Tu ne connais pas Kim Campbell. Moi non plus je ne la connais pas, en tout cas pas aussi bien que vous autres avec qui je suis depuis neuf ans. Tu ne sais pas ce qui peut arriver. Imagine que sa candidature s'effondre. Si toi tu n'as pas appuyé Charest, et qu'à cause de ça il ne s'est pas présenté, avec qui on se retrouve comme premier ministre ? Garth Turner ! » (Turner était un député d'arrière-banc qui, aux côtés de quelques autres marginaux, s'était lancé dans la course.)

Les deux hommes avaient rigolé un bon coup, mais cela n'avait pas suffi à convaincre Blais d'être fidèle à son collègue québécois. Pourquoi mettre en péril une si solide amitié ? Par intérêt ? Parce que Campbell lui avait promis un ministère important dans son futur cabinet ? « Penses-tu qu'après avoir eu six ministères je pouvais craindre de ne pas être au Cabinet ? rétorquera Blais au cours d'un entretien cinq ans plus tard. Je n'avais pas à marchander. Je faisais ça pour le Canada. J'avais l'impression que Jean aurait sa chance à un autre moment. » Chose certaine, le coup de poignard a porté. Si les deux hommes ont rétabli les ponts depuis, des cicatrices restent. « Nous n'en parlons pas, dit Blais, c'est un sujet tabou. » D'autant que la fin de semaine du congrès, des organisateurs de Charest s'en prendront verbalement à Mme Blais ; il ne leur pardonnera jamais.

La veille de l'annonce de sa décision, Jean Charest se rend à son tour au 24, Promenade Sussex, la résidence officielle du premier ministre du Canada. Les deux hommes ont de la rencontre des souvenirs légèrement divergents. Et pour cause. Jean Charest veut à tout prix dissiper l'impression qu'il a été le pantin de Mulroney, tandis que l'ancien premier ministre aime bien faire sentir que Charest lui doit ses succès.

Quand il rencontre le premier ministre, le député de Sherbrooke n'a pas encore pris de décision. « J'étais allé le voir pour lui dire que j'avais le goût d'y aller, mais que j'avais des réserves », dit Charest. « Il venait me voir pour m'annoncer qu'il ne serait pas candidat », se rappelle plutôt Mulroney. Chose sûre, ce dernier entreprend de calmer les inquiétudes de son ministre. « Jean, nous sommes au mois de mars 1993, dit-il. Au mois de mars 1983, j'ai décidé de me présenter à la chefferie du parti. À ce moment-là, j'affrontais un ancien premier ministre, chef depuis sept ans, qui contrôlait l'organisation [Joe Clark]. Toi-même, Charest, tu étais convaincu que Clark allait l'emporter. Pourquoi? Parce que les sondages disaient que Clark allait gagner facilement, et la quasi-totalité des anciens ministres et de la députation était rangée derrière lui. Si tout cela est vrai, comment ça se fait que je suis assis dans cette maison depuis neuf ans? Si les sondages, les députés, c'est si important, comment se fait-il que je sois premier ministre? Parce que les courses à la chefferie, ça n'a rien à voir avec ça. Ça tient tout simplement à la capacité d'un individu de faire preuve de courage et de leadership, et de convaincre les délégués qu'il est en mesure de gagner, parce qu'il a des idées à défendre, une vision du pays qui est acceptable. »

La conclusion de cette leçon d'histoire doit faire l'effet d'un coup de massue : « Tu veux devenir premier ministre du Canada. Si tu te présentes, tu n'as aucune garantie de gagner. Par contre, si tu ne te présentes pas, tu as une garantie absolue : tu ne gagneras pas. »

Mulroney a-t-il été en mesure de rassurer Charest sur l'aspect financier de l'affaire? S'est-il engagé à mettre ses bailleurs de fonds à sa disposition? « Je ne me souviens pas si ça a été évoqué, dit l'ancien premier ministre. Je sais que je l'ai rassuré. Est-ce qu'on est entrés dans les détails, je ne le sais pas. Je savais que Charest allait avoir un grand succès, que les coffres allaient se remplir, qu'il n'y aurait pas de difficulté. Au début, moi aussi j'avais eu énormément de difficultés. » En tout cas, en ce qui concerne les risques financiers de l'aventure, ni Charest, ni MacLaren ne semblaient plus confiants après la rencontre avec Mulroney. Ce qu'on sait, cependant, c'est que certains bailleurs de fonds qui étaient jusque-là au service de Mme Campbell, notamment le sénateur Guy Charbonneau, ont entrepris de donner également un coup de pouce à Charest.

L'ancien premier ministre se souvient que Charest est sorti « pas mal ébranlé » de l'entretien. Mais Charest jure que cette rencontre n'a pas été déterminante et réfute surtout l'hypothèse selon laquelle il se serait lancé dans la course à la demande expresse du premier ministre, pour qu'il y ait au moins l'apparence d'une lutte : « Rien de plus faux ! lance Charest. Ce qu'il m'a dit, c'est ce qu'il a dit à tous les candidats ! C'est ce qu'il a dit à Valcourt, c'est ce qu'il a dit à Beatty, c'est ce qu'il a dit à Kim et à d'autres. » Pas tout à fait, nuance Mulroney. Certes, le premier ministre a encouragé les autres candidats potentiels, mais avec beaucoup moins d'insistance qu'il ne l'a fait avec son jeune protégé. « J'ai mis le paquet ! » dit Mulroney. Pourquoi? D'abord parce que Charest était le dernier candidat de calibre encore dans les rangs. Et puis : « J'avais vu trop de belles qualités chez lui et je ne voulais pas qu'elles soient perdues. Je savais que, s'il ne se présentait pas, ces qualités-là ne seraient pas connues du grand public. S'il se désistait, c'était la fin de sa carrière. Qu'est-ce qu'il serait devenu, Charest, après la course au leadership s'il ne s'était pas présenté, ministre des Pêcheries? »

N'empêche que certains partisans de Charest ont été révoltés par l'attitude du premier ministre. David Small est de ceux-là : « La rencontre au 24 Sussex était une sorte de farce. C'est le bureau du premier ministre qui avait mis le parti dans cette position, en faisant en sorte que Kim Campbell soit couronnée. Et voilà que la seule chance d'avoir un semblant de course, c'était que Mulroney convainque Jean Charest d'être candidat! Il me semblait que c'était le summum de l'hypocrisie!»

Amélie, Denis et Cie

Le matin du 16, tout est prêt pour la grande annonce. Claude Lacroix et ses amis ont trouvé une musique thème, fait imprimer des affiches et invité plus de mille personnes à l'hôtel Delta de Sherbrooke. Un autobus doit transporter d'Ottawa la quinzaine de députés qui ont décidé d'annoncer leurs couleurs. Il n'y a qu'un hic: le héros de la fête n'est pas encore sûr de vouloir y participer.

Avant de partir pour l'Estrie, Jean et Michèle vont amener Amélie à l'école. La radio est ouverte: « C'est aujourd'hui qu'on saura si Jean Charest sera candidat à la direction du Parti conservateur... »

« Papa?

— Oui, Amélie.

— Est-ce que tu y vas?

— Ben, je le sais pas. Qu'est-ce que tu en penses?

— Aimerais-tu ça, être premier ministre?

— Oui.

— Est-ce que tu serais un bon premier ministre?

— Je pense que oui.

— Ben, vas-y!»

En route, Charest est en contact téléphonique avec certains de ses conseillers. Mais il ne veut pas utiliser son téléphone cellulaire. Depuis qu'une conversation entre deux fonctionnaires québécois s'est retrouvée dans les journaux quelques mois plus tôt, les politiciens se méfient de ce genre d'appareil. Le député s'arrête donc dans un restaurant MacDonald's et accapare deux cabines téléphoniques. C'est alors qu'un dame le reconnaît:

« Vous êtes monsieur Charest?

— Oui, répond-il, un combiné dans chaque main.

— Ah! Ça me fait tellement plaisir de vous rencontrer.

— Moi aussi, madame.

— Attendez-moi! »

Quelques secondes plus tard, la dame revient avec sa bru. « Est-ce qu'on peut prendre une photo? »

Quelque part au Canada, une dame a en main une photo historique : Jean Charest en train de soupeser son avenir.

Une fois arrivé à son bureau de la rue King, Charest tient une conférence téléphonique avec ses principaux conseillers : son frère Robert, Jodi White, George MacLaren, Denis Beaudoin et quelques autres. Beaudoin, l'organisateur de la première campagne électorale de Jean, devenu un grand ami, travaille alors pour l'ACDI au Mali. Sur place, on trouve Jean-Bernard Bélisle, Albert Painchaud, Suzanne Poulin, Maurice Champagne et, bien sûr, Michèle Dionne. Le bilan est assez clair : la plupart trouvent l'aventure trop risquée. C'est notamment le cas de Robert et de MacLaren. Michèle, par contre, y est plutôt favorable. Beaudoin, lui, est catégorique : Jean ne peut laisser passer cette occasion.

Le tour de table terminé, la décision coule de source : c'est non. Suzanne Poulin entreprend une tournée des médias pour leur annoncer la tenue d'une conférence de presse à 15 heures. Entre-temps, Denis Beaudoin rappelle.

« Jean, ça n'a pas de maudit bon sens, ce qu'on est en train de faire là!

— Quoi?

— *Fuck* toutes ces histoires-là! Recule ton horloge au 8 juillet 1984. On était sûrs de perdre, les sondages n'étaient pas bons, et on n'avait pas d'argent. On n'avait rien que le cul pis les dents! Jean, je te le dis, il faut embarquer! »

Michou intervient : « Tu penses, Denis? » Et Beaudoin de dresser un plaidoyer si émouvant que Michèle et Suzanne Poulin ne peuvent se retenir de pleurer. « Jean, si tu ne fais pas cette bataille-là, tu vas le regretter toute ta vie! lance la voix venue de Bamako. Que tu gagnes ou que tu perdes, tu vas le regretter toute ta vie. Présumons que tu vas perdre. *So what?* Tu as des affaires à dire, que tu n'as jamais eu la chance de dire : comment tu changerais ce pays-là, comment tu changerais cette province-là ! C'est une chance unique, tu n'auras jamais la chance de t'exprimer de même ! T'as pas un million ? Tu feras une campagne à 300 000 $, ma foi du bon Dieu ! Tu t'en rappelles, Sherbrooke, en 1984 ? On avait fait une petite campagne pas chère avec l'argent qu'on avait. Fais la même affaire ! Si tu le fais, j'vais venir t'aider. J'vais venir un mois de temps, j'vais payer mon hôtel, mon avion, cadeau, cadeau. »

« T'as raison, Denis, sanglote Michèle, c'est vrai ! »

Puis le silence s'installe. Jean et Michèle restent seuls. Après quelques minutes, un cri retentit dans le bureau. « Suzanne, lance Jean en sortant, arrête tout : on y va ! »

Deux heures plus tard, en présence de mille cinq cents partisans et de journalistes de tout le pays, Jean Charest annonce qu'il sera candidat à la succession de Brian Mulroney. Il se présente comme le défenseur des militants de la base, comme le candidat anti-establishment. « À Ottawa, lance-t-il, on semble avoir décidé d'avance. Mais ce n'est pas comme ça que l'on choisit un premier ministre, sans qu'une seule idée ait été exprimée. Le débat démocratique est d'abord un débat d'idées auquel on ne peut substituer un débat d'organisations. »

Pourtant, Charest semblait avoir bien peu pensé aux idées qu'il allait défendre. D'ailleurs, ce soir-là, son discours est banal : déficit, dette, décrochage, fédéralisme flexible. Le texte a été rédigé à la dernière minute et ça paraît. Le candidat établit tout de même sa ligne de défense contre les deux principaux arguments qui seront employés contre lui. D'abord, son âge, trente-quatre ans. « Il y a dix ans, on me disait la même chose, réplique-t-il en évoquant sa première campagne électorale. On disait que j'étais trop jeune, que ce serait une bonne expérience pour la prochaine fois. J'ai refusé de croire ça il y a dix ans et je refuse de le croire aujourd'hui. » Jamais le gamin ne semble avoir douté de sa capacité d'assumer si jeune les responsabilités de premier ministre du Canada. « Il a toujours eu une grande confiance en ses moyens », constate son organisatrice Jodi White.

Deuxième faiblesse qu'exploitera l'organisation Campbell : après dix ans sous la direction de Brian Mulroney, le parti ne peut espérer remporter les élections avec un autre chef venant du Québec. « On n'a pas abusé de la règle de l'alternance dans ce parti en se donnant seulement un chef du Québec en cent vingt-cinq ans », réplique Charest.

L'organisation de l'assemblée a un petit côté amateur mais, somme toute, le lancement est réussi. Jean et Michèle retournent à Ottawa en pleine nuit, par une effroyable tempête de neige. On n'y voit rien. Quand Charest se couche, vers trois heures du matin, l'euphorie cède la place aux craintes des dernières semaines : « Dans quoi me suis-je embarqué ? songe-t-il. Je vais perdre ma maison ! »

Le nouveau candidat à la direction du Parti conservateur se lève trois heures plus tard pour se rendre aux studios de CBC, où il doit accorder une entrevue matinale. En marchant dans la rue Wellington, il aperçoit la manchette d'un quotidien d'Ottawa : « *It's a race !* » « C'est parti ! » soupire-t-il. « La plus grande erreur que mes adversaires ont faite, soutient Jean Charest aujourd'hui, une pointe de Red dans la voix, c'est d'avoir cru que j'allais là pour la parade. Grosse erreur ! » Ses organisateurs n'y croyaient peut-être pas, mais Charest, lui, sautait dans l'arène pour gagner.

Vive Haïti ! Vive Charest !

Quel que soit le parti, une course à la direction se divise en trois phases distinctes. Il y a d'abord le choix des délégués. Les membres du parti, dans chaque circonscription, doivent élire une douzaine de délégués qui se rendront au congrès pour voter. La plupart du temps, chaque camp présente une liste de délégués, une *slate*. Une fois choisis, ces délégués ont l'obligation morale de voter, au moins au premier tour, en faveur du candidat qu'ils représentent. Cette première phase, c'est la guerre de tranchées.

Les candidats se consacrent ensuite à la tâche de séduire les délégués élus, en particulier ceux qui n'ont pas encore fait leur choix. C'est aussi le temps de se ménager des appuis pour le cas où le chef ne serait pas élu dès le premier tour de scrutin, situation qui obligerait certains candidats à se désister. Enfin, la troisième phase, le congrès. Une fin de semaine de carnaval.

Dès le départ de la course, la petite équipe de Jean Charest part désavantagée. Campbell a beaucoup plus d'argent et beaucoup plus d'appuis parmi les organisateurs, les ministres et les députés. « C'est seulement à la fin du processus que nous avons été en position de former des listes Charest, souligne David Small. Vous deviez trouver dans chaque comté quelqu'un qui vous appuyait, pouvait former une *slate* et la faire élire. Nous étions dans les ligues mineures comparativement à nos adversaires. »

La situation est différente au Québec. Une fois ses skis rangés, Pierre-Claude Nolin a mis sur pied une équipe de jeunes organisateurs extrêmement dynamiques. Les ministres québécois de Kim Campbell ont de leur côté fait appel à deux vieux de la vieille, Claude Dumont et Jean-Yves Lortie. Certains observateurs s'étaient étonnés de voir ce dernier refaire surface, l'huissier montréalais ayant été associé à des tactiques douteuses pour le compte de Brian Mulroney en 1983. Lortie, de toute façon, ne prend pas la chose très au sérieux. En plein milieu de la bataille, il s'envole vers la Floride. Le gros du fardeau tombe sur les épaules de Dumont, qui donne l'impression de se tuer à la tâche.

Depuis qu'en 1983 un tout jeune Jean Charest avait contribué à faire passer une liste pro-Clark à Sherbrooke, les tactiques n'avaient pas changé. Il s'agissait de vendre le plus de cartes de membre possible dans chaque circonscription. Les groupes de jeunes et de personnes âgées, de même que les membres des communautés ethniques, étaient les clientèles privilégiées par les organisateurs, car il suffisait de convaincre un leader du groupe pour pouvoir ajouter quelques dizaines de votes à votre bilan. Ainsi, en 1983, les organisateurs de Brian Mulroney avaient recruté des clochards du refuge Old

Brewery Mission et les avaient traînés à l'élection des délégués de la circonscription de Saint-Jacques. En échange de leur vote pour la liste Mulroney, on leur avait fourni la bière.

Au cours de la bataille Campbell-Charest dix ans plus tard, les abus sont moins spectaculaires. Mais il y en a tout de même quelques sucrés. Dans Laurier-Sainte-Marie, le camp Charest recrute des dizaines de membres de la communauté chinoise, dont plusieurs n'ont pas signé leur carte de membre et ne portent pas de pièces d'identité. Ces personnes peuvent tout de même voter, et la liste Charest l'emporte. Dans Jonquière, quelque cent cinquante jeunes nouvellement admis au PC assurent l'élection de délégués pro-Charest; à la fin de l'assemblée, on leur remet un ticket donnant droit à quelques bières dans un bar voisin. Dans la circonscription montréalaise de Bourassa, les partisans du candidat québécois amènent à l'assemblée des dizaines d'Haïtiens. Quand un journaliste demande à certains d'entre eux pourquoi ils sont là, ils lui répondent qu'ils se doivent d'appuyer Charest « parce qu'en tant qu'Haïtien comme nous il pourra nous aider à sortir de la crise ».

Ces manœuvres n'ont rien d'original; Pierre-Claude Nolin et ses jeunes loups les ont apprises de Lortie. Mais, se voyant pris à son propre jeu, ce dernier s'emporte, dénonçant des tactiques qu'il a maintes fois employées : « Je suis tanné de faire salir mon nom à cause d'un système comme celui-là ! » Une sortie qui provoque un fou rire général dans la classe politique québécoise.

Kim Campbell avait beau parler d'une nouvelle façon de faire de la politique, Jean Charest avait beau s'engager à respecter un code d'éthique, ni l'un ni l'autre ne s'est ému des tactiques de ses organisateurs. Chose certaine, Charest ne pouvait plaider l'ignorance : « Tous les soirs à onze heures, je racontais exactement à Jean ce qui s'était passé dans la journée, ce qu'on avait gagné et perdu, affirme l'un de ses principaux organisateurs de l'époque, Martin Desrochers. Il était bien au fait de ce qui se passait, et nous n'avons jamais eu d'indication de sa part [de procéder autrement].

— Il ne vous a jamais dit qu'il ne voulait pas entendre parler de certaines tactiques?

— Il était bien content qu'on gagne des délégués. »

Le jeune François Pilote avait été chargé de l'organisation Charest dans l'est du Québec. Au cours de la première assemblée de choix de délégués, livre de règlements du parti en main, il a constaté plusieurs irrégularités commises par le camp adverse. Ce soir-là, il fait part de ses frustrations à Pierre-Claude Nolin. La réponse de ce dernier est sans équivoque : « T'as le choix. Ou bien tu gardes le livre des règlements et tu engages un paquet d'avocats, ou bien tu jettes le livre des règlements à la poubelle et tu fais élire tes délégués. » « Alors, explique Pilote aujourd'hui, j'ai fait ce qu'il fallait faire pour gagner des délégués. »

Questions d'argent

« Ils avaient beaucoup plus d'argent que nous! » Demandez à quiconque faisait partie de l'organisation de la campagne de Jean Charest pourquoi celui-ci n'a pas gagné la course à la direction du Parti conservateur en 1993, et on vous parlera d'argent. Demandez des chiffres, et vous aurez pour toute réponse : « Je ne m'occupais pas de ça » ou : « Je ne me souviens pas. » Celui qui s'occupait de ça, George MacLaren, m'a suggéré de demander les bilans au bureau du parti à Ottawa. Le parti a refusé net. Pourtant, les conservateurs s'étaient engagés, au début de la campagne, à rendre publiques toutes les contributions de plus de 250 $, et avaient établi une limite de dépenses de 900 000 $. Jean Charest lui-même avait promis de dévoiler le nom de tous ceux qui donneraient plus de 100 $ pour contribuer à sa campagne. Une fois la course terminée, tous ces engagements se sont envolés en fumée. « Les campagnes au leadership, c'est une affaire privée », glisse l'avocat montréalais Jacques Léger, un des bailleurs de fonds du Parti conservateur. Une affaire privée financée en partie par des fonds publics, puisque les organisations émettent des reçus d'impôt permettant aux donateurs de déduire cette dépense de leurs revenus.

En dévoilant son code d'éthique en début de campagne, Jean Charest avait fait référence au rapport de la Commission royale d'enquête sur la réforme électorale, publié deux ans plus tôt. Il n'est pas inutile de relire un extrait dudit rapport :

> La légitimité du processus [d'élection des chefs de parti] est remise en cause lorsque le recrutement des délégués et déléguées et des partisans se fait sans discernement et sans souci de la dignité personnelle des citoyens et citoyennes. L'absence de limites crédibles de dépenses met en doute le caractère juste et équitable du processus. [...] La confiance du public est minée parce qu'il n'y a pas divulgation complète des informations, en particulier lorsque des fonds publics sont en cause et qu'il existe des doutes quant à l'application des règles. [...] Les délégués, comme le public, ont le droit de porter un jugement pleinement éclairé sur les sources et le montant des contributions financières reçues par les candidats[1].

« L'important, m'a déjà dit Charest au cours d'une conversation, c'est d'éviter les excès. Pour le reste, les tactiques des deux camps s'équilibrent. » Tout est dans la définition du mot « excès ». Politicien ambitieux, Charest tend à adopter une définition passablement élastique.

Le *pot* aux roses

Préoccupés de l'avenir du pays, des journalistes se sont mis en tête de savoir si les candidats au poste de premier ministre avaient

---

1. Commission royale sur la réforme électorale et le financement des partis, *Pour une démocratie électorale renouvelée*, Rapport final, vol. 1, Ottawa, 1991, p. 292.

déjà fumé de la marijuana. L'année précédente, durant la campagne présidentielle américaine, Bill Clinton avait ouvert la voie en avouant qu'il avait déjà consommé du *pot*, sans toutefois inhaler la fumée. Kim Campbell a donc pu admettre sans causer trop de dégâts qu'elle avait déjà fumé un joint. Un seul, une seule fois. Oui, elle avait aspiré la fumée.

Soucieux de son image, craignant surtout que son adolescence mouvementée ne revienne à la surface, Charest a hésité avant de passer aux aveux. « Oui, j'ai inhalé la fumée, finit-il par dire. Mais je dois ajouter que je me sens un peu mal à l'aise avec ce genre de questions, qui m'apparaît relever du domaine personnel. » L'affaire n'a eu aucune conséquence politique. Mais elle a provoqué une gigantesque explosion, rue Portland. C'est en regardant la télévision que Red Charest a appris que son fils avait déjà fumé du *pot*. Quand Jean le rejoint, ce soir-là, le paternel est furieux : « C'est ça que ça a donné, que ta mère et moi on se tue à t'élever ! Si tu as une maîtresse, tu vas-tu le dire à la télévision, aussi ? »

Des débats, s.v.p.

Le seul atout du camp Charest, c'était… Charest. La stratégie de ses organisateurs consistait à le faire connaître des délégués, particulièrement ceux qui ne se prononceraient pas immédiatement en faveur d'un candidat. Ces indécis restaient assez nombreux au Canada anglais malgré toute la puissance de l'organisation Campbell. Il s'agissait de faire en sorte que, comme le dit un organisateur, « si Campbell tombait sur une épée, Charest deviendrait la solution de rechange ».

Comment faire connaître Jean Charest ? D'abord par des débats télévisés. Le parti avait prévu trois affrontements entre les candidats, qui devaient avoir lieu pendant la période d'élection des délégués. Le camp Charest obtient la tenue de deux débats supplémentaires avant l'ouverture du choix des délégués. Une victoire stratégique cruciale, qu'on s'étonne de voir le camp Campbell concéder. « J'avais l'impression qu'ils n'avaient pas vraiment de stratégie », dit de ses vis-à-vis celle qui a négocié l'entente pour le camp Charest, Jodi White. Un premier signe de désorganisation dans la machine d'en face.

Le premier débat était prévu pour le 15 avril, à Toronto. Les cinq candidats y participeraient. Cinq candidats? À Charest et à Campbell s'étaient ajoutés trois candidats mineurs. Le plus sérieux était le député albertain Jim Edwards, qui jouissait d'appuis solides dans sa province. Faisaient aussi partie du peloton Garth Turner, ancien animateur de radio à la Gilles Proulx, et le député Patrick Boyer, qui rêvait — le pauvre — de vastes réformes de nos institutions politiques.

Charest avait tout ce qu'il fallait pour exceller dans un débat, son entourage le savait. En outre, il se trouvait dans une position avantageuse, celle du négligé. Tout le monde s'attendait à ce que Kim Campbell écrase les autres candidats; pour se faire remarquer, le jeune ministre n'avait qu'à étonner des militants qui ne s'attendaient à rien. « Les attentes [parmi les conservateurs] n'étaient pas très élevées, mais nos attentes à nous étaient considérables, confie Bruce Anderson, principal conseiller de Charest en matière de communications. Nous avions l'impression que si nous voulions nous distancer du peloton, il fallait un événement déclencheur. Or l'événement déclencheur le plus probable, c'était le premier débat. Il nous fallait une victoire évidente. »

Avant le débat de Toronto, Anderson et la petite équipe de Charest passent deux jours à préparer leur champion. Anderson montre à Charest le résultat de groupes de discussion au cours desquels, grâce à de petits transmetteurs, quelques dizaines de personnes ont donné de seconde en seconde leurs appréciations sur des discours et des entrevues donnés par le député de Sherbrooke. Le résultat apparaît à l'écran, sous la forme d'une courbe rouge : si les gens aiment, la ligne monte, s'ils n'aiment pas, elle descend.

De ces appréciations dites « en temps réel », il ressort clairement que Charest parle trop longuement et inonde ses interventions de détails superflus. Autrement dit, il emploie la langue de bois des bureaucrates, qu'Anderson a baptisée l'« Ottawaspeak ». Le candidat parle aussi, ce qui est pire, la langue de Brian Mulroney. Fidèle au premier ministre sortant comme pas un, le ministre de l'Environnement se croit obligé de défendre avec ardeur les politiques de son gouvernement, même les plus impopulaires, comme le libre-échange et la TPS. « Les gens peuvent trouver que tu t'y prends très bien, dit Anderson à son candidat, mais ça ne changera pas leur opinion au sujet de ces politiques. » Aussi bien ne pas aborder ces questions.

« Il s'agissait de lui montrer comment organiser l'information et ses convictions d'une façon différente », a confié plus tard Bruce Anderson, qui est resté l'un des conseillers les plus influents du politicien tout au long de son séjour au fédéral. Charest devait toujours revenir à quelques priorités, en particulier la création d'emplois, et montrer qu'il avait un programme structuré pour atteindre ses objectifs. « Il fallait dire aux gens que nous avions un plan en cinq points pour créer des emplois, explique Anderson. Les gens allaient se rappeler qu'il y avait cinq points dans notre programme, sans nécessairement être prêts à investir le temps nécessaire pour comprendre ce qu'il y avait dans chacun de ces cinq points. »

Le candidat est aussi invité à étudier des extraits du débat entre Bill Clinton et George Bush pendant la campagne présidentielle américaine de 1992, affrontement remporté haut la main par Clinton. Celui-ci avait le don de montrer aux gens non seulement qu'il comprenait les problèmes du pays dans toute leur complexité, mais surtout qu'il comprenait *leurs* problèmes, qu'il compatissait. « Nous voulions que Jean voie la passion de Clinton, ajoute Anderson. La capacité qu'il avait de montrer aux gens ses sentiments derrière une question. En politique, les gens apprennent à cacher leurs sentiments. Nous disions à Charest : "Sois courageux, dis ce que tu ressens !" » « Il acceptait très facilement ce genre de critiques », se rappelle Heather Conway, économiste de Toronto qui faisait partie de la petite équipe entourant Charest. « Il voulait vraiment savoir comment il pouvait améliorer sa performance. » Comme quoi Charest avait mûri depuis ses débats contre Dennis Wood en 1988, alors qu'il avait vivement réagi aux critiques de ses conseillers.

Le débat Clinton-Bush avait aussi été marqué par la performance de l'homme d'affaires et candidat indépendant Ross Perot, qui leur avait volé la vedette par quelques remarques particulièrement bien placées. De là, Bruce Anderson a tiré le concept des balles rapides (*fastballs*), allusion au lancer le plus terrifiant du baseball. « Ce sera une soirée très longue pour tout le monde, explique Anderson à son poulain. Alors il faut que tu trouves les deux, trois chances, les deux ou trois messages qui vont ressortir du magma. Tu dois être vigilant. Et, à un ou deux moments durant la soirée, il faut que tu puisses prendre un peu de recul et lancer une balle rapide en plein milieu ! Un lancer qui passe tellement vite que les gens diront : "Wow ! d'où ça vient ça ?" »

Les balles rapides devaient aussi servir à ramener la caméra sur Charest dans l'éventualité où une discussion entre deux autres candidats monopoliserait l'attention des téléspectateurs. C'est en intervenant ainsi au beau milieu des échanges Bush-Clinton que Perot avait réussi à « voler la caméra » pendant les débats de 1992.

Les cheveux en quatre

Les groupes de discussion organisés par Anderson font ressortir un autre handicap du jeune candidat, celui-là tout à fait inattendu.

« Pourquoi réagissez-vous négativement à ce qu'il dit ? demande l'animateur à l'un de ces groupes.

— Ce sont ses cheveux…

— Ses cheveux ?

— On dirait qu'il s'est mis le doigt dans une prise de courant ! »

« Ce que les gens disent dans le fond, c'est qu'il n'a pas l'air d'un premier ministre », comprend tout de suite Jodi White. Mal à l'aise, White et ses complices prennent leur courage à deux mains pour annoncer la nouvelle à M. Charest : il doit se faire couper les cheveux.

« Écoute, Jean… risque l'un d'eux. Tu vas trouver ça un peu niaiseux… Les gens n'aiment pas tes cheveux.

— Mes cheveux ? C'est quoi, le problème avec mes cheveux ?

— Les gens trouvent que ça fait années 70, et qu'ils sont trop en broussaille.

— Je ne vais pas changer mes cheveux. Je ne peux pas les contrôler, ça a toujours été comme ça ! C'est ridicule !

— Ça a peut-être l'air insignifiant, Jean. Mais si les gens n'écoutent pas ce que tu dis parce qu'ils regardent tes cheveux, c'est important. »

Ce qu'on ne ferait pas pour devenir premier ministre ! Michou, qui a toujours aimé son homme avec les cheveux longs, surveillera le coiffeur de près. « C'était comme un concile, chaque cheveu a fait l'objet d'une négociation ! » rigole encore Pierre-Claude Nolin en se remémorant la scène.

Kim K.-O.

Dans l'histoire de cette course à la direction du PC, le débat de Toronto est perçu comme le début de la descente aux enfers de Kim Campbell. Pourtant, quand on revoit l'enregistrement de la joute oratoire aujourd'hui, on s'étonne de découvrir que la performance de la vancouveroise n'était pas si mauvaise. Sauf que, contrairement à ce que laissait attendre la Campbellmanie, elle n'a pas dominé.

Ce qui renverse les militants ce soir-là, c'est l'assurance du grassouillet Charest. Aux questions des spectateurs, il répond toujours en s'adressant à eux par leur prénom et en glissant un mot sur leur localité d'origine : « Justement, je suis passé par Hamilton récemment et… » À l'opposé, Campbell, qu'on croyait chaleureuse, semble distante. Là où Charest donne l'impression d'être précis et concret, ses réponses à elle paraissent vagues et théoriques. À une question sur les moyens de réduire le déficit, le député de Sherbrooke présente avec conviction un plan en cinq points : « Premièrement : aucune nouvelle taxe. Deuxièmement : pas de hausse des taux d'imposition. Troisièmement : un gel des dépenses du gouvernement. Quatrièmement : tout nouveau programme devra être financé à partir du budget actuel. Cinquièmement : le point le plus important, une restructuration du gouvernement. » Un, deux, trois, quatre, cinq ; les conseils d'Anderson et compagnie ont porté fruit. « Je ne crois pas que ce soit la meilleure façon de s'attaquer à ce problème », réplique Kim Campbell. Mais son approche — « Nous devons inviter les Canadiens à prendre ces décisions avec nous » — est trop floue pour frapper l'imagination des militants.

Le ministre de l'Environnement s'attire aussi des applaudissements à l'aide de quelques « balles rapides », du genre : « *Small businesses should be working for profit, not for government* » (« Les petites entreprises devraient œuvrer pour faire des profits, pas pour le gouvernement »). « Mesdames et messieurs, cette course ne fait que commencer ! lance Charest à la fin de la soirée. Ne vous y trompez pas. Cette course ne porte pas sur les belles paroles, mais sur des idées. Elle porte sur l'avenir de vos enfants et de mes enfants. C'est ce que doivent décider les progressistes-conservateurs le 13 juin prochain. Et je vous assure que lorsque je serai premier ministre le 14 juin, le Canada connaîtra un nouveau départ. »

Après chaque débat de ce genre, les organisations délèguent auprès des journalistes des *spin doctors*, d'habiles parleurs dont le rôle est d'influer sur l'image que les médias donneront de l'événement. Ce soir-là, Jan Dymond est l'un des *spin doctors* de Charest. « Nous avions nos phrases toutes prêtes, vous savez : "Il a bien fait dans les circonstances, ce n'était qu'un premier débat, etc." Mais le débat n'était pas terminé que les journalistes étaient tous autour de nous : "Votre gars est extraordinaire !" » « Le débat tourne à l'avantage de Charest », titre le *Toronto Star* le lendemain.

Pour le camp Charest, c'était l'événement déclencheur espéré : les médias avaient déclaré Charest vainqueur. Dans le camp de Kim Campbell, on est sonné. Tous ces bonzes du parti qui se sont accrochés à elle sur la foi de quelques sondages viennent de réaliser, en l'espace de deux heures, combien leur star est vulnérable. Que s'est-il passé? Souffrant d'un excès de confiance palpable, l'équipe de Campbell ne lui avait laissé qu'une journée pour préparer le débat, elle qui avait pourtant peu d'expérience dans ce genre d'affrontements. « C'est comme dans une partie de hockey, pour gagner, il faut avoir peur de perdre. Or, nous n'avions pas peur de perdre », avoue l'avocat Jean Riou, un des piliers québécois de l'organisation Campbell.

En outre, un peu comme le Jean Charest de 1988, Kim résistait aux conseils des spécialistes. Quelques jours avant l'événement, on avait préparé pour elle un débat simulé, avec lutrins et tout. « Trois ou quatre minutes après le début de la répétition, raconte Luc Lavoie, un de ses conseillers, elle est sortie de la pièce en disant : "Tout ça est tellement stupide !" » « Elle voulait s'immerger dans les politiques, raconte Ross Reid, directeur de campagne de Mme Campbell. Mais les débats sont d'abord une question d'image, bien plus que de substance. Quelles que soient ses idées, elle devait être capable de les communiquer, sinon tout cela n'avait pas d'importance. Kim n'était pas prête à faire ce genre de compromis. »

Campbell a eu par la suite une longue discussion avec Reid. « Elle était très déprimée, dit celui-ci. Elle savait... » Elle savait que les choses ne s'étaient pas bien passées et qu'il faudrait mieux se préparer en vue du prochain débat. D'autant plus que celui-là aurait lieu à Montréal, en français, langue qu'elle maîtrisait beaucoup moins bien qu'on ne l'avait laissé croire.

Des idées ?

Le ton de la campagne au leadership change dès le lendemain du débat de Toronto. Il y avait désormais, comme Charest l'avait annoncé, une véritable campagne. Campbell passe à l'attaque, avec cependant une maladresse et une arrogance qui deviendront caractéristiques : « Ce n'est pas mon habitude de me vanter, déclare-t-elle à Montréal, mais il faut admettre que j'ai fait plus dans mes quatre années à Ottawa que Jean Charest dans ses huit. » Charest ne tarde pas à répliquer : « Je n'ai pas peur de dire que, de tous les candidats, je suis celui qui a mis le plus d'idées sur la table, qu'il s'agisse du déficit ou d'autres domaines. Nommez-moi une seule idée de Mme Campbell ! »

Pour le débat de Montréal, l'équipe québécoise de Kim Campbell a décidé de prendre les choses en main. Peut-être trop.

Nous sommes à quelques heures du débat. Les journalistes sont déjà rassemblés dans l'amphithéâtre Bell, où aura lieu ce qu'une affiche mal traduite présente comme « Le combat des chefs ». La candidate et son entourage arrivent sur la scène pour les derniers ajustements. Ils sont dix à bourdonner autour d'elle, à donner leur avis sur la couleur de son tailleur et sur les angles des caméras. Kim semble figée, écrasée sous les conseils.

Quelques minutes plus tard arrive Jean Charest. Seul, il monte sur la scène d'un pas alerte, jette un bref coup d'œil sur la disposition des lutrins, puis s'en va serrer la main des techniciens sur place. L'homme est détendu, parfaitement à l'aise. *Small is beautiful !*

Pourtant, Charest sort d'une journée de préparation particulièrement difficile. Il y avait beaucoup de monde dans la suite de l'hôtel Crown Plaza, rue Sherbrooke. À la petite équipe habituelle s'étaient greffées plusieurs autres personnes, dont le ministre Jean Corbeil et un représentant du maire de Montréal. Le contexte n'est vraiment pas propice à la discussion qui s'amorce alors sur le sujet épineux de l'heure (et du siècle !), la langue. Le débat linguistique a refait surface au Québec parce que le gouvernement Bourassa doit bientôt prendre à cet égard une décision importante, celle de reconduire ou non la loi 178 interdisant l'affichage commercial en d'autres langues que le français. Que doit dire Charest si on l'interroge là-dessus pendant le débat ? Il y a deux attitudes possibles. Un : éviter la question en soulignant que la langue est de compétence provinciale. Deux : prendre résolument position en faveur des droits de la minorité anglo-québécoise, ce qui serait fort bien vu des militants conservateurs du Canada anglais, mais mal perçu parmi les bleus nationalistes du Québec. Autour de la table, les opinions sont également partagées. La discussion s'éternise. Les proches de Charest remarquent que le candidat devient de plus en plus mal à l'aise. « Il déteste que les gens discutent ferme devant lui sans que ressorte une tendance claire, explique Jean-Bernard Bélisle. Parce que ça l'amène où, ça ? Ça l'insécurise. Alors, il ne fonctionne plus. » Jodi White prend la décision de vider la pièce. Seuls restent avec Jean, White, Anderson, Michou, peut-être un ou deux autres proches. Le petit groupe fournit au candidat le conseil clair qu'il attendait : « Si tu dis X, tant de personnes vont te détester. Si tu dis Y, tant de gens vont être en colère. La question ici, ce n'est pas ce que tu dis. C'est que tu le dises avec conviction et passion. Ce qui est important, ce n'est pas ce que nous pensons. C'est ce que, toi, tu penses, dans ton ventre. »

Ce soir-là, Charest saisit l'occasion dès qu'elle se présente. À une question assez vague sur l'unité nationale, il répond : « Le gouvernement du Québec révise actuellement la loi 178. C'est un domaine qui relève de sa juridiction. Mais même si ce n'est pas populaire de le dire, je pense que le premier ministre du Canada a le devoir d'encourager le gouvernement du Québec à plus d'ouverture. » Entendant la salle approuver par des applaudissements nourris, Kim Campbell tente tout de suite de limiter les dégâts. Mais sa réplique, l'une des seules de la soirée qu'elle ne lit pas sur les fiches préparées par Luc Lavoie la nuit précédente, est d'une totale inefficacité : « Au Québec, on a un système de droit différent de ce qu'on trouve ailleurs au Canada. Et ça, c'est un avantage parce que nous pouvons toucher tous les systèmes de droit dans le monde, et surtout les systèmes des nouvelles démocraties en Europe de l'Est. » Dans la salle de presse, les journalistes se regardent, interloqués : « De quoi elle parle ? »

La « balle rapide » de Charest lui permettra de voler la vedette et de faire s'effondrer la jolie stratégie établie par les arrogants de l'organisation Campbell. Accusée de ne pas exprimer d'idées précises, la candidate devait, durant ce second débat, dévoiler un plan en quatre points menant à l'élimination du déficit. Lorsqu'elle l'a fait, les ministres Gilles Loiselle et Marcel Masse, présents dans la salle de

presse, se sont frotté les mains de satisfaction : « C'est ça, la nouvelle !
C'est ça, la nouvelle ! Les communiqués de presse vont sortir, *tac, tac,
tac* ! » Ils n'ont pas remarqué que les journalistes accueillaient leur
« nouvelle » dans la plus totale indifférence. D'abord parce que le
plan n'avait rien d'original, mais surtout parce que les médias
tenaient déjà leur manchette : « Charest s'aventure sur le terrain linguistique. » Comble de malheur, les communiqués de presse ne sont
pas sortis *tac, tac, tac*. Ils ne sont pas sortis du tout.

Trois autres débats suivront celui de Montréal : à Calgary, à Vancouver et à Halifax. Campbell fait mieux dans les trois, en particulier
à Calgary, où Charest est terrassé, la journée même, par un appel de
son ami, le ministre Bernard Valcourt : « Jean, j'ai décidé d'appuyer
Kim… » À Vancouver, Campbell commet une gaffe en traitant
d'« ennemis des Canadiens » les gens qui s'opposent à sa vision de la
situation économique. Personne ne se souvient du débat d'Halifax.

De toute façon, après Toronto et Montréal, le mal est fait. On a
trouvé une faille dans l'armure de Kim Campbell, tandis qu'un jeune
chevalier venu de Sherbrooke a fait preuve d'un extraordinaire
talent. Sur le terrain, les organisateurs de Charest sentent tout de
suite le vent tourner. Les locaux du 99 Bank, à Ottawa, sont soudain
devenus exigus. « Des gens arrivaient et offraient leurs services, se
rappelle Jodi White. Alors nous avons loué un peu plus d'espace, et
encore un peu plus… Et l'argent rentrait aussi. » En guise de cerise
sur le *sundae,* un sondage Angus-Reid révèle que Charest serait lui
aussi capable de mener les conservateurs à la victoire contre les
libéraux de Jean Chrétien. Le revirement est miraculeux. Mais l'organisation Campbell reste la plus riche et la plus puissante. Du
22 avril au 8 mai, les militants conservateurs élisent plus de deux
mille sept cents délégués en vue du congrès à la direction. À ceux-ci
vont s'ajouter sept cents délégués d'office — députés, sénateurs,
employés —, l'establishment du parti.

Le soir du 8 mai, Mitch Patten, responsable du pointage pour
l'organisation Charest, fait l'évaluation suivante : si l'on tient pour
acquis que les deux tiers des délégués d'office voteront Campbell, la

ministre de la Défense a l'appui de 47 % des délégués, contre 32 % pour Charest. Quinze pour cent des délégués sont indécis. Si l'on répartit ces derniers proportionnellement, Campbell obtient 53 % des votes. À un mois du congrès, la victoire de la favorite paraît acquise. « Ces données nous montraient que nous pouvions gagner seulement si Kim Campbell venait à notre rescousse, expliquera Patten cinq ans plus tard. Pour que la course soit serrée, il fallait soit que tous les délégués indécis se rangent en faveur de Jean Charest, soit que Campbell perde un bon nombre de délégués. »

Heureusement, les partisans de Charest pouvaient toujours compter sur Campbell pour se mettre les pieds dans le plat. C'est exactement ce qui est arrivé. Dans une entrevue publiée par un magazine de Vancouver, Campbell traite d'« enfants de chienne » les personnes qui ne s'engagent pas en politique et évoque « les démons de la papauté » en parlant de la religion catholique. Lu dans son entier, l'article est en réalité fort flatteur pour la candidate vedette. Mais cités hors contexte, à deux semaines du congrès, ces propos paraissent singulièrement maladroits, voire insultants. L'image de Kim Campbell en est ternie davantage. Pendant que Charest, avec son charme habituel, séduit un nombre grandissant de délégués à la faveur de sa « Tournée de la Tortue ». « Rien ne sert de courir, il faut partir à point », a écrit La Fontaine. Dans le cas présent, pourtant, on ne sait trop qui est le Lièvre et qui la Tortue. L'organisation Campbell est bel et bien partie à point ; mais lourde, malhabile, elle ne cesse de trébucher. Quant à Charest, s'il se dit Tortue, il parcourt le pays à un train d'enfer, plutôt qu'au « train de Sénateur » de la fable.

Des poules sans tête

Quand Albert Painchaud se pointe à Ottawa en tant que membre de la délégation de Sherbrooke, deux jours avant le vote du 13 juin, il n'aime pas ce qu'il voit. « En arrivant au Centre civique [où se tient le congrès] nous avons tout de suite vu l'immense tente rose de Campbell, raconte cet organisateur des débuts de Charest. Puis nous nous sommes mis à chercher notre tente à nous.» Il n'y en avait pas. « Tout ce qu'il y avait, c'est une petite roulotte où on distribuait des bouteilles d'eau. Tout de suite, ça donnait l'impression qu'eux avaient une super-organisation, tandis que, de notre côté, il n'y avait rien.» Le lieu de rassemblement des militants Charest était situé à quelques kilomètres de là, au nouveau Centre de commerce mondial de la capitale fédérale. Un bien bel endroit... mais loin de l'action. « Quand nos délégués sortaient du Centre civique, ils ne pouvaient pas se regrouper dans un emplacement Charest. Alors, ils allaient retrouver leurs amis sous la tente de Campbell!» déplore Martin Desrochers, qui était l'un des principaux organisateurs de la campagne Charest au Québec. Il s'agissait d'une erreur stratégique majeure. L'une des nombreuses que commettra le camp Charest durant la fin de semaine du congrès.

Que se passe-t-il? Sous la carapace de la Tortue a éclaté une lutte à finir entre organisateurs pour le contrôle de la semaine du congrès. Une bataille qui passe inaperçue, les journalistes étant trop occupés à analyser la déconfiture de la grosse machine de Kim.

Un congrès à la direction demande des préparatifs d'une telle ampleur que la planification de cette seule semaine est toujours confiée à un groupe parallèle, quasi indépendant de l'organisation centrale. En théorie, à mesure qu'approche la date de l'assemblée, les deux organisations doivent opérer une fusion. En théorie. Dans le cas de la campagne Charest, la fusion prendra des allures de fission.

Le responsable de la semaine du congrès est un dénommé Peter Vuicic, un homme d'affaires ontarien qui avait fait le même travail pour John Crosbie en 1983. Vuicic offre ses services à David Small quelques semaines à peine avant le congrès. Il réalise rapidement que l'organisation Charest n'est pas au point. Le système informatique permettant de suivre les délégués, par exemple, n'est pas très fiable. Impossible d'envoyer des lettres personnalisées à différents groupes de délégués, rédigées selon leur opinion sur les différents candidats. Le logiciel avait été préparé par un informaticien compétent, mais sans expérience politique. «De tels systèmes, souligne Vuicic aujourd'hui, doivent être mis sur pied et gérés par des professionnels, des gens qu'il faut payer. » Pingre par la force des choses, l'organisation Charest n'avait pas voulu investir la somme nécessaire. Pour les mêmes raisons, et aussi parce que les organisateurs de Charest ne croyaient pas vraiment à la possibilité d'une victoire, la planification de la semaine du congrès avait été négligée. Quand Vuicic s'installe à Ottawa au début de mai, il est déjà tard.

Les critiques de Vuicic à l'égard de l'organisation sont mal accueillies. Bientôt, Small et lui se disputent le contrôle du congrès, jusqu'à ce que le premier écarte Vuicic des décisions stratégiques. Manque de fonds, mauvaise planification, disputes entre les organisateurs : la semaine sera catastrophique pour Jean Charest. D'où cette conclusion de Jodi White, directrice de l'organisation : « Certains disent que, si la campagne avait duré encore dix jours, nous aurions gagné. Je crois que nous avons gagné une semaine trop tôt et que nous avons perdu dans la dernière semaine. »

M. Painchaud n'est pas le seul à se rendre compte, dès son arrivée, que quelque chose ne va pas. Mme White est catastrophée en constatant la présence dominante des partisans de Campbell. « À un moment donné, David [Small] et moi en étions rendus à transporter des pancartes ! » Martin Desrochers, le numéro deux de l'organisation Charest au Québec, se souvient d'avoir désespérément tenté d'organiser des rencontres entre son candidat et des délégués indécis. Mais l'horaire de Charest était trop chargé, rempli d'activités sociales de toutes sortes : « Des activités avec cent partisans dans la salle, ça fait des belles photos, mais ce n'est pas eux qu'il faut convaincre ! » se plaint-il encore aujourd'hui. « Nous étions comme des poules sans tête, nous ne savions pas qui aller convaincre », renchérit un autre organisateur, Jean-Martin Masse.

Quand ils évoquent les difficultés de la semaine du congrès, White et Small blâment Vuicic ; ce dernier et Desrochers s'en prennent à Small. Peu importe, le résultat est désastreux. À l'ouverture du congrès le vendredi midi, les partisans de Kim Campbell étaient deux fois plus nombreux que ceux de Jean Charest. Plus nombreux, et plus visibles, grâce à la casquette rose signée Kim qu'on leur avait remise à l'arrivée. « Ils nous ont eus, nous n'avions rien préparé », avoue aux journalistes un organisateur de Charest. Où étaient donc les partisans du député de Sherbrooke? Pas encore arrivés. Il faut savoir que les frais d'inscription, de transport et d'hôtel des congressistes sont payés par les organisations des candidats. Faire venir des centaines de délégués deux jours avant le vote, ça coûte cher. Le camp Charest comptait ses sous, tandis que, côté Campbell, l'argent coulait à flots. On avait même inscrit comme observateurs des centaines de militants qui n'auraient pas droit de vote mais qui contribueraient à donner l'impression d'une présence massive des troupes de la ministre de la Défense.

Disposant de davantage de bénévoles, l'organisation Campbell était en mesure d'accueillir ses délégués à l'aéroport, à la gare d'autobus ou à l'hôtel. Dès qu'ils identifiaient un délégué, ils lui remettaient une casquette et un t-shirt, et le prenaient en charge. Ainsi, les délégués qui entretenaient quelque doute sur leur choix initial — et il y en avait beaucoup — étaient emportés dans un tourbillon rose tendant à consolider leur vote pour Kim.

Aux problèmes d'organisation s'ajoutent les gaffes. D'abord celle du ministre Bill McKnight, l'un des quelques membres du cabinet qui appuient Charest. À son arrivée au congrès, McKnight n'hésite pas à comparer une victoire éventuelle de Kim Campbell au suicide collectif de plusieurs centaines de fidèles d'une secte religieuse qui, quelques années plus tôt, avaient ingurgité du Kool-Aid empoisonné sur l'ordre de leur leader, Jimmy Jones : « Je ne peux pas croire que les délégués sont à Jonestown ! »

Puis une première gaffe de Charest lui-même. Interrogé à la chaîne anglaise de Radio-Canada la veille de l'ouverture du congrès, le député de Sherbrooke refuse de s'engager à être candidat aux prochaines élections si son adversaire devient chef du parti : « Rien n'est automatique. C'est une décision que je devrai prendre avec ma famille. » Entendant cela, l'ancien premier ministre conservateur de l'Ontario, Bill Davis, s'empresse de joindre son amie Jodi White au téléphone : « Jodi, dis-lui qu'il ne peut pas dire ça ! Il doit dire qu'il restera, quoi qu'il arrive, pour le bien du parti. » Mais Charest refuse de modifier sa position. « Il est têtu pour certaines choses, analyse Jodi White aujourd'hui. Il est peut-être trop fier. Il s'était lancé dans la bataille et il commençait à prendre tout cela personnellement. Il a fait preuve de mauvais jugement, d'une mauvaise compréhension du parti. » « C'était une réponse honnête, mais c'était une réponse stupide », renchérit un vétéran tory, Harry Near.

Le samedi matin, au cours d'un forum des candidats, un partisan de Kim Campbell répète la question au ministre de l'Environnement : « Si vous perdez, serez-vous candidat aux prochaines élections ? » Charest maintient qu'il consultera sa famille… et ses propos sont recouverts par les huées. Un organisateur de la région de Québec, Luc Ouellet, était dans la salle ce matin-là : « Il y avait un vieux conservateur de Winnipeg assis à côté de moi. Quand il a entendu Jean dire ça, il s'est tourné vers moi et m'a dit, l'air très déçu : "Merde ! Est-ce qu'il tient à ce parti, oui ou non ?" » Le candidat sort catastrophé de l'exercice. « Il a été dévasté par les huées, se rappelle Jodi White. Cela ne lui était jamais arrivé ! Voici un gars qui avait toujours été populaire, que tout le monde aimait et, au congrès de son propre parti, on le hue ! »

Heureusement, tout n'est pas noir du côté Charest durant ces derniers jours. D'abord, Kim Campbell elle-même commet quelques bourdes. En outre, deux bonnes nouvelles sont livrées aux organisateurs du Sherbrookois avec les journaux du matin. D'abord, le très conservateur *Globe & Mail,* de Toronto, donne prudemment sa bénédiction au ministre de l'Environnement :

> Au sujet de M. Charest, nous avons une inquiétude : que son aisance naturelle dans les débats soit celle de Bill Clinton, tellement préoccupé par l'art de la persuasion qu'il en oublie ce qu'il essaie de dire. Mais, pour le meilleur et pour le pire, M. Charest est un personnage moins complexe [que Kim Campbell] : vous obtenez plus ou moins ce que vous voyez. […] La campagne de M. Charest a été la plus

substantielle. Ajoutez à cela un esprit vif, une attitude naturelle et aimable, et un parler clair, et vous avez les ingrédients nécessaires pour faire un premier ministre.

Puis, le vendredi matin, un sondage Gallup annonce que seul Charest pourrait mener les conservateurs à la victoire contre les libéraux de Jean Chrétien. La magie de Kim Campbell n'opère plus auprès de l'électorat canadien.

Le bordel

Reste une étape à franchir dans cet interminable parcours à obstacles : les discours du samedi soir. C'est un moment important, télédiffusé à l'échelle du pays. La rédaction du texte de Charest a été confiée à Larry Hagen, réputé pour une série de remarquables discours écrits pour Joe Clark l'année précédente. Hagen a travaillé au discours de Charest pendant deux semaines. « Ses organisateurs estimaient que, compte tenu des talents d'orateur de Jean, cette allocution était particulièrement importante, se rappelle Hagen. Ils croyaient la lutte suffisamment serrée pour que le discours fasse la différence. » « L'objectif, se souvient un conseiller de Charest, c'était que Jean soulève la salle. Qu'il montre que, contrairement à Kim Campbell, il pouvait émouvoir les gens, convaincre les Canadiens de voter pour le parti et pour lui. »

Le samedi après-midi, Charest doit retourner à son bureau du Parlement pour se changer. On a installé là un lutrin qui lui permettra de répéter la version finale de son allocution. Mais l'autobus du candidat reste coincé dans un embouteillage ; impossible d'atteindre la colline parlementaire ! « Le bureau de Joe n'est pas loin ! », s'exclame quelqu'un. L'équipe s'arrête donc au bureau de Joe Clark, au centre-ville d'Ottawa. Cet imprévu ne fait rien pour calmer l'aspirant chef, déjà épuisé et presque aphone. Et puis il y a ce fichu feu sauvage à la lèvre inférieure qui le rend fou ! Charest demande un moment de calme pour travailler sur le discours. Impossible ! Il cherche un stylo de sa marque préférée? Il n'y en a pas dans le bureau de Clark. Il veut réintroduire dans le texte des éléments d'une version précédente? On ne parvient pas à les retrouver parmi toute cette paperasse. « C'était le bordel! » résume Heather Conway.

Quand Charest répète le discours devant ses conseillers, ceux-ci sont déçus. « Nous étions très inquiets, raconte Conway. Ce n'était pas une bonne performance. » Mais les organisateurs jugent préférable de ne pas décourager leur champion à moins d'une heure de ce moment crucial. Quand Charest quitte le bureau pour le Centre civique, son entourage a la mine basse. La mine de gens qui vont à l'abattoir.

Dans la salle du congrès, l'organisation Campbell a gagné la « bataille du plancher ». Le rose est partout, donnant l'impression que les partisans de la candidate sont deux fois plus nombreux que ceux du député de Sherbrooke. Mais l'artiste du clan Charest, Claude Lacroix, a préparé une surprise de son cru. Quand il est arrivé dans la capitale quelques jours plus tôt, Lacroix a constaté que rien n'avait été préparé pour le congrès : ni décors, ni musique, ni présentation pour le soir du discours. Le vice-président du Groupe Everest s'est mis à l'œuvre. Quand on présente Jean Charest, celui-ci fait son entrée… en autobus! L'autobus de la « Tournée de la Tortue » pénètre dans le centre sportif, précédé de centaines de bénévoles portant d'immenses banderoles aux couleurs du candidat. Ces bénévoles, qui n'étaient pas inscrits au congrès faute de fonds, permettront d'amenuiser la domination de Campbell sur le plan visuel. Simple, original, efficace. Un coup de maître! C'est au son de la chanson thème de sa campagne, *Can't stop this thing we started!* de Bryan Adams, que Charest sort de l'autobus et monte sur la scène.

La voix rauque, le challengeur dit ses premiers mots lentement ; il hésite, trébuche. Voilà qui augure mal. Arrive un premier obstacle ; il s'agit de réparer les gaffes des derniers jours. « Je veux être clair, laisse tomber Charest d'un ton solennel. Quel que soit le résultat, je serai fier de travailler avec tous et chacun de mes adversaires au sein du prochain gouvernement progressiste-conservateur! » Cette phrase lui vaut une ovation. Et à partir de là, comme libéré d'un fardeau, l'orateur livrera un discours fantastique, propre à convaincre quiconque qu'il n'existe pas dans le parti, et peut-être au pays, de meilleur *campaigner*.

Le texte pondu par Hagen est bourré de « balles rapides », et Charest les lance avec un plaisir évident, avec une énergie qui soulève les congressistes. Il s'attaque aux partis d'opposition, en commençant par les libéraux : « J'ai des nouvelles pour vous, monsieur Chrétien ! Les années 1960 sont terminées ! Nous sommes en 1993, et en 1993, c'est pas d'idées, pas de votes ! » La foule est folle de joie. Le député de Sherbrooke prend le ton de la supplication : « *And please, please...* [Il passe au registre agressif...] *Turn me loose on the Bloc québécois !* » (S'il vous plaît, s'il vous plaît... Lâchez-moi contre le Bloc québécois !) Les militants en redemandent.

Charest s'attaque ensuite de front aux deux faiblesses que lui ont trouvées ses adversaires. Ce n'est pas la première fois qu'il le fait, mais les formules de Hagen sont particulièrement bien tournées. D'abord son âge. « Certains disent que je suis peut-être trop jeune », fait-il remarquer, en prenant bien soin de faire une pause pour que ses partisans puissent exprimer leur désapprobation. « Oui, c'est vrai, je suis jeune... et vigoureux... comme le Canada ! » Ensuite ses origines québécoises : « Oui, je suis un Canadien du Québec, de la ville de Sherbrooke et, croyez-moi, j'en suis très fier ! »

En nage, Charest conclut en rappelant aux délégués, subtilement, les faiblesses de son adversaire. « Pour remporter les élections, souligne-t-il, notre parti doit gagner des sièges en Colombie-Britannique, et je peux le faire ! Notre parti doit aussi gagner au Québec, et vous savez que je peux le faire ! Notre parti doit gagner dans toutes les régions du pays, et je peux le faire ! » Voici le dernier droit : « Certains d'entre vous avez décidé qui appuyer il y a des semaines. Cette décision était fondée sur votre jugement à l'époque. Votre vote de demain doit être fondé sur votre jugement *maintenant*. Pas la campagne lorsqu'elle a commencé, mais la campagne lorsqu'elle s'est terminée. Pas ce qui était prédit, mais ce qui est arrivé. »

Que dire ? Même quand on revoit ce discours plusieurs années plus tard, on ne peut y rester insensible. C'est, simplement, du grand Charest !

Quand arrive le tour de Kim Campbell, celle-ci se fait attendre. Les délégués se regardent, on s'interroge. La grosse machine rose avait préparé un spectacle au laser pour l'entrée de sa vedette. Quand on a des sous ! Sauf que même avec beaucoup de sous, on ne peut rien contre une panne de courant. Or, c'est ce qui vient de se produire : un court-circuit ! Oubliez les lasers, Kim doit faire son entrée sans gadgets. « Chers amis conservateurs, commence-t-elle, affichant son plus spectaculaire sourire. Ce soir, je veux vous parler de victoire ! » Un bon départ. Mais les vingt minutes suivantes ressembleront à une allocution prononcée devant une chambre de commerce, avec des énoncés du genre : « Le pouvoir ne doit pas avoir d'autre sens que le service. » Même les partisans de la favorite s'ennuient. « Il n'y avait pas de magie », admettra plus tard la principale intéressée.

Cependant, Kim Campbell n'a pas gaffé. C'est l'essentiel. Car, comme l'histoire des congrès à la direction l'a amplement démontré, un bon discours n'empêche pas la défaite, mais un mauvais discours peut coûter la victoire. Malgré toute l'énergie dépensée et toute l'émotion ressentie, ce samedi soir n'a pas modifié la position des concurrents. Une dernière nuit de fête et de « tordage de bras », et demain, le vote.

Un bon tour

Dimanche 13 juin. Une journée splendide, un soleil de Sahara. Cinq mille personnes sont entassées au Centre civique d'Ottawa afin d'élire le prochain chef du Parti progressiste-conservateur et le premier ministre du Canada. David Small et Mitch Patten rencontrent Jean Charest quelques minutes avant le début du vote.

« Alors, les gars ?

— Ne nous faisons pas d'illusion, Jean, nous ne l'avons pas rat-

« *When Irish Eyes…* » Michèle Dionne et Brian Mulroney, à un dîner en 1987. *Photo Perry Beaton.*

Papas ont raison. Jean Charest en compagnie de son père spirituel, Brian Mulroney, et de son père tout court, Red. *Collection Claude Charest.*

Frères ennemis. Jean Charest en compagnie de François Gérin, à l'époque député conservateur d'une circonscription voisine de la sienne. Gérin a toujours été jaloux des succès du jeune Charest. *Photo Perry Beaton.*

Frères amis. Les ministres Jean Charest et Pierre Blais au cours d'une assemblée populaire sur le libre-échange, en 1987. Malgré la différence d'âge, les deux hommes deviendront de grands amis. *Photo Perry Beaton.*

L'alter ego. Suzanne Poulin est l'adjointe de Jean Charest depuis son élection en 1984. Le chef du Parti libéral du Québec lui doit une partie de ses succès *(photo Perry Beaton). Ci-dessus,* Suzanne Poulin discute avec l'auteur, André Pratte, au moment où Charest annonce son passage en politique provinciale. *Photo La Tribune.*

Le faiseur d'image. Vice-président du Groupe Everest, Claude Lacroix est le grand responsable de la « mise en marché » du politicien Charest. *Photo La Tribune.*

Rouges et bleu. À l'époque où il était conservateur, Jean Charest avait su tisser des liens avec des libéraux, dont la députée provinciale Monique Gagnon-Tremblay et le ministre fédéral des Finances, Paul Martin. *Photo Perry Beaton.*

Bienvenue Ralph! Le premier ministre de l'Alberta, Ralph Klein, a rendu visite à Jean Charest, à Sherbrooke, en septembre 1994. Entre les deux, l'homme d'affaires George MacLaren, un intime de Charest. *Collection George MacLaren.*

«*J'vais venir t'aider!*» C'est ce qu'avait dit Denis Beaudoin à Charest pour le convaincre de se lancer dans la course à la direction du Parti conservateur en 1993. De fait, la fin de semaine du congrès, Beaudoin est là, dans la loge réservée au candidat. *Photo Bill McCarthy. Collection Jean Charest et Michèle Dionne.*

De Clark à Charest. Chef de cabinet de l'ancien chef du parti Joe Clark, Jodi White a pris en main la campagne au leadership de Jean Charest en 1993. « Nous avons perdu dans la dernière semaine », dit Mme White. *Photo Bill McCarthy. Collection Jean Charest et Michèle Dionne.*

Qui va payer ? George MacLaren, Robert Charest et Jean Charest, pendant le congrès au leadership du PC. Charest a envoyé la photo à MacLaren, accompagnée de cette légende : « George, la question c'est : qui va payer ? » *Collection George MacLaren.*

Joe qui ? Après avoir songé à se porter lui-même candidat, l'ancien premier ministre Joe Clark a donné son appui à Jean Charest dans la course à la direction du Parti conservateur, en 1993. *Photo Bill McCarthy. Collection Jean Charest et Michèle Dionne.*

trapée. Au premier tour, elle va avoir entre cent et deux cents votes de plus que nous.

— Et le deuxième tour ?

— Impossible à prédire. »

En réalité, le pointage de Patten montre qu'une victoire de Charest est possible, mais peu probable. Le stratège a établi deux scénarios. Premier scénario : chaque camp reçoit le vote des délégués qui se sont clairement prononcés en sa faveur, plus celui de ceux qui ont déclaré avoir un penchant pour ce candidat, sans être tout à fait décidés, les appuis « mous ». Le vote des délégués carrément indécis est ensuite réparti proportionnellement. Résultat du premier tour : Campbell 46 %, Charest 45 %, autres 8 %. Les « autres » candidats devant se désister, le résultat du second tour est prédit en fonction du deuxième choix annoncé par leurs délégués. Cela donne Charest : 52 % ; Campbell : 48 %. « Ce que ces chiffres nous disaient, explique Mitch Patten, c'est que si tout allait dans le sens de Charest, nous remporterions la victoire de justesse. »

Et si tout allait contre Charest ? C'est le second scénario. Celui-ci est basé sur l'hypothèse selon laquelle Charest perdrait l'appui d'une partie de ses délégués « mous », tandis que Campbell garderait tous les siens. Au premier tour, Campbell obtiendrait 49,6 % des votes, contre 41 % pour Charest et 9 % pour les autres candidats. Dans un tel cas, la ministre de la Défense serait assurée de l'emporter au second tour, 52 % contre 48 % selon les calculs de Patten.

Le vote commence en début d'après-midi, noyé par le brouhaha, la musique, les affiches et le cirque médiatique. Soumis à la loupe des caméras, les candidats et leurs proches tentent de garder la meilleure mine possible, malgré le stress et la fatigue. Robert Charest a bien averti le bouillant Red : « Attention à ce que tu dis, les micros peuvent tout capter. » Sur le plancher, l'organisateur de Charest au Québec, Martin Desrochers, rage. Il est tout simplement incapable de communiquer avec ses « parrains », les bénévoles chargés de s'assurer que tous les délégués Charest iront bel et bien voter. Il ne peut non plus atteindre l'entourage de Charest. « On n'était pas capables de se parler! s'emporte encore Desrochers, interviewé quelques années plus tard. Nous apprenions ce qui se passait par Radio-Canada!» À bout de nerfs, Desrochers finit par jeter son talkie-walkie à la poubelle.

Chut! Voici les résultats du premier tour. Patrick Boyer, 53; Kim Campbell, 1 664; Jean Charest, 1 369; Jim Edwards, 307; Garth Turner : 76. Les journalistes sortent leur calculatrice, griffonnent quelques additions. Mais Small et Patten ont tout de suite compris : c'est le deuxième scénario, le pire, qui vient de se produire. Campbell a obtenu 48 % des votes, Charest 39 %. Kim est à seulement 70 voix de la majorité absolue. Pierre-Claude Nolin, Harry Near et Joe Clark se précipitent vers le candidat albertain Edwards pour essayer de le convaincre de se rallier à Charest pour le second tour. Mais il est trop tard. Edwards a déjà fait ses calculs, et se dirige sans hésiter vers Kim Campbell. Le sort de Charest en est jeté.

Abasourdis, Jean et Michèle quittent la foule pour se réfugier dans la pièce qui leur est réservée sous l'estrade. Là, Denis Beaudoin explique à Michou que la bataille est perdue. Elle fond en larmes.

Il faudra attendre encore deux heures pour que le deuxième tour soit terminé. À l'approche de l'annonce des résultats, le couple Charest doit reprendre sa place au milieu des partisans, devant les caméras. Michèle prend son courage à deux mains : « Je me disais : "Mon Dieu! comment je vais faire? Il faut que je montre autant d'enthousiasme que quand je suis sortie. Il ne faut pas que ça paraisse… Je ne pourrai jamais." » Elle y parviendra : « Je crois que j'espérais, malgré tout, jusqu'à la fin. » Vain espoir. Le verdict des délégués tombe : Campbell 1 817 votes, Charest 1 630. Kim obtient 52,7 % des votes. Le scénario numéro deux de Patten prévoyait 52,4 %!

Plusieurs années plus tard, les organisateurs de Jean Charest en veulent encore à Jim Edwards. Pierre-Claude Nolin et Harry Near jurent qu'ils avaient conclu un accord sans équivoque avec l'organisateur en chef de la campagne Edwards, John Laschinger, un vieux de la vieille : Edwards devait se rallier au deuxième tour, peu importe les circonstances. Cela lui aurait garanti une place au sein d'un cabinet dirigé par Jean Charest et un coup de pouce du parti pour éponger ses dettes de campagne. Cependant, à l'insu de Nolin et de Near, Laschinger avait conclu une entente similaire avec le camp Campbell. Or, compte tenu du vote du premier tour, Edwards n'avait pas le choix, aux yeux mêmes de la directrice de campagne de Charest, Jodi White : « Quand j'ai vu les résultats, j'ai su qu'il ne viendrait pas. Il ne pouvait pas, ça n'avait pas de sens s'il voulait être au cabinet. » Il ne pouvait pas ? Imaginons un instant que le député albertain ait rejoint le camp Charest. Un bon nombre de ses délégués, comme ceux des autres candidats marginaux, auraient tout de même voté Campbell. Cela aurait suffi à procurer la majorité à la ministre de la Défense… et Edwards aurait perdu toute chance d'avoir un poste d'importance au conseil des ministres.

Le résultat annoncé, Charest doit se rendre sur la scène pour concéder la victoire. Malgré la déception — il a les larmes aux yeux —, malgré l'amertume, il le fait avec classe : « Nous avons ici trois grands leaders, le Très Honorable Robert Stanfield, le Très Honorable Joe Clark et le Très Honorable Brian Mulroney. Aujourd'hui, en tant que délégué de ce congrès, je propose que nous exprimions unanimement notre appui à la Très Honorable Kim Campbell ! »

C'est au tour de la future première ministre du Canada de prendre la parole. C'est un moment important, le temps de commencer à panser les plaies. « Permettez-moi de dire un mot tout spécial à Jean Charest », commence Campbell. La foule ovationne Charest pendant de longues secondes. Outre l'épuisement, le visage du perdant exprime l'attente. L'attente d'une reconnaissance toute particulière. Voici ce que lui offre la gagnante : « Jean, je ne sais pas si je suis un lièvre, mais, comme dirait La Fontaine, tu es toute une tortue ! » C'est tout. Pour celui qui, parti de rien à trente-quatre ans, est passé à moins de cent votes de devenir premier ministre, celui qui a fourni au parti la course passionnante qu'on n'espérait plus. Campbell a fait preuve ce soir-là d'un extraordinaire manque de sens politique.

Ce discours d'acceptation, c'est Bill Neville, ancien chef de cabinet de Joe Clark, qui l'avait écrit. Ou plutôt qui, à la dernière minute,
en avait rédigé le squelette, une page et demie. « Je croyais qu'elle uti-
liserait ça comme un point de départ, et improviserait le reste, m'a
raconté Neville dans une interview. Finalement, elle a lu ce qu'il y
avait sur la feuille, où il n'y avait que cette blague sur Charest. J'aurais dû en écrire davantage. » Le mal est fait. Jean Charest quitte la
salle déçu, amer. Furieux. Or, on n'apaise pas facilement la colère
d'un Charest.

Le solitaire

Le lendemain du congrès, la grande Amélie ne voulait rien savoir de retourner à l'école : « Tout le monde va m'agacer avec ça ! » Perdre fait mal, même quand on a seulement dix ans. « Moi, je m'en vais au bureau ; toi, tu vas à l'école, tranche Jean. La vie continue. » La vie continue... C'est ce qu'avait dit Red aux enfants après la mort de leur mère.

Tandis qu'Amélie replonge le nez dans ses manuels, papa doit se rendre à un déjeuner qui ne lui dit rien de bon. Responsable de l'équipe qui prépare l'entrée en fonction de la nouvelle première ministre, Bill Neville a suggéré à Kim Campbell de rencontrer son principal adversaire dès le lendemain du congrès. « L'idée, ce n'était pas d'avoir une discussion approfondie sur le rôle de Jean dans le nouveau gouvernement, explique Neville quelques années plus tard. Il s'agissait de permettre à Kim de s'excuser pour ses propos de la veille, de se débarrasser de ça et de créer une atmosphère qui permettrait d'avoir une telle discussion plus tard. » Ce genre de rencontre fait de toute façon partie de la tradition ; dix ans plus tôt, au lendemain de sa victoire, Brian Mulroney avait passé une heure à consoler son éternel rival, Joe Clark.

Mais Jean Charest a plus mauvais caractère que Clark. Aussi est-il particulièrement marabout ce matin-là. D'une part, la maladresse commise la veille par sa rivale lui est restée en travers de la gorge. Sa référence en la matière, c'est le discours de victoire prononcé par Mulroney en 1983, alors que Charest était un jeune délégué Clark. Le nouveau chef du PC avait d'abord rendu un vibrant hommage à son prédécesseur. Puis il s'était tourné vers le leader intérimaire du parti, le vétéran député du Yukon, Erik Nielsen. Quelques minutes plus tôt, celui-ci avait rappelé aux militants que Mulroney n'était pas « son premier choix ». « Erik, lui dit le vainqueur, je sais que je n'étais pas ton premier choix, mais tu es *mon* premier choix comme leader parlementaire! » « Ça avait été un moment extraordinaire, se rappelle Charest. Ces propos avaient cassé [la tension]. Les gens avaient compris que ce leader-là serait capable de passer par-dessus la course au leadership. » C'est ce genre de signal qu'espéraient les partisans de Charest le soir de la défaite et qui n'était jamais venu. Entendant le discours de la gagnante, le principal intéressé s'était dit, découragé : « Elle n'a pas changé, elle n'a vraiment pas le tour. » « Kim n'était pas toujours capable de faire une lecture du moment, explique-t-il maintenant. La personne qui parle au nom du groupe doit être capable de traduire l'émotion qui règne dans la salle. Ce soir-là, il y avait de toute évidence une grosse cote de sympathie pour celui qui venait d'arriver deuxième. Mais Kim n'avait pas su traduire ça. »

Au-delà de cet incident, Charest n'a tout simplement pas digéré la défaite. Aussi, son entourage a-t-il fait savoir aux vainqueurs que leur patron n'est pas d'humeur à déjeuner. Mais les conseillers de Campbell estiment que la rencontre ne peut attendre. C'est donc un député grognon qui se rend à la suite de Campbell, à l'hôtel Westin. Comble de malheur, il est assailli par des militants portant fièrement leur casquette rose. « On t'aime, Jean! », « Tu as mené une course extraordinaire! » disent-ils les uns après les autres en lui assenant de vigoureuses tapes sur l'épaule. Tout en répondant poliment, Charest ne peut s'empêcher de penser : « Ouais? Si je suis si bon, pourquoi n'avez-vous pas voté pour moi? » Une fois dans l'ascenseur, il grommelle à Philippe Morel : « Philippe, je ne repasse pas par ici quand on sort! Trouve-moi un escalier de service, fais-moi sortir en hélicoptère sur le toit, n'importe quoi! »

Campbell accueille son rival à la porte de sa suite. Ils se font la bise, mais cela ne chasse pas la lourdeur du climat; c'est à peine si l'invité touchera au saumon poché qui a été servi pour l'occasion. Le nouveau chef lui parle de l'immense joie qu'a répandue sa victoire parmi les femmes du pays, ce qui met son vis-à-vis encore plus en rogne. Elle souligne ensuite le potentiel électoral d'une combinaison Campbell-Charest. Le vaincu ne dit rien. Alors, elle lui demande: « Quel rôle aimerais-tu jouer dans le gouvernement? » et entame son saumon pour l'obliger à parler.

« En tout cas, répond-il (d'un ton agressif, selon Campbell), le titre de vice-premier ministre ne m'intéresse pas vraiment. Je veux jouer un rôle important mais concret, en charge d'un portefeuille économique. Il me semblerait naturel que je sois ministre politique pour le Québec. Et puis, il faudrait que les ministres qui m'ont appuyé aient une place au cabinet.

— Bien, je prends note de tout ça, Jean. Mais je n'ai pas encore pris de décisions au sujet de la composition de mon cabinet. Il va falloir que j'y réfléchisse encore quelque temps. »

La discussion ne va pas plus loin. Charest s'en va, furieux: il méprise cette femme. « Il avait l'impression qu'elle lui avait fait la leçon », se rappelle Jodi White. Imaginez, faire la leçon à un Charest! De son côté, Campbell s'en va retrouver Neville: « Bill, ce lunch a été un désastre! »

Deux jours plus tard a lieu la dernière réunion des députés du Parti conservateur sous le règne de Brian Mulroney. Dès son arrivée au caucus, le premier ministre sortant constate l'absence de Jean Charest. Il le fait appeler: « Faites-lui savoir que le premier ministre souhaite sa présence au caucus. » Charest arrive, mais reste à l'arrière, la tête basse.

Le député de Sherbrooke boudera ainsi pendant une dizaine de jours, laissant planer une menace de démission au cas où ses exigences ne seraient pas satisfaites. Il sait bien qu'à la veille d'une élection le parti ne peut se passer de lui. Sur la liste d'épicerie qu'il a présentée, c'est surtout la responsabilité politique du Québec qui pose problème. Comment Campbell pourrait-elle confier ce poste à son adversaire plutôt qu'à l'un des ministres québécois qui l'ont appuyée, en particulier Pierre Blais ? « J'aurais eu une révolte sur les bras », explique Campbell dans son autobiographie[1]. Et puis, il y a plus que les titres. « Il y avait aussi la place réelle qu'elle était disposée à me faire », souligne Charest. Or, à l'époque, il n'a pas senti que la gagnante était prête à lui accorder une influence véritable au sein de son gouvernement.

L'attitude de Charest durant cette période mécontente au plus haut point Brian Mulroney, qui se voit forcé de jouer les médiateurs. Le premier ministre sortant invite donc son protégé et sa famille à passer une journée à sa résidence d'été au lac Harrington, dans le parc de la Gatineau. L'occasion est belle pour avoir une conversation d'homme à homme, l'aîné adoptant le ton paternel qu'il affectionne.

Mulroney, qui a beaucoup souffert après avoir terminé troisième au congrès de 1976, comprend la frustration ressentie par Charest. Son message n'en est que plus convaincant : « Songe à ton avenir, Jean. Tu vas être jugé, pour de bon, sur la façon dont tu te comportes dans les prochains jours. Moi, j'ai été jugé en 1976. Il a fallu que j'encaisse, je n'ai pas dit un mot… et sept ans plus tard, j'étais chef. »

Les deux parties s'entendront finalement. Le 25 juin, la nouvelle première ministre du Canada, Kim Campbell, dévoile la composition de son cabinet. Charest obtient son portefeuille économique (le nouveau « super-ministère » de l'Industrie et de la Science) et portera le titre de vice-premier ministre. La responsabilité politique du Québec lui échappe, mais Pierre Blais n'en hérite pas non plus ; la nomination à ce poste de Monique Landry, dont le poids politique est moindre, satisfait les deux camps. Comme prix de consolation, Charest devient ministre responsable du Bureau fédéral de dévelop-

---

1. Kim Campbell, *Time and Chance: The Political Memoirs of Canada's First Woman Prime Minister,* Toronto, Doubleday Canada, 1996.

pement du Québec, organisme dont il s'empresse de confier la direction à son organisateur Martin Desrochers.

Campbell et Charest ont signé le traité de paix. Mais la hache de guerre n'est enterrée qu'à moitié. Ne pouvant se résigner à travailler dans un cabinet dirigé par Mme Campbell, le nouveau vice-premier ministre a secrètement décidé de quitter la politique — temporairement — dans les mois suivant la campagne électorale.

Quelques années plus tard, Jean Charest jugera sévèrement son comportement durant cette période : « C'est Charest qui s'apitoyait sur son sort. Je boudais, et j'avais tort de bouder. En politique, on n'a pas le droit d'être malheureux. Ça n'a pas été un moment fort de ma carrière politique. » En effet.

Y a-t-il un pilote dans l'avion ?

L'été de 1993 a fait renaître la Campbellmanie. À la faveur de la fête du Canada, d'une conférence des premiers ministres et d'un sommet des leaders des sept pays les plus industrialisés du monde capitaliste, la nouvelle première ministre a pu faire oublier ses bourdes de la campagne à la direction. Fin août, les sondages montrent que Kim Campbell est redevenue très populaire, bien que les libéraux de Jean Chrétien récoltent une plus grande proportion des intentions de vote. Le 8 septembre, Campbell annonce la date des prochaines élections : elles auront lieu le 25 octobre. Commence alors l'une des campagnes électorales les plus catastrophiques de l'histoire politique canadienne.

Les stratèges conservateurs avaient choisi de tout miser sur la personnalité de Mme Campbell. Au cours d'une rencontre avec les organisateurs du parti au début d'août, la première ministre leur avait expliqué que le temps des promesses de politiciens était terminé, que le parti mènerait cette campagne sans programme électoral. « Je me souviens qu'on s'était dit : "Pourquoi pas ?" », raconte Pierre-Claude Nolin. Étant donné la fragilité du personnage, le pari était risqué. Il a été perdu dès que Jean Chrétien a publié son Livre

rouge, un programme détaillé, chiffré et raisonnable des engagements électoraux de son parti. La pression est vite devenue insoutenable pour les conservateurs : ils devaient rendre publics leurs
propres engagements. Ils ont fini par publier un petit livre bleu qui
ne contenait que du vent. Entre-temps, la première ministre voguait
de bourde en gaffe, du moins selon la perception des médias. La cote
des conservateurs a mis peu de temps à tomber à un niveau inquiétant.

Dans ce contexte, les relations entre les organisateurs associés à
Campbell et à Charest deviennent de plus en plus tendues.
Mme Campbell a bien nommé Jodi White comme chef de cabinet et,
au Québec, Pierre-Claude Nolin a été choisi comme organisateur en
chef de la campagne bleue. Mais, sur le terrain, les accrochages se
multiplient. Se sentant écartés de la campagne, les organisateurs de
Charest, notamment Martin Desrochers et François Pilote, boudent
dans leur coin. Charest lui-même s'est mis à la disposition de l'organisation nationale, mais on lui a fait savoir qu'on n'avait pas vraiment besoin de lui. Le député de Sherbrooke a donc entrepris une
sorte de campagne parallèle, répondant aux nombreuses invitations
que lui lançaient les candidats d'un bout à l'autre du pays. Lorsque
l'entourage du chef fait appel à lui pour des missions particulières, il
répond docilement. Mais, chaque fois, Charest est abasourdi par le
manque de flair de son ex-rivale. Quand la première ministre
s'adresse aux militants d'une circonscription donnée, c'est à peine si
elle mentionne le nom du candidat local. Au point qu'il est arrivé à
Charest lui-même de prendre la parole pour dire : « Nous sommes
ici pour donner notre appui à un candidat de haut calibre, John
Smith, qui sera bientôt votre député à Ottawa ! » « Ce n'était pas tellement qu'elle ignorait Jean Charest, elle ignorait tout le monde ! »
raconte Huw Williams, un attaché politique de Charest qui l'a suivi
tout le long de cette tournée électorale.

Pour leur part, des organisateurs associés à la course au leadership de Campbell se plaignent du peu d'empressement de Jean Charest à venir dans leurs comtés. C'est le cas des gens de l'est du Qué-

bec, dont Luc Ouellet : « On sentait que c'était plus compliqué lorsqu'il s'agissait de circonscriptions qui n'avaient pas appuyé Jean au congrès. » La situation s'envenime au point que Pierre-Claude Nolin ressent le besoin de faire une sortie publique contre des proches du député de Sherbrooke, les sommant de rentrer dans le rang.

Le point culminant de ces tiraillements survient au cours de l'avant-dernière fin de semaine de la campagne électorale. Dans une entrevue accordée à *La Presse,* Kim Campbell s'est permis de critiquer Brian Mulroney et son propre vice-premier ministre Jean Charest. Au sujet de Mulroney, la première ministre a laissé entendre que le mérite des victoires conservatrices de 1984 et de 1988 ne lui revenait pas vraiment. Pour ce qui est de Charest, elle a ridiculisé le programme économique qu'il défendait durant la campagne à la direction. Le ministre des Transports, Jean Corbeil, un supporter de Charest durant la bataille du leadership, sort de ses gonds. L'ancien maire de Ville d'Anjou décide de publier une lettre aspergeant de vitriol son nouveau chef : « Ma loyauté à notre formation m'incite à n'accepter d'aucune façon que vous éclaboussiez certains de ses membres pour justifier le dérapage d'une campagne dont vous avez choisi les concepteurs et déterminé les orientations. » Ouf ! Campbell est forcée de faire des excuses à ceux qui se sont sentis offensés par ses propos, et l'affaire gâche une journée de campagne particulièrement réussie dans la ville de Québec. Aussi la sortie du ministre provoque-t-elle la colère des organisateurs pro-Campbell. « Nous avions fait le meilleur *show* de la campagne, et ce qui était sorti le soir, c'est qu'elle avait été obligée de faire des excuses ! relate l'un d'eux. Ça nous avait mis en *tabarnac.* Et comme Corbeil était associé à Charest... »

Jean Charest avait pourtant essayé de dissuader son collègue de lancer sa grenade. En dernier recours, il avait même demandé l'intervention de Brian Mulroney. L'ancien premier ministre avait joint Corbeil, mais il était trop tard : la lettre était déjà partie. « Alors, soupire Mulroney cinq ans plus tard, ce fut la catastrophe, la débandade. » Et comment ! Le soir du 25 octobre 1993, les libéraux de Jean

Chrétien sont portés au pouvoir avec 177 sièges. Le Bloc québécois, qui en était à sa première élection générale, termine au second rang avec 54 sièges. Un parti souverainiste formera donc l'opposition officielle à la Chambre des communes! Le Reform Party a gagné 52 sièges, et le NPD, 9. Quant au naguère puissant Parti progressiste-conservateur du Canada, il doit se contenter… de deux sièges.

Deux députés sur 295! Jean Charest est l'un des deux élus. Est-ce une bénédiction ou un cadeau de Grec? Tout au long de la campagne, Charest avait gardé un œil inquiet sur sa circonscription de Sherbrooke. Devait-il continuer de faire campagne au pays ou rentrer dans son patelin? Ses organisateurs l'avaient rassuré: bien que réduite, sa majorité restait confortable. De fait, Charest l'a emporté par 8200 voix sur son adversaire bloquiste. Au cours d'une petite fête tenue cette nuit-là chez son organisateur Alain Paquin, le député ne paraît pas déprimé du tout. Le parti a perdu. Mais ce n'est pas *sa* défaite. C'est même sa chance.

« Ramasse les restes! »

Le lendemain du scrutin, Jean Charest est au travail à son bureau de Sherbrooke. Vite sur leurs patins comme toujours, ses organisateurs ont apposé un autocollant sur les centaines d'affiches dispersées à travers le comté: « Merci de votre confiance. » Avec un calme déconcertant — après tout, il vient de passer de vice-premier ministre du Canada à député d'un parti écrabouillé —, Charest donne entrevue sur entrevue. Non, le Parti conservateur n'est pas mort. Non, il ne songe pas à quitter la politique. Oui, si Kim Campbell décide de rester à la tête du parti, il l'appuiera. Bref, Charest dit tout ce qu'il faut. Fait ce qu'il faut, aussi: il prend contact avec les candidats défaits et les organisateurs pour leur remonter le moral. Comme si, déjà, il s'apprêtait à devenir chef.

Au sein du parti, personne ne doute du départ de Campbell. Et bien des gens estiment que Charest devrait lui succéder. Le principal intéressé envisage déjà les étapes de la reconstruction. « Il faut réinventer le conservatisme », dit-il. Cependant, dans son entourage, certains se demandent si c'est au député de Sherbrooke de ramasser les restes de la machine bleue. Martin Desrochers est sceptique : « Je ne trouvais pas que c'était une bonne idée de s'encabaner dans tous les problèmes liés à l'intendance. C'était préférable qu'il se trouve un emploi à Montréal ou à Toronto, qu'il fasse de l'argent un petit peu, tout en participant assidûment aux activités du parti. Puis il aurait pu revenir juste au bon moment, soit juste avant, soit après les prochaines élections. »

Brian Mulroney, lui, recommande fortement à son fils politique de saisir l'occasion qui se présente : « Jean, lui dit-il, c'est une chance unique. Tu vas prendre le parti, tu vas le rebâtir, et ce sera dû à toi. Bien sûr, c'est ta décision. C'est à toi de décider… si tu veux être premier ministre du Canada un jour. » Un avis que partage un autre ancien chef, Joe Clark.

À son retour de vacances en novembre, Charest rencontre Kim Campbell au cours d'un déjeuner. Comme au lendemain de la course à la direction, les deux convives digèrent mal leur entretien. Campbell veut savoir si son collègue est disposé à prendre la relève dans l'éventualité où elle démissionnerait. Selon son habitude, Charest reste évasif.

Au cours d'un discours prononcé quelques jours plus tard devant des militants du parti à Toronto, Kim Campbell annonce la formation d'un comité chargé de faire des recommandations sur la reconstruction du parti. « Ce comité devra me remettre son rapport au plus tard en juin 1994 », explique-t-elle. Les convives se regardent, incrédules : le comité devra *lui* remettre son rapport ? Elle veut rester ? Dans les heures qui suivent, les dirigeants du parti, à commencer par le président Gerry St-Germain, font comprendre à Campbell qu'elle doit démissionner au plus tôt. « J'avais contacté beaucoup de gens du milieu des affaires, et tous m'avaient dit qu'il serait impossible d'amasser des fonds si elle restait à la tête du parti », explique le sénateur St-Germain. Avec six millions de dollars de dettes, le PC ne pouvait se permettre de mécontenter ses donateurs.

Bien qu'il ait laissé entendre qu'il hésite, Charest est prêt. « Il avait voulu être chef et là il avait l'occasion de l'être, alors il est devenu chef », résume Martin Desrochers. Les supposées hésitations du député le placent en position de force pour négocier avec le parti. Charest veut s'assurer d'obtenir le contrôle réel de la formation, notamment en nommant ses gens aux postes clés. Il n'accepte pas ce poste « en attendant », il y va pour mener le Parti conservateur aux prochaines élections.

Le 15 décembre 1993, Jean Charest est nommé chef intérimaire du Parti progressiste-conservateur du Canada. Il n'est pas certain qu'il est conscient de l'ampleur de la tâche qui l'attend.

Y' a quelqu'un ?

Le successeur des John A. Macdonald, John Diefenbaker et Brian Mulroney héritait d'un parti en miettes. Deux députés, cela voulait dire que la Chambre des communes n'accorderait pas aux conservateurs le statut de parti officiel. Charest et sa collègue Elsie Wayne n'auraient pas de budget, pas de recherchistes, rien. Cela voudrait dire aussi que Charest ne parviendrait pas à placer un mot durant la période des questions. Par conséquent, les journalistes de la colline parlementaire l'ignoreraient. Aussi bien dire, une torture.

À cause des dettes du parti, il fallait réduire les dépenses de toute urgence. Dès le lendemain de l'élection, le Parti a congédié la plupart de ses employés. Au bureau de Montréal, le personnel permanent est passé de dix à un employé. Scénario identique dans la capitale fédérale.

Plus grave encore que le manque de fonds, le Parti conservateur allait souffrir d'une pénurie de militants. Assommés, endettés, les députés battus ne voudront plus rien savoir de la politique. Dans chaque circonscription, les militants s'enfermeront chez eux, démoralisés. « Tu te retrouvais dans un désert », résume l'ancien député Gabriel Desjardins, qui a continué à être actif durant ces années noires. « Les fonds étaient à sec, les anciens députés se cachaient, l'organisation était à terre !» C'est à François Pilote que revient la tâche de remonter l'organisation bleue au Québec. «Les seuls appels que je recevais, confie-t-il, venaient de députés endettés qui voulaient que je leur trouve un emploi. Un emploi où ?» Les premiers mois, Pilote perd des jours à défendre le parti en cour contre ses créanciers. Même dans un vieux comté tory comme Don Valley West, à Toronto, il va devenir extrêmement difficile de garder l'association locale en vie. «Quand vous n'avez ni députés ni ministres, raconte Dennis McKeever, un militant local de longue date, vous ne parvenez pas à trouver un orateur pour vos dîners bénéfices. On ne pouvait pas demander à Jean Charest, il courait d'un bout à l'autre du pays ! Lorsque nous envoyions notre lettre de sollicitation avant Noël, nous recevions 2 000 $ au lieu de 4 000 $. Les cartes de membre n'étaient plus renouvelées. »

Confiant, naïf peut-être, Charest se donne un plan en trois phases, les trois R : restructuration du parti, rédaction d'un nouveau programme, retour au pouvoir. «Il faut que nous fassions nos devoirs, répète-t-il en ce début de l'année 1994, il n'y a pas de raccourci pour arriver au pouvoir. » Comme il ne peut profiter de la tribune des Communes, le nouveau chef conservateur la délaisse et entreprend de visiter les conservateurs partout au pays. Ce périple se transformera en calvaire. D'une part, il est loin de sa famille. Michèle et les enfants trouvent l'expérience extrêmement pénible : «Il était toujours parti, se souvient Michou. Une chance qu'on ne savait pas ce qui nous attendait quand on s'est embarqués dans ça ! » D'autre part, avec un salaire de simple député (environ 64 400 $, plus une allocation non imposable de 21 300 $), la famille se sent financièrement à l'étroit. D'autant plus que le parti tarde parfois à rembourser les dépenses du chef ; les états de compte de sa carte de crédit ont de quoi faire peur.

Enfin, Charest est terriblement seul. Autrefois dopé par les foules, il ne s'adresse plus qu'à des assemblées de cuisine. Un soir, il ne trouve qu'une dizaine de personnes dans la grande salle louée pour le recevoir. «Ça n'a pas de maudit bon sens, lance-t-il à Pilote en sortant. On peut pas laisser ça de même ! » Et son organisateur de lui rappeler les dures réalités de la vie politique. « Ça faisait huit ans qu'il était au *hit-parade*, il était habitué », note Pilote. Charest avait aussi été habitué à voyager avec une cour ministérielle ; voici qu'il doit se contenter de l'éphémère compagnie du bénévole l'attendant à l'aéroport. Personne n'est là pour le débarrasser des tracasseries de voyage, des réservations d'hôtel mal faites aux avions manqués. Ce fardeau pèse lourd quand on a un horaire de travail aussi chargé que le sien. « Ce n'est peut-être pas dramatique », concède Denis Pageau, qui a été le premier chef de cabinet de Charest après les élections de 1993. « Mais quand tu viens d'un environnement plus moelleux, un gars réagit. Quand tu es ministre, tu arrives à l'hôtel, la porte de ta chambre est ouverte, le *check-in* est fait et la valise est sur le lit ! Tout ce que tu as à faire, c'est ton travail. »

Le député Rick Borotsik, à l'époque maire de Brandon, se rappelle la venue du chef conservateur dans son coin du Manitoba : « Nous l'avons vu arriver seul, dans une Dodge Colt louée. Il s'est adressé avec passion à la centaine de personnes assemblées dans la salle et est reparti dans sa petite voiture. Il n'y avait pas de journalistes, pas de publicité. Il faisait ça uniquement pour le bien du parti. » L'ancien leader du PC, Joe Clark, est frappé à l'époque par le peu de ressources mises à la disposition de son successeur : « Comme chef de parti, vous devez garder une vue générale de ce que le parti est censé faire, planifier, et prendre toutes les décisions majeures. Dans le cas de Jean, toutes les décisions mineures lui revenaient également, des choses qu'en mon temps je déléguais à mon personnel sans même y penser. »

Alors, notre homme déprime. « Il a eu beaucoup de jours de découragement, confie Jodi White. Des moments où il se demandait : "Pourquoi suis-je ici ? Pourquoi moi ?" Personne n'a vraiment compris à quel point il était seul. » Le parti lui accordera par la suite, à sa demande, les 46 000 $ permettant de faire grimper son salaire au niveau de celui d'un ministre. Mais les résultats des élections partielles tenues dans trois circonscriptions le 13 février 1995 ne fait rien pour lui remonter le moral. Les conservateurs ont obtenu leur meilleur score dans Ottawa-Vanier, 8,9 % du vote. Dans Saint-Henri-Wesmount, le candidat bleu n'a récolté que 3,8 % des suffrages. Le pire s'est produit dans Brome-Missisquoi, un vieux comté bleu situé près de Sherbrooke, où le candidat conservateur a dû se contenter d'un maigre total de 3 %. « On te l'avait dit », songent plusieurs organisateurs bleus qui avaient recommandé à Charest de ne pas présenter de candidats à ces partielles. Parmi eux, l'ancien député Gabriel Desjardins, devenu président de l'aile québécoise du PC. « C'est quoi l'intérêt, Jean, d'aller en élection partielle alors que nous sommes en plein travail de reconstruction ? avait demandé Desjardins à son chef. On va se faire planter !

— Gabi, nous sommes un parti national ! »

« À deux ans des élections générales, se rappelle Desjardins, ça a été une expérience traumatisante. Imaginez le message que ça envoyait aux troupes ! »

Les jours les plus sombres, Charest appelle Brian Mulroney. Avec ses petites leçons d'histoire, l'ancien premier ministre trouve toujours le moyen de faire remonter l'ambition à la surface : « Jean, de 1935 à 1957, le Parti conservateur a été dans l'opposition. On n'a jamais gagné plus de cinquante sièges. Il y avait toutes sortes de formations, des créditistes, des réformistes ! Durant vingt-deux ans, on n'a jamais été au pouvoir. Toi, ça fait à peine dix-huit mois que tu es dans l'opposition. Attends les prochaines élections ! Tu vas certainement améliorer ta situation. Et le prochain coup, tu vas devenir premier ministre du Canada. »

Dans un autre moment de découragement, Jean se confie à son père. « Ouais, bougonne Red. En tout cas, c'est pas comme ça que je t'ai élevé ! » Rita l'aurait dit plus gentiment, mais le message aurait été le même : « *Get back on your horse !* » Un Charest n'abandonne jamais.

L'oasis

Quelques jours avant la débâcle électorale de 1993, Jean Charest avait prononcé un discours devant la Chambre de commerce du Montréal métropolitain. J'avais croisé là un de ses organisateurs, à qui j'avais demandé s'il croyait que Charest devrait prendre les rênes du parti au lendemain de la prévisible défaite. Il m'avait répondu : « C'est certain. Au début ça va être difficile, mais ensuite, le PQ va gagner les élections provinciales, il va y avoir un référendum et, là, Charest va mener une campagne du tonnerre. » À l'époque, ce scénario paraissait reposer sur des fondements fort incertains. L'histoire s'est pourtant déroulée exactement comme cet organisateur l'avait prévu.

Les forces fédéralistes ont commencé à mettre sur pied leur organisation dans les semaines suivant la victoire du Parti québécois de Jacques Parizeau en septembre 1994. Une première réunion a eu lieu en novembre, regroupant les organisateurs du Parti libéral du Québec, du Parti libéral du Canada et du Parti conservateur. L'équipe de Charest, représentée par Pierre-Claude Nolin, François Pilote et Jean Bazin, un ami de Brian Mulroney, sera ensuite de toutes les réunions jusqu'au jour du référendum, le 30 octobre 1995.

Les conservateurs visent trois objectifs. Un : contribuer le plus possible à la victoire du *non*. Deux : mettre leur leader en évidence. Trois (mais cet objectif-là, on n'en parle pas) : profiter de cette tournée pour recruter des militants et préparer les prochaines élections. À chaque arrêt dans la tournée de Charest, un organisateur se chargera de trouver des sympathisants qui voudraient éventuellement travailler pour le Parti conservateur. Pourquoi se livrer à pareil exercice partisan alors que l'avenir du pays est en jeu ? Parce qu'autrement le parti n'a pas les moyens financiers de promener ainsi son chef et son entourage. « En campagne référendaire, avoue candidement François Pilote, nous tombions sous le couvert du Comité du *non*. »

Cependant, les bleus ne pèsent pas bien lourd dans l'élaboration de la stratégie fédéraliste. « Nous n'avons qu'un atout, c'est Jean Charest », résume Pierre-Claude Nolin. Les patrons, ce sont les libéraux provinciaux, étroitement surveillés par leurs grands frères fédéraux. Or, le PLQ n'a pas du tout l'intention de laisser la place au chef d'un parti en voie de disparition. D'autant plus que ce joueur-là pourrait porter ombrage au chef du Parti libéral du Québec, Daniel Johnson.

Le responsable de l'agenda des tournées pour le camp du *non*, l'avocat libéral Jean Masson, a tracé trois circuits. Il y a la tournée A, celle du chef du Comité du *non*, Daniel Johnson, suivie par l'autobus des médias. La tournée B vise les centres régionaux — Chicoutimi, Sherbrooke, Hull, Trois-Rivières, etc. — et met en vedette la nouvelle ministre fédérale Lucienne Robillard et le chef conservateur Jean Charest. Enfin, la tournée C regroupe les activités des gens d'affaires et autres intervenants fédéralistes. Tout au long de la campagne, les bleus se plaindront du fait que les médias nationaux ne prêtent pas suffisamment attention à leur champion. Ce qu'ils veulent, comme on dit dans le milieu, c'est « l'autobus ». C'est-à-dire qu'ils veulent voir Charest à bord du véhicule qui fait la tournée nationale. Cela n'arrivera qu'une seule fois, le 14 octobre, quand Daniel Johnson décide de prendre une journée de repos. Au grand désespoir des conservateurs, plusieurs journalistes font de même. Un matin, le sénateur Nolin se plaint de la situation au libéral Pierre Anctil, le chef de cabinet de Daniel Johnson, qui a été chargé de faire le lien entre le Comité du *non* et les médias. « On n'a pratiquement rien vu sur Charest hier, souligne Nolin.

— Je le sais, je leur en ai parlé.

— Tu jappes peut-être fort, mais ils savent que tu ne mords pas ! »

Encore aujourd'hui, le libéral Jean Masson rejette sur les médias la responsabilité de l'obscurité relative dans laquelle a été relégué Jean Charest. « Pendant une campagne référendaire, même si le pape fait campagne aux côtés de Lucien Bouchard, tu ne verras pas le pape aux nouvelles », lance Me Masson.

Au cours des réunions de stratégie de cet automne chaud, libéraux provinciaux et conservateurs font cependant front commun quand il s'agit de presser le gouvernement Chrétien d'offrir aux Québécois des perspectives de changement constitutionnel. Lors d'une réunion de son caucus, Charest avait fait part de son inquiétude à cet égard : « Je m'en vais à la guerre, mais je n'ai pas d'armes pour me battre. » Comme jusqu'aux premières semaines de la campagne les sondages prévoyaient une victoire facile du *non,* les supplications du PLQ et du PC avaient été ignorées par les libéraux fédéraux. « Juste pour que le manifeste du *non* parle de société distincte deux ou trois fois, ça a pris comme un arrachage de dents », se rappelle le sénateur Nolin.

C'est à la faveur des grands rassemblements du *non* que Charest fait valoir ses talents d'orateur. Il éclipse alors Lucienne Robillard, dont le ton larmoyant agace. « Charest mettait le feu dans la salle. Là, Lucienne parlait et, quand le tour de Johnson arrivait, tout le monde dormait », résume aujourd'hui Me Masson. Dans leur couverture de ces événements, la télévision et les journaux citent plus abondamment les discours de Charest que ceux de Johnson. Après deux ans passés à prêcher dans le désert, le chef conservateur retrouve enfin les feux de la rampe.

Que dit Jean Charest ? Il insiste sur la volonté de changement se faisant jour à travers le pays : « Dire que voter *non* nous condamne au *statu quo,* c'est faire un effort extraordinaire d'aveuglement, soutient-il. Prétendre que rien ne changera dans le fonctionnement du fédéralisme canadien, c'est nous demander de ne pas tenir compte de ce qui se passe actuellement en Alberta, en Ontario, en Saskatchewan et ailleurs au Canada. Il y a un dénominateur commun à ces changements. Ce dénominateur est fiscal. Le catalyseur de changement qui agit sur chaque juridiction de gouvernement est à la fois universel et implacable. »

Mais ce n'est pas ce qu'il dit qui frappe l'imagination des fédéralistes, c'est la façon dont il le dit. Le *non* du député de Sherbrooke est fait de passion plutôt que de statistiques et de craintes. « Réduire l'histoire de notre pays, le sens de notre choix aux seuls épisodes de négociations constitutionnelles serait faire fausse route, soutient-il au cours d'une conférence de presse. Ce serait une tromperie parce que le sens du choix qui se pose le 30 octobre prochain, c'est le Canada. Ce n'est pas Ottawa, ce n'est pas Johnson, ce n'est pas Charest, ce n'est pas Chrétien. C'est le Canada et tout ce qu'on a pu réaliser ensemble ! »

Charest fait quelques trouvailles oratoires. Avant même le début officiel de la campagne, en route vers une assemblée à Saint-Joseph-de-Beauce un dimanche de septembre, il a l'idée d'illustrer de manière dramatique ce que signifierait la séparation. « Je pourrais sortir mon passeport de ma poche et dire aux gens : "Les séparatistes vous demandent de leur remettre votre passeport !" Qu'est-ce que tu en penses ? » demande-t-il à son conseiller, Claude Lacroix. Le geste risque d'être perçu comme trop théâtral, mais Charest décide de tenter sa chance. Il y a un hic : son passeport à lui, comme celui de tous les députés, est de couleur verte. Cela gâcherait l'effet. « Claude, apporte ton passeport ! » Le coup du passeport deviendra le préféré des foules fédéralistes durant la campagne. Qui ne se doutent pas une seconde que le document auquel Jean Charest semblait tenir si passionnément… est le passeport de Claude Lacroix !

Autre trouvaille : en évoquant les lendemains d'un *oui*, Charest parle d'un « trou noir ». Une formule frappante, qui lui permet en outre d'éviter de se prononcer sur des questions délicates comme le sens d'une victoire serrée des souverainistes et l'hypothèse de la partition de régions fédéralistes d'un Québec indépendant.

Ce sont des bons coups, mais le premier ministre du Québec, Jacques Parizeau, en prépare un meilleur. Le 7 octobre, trois semaines avant le vote, il annonce que, après un *oui*, c'est Lucien Bouchard qui sera le négociateur en chef du Québec lors des discussions avec le reste du Canada. La manœuvre a pour effet de faire porter toute l'attention sur le très populaire chef du Bloc québécois et sur l'idée de partenariat. L'allure de la campagne en est transformée. En écoutant les groupes de discussion organisés par les sondeurs du *non*, le stratège du PLC, John Rae, se rend compte que Bouchard est blindé ; les Québécois sont prêts à lui donner le bon Dieu sans confession. Le 19 octobre, Rae reçoit une mauvaise nouvelle : le *oui* a rattrapé le *non*, selon les sondages internes.

C'est à ce moment précis que le couvercle de la marmite fédéraliste saute. Les désaccords entre libéraux provinciaux et fédéraux, qui mijotaient secrètement depuis des mois, éclatent en plein jour le samedi 21 octobre. En réponse aux questions des journalistes, Daniel Johnson exprime le vœu que le gouvernement fédéral s'engage, avant le jour du vote, à défendre certains des changements constitutionnels souhaités par le Québec. Lorsqu'on lui rapporte ces propos, le premier ministre Chrétien, qui est en voyage officiel à New York, répond sèchement : « On ne parle pas de constitution, on parle de la séparation du Québec du reste du Canada. » C'est la crise au *war room* de l'armée fédéraliste, et ce n'est que péniblement qu'on parvient à rédiger un communiqué dans lequel Chrétien et Johnson tentent de camoufler le fossé qui les sépare. Le sondeur du *non*, Grégoire Gollin, constate cette fin de semaine-là que le *oui* jouit maintenant d'une avance de sept points.

Les fédéralistes n'ont plus le choix, ils doivent passer à l'offensive. Le premier ministre Chrétien décide de profiter d'un rassemblement au centre sportif de Verdun pour ouvrir timidement la porte à des changements constitutionnels. Son discours du 24 octobre retient toute l'attention, même si le ton est solennel et prudent. « Un non n'équivaut pas à renoncer à quelque position que ce soit relative à la Constitution canadienne, soutient le premier ministre. Nous garderons ouvertes toutes les autres voies de changement, y compris administratives et constitutionnelles. »

Ce même soir, Jean Charest a donné ce que plusieurs estiment avoir été le meilleur discours fédéraliste de toute la campagne. Quand on revoit le film de l'assemblée quelques années plus tard, on est déçu. Finalement, il ne s'agit pas d'une prestation oratoire si exceptionnelle. Même que Charest est parfois hésitant, et ses phrases souvent mal construites. Mais la passion y est, et c'est tout ce que demandent les partisans fédéralistes. Le discours est comme suspendu entre deux temps forts. Au début, le chef conservateur raconte qu'en marchant jusqu'au centre sportif, il a croisé M. Chrétien. Adoptant un ton solennel et regardant le premier ministre du Canada droit dans les yeux, Charest déclare : « Il y a là un symbole, monsieur le premier ministre. Je vous dis ce soir avec une sincère amitié que lorsqu'il s'agira du Canada, nous pourrons toujours marcher sur le même chemin. » Cette déclaration soulève les douze mille personnes présentes, qui agitent à bout de bras des drapeaux du Québec et du Canada.

Après avoir longuement parlé de la volonté de changement qui se manifeste dans les autres provinces et des possibilités que ce courant ouvre au Québec, Charest lance : « Le camp du Canada représente le changement ! » Il sort de sa poche de veston... non pas son passeport, mais le manifeste du camp du *non* ! « J'en ai des choses dans mes poches de veston ! » rigole-t-il avec la foule. « Ce manifeste, auquel ont souscrit le premier ministre du Canada et le chef du camp du *non*, dit clairement qu'il y aura du changement ! » Voilà une interprétation bien généreuse d'un engagement on ne peut plus vague, obtenu à l'arraché. Mais Charest y investit toute sa crédibilité : « Nos opposants vont tenter d'installer le doute sur la sincérité de la parole de ceux qui vous parlent, en particulier de la parole du premier ministre. Ce soir, je tiens à vous dire que je ne doute pas, moi, de sa parole et de sa volonté de changement. »

Le second temps fort du discours de Jean Charest à Verdun vient à la fin, quand il évoque sa famille. C'est ce qu'il fait dans tous les moments importants, au point qu'on se demande s'il s'agit encore d'un élan de sincère émotion ou simplement d'une tactique. « Quand je me suis lancé en politique, j'ai pris un engagement envers mes parents de faire grandir le Québec et le Canada, dit-il. Le 31 octobre au matin, je vais me tourner vers mes trois enfants, et leur dire à eux : "C'est maintenant à votre tour de faire grandir le Québec et le Canada." »

Durant cette semaine cruciale, les conservateurs insistent : Charest doit être mis en évidence, doit être de la tournée principale. « Finalement, on nous a promis l'autobus trois jours, se rappelle l'organisateur François Pilote. Mais chaque fois, à la dernière minute, il se passait quelque chose, et Johnson gardait l'autobus. » Malgré sa frustration, le chef conservateur livre une autre excellente performance quelques jours plus tard, à l'occasion d'un rassemblement tenu en plein air, à la Place du Canada, et auquel participent des dizaines de milliers de Canadiens venus des autres provinces.

Chrétien, Charest, même combat

Durant ces derniers jours, on le voit, Jean Charest et Jean Chrétien ne font plus qu'un. Pour plusieurs militants conservateurs du Québec, c'est un cauchemar devenu réalité. Bien avant la campagne, ils avaient mis en garde leur chef contre les risques de se retrouver sur la même tribune que le premier ministre, impopulaire au Québec. « On ne voulait pas entacher l'image de Jean Charest, explique Pierre-Claude Nolin. Pour nous, le voir sur le même podium que Jean Chrétien, ça lui enlèverait de la crédibilité. » Le chef conservateur subissait cependant des pressions opposées. Au cours d'une réunion des stratèges du parti à Ottawa quelques mois auparavant, son conseiller Bruce Anderson avait fait un long exposé, acétates à l'appui, sur les avantages pour Charest d'être vu comme un allié indéfectible du premier ministre du Canada. La suggestion avait fait frémir certains organisateurs québécois.

Peu de temps après la victoire électorale péquiste en 1994, encouragé par les nationalistes de son entourage, Charest avait tenté de se démarquer des autres fédéralistes en employant un nouveau langage. « Il est temps qu'on reconnaisse dans les faits que la vraie souveraineté-association au Canada, c'est le partage des pouvoirs et des responsabilités entre le gouvernement fédéral et les gouvernements provinciaux, avait-il déclaré devant la Chambre de commerce de Laval. Le fédéralisme, c'est la souveraineté partagée. » L'approche pragmatique qu'il proposait n'avait rien de révolutionnaire, mais sa manœuvre de récupération du vocabulaire souverainiste n'avait pas été appréciée dans les milieux fédéralistes. La chroniqueuse de *La*

Presse Lysiane Gagnon, par exemple, avait écrit que cette tactique « s'inscrivait dans la bonne vieille stratégie bourassiste qui consistait à confondre le peuple en jouant sur les mots et en détournant à son avantage le sens de certaines expressions bien cotées dans les sondages ». Charest avait tout de suite reculé.

Le chef conservateur sera donc aux côtés du premier ministre du Canada au cours des trois interventions de celui-ci dans la campagne référendaire : « Les fois où Chrétien était là, Charest ne pouvait pas ne pas y être », estime Nolin. Les plus nationalistes du parti sont moins charitables : « En 1980, Joe Clark n'avait pas fait campagne sur la même tribune que Trudeau et compagnie », souligne Marie-Josée Bissonnette, un temps attachée politique de Charest. « On a toujours le choix. »

Mais le député de Sherbrooke a décidé de jouer le tout pour le tout. Il s'engage même à être le « gardien du changement » promis par le camp du *non* : « J'ai mis ma crédibilité personnelle en jeu pour le 30 octobre prochain. La pleine autonomie qui appartient au Québec doit revenir au Québec dans les prochaines années. » Comme Trudeau en 1980, Charest a mis sa tête sur le billot. Mais contrairement au premier ministre de l'époque, il n'a aucun contrôle sur la machine. Sa tête, il se la fera couper dès le dévoilement des résultats du vote, le soir du 30 octobre.

C'est une longue soirée, tous s'en souviennent. Enfin, le résultat final est annoncé : le *non* l'a emporté de justesse, avec 50,6 % des voix. Après Daniel Johnson, c'est au tour de Jean Charest de s'adresser à la foule rassemblée au Métropolis, à Montréal. Le Québec, le Canada entier le regardent. C'est sa récompense ultime pour les deux années de martyre qu'il vient d'endurer. Après avoir sorti de sa poche… deux petits drapeaux du Québec et du Canada, Charest commence son allocution en remerciant « celui qui a assumé le plus lourd fardeau qu'on puisse imposer à un leader politique, celui de défendre à la fois l'intégrité et l'avenir du Québec et l'avenir du Canada […] notre chef, celui qui nous a conduits à la victoire du *non*, Daniel Johnson ! ». À ce moment précis, les téléspectateurs de Radio-Canada entendent Bernard Derome leur annoncer : « Nous allons couper, de façon pas très élégante, M. Charest, afin de permettre à M. Chrétien d'y aller. Nous lui cédons l'antenne. » Le moment de gloire du chef conservateur a duré moins d'une minute. L'image nous montre maintenant Jean Chrétien, dans son bureau à Ottawa : « Chers compatriotes, *dear fellow Canadians…* » Charest, lui, ne se rend compte de rien. À la fin de son allocution, il rejoint Michèle sur le côté droit de la scène. Elle a vu ce qui s'est passé sur les écrans témoins. « Très bon discours, Jean…

— Oui ?

— Dommage que personne ne l'ait vu…

— Comment ça ?

— C'est Chrétien qui était à la télévision ! »

Les organisateurs conservateurs sont furieux. « La campagne électorale vient de commencer », lance l'un d'eux. À ce jour, les bleus sont convaincus que le premier ministre l'a fait exprès, une accusation que rejette catégoriquement le principal conseiller de M. Chrétien, Eddie Goldenberg. « Peu de temps après que M. Johnson eut terminé son discours, un technicien de Radio-Canada a dit au premier ministre : "Vous êtes en ondes dans 90 secondes." Alors M. Chrétien s'est peigné, a ajusté sa cravate… Ce n'est que le lendemain que nous avons su ce qui s'était passé. J'imagine que le réseau voulait faire passer le premier ministre du Canada avant que tout le monde se couche. »

« C'est ça, c'est la faute du réalisateur de Radio-Canada, *big deal* ! réagit Pierre-Claude Nolin. J'ai travaillé avec un premier ministre du Canada, Brian Mulroney. Quand il décidait de parler, il parlait. Quand il décidait de pas parler, il ne parlait pas. C'est clair, clair, clair que c'était intentionnel. »

Comme cela arrive souvent dans les débats partisans, la réalité n'est ni bleue ni rouge, mais se situe quelque part entre les deux. Rétablissons les faits, autant que faire se peut. Les fédéraux avaient décidé que, quel que soit le résultat du vote, le premier ministre du Canada s'adresserait à la nation après que l'auraient fait les chefs des comités du *oui* et du *non*. À l'issue de cette soirée exténuante pendant laquelle Jean Chrétien a cru voir son pays lui glisser sous les pieds, il quitte sa résidence officielle pour se rendre à son bureau, à l'édifice du Centre de la colline parlementaire. Là l'attendent un réalisateur, un cameraman et un preneur de son de Radio-Canada. M. Chrétien est entouré de nombreux collaborateurs. Tous sont épuisés et de fort mauvaise humeur. « On a hâte que ça finisse », concède l'attaché de presse Patrick Parizot.

L'appareil de télévision installé dans le bureau est syntonisé au réseau anglais de Radio-Canada. Vous verrez, c'est un détail qui aura son importance. Tandis que Daniel Johnson prononce son allocution, l'entourage du premier ministre s'impatiente. À ce moment-là, le réalisateur Dave Matthews signale à un membre du groupe que Jean Charest suivra. Il le sait parce que c'est ce que dit le scénario convenu le soir même entre les représentants des différents partis à Montréal : ce sera Johnson, Charest, Chrétien. Selon Matthews, une brève discussion s'ensuit et le premier ministre décide d'attendre le discours de son jeune allié. Mais l'allocution du chef du *non* s'éternise. Lorsque finalement, Johnson conclut, les fédéraux indiquent à Matthews que le premier ministre prendra la parole, oubliant apparemment le chef conservateur. « M. Chrétien était tanné, il avait hâte de partir, se rappelle le réalisateur. Alors quand ils ont vu que Johnson avait fini, ils ont vu une occasion et ils ont décidé d'y aller. »

Ni M. Chrétien ni ses conseillers n'ont vu Charest commencer à parler car, contrairement au réseau français, CBC n'est pas retourné au Métropolis pour le discours de la vedette du *non*. Le réalisateur Matthews est absolument catégorique sur un point : ce n'est pas lui, ou quiconque de Radio-Canada, qui a donné le signal au premier ministre de prendre la parole : « C'est sûr que personne de CBC ne leur a dit d'y aller, et surtout pas le réalisateur, parce que je leur aurais suggéré d'attendre Charest. » Une fois la décision du premier ministre prise, le réalisateur devait avertir les six réseaux de télévision du pays et, 90 secondes plus tard, donner le *cue* à

M. Chrétien. Le décompte commencé, on ne pouvait plus l'arrêter. Installée dans la régie technique au Métropolis, une des responsables des communications du camp du *non*, Isabelle Perras, a été tout étonnée de voir apparaître à l'écran le visage du député de Shawinigan. « Ce n'est pas ce qui était convenu, a-t-elle dit aux gens de Radio-Canada.

— Qu'est-ce que tu veux, c'est le premier ministre du Canada. »

Les faits ne permettent pas de conclure à un coup monté. L'affaire ressemble plutôt à une maladresse résultant d'un mélange de fatigue, d'impatience et d'arrogance. Car s'ils avaient voulu écarter Jean Charest, les libéraux fédéraux auraient pu le faire plus tôt dans la soirée. Ils n'avaient qu'à appuyer leurs cousins du PLQ qui, eux, ne voulaient pas voir Charest sur l'estrade !

Quand, au cours d'une discussion au Métropolis, le chef de cabinet de Daniel Johnson, Pierre Anctil, annonce la nouvelle à Jean Bazin, celui-ci explose : « Pardon ?

— Il est normal que Johnson parle comme chef du camp du *non*, il est normal que Chrétien parle comme premier ministre du Canada. Pour le reste, explique Anctil, il y en a plusieurs qui pourraient avoir des prétentions, mais c'est un événement formel.

— J'ai des nouvelles fraîches pour toi ! Ça va barder tout à l'heure, parce que tu réussiras pas à empêcher Charest de monter sur l'estrade ! »

L'avocat va tout de suite voir John Rae, un proche de Chrétien qui représente les libéraux fédéraux : « John, si c'est comme ça, prépare-toi, parce qu'il va y avoir de la merde ce soir ! » Rae — notons-le — est d'accord avec les conservateurs : on doit donner à Charest la chance de s'exprimer. Le président du comité organisateur du *non*, Michel Bélanger, est du même avis. Devant ce front commun, Anctil plie.

Ainsi, si certaines personnes voulaient écarter Jean Charest, ce sont les libéraux provinciaux, non ceux de Jean Chrétien. Leur crime à eux, c'est de l'avoir « oublié » dans un moment d'impatience. Charest lui-même rigole quand il raconte l'incident aujourd'hui. « Les gens autour de moi étaient plus choqués que je ne l'étais, explique-t-il. J'étais fatigué, le référendum était fini. » Mais son entourage se rappelle d'un chef qui, ce soir-là, n'était rien de moins que furieux.

Quel effet ?

De tous les porte-parole fédéralistes, Jean Charest est certes celui qui a fait la meilleure campagne. Alors que l'avance du *non* s'effritait et que les militants déprimaient, ses performances ont eu le don de les gonfler à bloc. Mais Charest n'a pas gagné le référendum. Il semble même que l'impact de ses interventions sur le résultat du vote ait été marginal. Dans les derniers jours de la campagne, la maison SOM a demandé aux Québécois quelle personnalité avait le plus influé sur leur choix. Parmi les partisans du *non*, 21 % ont répondu que c'était Daniel Johnson, contre seulement 13 % pour Jean Charest, à égalité avec... Jean Chrétien. « Il est possible que Charest ait fait un bon *show* pour consolider nos militants, avance Jean Masson, un des principaux organisateurs du camp fédéraliste. Est-ce que cette performance-là a permis d'aller chercher du vote ? Peut-être, mais je ne crois pas que ça ait été un facteur déterminant. »

Personne n'est mieux placé pour trancher la question que Grégoire Gollin, le sondeur du camp du *non*. Durant toute la campagne référendaire, Gollin a suivi l'évolution de l'opinion publique quotidiennement. À son avis, les interventions de Jean Charest, malgré la passion, malgré le coup du passeport, n'ont pas eu d'effets sensibles sur l'électorat. « Il y a vraiment eu un effet Bouchard qui a changé complètement la situation, mais je n'ai pas vu d'effet Charest du tout. » Pour Gollin, le point marquant de la campagne, l'événement qui a permis au *non* de remonter la pente et d'éviter la défaite, c'est l'assemblée de Verdun. Or, ce soir-là, les bulletins de nouvelles n'en avaient que pour les timides ouvertures constitutionnelles du premier ministre Chrétien, le discours de Charest passant quasiment inaperçu. Il faut enfin noter que, même là où l'influence de

Charest est la plus forte, soit dans son comté de Sherbrooke, le *oui* a obtenu plus de votes que le *non*.

La campagne référendaire va tout de même permettre au chef du PC d'acquérir un énorme capital de sympathie à travers le pays. « Jean Charest est devenu une personnalité d'envergure nationale, dont les perspectives d'avenir sont illimitées », écrit durant la campagne le réputé chroniqueur du magazine *Maclean's*, Peter C. Newman. Au lendemain de la victoire du *non*, certains stratèges libéraux fédéraux se demandent même si le premier ministre Chrétien ne devrait pas inviter Charest à faire partie de son cabinet.

Cependant, l'incident de la soirée référendaire a contribué à refroidir les relations entre les deux hommes, jusqu'ici relativement chaleureuses. Après l'effondrement des conservateurs en 1993, le nouveau premier ministre avait invité Charest à prendre le café dans son bureau. Les deux hommes avaient notamment évoqué leur défaite respective lors de courses à la direction de leur parti. « J'ai bien aimé l'homme, plus que je ne m'y attendais », avait confié Charest à un journaliste. À la suite du référendum, Chrétien et Charest se rencontrent de nouveau. Au cours de ce souper au 24 Sussex, Charest recommande à son aîné de ne pas faire de gestes cosmétiques qui ne régleraient en rien le problème du Québec. L'atmosphère, ce soir-là, est moins détendue que deux ans plus tôt, et le premier ministre ne suivra pas les avis de son cadet. Bientôt, Charest ne supportera plus le leader libéral, au point que, dans ses conversations privées, le député de Sherbrooke accompagne fréquemment le nom de Jean Chrétien de quelques sacres bien sentis : « Si c'était pas de ce christ-là, il y a longtemps que le problème de l'unité nationale serait réglé ! » « Jean s'est senti plusieurs fois poignardé par Chrétien, et il ne lui fait pas confiance du tout », affirme le député conservateur David Price, un ami de longue date du Sherbrookois. Price se souvient d'une discussion téléphonique entre Charest et le premier ministre tout au début de l'année 1998. À l'époque, le chef conservateur réclamait la tenue d'un débat aux Communes sur la participation canadienne à une éventuelle offensive américaine contre l'Irak. « La conversation avait commencé de façon très civilisée », raconte le député, qui se trouvait dans le bureau de son chef à ce moment-là. « Mais le ton avait rapidement monté. » Tellement que Charest avait demandé à son ami : « David, voudrais-tu sortir s'il te plaît ? »

Jean Charest a beau garder contre Lucien Bouchard une rancune profonde, celle-ci est mêlée d'un certain respect pour son ancien collègue. Charest n'a pas le même respect pour Jean Chrétien. « Avec Bouchard, Jean se voit comme dans un combat, un match de tennis, explique M. Price. Tandis qu'il ne voit pas Chrétien comme quelqu'un à combattre, parce qu'il ne le considère pas du même niveau que lui. »

« T'es qui, toi ? »

La campagne référendaire terminée, Jean Charest doit revenir sur le plancher des vaches. C'est-à-dire redevenir chef du Parti progressiste-conservateur du Canada, avec deux députés... et rien d'autre. Sa frustration devant l'impossibilité de s'exprimer à la Chambre des communes atteint à cette époque son point culminant. Lorsqu'en décembre 1995 le gouvernement libéral dépose une motion reconnaissant que le Québec forme une société distincte, le Bloc québécois et le Reform Party refusent au chef conservateur le privilège de prendre la parole à la suite des autres leaders de parti. Au cours d'un vif échange dans le lobby de la Chambre, le chef du Bloc, Michel Gauthier, envoie littéralement promener le député de Sherbrooke : « T'es qui toi ? Ton parti est-il reconnu en Chambre ? » Il faut dire que, du temps du gouvernement Mulroney, les conservateurs n'avaient pas fait de faveurs aux bloquistes, qui à l'époque ne formaient pas encore un parti reconnu. Néanmoins, Charest n'en revient toujours pas : « Jamais je n'avais vu un parlementaire se faire traiter comme ça ! Me faire dire ça, dans le lobby de la Chambre ! Ça m'a sonné. » Sonné au point qu'il décide de ne pas se présenter au vote, préférant participer à une fête de Noël tenue à quelques pas de la Chambre. Certains diront que, en s'abstenant ainsi de voter en faveur de la société distincte, Charest a voulu éviter de s'aliéner les électeurs de l'Ouest. En tout cas, cette absence mécontentera des bleus québécois, et le chef conservateur conviendra qu'il a fait une erreur : « Agir par dépit, ce n'est peut-être pas la meilleure façon de raisonner. »

C'est pourtant encore le dépit qui, peu de temps après, lui donne l'idée d'une alliance parlementaire avec les réformistes. Avec l'appui des deux conservateurs, le parti de Preston Manning aurait pu ravir le statut d'opposition officielle au Bloc québécois. En échange, les Réformistes auraient accordé à Charest et à sa collègue Elsie Wayne un droit de parole plus étendu. Le fait que Charest, qui avait toujours rejeté catégoriquement toute idée de fusion avec les réformistes, ait pu même penser à une telle alliance donne une mesure de sa frustration. Dès qu'il entend la nouvelle, le sénateur Pierre-Claude Nolin s'empresse d'appeler son chef : « Qu'est-c'est ça, cette affaire-là ? Au Québec, ça ne marchera jamais ! » De fait, la réaction est sans équivoque : « M. Charest pactise avec le diable », dénonce Raymond Giroux, du *Soleil*. « Pitoyable ! s'exclame Pierre Gravel, de *La Presse*. Incapable de se résigner à la marginalité où l'ont réduit les électeurs, Jean Charest vient de démontrer qu'il est prêt à toutes les compromissions pour essayer de garder la tête hors de l'eau. » Comprenant qu'il vient de commettre une bourde, le chef conservateur ne perd pas de temps pour faire marche arrière : « C'était une erreur politique », convient-il.

Cette tempête passée, Jean Charest doit s'attaquer au deuxième R de son programme, la rédaction d'un nouveau programme. L'opération visait évidemment à doter le parti d'idées nouvelles à présenter à l'électorat. Mais il s'agissait aussi d'occuper les militants, à qui il fallait bien donner quelque chose à faire, sans quoi on risquait de les perdre dans la brume. L'exercice de consultation a été confié à l'avocat montréalais Jacques Léger et à Roxanna Benoit, une permanente du parti. Six mois durant, Léger et Benoit ont rencontré les conservateurs de tout le pays. « Nous sentions une effervescence parmi les militants, explique Léger. Les gens voulaient s'exprimer, parce qu'ils avaient l'impression d'avoir été floués par la direction du parti à la fin du mandat de Brian Mulroney, l'impression que la direction du parti était déconnectée de la base. » Cette effervescence a abouti à un rapport touffu de cent cinquante pages, soumis à un congrès d'orientation du parti tenu à la fin août 1996 à Winnipeg.

Cette assemblée, à laquelle participent mille cinq cents militants, apporte au Parti conservateur une importante couverture médiatique, fort bienvenue après trois années d'obscurité. Cependant, elle donne aussi lieu à de difficiles débats sur les orientations futures du parti. Les jeunes présentent plusieurs modifications visant à positionner le parti plus à droite sur l'échiquier politique. Ils veulent, par exemple, que le PC s'engage à diminuer substantiellement les impôts dès son arrivée au pouvoir, comme l'ont fait les conservateurs ontariens de Mike Harris, portés au pouvoir l'année précédente. Les jeunes tories proposent aussi le rétablissement de la peine de mort et le renvoi des jeunes contrevenants de dix ans et plus devant les tribunaux pour adultes. Plusieurs résolutions visent à réduire la portée du chapitre du nouveau programme portant sur la société distincte, chapitre rédigé en partie par Charest lui-même. En bout de ligne, la grande majorité de ces modifications sera rejetée. Le chef n'aura à faire que quelques compromis, notamment en prenant l'engagement de baisser les impôts de 10 % à 20 % durant un éventuel premier mandat. Jean Charest et son parti sortent ragaillardis du congrès de Winnipeg. Mais les sondages ne leur donnent toujours que 12 % des intentions de vote. Et les débats qui ont eu lieu entre les militants annoncent des affrontements encore plus déchirants.

Le congrès a accouché du programme du Parti progressiste-conservateur du Canada, « Bâtir un Canada pour le citoyen », une brochure de soixante pages. Reste à franchir la dernière étape du processus, la transformation de ce document ennuyeux en engagements clairs, percutants, séduisants, c'est-à-dire en plate-forme électorale. Cette tâche, Charest la confiera à Leslie Noble, militante qu'il a bien connue lors de sa course à la direction en 1993, et qui a été la principale rédactrice de *La Révolution du bon sens*, le programme qui a valu la victoire à Mike Harris. Le choix n'est pas sans provoquer certaines inquiétudes. D'une part, il montre que le chef a fait de la conquête de l'Ontario sa priorité. D'autre part, Noble est reconnue autant pour sa tête dure que pour son intelligence.

La première mouture du document présentée par Noble au comité du programme suscite de vives réactions. Les francophones cherchent, en vain, quelques paragraphes sur le Québec. « Il n'y avait rien ! se souvient l'avocat Jacques Léger. Idéalement, Noble aurait voulu ne pas en parler du tout. Nous avons fait une levée de boucliers et demandé de rencontrer Charest pour qu'il arbitre. » Charest sait qu'il ne peut publier un programme qui ne mentionnerait pas, ne serait-ce qu'en termes prudents, la reconnaissance du Québec comme « société distincte ». Les Québécois du comité et Charest rédigeront finalement un texte ne comprenant aucun engagement précis et visant à rassurer les Canadiens anglophones : « Il ne s'agit pas d'accorder au Québec des pouvoirs ou des privilèges spéciaux, un traitement de faveur ou une supériorité quelconque sur les autres provinces. Il s'agit tout simplement de reconnaître une réalité historique, qui existe depuis plus de deux cents ans. »

Le plus gros du texte pondu par Leslie Noble et son complice Alister Campbell porte sur l'économie. Inspirés du programme du parti provincial ontarien, ces chapitres sont également fort contestés par certains stratèges conservateurs. Plusieurs trouvent que les compressions de dépenses annoncées sont trop importantes. « Ils allaient décimer l'assurance-chômage ! » affirme l'un des membres du comité, Andy Walker, de l'Île-du-Prince-Édouard. On renvoie Noble à sa table de travail. Lorsqu'elle revient avec une deuxième version… « Il n'y avait pratiquement aucun changement ! s'exclame Léger. C'était extrêmement difficile de les faire [changer d'idée]. Ils avaient l'oreille du chef. »

La plate-forme doit être publiée à la mi-mars 1997. Mais le comité n'avance pas, les disputes succédant aux manœuvres, le tout entremêlé de conflits de personnalités. Deux semaines avant la date de publication prévue, quelques membres du comité demandent à rencontrer Jean Charest. Ils exigent que la rédaction du programme électoral soit confiée à quelqu'un d'autre qui pourra en arrondir les angles. La tâche revient à Geoff Norquay, un ancien rédacteur de Brian Mulroney. Les derniers arbitrages se feront donc entre Charest, Norquay et Noble.

La plate-forme publiée le 18 mars 1997 promet une baisse de 10 % de l'impôt des particuliers dès la présentation du premier budget d'un gouvernement conservateur. En outre, les conservateurs s'engagent à réduire de cinq milliards les cotisations des travailleurs à l'assurance-emploi. Cela ne les empêche pas de viser l'élimination du déficit du gouvernement fédéral en l'an 2000. Pour y arriver, ils annoncent des compressions massives dans les dépenses du gouvernement : le budget du ministère de l'Agriculture sera réduit de 600 millions, celui des Ressources naturelles de 400 millions, celui des Travaux publics de 1,4 milliard ! « Les militants avaient demandé qu'on baisse les impôts, mais pas au point de réduire les dépenses de 12 milliards de dollars ! » proteste Heather Conway, fidèle conseillère économique de Charest depuis 1993, mais qui s'est tenue loin du processus en 1997 parce qu'elle estimait que Noble et Campbell « visaient leur propres objectifs ». Malgré l'œuvre d'adoucissement menée par Norquay, « c'était leur document, leur philosophie qu'ils avaient réussi à vendre à Jean Charest », selon Jacques Léger.

Un autre passage du programme suscitera le mécontentement des conservateurs modérés, celui qui promet d'abroger la nouvelle Loi sur les armes à feu adoptée par le gouvernement libéral. Le paragraphe est si succinct qu'on ne sait trop s'il s'agit seulement, comme le diront plus tard les porte-parole du parti, d'éliminer l'enregistrement obligatoire des armes à feu, ou bien si on souhaite libéraliser davantage les règles. Leslie Noble affirme que cet article n'a été inscrit dans la plate-forme qu'à la demande des sénateurs conservateurs : « À la suite d'une réunion du caucus, M. Charest nous a dit : "Mettez ça dans le programme". » Jacques Léger, quant à lui, soutient que son chef était fort mécontent du caractère radical des termes employés : « Les mots qui sont utilisés lui ont déplu. Ce ne sont pas ses idées à lui, il s'en serait passé volontiers. » Cela n'empêchera pas Charest de se mettre en colère lorsque, durant la campagne, un reporter osera insinuer qu'il ne croit pas vraiment au contenu de son programme sur cette question.

Le texte rédigé par Leslie Noble comportait un élément original, le concept d'un nouveau Pacte canadien, tributaire des travaux récents de l'économiste Tom Courchene et d'un ancien conseiller constitutionnel de Pierre Trudeau, André Burelle. En vertu de cette nouvelle entente, le gouvernement fédéral céderaient aux provinces les points d'impôt correspondant à sa part dans le financement des soins de santé et de l'enseignement postsecondaire. Ce faisant, les provinces ne seraient plus à la merci des compressions d'Ottawa dans ces secteurs. En contrepartie, les gouvernements provinciaux s'entendraient avec le gouvernement canadien sur des normes de qualité des services offerts dans ces domaines, des normes nationales qui auraient force de loi.

Jean Charest avait aussi demandé aux auteurs du rapport d'y inclure un chapitre sur ses dadas : les jeunes et l'éducation. Certes, l'éducation est un domaine de compétence provinciale mais, dira la plate-forme conservatrice, « la réussite de nos étudiants se répercutera sur le pays tout entier ». Les conservateurs proposaient l'établissement de normes et de programmes pédagogiques pancanadiens. Dans ce domaine, comme dix ans plus tôt à l'époque de « L'école avant tout », Charest avait bien du mal à se retenir d'empiéter sur les compétences provinciales.

Quoi qu'il en soit, le Parti progressiste-conservateur du Canada avait rarement présenté à l'électorat un programme aussi étoffé. Le deuxième R était donc accompli. Cependant, on était loin du troisième R, le retour au pouvoir.

Les barreaux de l'échelle

Pour accéder au pouvoir, les partis politiques ont besoin d'un chef, d'idées, d'argent, de militants et de chance. La chance est peut-être le facteur le plus important. Le chef vient ensuite, puisque c'est par lui que les électeurs prennent connaissance des idées véhiculées par le parti. Mais il ne faut pas négliger les militants, ce groupe qui comprend autant les gens d'affaires disposés à financer le parti, les organisateurs prêts à se consacrer corps et âme que les simples partisans qui collent les affiches et cachettent les enveloppes. Certains de ces militants sont là parce qu'ils espèrent obtenir des contrats ou un emploi en retour de leur dévouement. D'autres font de la politique par idéal. Mais un grand nombre, peut-être la plupart, agissent par pur plaisir, la politique faisant office de drogue et le parti de club social. Quelles que soient leurs motivations, ces gens ont besoin de se sentir appréciés. Et il n'y a pas plus belle récompense que de recevoir chaque année la carte de Noël du chef. Ou, encore mieux, un coup de téléphone. N'eussent été les qualités exceptionnelles de Jean Charest — son opiniâtreté, son sens politique, ses talents d'orateur —, le Parti progressiste-conservateur du Canada n'aurait peut-être pas survécu à la catastrophe de 1993. Cependant, devenu chef, le Sherbrookois a aussi révélé ses faiblesses, des faiblesses qui ont éloigné bien des gens de lui et du parti. Être éminemment sociable, Jean Charest est aussi un solitaire. Il s'appuie sur un petit groupe dont il ne sort que par stricte nécessité. Les autres, qu'ils soient députés, organisateurs ou bénévoles, ont parfois l'impression de n'être que de la chair à canon.

Certains militants, les plus expérimentés sans doute, acceptent sans trop de mal l'indépendance de leur chef. Les autres finissent par se lasser. C'est pourquoi on trouve le long du chemin parcouru par Jean Charest des dizaines d'admirateurs déçus, abandonnés ou amers. Parmi eux, on compte des partisans et artisans de la première heure, comme Pierre Gagné et Albert Painchaud, à qui Charest ne donne que rarement signe de vie. Plus grave peut-être, on trouve aussi des jeunes qui auraient tout donné pour lui et qui se sont sentis soit oubliés, soit écartés. On pense à Marie-Josée Bissonnette et à Martin Desrochers, sans qui la campagne au leadership de Charest en 1993 n'aurait peut-être jamais démarré.

L'avocat Jean-Martin Masse, organisateur conservateur depuis plusieurs années, coprésident de la campagne québécoise du parti en 1997 et candidat dans Saint-Laurent-Cartierville, raconte le coup de téléphone qu'il a reçu de son chef dans les jours qui ont suivi le scrutin :

« Bonjour, Jean-Martin, c'est Jean.

— Salut, Jean !

— Merci beaucoup pour la lutte que tu as menée. J'espère que tu vas te représenter aux prochaines élections. Merci encore, et à la prochaine.

— Allô ? »

C'était tout. Jean Charest était passé à un autre appel. « J'aurais compris s'il s'était agi d'un candidat au Yukon qu'il n'avait jamais rencontré, s'emporte Masse. Mais quand ça fait douze ans que tu connais le gars ! »

« Il n'y a plus personne qui pense devenir millionnaire en faisant de la politique, ajoute Masse. Le moteur de ta motivation comme militant ou comme organisateur, c'est la reconnaissance, de te faire dire merci quand tu as travaillé douze heures par jour, et de penser que tu as l'oreille du chef. »

Dans les milieux politiques, on appelle cela le *networking*. Il ne s'agit pas seulement de connaître beaucoup de gens et de pouvoir les reconnaître, comme le peut fort bien Jean Charest. Le *networking*, c'est l'art de cultiver ce réseau.

La politique est faite de relations humaines. Dans une vaste étude sur le leadership, le politologue américain James MacGregor Burns cite un politicien municipal du début du siècle, George W. Plunkitt, qui expliquait que pour conserver son siège il faut « étudier la nature humaine et agir en conséquence ». « Pour apprendre ce qu'est la nature humaine, poursuit-il, il faut aller parmi les gens, les voir et en être vu. Je connais chaque homme, chaque femme et chaque enfant dans mon district. Je sais ce qu'ils aiment et ce qu'ils n'aiment pas, leurs forces et leurs faiblesses, et je les touche en les approchant de la bonne façon. » « Quelle que soit la culture politique, conclut MacGregor Burns, l'efficacité du chef de parti a toujours dépendu de sa capacité d'offrir une aide matérielle ou psychologique, plutôt que des conseils ou des sermons abstraits[2]. »

Quand on est chef de parti plutôt que conseiller municipal, on ne peut toujours « étudier la nature humaine » *in vivo*. C'est le téléphone qui sert de lien permanent entre le chef et ses militants. C'est par le téléphone que Brian Mulroney s'est construit le formidable réseau d'amis qui lui a permis de devenir premier ministre du Canada. En restant constamment en contact avec ces centaines de personnes, Mulroney donnait l'impression à chacune d'entre elles qu'elle était importante. « Ce réseau le nourrissait autant en informations politiques qu'en commérages, explique un biographe de Mulroney. Le système faisait aussi office de sondage informel et lui permettait d'être au courant des derniers développements dans les milieux du droit, des affaires et du gouvernement[3]. » En transformant les contacts en amis, le chef fait plus que se garantir de leur loyauté et de leur dévouement. Il s'assure de recevoir un flot constant d'informations provenant de sources diversifiées, indépendantes de son cercle d'intimes. « Au Québec, la politique, c'est une petite famille, et il faut que tu gardes tes entrées parmi ces gens-là, souligne Jean-Martin Masse. Il faut que tu aies le pouls. »

L'incapacité de Jean Charest à cultiver son réseau, à flatter ses militants dans le sens du poil a été constatée il y a belle lurette par ses proches. Tous ont essayé d'y remédier, par exemple en lui imposant une liste d'appels à faire régulièrement. Tous se sont butés à la même réponse : « Pourquoi je l'appellerais ? Pour lui dire quoi ? » « Nous avons tous réussi à un moment ou à un autre à lui faire faire des blitz, mais pas à créer une habitude », constate Denis Pageau, longtemps directeur des opérations du PC au Québec. Certes, les conservateurs

---

2. James MacGregor Burns, *Leadership*, New York, Harper & Row, 1978, p. 311-312.

3. John Sawatsky, *Mulroney, The Politics of Ambition*, Toronto, Macfarlane, Water & Ross, 1991, p. 214-216.

québécois ont peut-être acquis une sensibilité particulière à cet égard durant les années Mulroney. Les leaders politiques ne devraient pas être tenus de verser dans ce genre de téléphonomanie. Cependant, comme beaucoup d'autres, Pageau estime que le fait d'entretenir des liens personnels entre le chef et les militants est essentiel : « Si tu travailles pour un gars depuis deux ans et qu'il ne t'a jamais appelé, tu finis par te demander ce que tu fais là. »

Les attentes des militants sont d'autant plus grandes que, dans ses discours et dans son comportement, Charest donne l'impression d'être un homme extrêmement chaleureux. « Les gens voudraient tellement être proches de lui ! » dit Pageau. Mais le chef ne veut rien savoir : « Il ne donne pas sa confiance facilement. » C'est une partie du paradoxe, de l'énigme Charest.

Celui-ci garde ses distances, même avec ceux qui travaillent quotidiennement avec lui. Seul le clan de Sherbrooke a accès à l'âme du dieu local. L'Albertain Albert Cooper a été chef de cabinet de Jean Charest pendant un an et demi. Lors d'une entrevue, il a raconté que, souvent, Charest prenait des décisions ou négociait des ententes sans l'en aviser : « Je lui disais : "Appelle qui tu veux, décide ce que tu veux, mais avertis-moi, sinon je ne pourrai pas travailler efficacement." Mais il finissait toujours par faire des choses sans me mettre au courant. Souvent, je devais le forcer à me parler, à m'expliquer ce qu'il pensait et quels étaient ses objectifs. »

La distance que met Jean Charest entre lui et ses militants pourrait un jour lui jouer de vilains tours. Les militants sont toujours d'une fidélité exemplaire quand les sondages sont encourageants. C'est quand les choses vont mal que la véritable loyauté se mesure. Or, si le chef n'a pas fait tous les efforts nécessaires pour cultiver cette loyauté, il peut être brusquement abandonné par des gens sur qui il croyait pouvoir compter. « C'est une qualité très, très importante pour un leader politique », estime l'ancien premier ministre Mulroney, qui est parfaitement conscient des manques de son poulain à cet égard. « C'est pour ça que mon caucus est demeuré solidement derrière moi à travers toutes les crises que nous avons connues, poursuit l'ex-leader conservateur. Je connaissais tout le monde intimement, je recevais mes députés. Si le chef ne fait pas ça, quand les choses vont mal, les membres du caucus se disent : "Ça va mal, et puis, ce gars-là, on ne le connaît pas, il ne nous appelle pas, nous sommes juste là comme des faire-valoir !" Dans mon cas, les gens disaient : "Ça va mal, mais ce n'est pas sa faute !" »

Quand je lui ai fait remarquer au cours d'un entretien que beaucoup de gens le trouvaient distant, Jean Charest m'a répondu : « C'est un défaut ? » Puis il a expliqué : « Je suis à l'aise avec les gens. Je les aime bien, mais en même temps il y a une certaine distance à respecter. J'aime bien avoir un certain recul. »

Mais le problème est plus profond. Même si on le voit partout, même s'il adore passer des heures à serrer des mains et à placoter avec ses partisans, Jean Charest est un chef sous verre. Jusqu'à maintenant, ce blindage ne l'a pas empêché d'être un politicien extraordinairement efficace. Peut-être même cet écran lui a-t-il permis de survivre, de conserver, par exemple, une certaine vie de famille. L'histoire dira s'il lui sera possible de poursuivre son ascension tout en tenant à distance, et parfois en abandonnant à leur sort, les gens qui servent de barreaux à son échelle.

Une campagne maniaco-dépressive

« Charest, ça lui prend une campagne », me disait un jour un de mes collègues de *La Presse,* Vincent Marissal. C'est en effet pendant les campagnes électorales que le député de Sherbrooke ressort du lot. De ministre ou leader marginal qu'il est en temps de paix, il finit toujours par s'imposer, grâce à ses talents de *campaigner,* comme un joueur de premier plan.

Cependant, à la veille de la campagne menant aux élections du 2 juin 1997, la machine bleue émet des bruits inquiétants. À Toronto, certains organisateurs paniquent : personne n'a réservé l'avion et l'autobus pour la tournée du chef. Ils demandent des résultats de sondages, mais rien n'est disponible. Il y a beaucoup de réunions, beaucoup de parlotte, mais sur le terrain rien ne se passe. Les quartiers de campagne à Ottawa ont bien été loués… mais il n'y a pas encore de mobilier. En entendant ces bruits, Jean Charest s'informe auprès des coprésidents de la campagne, les sénateurs Pierre-Claude Nolin et David Tkachuk. Ceux-ci le rassurent… jusqu'à ce que, un samedi matin, le chef reçoive un appel de Freddy Watson. Freddy, c'est l'un des chauffeurs d'autobus du Parti conservateur. Si Freddy se permet d'appeler son chef un samedi matin à North Hatley, c'est que les choses vont mal. « Patron, si le parti ne commande pas l'autobus avant lundi, il ne sera pas prêt pour la campagne électorale! » Charest n'en revient pas. « On ne me donnait pas l'heure juste », dit-il aujourd'hui.

Pourquoi s'énerver avec l'autobus? Imaginez si, le jour du déclenchement des élections, les journalistes avaient appris que Jean Charest ne pouvait entreprendre sa tournée… faute d'autobus pour les médias! « C'était fini, on aurait pu oublier les trente-six autres jours de la campagne », estime Charest.

À quelques jours du déclenchement du scrutin, il doit se résoudre à mettre de côté les sénateurs pour confier l'organisation à la fidèle Jodi White, celle-là même qui avait dirigé sa campagne au leadership quatre ans plus tôt. Mme White sera en mesure de régler rapidement les problèmes pratiques. Cependant, ce changement d'état major à la veille de la bataille aura pour effet de semer la confusion quant à la stratégie électorale. Les Ontariens, en particulier Leslie Noble, estimaient que l'accent devait être mis sur leur plate-forme. L'équipe de Jodi White choisira plutôt de mettre en évidence la personnalité du chef, au grand mécontentement de Noble. Le responsable du financement du parti, l'homme d'affaires Peter White, s'est lui aussi senti écarté des grandes orientations stratégiques. Jodi White, dit-on partout dans le parti, a le défaut de monopoliser toutes les décisions. Et puis elle n'a jamais rien gagné…

« La stratégie électorale a été définie beaucoup trop tard », constate aujourd'hui une organisatrice conservatrice de Toronto, Jan Dymond. Confusion, désaccords, cela explique en partie qu'au cours des premières semaines, Charest n'est tout simplement pas parvenu à faire sa marque. En partie seulement, car en toute justice il faut dire qu'il ne restait pas beaucoup d'espace pour lui dans les médias, une fois qu'on avait parlé des libéraux, des bloquistes, des réformistes et du NPD.

Le chef conservateur sera une fois de plus servi par la faiblesse de ses adversaires. Se mettant les pieds dans le plat et la tête dans un bonnet, le nouveau chef du Bloc québécois, Gilles Duceppe, se révèle dès le début de la campagne comme une version souverainiste de la gaffeuse Kim Campbell. Se produit alors un phénomène tout à fait inattendu, y compris par les organisateurs bleus : le vote du Bloc se met à chuter, tandis que celui des conservateurs grimpe rapidement.

La remontée des conservateurs étonne tellement que le premier sondage qui la révèle est critiqué par plusieurs experts qui remettent en cause la méthodologie adoptée. « Un Québécois sur quatre s'apprêterait à voter conservateur ? Voyons donc ! » se moque le sondeur Jean-Marc Léger. Mais les enquêtes suivantes confirmeront le phénomène. Depuis des mois on se préparait à se battre en Ontario et voilà que le Parti conservateur fait des gains au Québec et dans les Maritimes ! Cependant, au Québec aussi, l'organisation connaît des ratés. Depuis deux ans, François Pilote tente de rebâtir les associations de comté une par une, au point d'en tomber malade. Mais il est seul, personne n'y croit. Oublions les candidats d'envergure nationale ou québécoise, Charest a un mal fou à dénicher des candidats qui ne feront pas honte au parti. Quand l'ancien député de Chicoutimi, André Harvey, un vieil ami de Jean Charest, décide de se représenter, même les membres de sa famille trouvent l'idée farfelue. Candidat conservateur ? Au Québec, en 1997 ? Voyons donc, André ! « On se retrouvait avec une situation maudite, dit l'ancien député Gabriel Desjardins, alors président de l'aile québécoise du PC. Le travail de reconstruction était colossal. Il y avait une commande à livrer, qui n'a pas été livrée, pour des raisons compréhensibles. »

Selon Desjardins, on pouvait compter sur les doigts de la main les circonscriptions disposant d'une organisation structurée. André

Harvey constate *de visu* la faiblesse de l'organisation dans la région de Québec, lorsque la visite de Jean Charest n'attire que quatre cents personnes. « Ça m'a surpris que la grande région de Québec n'ait pas été en mesure de réunir plus de quatre cents personnes, confiera Harvey quelques mois plus tard. Ça, c'était un problème d'organisation. Il n'y avait pas de coordination. Nous étions partis de trop loin. »

Les sondages ont beau être prometteurs au Québec, les organisateurs sont inquiets : qui fera sortir le vote ? C'est-à-dire qui fera le pointage permettant d'identifier les électeurs susceptibles de voter bleu ? Qui, ensuite, les rappellera le jour du vote pour s'assurer qu'ils iront bel et bien voter ? Qui transportera les personnes âgées jusqu'aux bureaux de scrutin ? Difficulté supplémentaire : beaucoup de candidats sont jeunes, sans expérience. Aveuglés par la gloire éphémère que leur offrent les journaux locaux, ils négligent le travail de terrain.

Il y a donc des faiblesses dans les comtés. De leur côté, les candidats estiment qu'ils sont mal appuyés par la permanence du parti. « Il n'y avait pas d'organisation provinciale ! » résume l'ancien député de Kamouraska-Rivière-du-Loup, André Plourde, de nouveau candidat en 1997. Plourde se rappelle que, contrairement à ce qui s'était produit lors des scrutins précédents, le matériel publicitaire n'était pas prêt au moment du déclenchement de la campagne. Réunis à Sherbrooke pour une séance de formation le jour même, les candidats s'attendaient à s'y faire livrer les affiches et panneaux publicitaires généralement fournis par le parti. En vain. « Il a fallu s'organiser tout seul, déplore M. Plourde. Quand nous avions des problèmes, il n'y avait jamais personne pour les régler. »

Outre le peu de moyens dont dispose la permanence à Montréal, ce n'est pas l'harmonie parfaite parmi les principaux stratèges de la campagne. Certains, dont le coprésident de la campagne Jean-Martin Masse et l'ancien député Gabriel Desjardins, se sentent de plus en plus exclus, les pouvoirs étant concentrés entre les mains des proches de Charest : Jean-Bernard Bélisle, Claude Lacroix, François

Pilote et Suzanne Poulin. « C'est passé d'une table de vingt, à cinq, à deux », dit l'un des mécontents. Impossible pour qui que ce soit d'exprimer une critique à l'égard du chef : « C'était un peu comme le Soviet suprême. La trappe s'ouvrait et il y en a un qui disparaissait ! »

Les électeurs, évidemment, ne savent pas grand-chose de ce qui se cache derrière l'image sans faille de Jean Charest. D'ailleurs, heureusement qu'il y a Charest.

En ce printemps 1997, notre homme est en grande forme. Depuis qu'il s'entraîne régulièrement — dans les Cantons de l'Est, il a son entraîneur personnel, tandis qu'à Ottawa, il fait de la bicyclette stationnaire en regardant les nouvelles —, il a beaucoup maigri. « Je le fais pour moi », jure-t-il aux journalistes, qui soupçonnent plutôt des motivations reliées à sa santé… politique ! Charest sort gagnant des deux débats et demi qui ont lieu à la mi-mai. Deux débats et demi, car le débat français a dû être interrompu, puis repris quelques jours plus tard, la modératrice Claire Lamarche ayant été victime d'un malaise. Au cours du débat en langue anglaise, Charest a pu lancer quelques « balles rapides ». Par exemple, quand le premier ministre Chrétien soutient que les Canadiens commencent à voir « la lumière au bout du tunnel », le chef conservateur rétorque : « La lumière qu'a vue M. Chrétien au bout du tunnel, c'est le blanc des yeux des électeurs canadiens ! » Puis le Sherbrookois s'attire une ovation de la salle avec ce plaidoyer sur l'unité canadienne, en réponse au chef du Bloc québécois : « J'ai des nouvelles pour vous, j'ai l'intention de faire fonctionner ce pays, parce que s'il y a une promesse que j'ai faite à mes enfants, c'est de leur léguer le pays que j'ai reçu de mes parents ! » Le truc des enfants, ça marche à tout coup.

Charest décortiqué

La linguiste Guylaine Martel, chercheure à l'Université Laval, a réalisé une étude détaillée de la prestation de Jean Charest durant ces débats. « Son succès ne repose pas que sur ses indéniables qualités d'orateur, a conclu Mme Martel. Il est aussi le résultat de toute une stratégie qui laisse des traces dans son discours — un discours qui n'est bien sûr pas aussi spontané qu'il y paraît[4]. » Sans avoir jamais parlé aux gourous des débats de Charest, l'universitaire a décelé chacune des tactiques qu'ils ont enseignées à leur poulain au cours des années. Par exemple, elle souligne que Charest procède souvent par énumération (« Moi, ce que je veux faire, c'est proposer d'abord quatre choses… »), et qu'il ramène constamment les enjeux à des expériences personnelles, soit les siennes, soit celles de simples citoyens (« Si vous êtes un entrepreneur puis que vous avez une nouvelle commande… »). La chercheuse a aussi remarqué comment Charest s'y prend pour monopoliser le temps d'antenne : « Lors des périodes de discussion, Charest n'a aucune difficulté à obtenir la parole et, contrairement à ses opposants, il n'est presque jamais interrompu. […] Il ne s'adresse jamais directement aux autres candidats ; il ne les interrompt pas pour prendre la parole, il la demande à la modératrice. » Charest, a noté Mme Martel, ne regarde pas ses rivaux, mais la caméra. « L'une des conséquences de cette stratégie est qu'elle rend l'interruption extrêmement difficile : d'un côté, les quatre chefs politiques ne peuvent refuser la parole au chef conservateur lorsque la modératrice même la lui accorde ; de l'autre côté, il est gênant d'interrompre un échange qui a lieu avec l'auditoire — qu'on tient par-dessus tout à ménager — ou de répliquer à un discours qui ne nous est pas directement adressé. »

Quand le député de Sherbrooke répond à une question venant de l'auditoire, il baisse le ton, et cherche « à créer une relation de personne à personne entre un seul homme — plutôt que le représentant de tout un parti — et les électeurs ». Mme Martel ne le dit pas mais, ça, c'est la méthode Clinton. Comme le président américain, Charest est passé maître dans l'art d'exprimer des émotions, réelles ou fictives. « Avec ses opposants, écrit la sociolinguiste, il est éner-

---

4. Guylaine Martel, « Le débat politique télévisé. Une stratégie argumentative en trois dimensions : textuelle, interactionnelle et émotionnelle ». À paraître dans GRIC (éd.), *Les Émotions dans les interactions*, Lyon, Kimé.

gique mais jamais nerveux, ferme mais jamais agressif; avec l'auditoire, il est souriant mais empathique, il avoue ses inquiétudes en même temps qu'il se montre rassurant. Comme pour le ton de sa voix, Charest fait preuve de beaucoup de nuances dans l'expression de ses émotions et il évite les extrêmes comme l'irascibilité et l'apitoiement. »

Les conservateurs, estime Guylaine Martel, présentent de leur chef « une version extrêmement romancée — une sorte de *lone ranger* plus près du peuple que du pouvoir ».

Jean Charest serait offusqué s'il lisait l'analyse de Mme Martel. Il tient à faire croire que ses succès dans les débats n'ont rien à voir avec des techniques ou des tactiques. « Mon expérience de l'image, disait-il au cours d'une interview le lendemain des débats, c'est que ça marche dans la mesure où c'est authentique. Faire de l'image quand ça ne colle pas à la réalité, ça ne marche pas. » Certes. Mais si Charest est un personnage authentique, il est aussi politicien, un politicien qui a beaucoup peaufiné l'art de la communication. Il suffit de comparer ses premiers discours à ceux qu'il fait aujourd'hui, ou les débats de 1993 à ceux de 1997, pour comprendre tout ce qu'il a retiré des conseils de Bruce Anderson et compagnie. « Pour moi, expliquait-il au cours du même entretien, les débats exigent un gros effort de concentration. Il faut écouter de ce que l'autre dit, puis ramasser ça. Aller dans un débat en pensant faire un *knock-out,* c'est la pire erreur que vous pouvez faire. Un débat, c'est d'être bien préparé, c'est passer son message, puis s'il y a une ouverture... » S'il y a une ouverture, on lance une balle rapide.

Échec et mat

Le momentum de la campagne bleue au Québec et dans les Maritimes se maintient jusqu'à la dernière semaine de la campagne. Le chef se met même à rêver : de passage à Québec le 24 mai, il prédit que son parti gagnera quarante des soixante-quinze circonscriptions de la province. Au grand dam des stratèges tories cependant, les sondages montrent que la vague se brise sur les rives de la rivière Outaouais. Leur dernier espoir, c'est que, voyant le vent se lever dans l'est, les électeurs ontariens se joindront au mouvement à la dernière minute. Deux événements viendront tuer cet espoir dans l'œuf.

Le 23 mai, le Reform Party diffuse une publicité s'attaquant aux politiciens du Québec : « La dernière fois, ces hommes [on voit les photos de Jean Chrétien et de Jean Charest] ont presque perdu notre pays… [on nous montre le résultat du référendum de 1995, OUI : 51 %, NON : 49 %]. » La publicité présente le parti réformiste comme offrant « une voix pour tous les Canadiens, pas seulement les politiciens du Québec », et se termine par les photos de Chrétien, de Charest, de Bouchard et de Duceppe, barrées d'un trait rouge. La publicité soulève tout de suite l'indignation, en particulier au Québec. Choqué, Jean Charest va jusqu'à traiter Preston Manning de fanatique *(bigot)*, une expression que plusieurs conservateurs anglophones trouveront excessive. « Ce commentaire ne nous a pas aidés, estime l'organisatrice torontoise Jan Dymond. Ça ne correspondait pas à son image d'attaquer quelqu'un de cette façon. Et puis beaucoup des réformistes mous que nous tentions d'attirer étaient d'accord avec ce que Manning disait. »

Le lendemain, au cours d'une entrevue accordée au réseau RDI, Jean Chrétien indique qu'il ne se plierait pas à un verdict serré lors d'un référendum sur la souveraineté : « Cinquante pour cent plus un dans un troisième référendum, je trouve que ce n'est pas raisonnable. » Les souverainistes feront leurs choux gras de cette déclaration durant toute la dernière semaine de la campagne. « Il nous a dit clairement qu'il n'accepterait pas un *oui* du Québec à une question que lui-même jugerait claire », se scandalise Gilles Duceppe.

Ces deux incidents ont pour effet de polariser le vote. Les Québécois nationalistes, qui avaient pu être séduits par Jean Charest, ressentent le besoin d'exprimer leur colère : ils retournent en masse au Bloc ; les fédéralistes attirés brièvement par les conservateurs reviennent à la ligne dure préconisée par les libéraux. Les stratèges conservateurs du Québec ont su qu'ils étaient en difficulté dès qu'ils ont

Les adversaires. Kim Campbell et Jean Charest au cours d'un échange avec les délégués, à l'occasion du congrès à la direction du Parti conservateur, en juin 1993. *Photo Bill McCarthy. Collection Jean Charest et Michèle Dionne.*

Le discours. La veille du vote, Charest livre un discours qui soulève les militants : « S'il-vous-plaît, supplie-t-il, lâchez-moi contre le Bloc québécois! ». *Photo Bill McCarthy. Collection Jean Charest et Michèle Dionne.*

La défaite. Jean Charest et Michèle Dionne, quelques minutes après l'annonce de la victoire de Kim Campbell. Charest espérait une marque de reconnaissance particulière. Campbell s'est contentée de déclarer qu'il était « toute une tortue ». *Photo Perry Beaton.*

Coupé! Après une campagne référendaire durant laquelle il a électrisé les foules fédéralistes, Charest prononce son discours le soir de la victoire du *non,* le 30 octobre 1995. À la télévision, les Canadiens verront plutôt l'allocution du premier ministre Jean Chrétien. *Photo Pierre McCann — La Presse.*

Les trois ténors. Jean Chrétien, Daniel Johnson et Jean Charest, quelques minutes avant la grande manifestation du camp du *non* à la Place du Canada, trois jours avant le référendum de 1995. *Collection Jean Charest et Michèle Dionne.*

La chambre d'hôtel. Jean Charest, Michèle Dionne et un conseiller, David McLaughlin, dans un hôtel de Toronto, en mars 1997. *Photo Bill McCarthy. Collection Jean Charest et Michèle Dionne.*

Déception. Soirée d'élections chez les Charest, à Sherbrooke, le 2 juin 1997. Au premier rang, Lise Dionne et Suzanne Poulin. Derrière, Jean Charest et son ami et conseiller Jean-Bernard Bélisle. *Photo Perry Beaton.*

« *À ce moment-ci…* » Le 2 mars 1998, à Toronto, Jean Charest commente la démission du chef du Parti libéral du Québec, Daniel Johnson. Il affirme ne pas être intéressé à la succession de Johnson… « à ce moment-ci ». *Photo Presse canadienne.*

Je choisis le Québec. Le 26 mars 1998, devant des dizaines de journalistes venus de partout au Canada, Jean Charest annonce sa décision de poser sa candidature à la direction du Parti libéral du Québec. Comme toujours, Michèle Dionne est à ses côtés. *Photos La Tribune.*

« *Jamais, jamais!* » Michèle Dionne avait juré qu'elle et son mari ne quitteraient pas le Parti conservateur pour la politique provinciale. Le 2 avril 1998, pendant que Jean fait son discours d'adieux à la Chambre des communes, Michèle observe la scène en pleurant. *Photo Presse canadienne.*

entendu les propos du premier ministre. « Quand Chrétien a fait son *move*, confie Jean-Bernard Bélisle, je me suis dit : échec et mat ! » Durant la dernière semaine, Bélisle et d'autres chercheront désespérément un moyen de sortir leur chef du *no man's land* dans lequel l'a plongé la déclaration du premier ministre. Que faire ? Que dire ? Charest tente de s'en tirer en évoquant de nouveau son « trou noir » : « Dès l'instant où nous entrons dans un scénario de brisure pour un pays, personne ne peut prévoir ce qui va arriver. » Mais le mal est fait, on ne l'écoute plus.

Pour les conservateurs, il ne fait aucun doute que la déclaration du premier ministre était une tactique délibérée pour saper la vague bleue. Il ne fait aucun doute non plus que c'est cette déclaration qui a cassé leur élan. Ils en veulent pour preuve les résultats des sondages quotidiens qu'ils menaient dans certaines circonscriptions témoins, sondages dont les résultats montrent en effet qu'autour du 25 mai le vote conservateur s'est mis à tomber après trois semaines de hausse rapide.

Mais, aussi frappants soient-ils, ces chiffres ne démontrent pas hors de tout doute que la déclaration de M. Chrétien a été la seule responsable de l'essoufflement conservateur. Cette thèse ignore l'effet qu'a pu avoir sur les électeurs francophones la campagne publicitaire des réformistes, lancée au même moment. En outre, si l'on en croit les graphiques des sondeurs bleus, la déclaration du premier ministre aurait sapé le vote conservateur le jour même de sa diffusion. Or, les experts en la matière savent que les électeurs mettent généralement quelques jours avant de réagir à un événement.

D'autres facteurs ont joué, notamment le fait que les autres partis, réagissant à la montée conservatrice dans les sondages, s'étaient mis à attaquer Jean Charest, qu'ils avaient ignoré jusque-là. Le 19 mai, au cours d'un important rassemblement à Jonquière, le premier ministre du Québec, Lucien Bouchard, avait lancé une charge à fond de train contre son ancien collègue, soutenant : « Jean Charest, c'est ce qui se rapproche le plus d'un clonage politique de Jean Chrétien ! » Puis, le 21 mai, les libéraux avaient dénoncé la promesse faite par les conservateurs d'abroger la loi sur le contrôle des armes à feu ; la mère d'une des victimes de la tragédie de l'École polytechnique avait alors lancé : « Regardez-moi dans les yeux, monsieur Charest : nous ne vous laisserons pas toucher à notre loi sur les armes à feu. »

La déclaration de M. Chrétien faisait-elle partie d'une stratégie délibérée pour nuire aux conservateurs ? Les libéraux jurent que non. Il est vrai que, s'ils avaient voulu donner le plus de retentissement possible à la déclaration de leur chef, ils auraient certainement procédé autrement. Le premier ministre aurait pu se prononcer sur le « 50 % plus 1 » pendant le débat en français ; il ne l'a pas fait. Il aurait pu le faire au cours d'un de ses discours ; il ne l'a pas fait. Pourquoi choisir une émission peu regardée, diffusée le dimanche à RDI ? Face au journaliste Daniel Lessard qui lui pose plusieurs questions sur la Constitution, Chrétien s'impatiente : « Vous me parlez de questions hypothétiques ! Ça fait la moitié de l'émission qu'on parle d'un problème dont les gens ne veulent pas entendre parler ! » Drôle de réaction de la part d'un politicien qui, apparemment, n'attend que l'occasion de lâcher sa bombe ! C'est seulement quelques minutes plus tard, quand Lessard lui pose une question précise sur le « 50 % plus 1 », que M. Chrétien donne la réponse qui a tant choqué les bleus québécois.

Quand on est partisan, on fait fi de la nuance. Pour les conservateurs québécois, les résultats décevants de l'élection du 2 juin 1997 n'ont qu'une cause, et cette cause se nomme Jean Chrétien. Les relations entre MM. Charest et Chrétien en sortiront encore plus mauvaises.

Papa a raison

Le coup de grâce vient d'où personne ne l'attendait. Le mardi 27 mai, à moins d'une semaine du vote, la chroniqueuse Lysiane Gagnon de *La Presse,* écrit un texte fort élogieux sur le chef conservateur. L'entourage du député de Sherbrooke en est si content qu'on le distribue aux journalistes qui couvrent la campagne. Cependant, les reporters anglophones accrochent sur une citation, celle où Charest compare sa relation avec Brian Mulroney à « un rapport père-fils » et admet qu'il consulte régulièrement l'ancien premier ministre. « L'image de Brian Mulroney a surgi derrière Jean Charest aujourd'hui », annonce ce soir-là le téléjournal de CBC. Compte tenu de l'impopularité de l'ancien premier ministre au Canada anglais, l'affaire ne fait rien pour aider les conservateurs. La journaliste dira ensuite qu'elle a mal cité le chef conservateur, mais le mal est fait.

Puisque nous y sommes, comment qualifier la relation entre Brian Mulroney et Jean Charest ? « Presque paternelle », dit une connaissance des deux politiciens, Luc Lavoie. « Une relation père-fils », confirme Paul Terrien, rédacteur de discours à la fois de Mulroney et de Charest. Mais Lavoie et Terrien s'empressent d'ajouter que l'ancien premier ministre a, avec tout le monde, une attitude paternaliste. Mulroney lui-même se décrit comme le « mentor » du député de Sherbrooke et ne rate jamais une occasion, en privé, de faire sentir le rôle déterminant qu'il a joué dans la carrière de son protégé. Charest, lui, tout en ne cachant pas son admiration pour son prédécesseur, tente par tous les moyens de dissiper l'image d'une relation de dépendance.

Il y a donc entre les deux hommes un lien particulier. Une relation père-fils ? N'oublions pas que Jean Charest a déjà un père, un père hors du commun. Red Charest est une personnalité forte, qui a profondément marqué son fils et à qui Jean doit plusieurs des qualités qui l'ont mené à la réussite. Y a-t-il de la place pour un second père dans le cœur et l'âme de John-John ?

Le sauveur

Dans les derniers jours de la campagne, le chef conservateur sent le sol se dérober sous ses pieds. Au moment où quatre années de labeur semblaient vouloir porter fruit, au moment où il pouvait rêver de devenir chef de l'opposition, voilà que les sondages internes lui indiquent une détérioration rapide de ses appuis. Épuisé, la voix éraillée, Charest multiplie les appels désespérés. De plus en plus, il parle de lui à la troisième personne et se présente comme le seul leader capable de garder le Canada uni. Oserions-nous dire qu'il se présente comme un sauveur ?

Ces derniers jours de campagne trouvent leur point culminant à Markham, en Ontario, le soir du 31 mai. Comme seule préparation, Charest a griffonné quelques notes sur une serviette de papier. « Comme certains politiciens participant à cette campagne semblent très intéressés par les certificats de naissance, je veux prendre un moment ce soir pour vous parler de moi. Pour vous parler de mes origines, et de mon pays », commence-t-il devant sept cents personnes enthousiastes. Un immense drapeau du Canada sert de fond de scène. Avec une émotion palpable, Jean Charest raconte aux militants les origines de ses parents, sa jeunesse, les discussions autour de la table familiale : « Ma mère m'a souvent dit que le leadership faisait une différence, et que ce qui était important, c'est qu'à la fin de notre vie nous puissions dire : "J'ai fait ma marque." Mes parents m'ont aussi répété que, dans la vie, ce ne sont pas les victoires et les défaites qui comptent, mais ce que nous en faisons. Que les défaites ne sont qu'une occasion de mettre notre volonté à l'épreuve ! »

Charest parle de Sherbrooke : « D'où je viens, vous n'entendrez pas un groupe linguistique faire de grandes déclarations au sujet de l'autre groupe, parce que les gens dont ils parlent ne sont pas des étrangers, ne sont pas loin là-bas, dans un quelconque coin du pays. Non, ces gens-là sont leurs voisins. »

Il évoque ses voyages de jeunesse sur les Grands Lacs : « J'ai été littéralement hypnotisé par ce pays extraordinaire, ce pays immense. [...] J'avais découvert un pays qui m'appartenait, et qui un jour appartiendrait à mes enfants ! »

Il parle de l'histoire du Canada : « Si vous lisez les discours des Pères de la Confédération, qu'il s'agisse de Thomas d'Arcy McGee, de sir George-Étienne Cartier, de sir John A. Macdonald, qu'il s'agisse de Baldwin ou de Lafontaine plus tôt dans notre histoire, ou qu'il s'agisse de Diefenbaker ou de Pearson, vous allez trouver un fil conducteur : les mots « diversité » et « tolérance ». Ils ont prononcé ces mots avec éloquence, parce qu'ils comprenaient que ce pays que nous appelons le Canada serait un pays différent de tous les autres dans le monde. Que nous nous étions donné un défi original, celui d'apprendre à vivre ensemble, de grandir ensemble, de construire ensemble. Pour que cela puisse arriver, nous avons décidé très tôt dans notre histoire que nos valeurs seraient fondées sur la diversité, la tolérance et le respect mutuel. »

Alors que son mari se laisse transporter par l'émotion, Michèle le regarde, saisie, inquiète peut-être. Le chef conservateur implore son auditoire, et le ton est tel qu'on se demande s'il n'éclatera pas en sanglots : « Je connais ce pays assez bien pour vous dire aujourd'hui que la majorité des Québécois, qu'ils soient francophones ou anglophones, veulent que ce pays fonctionne et cherchent les leaders qui le feront fonctionner ! Et je sais aussi, parce que j'ai voyagé en Ontario, dans les Maritimes et dans l'Ouest, que partout il y a des Canadiens qui partagent ces valeurs et le même engagement envers le pays. Je le vois, je le sens ! Alors comment cela se fait-il que je semble être le seul chef de parti qui perçoit cette volonté commune de changement, cette volonté de faire fonctionner ce pays ? Je m'en fous si en fin de course je suis le seul leader qui continue de dire que ce pays va fonctionner ! Je vais me battre jusqu'au bout et je vais faire fonctionner ce pays ! »

Qui sait ? Si tous les Canadiens avaient vu ce discours-là, les résultats des élections du 2 juin auraient peut-être été différents. Mais, dans le meilleur des cas, ils n'en ont vu qu'un court extrait au journal télévisé. Et de toute façon, leur choix était déjà fait.

Le soir du 2 juin, Jean, Michèle et leurs proches prennent connaissance des résultats chez Red, à Sherbrooke. Les premières minutes sont enthousiasmantes, lorsqu'arrivent les résultats des provinces Maritimes. Treize députés conservateurs, c'est inespéré ! Mais les mauvais augures des derniers jours sont ensuite confirmés : seulement cinq députés au Québec, plutôt que les trente ou quarante dont on s'était surpris à rêver. Et l'Ontario, l'Ontario où on a investi tant d'énergie, l'Ontario a ignoré l'appel de Markham. À la fin de la soirée, les conservateurs devront se contenter de vingt députés dans l'ensemble du pays. C'est beaucoup mieux que deux, mais cela fait de Jean Charest le chef du cinquième parti en importance à la Chambre des communes, après le Parti libéral, reconduit au pouvoir, le Parti réformiste, le Bloc québécois et le NPD.

Victoire morale ou défaite totale? « C'était le pire des scénarios », estime l'ancien président de l'aile québécoise du parti, Gabriel Desjardins. Vingt députés, ce n'est pas la catastrophe, mais ce n'est pas le triomphe non plus. Le chef peut-il se considérer comme satisfait et continuer? Le parti se contentera-t-il de si peu? « Jean avait mis la barre haute durant la campagne, poursuit Desjardins. Il répétait sans cesse que le Parti conservateur allait former le prochain gouvernement! Tu arrives à l'élection et tu ne fais élire que vingt députés! »

Le jeune ambitieux, en tout cas, est tout simplement assommé par ce résultat. Le soir même, il le cache bien à ses militants. Mais en quittant la salle, Michèle pleure. Et Charest mettra plusieurs mois à se déterrer d'une déprime plus profonde encore que celle qui avait suivi sa défaite au leadership.

La tentation

Parmi les milliers de Canadiens qui ont suivi la course au leadership du Parti conservateur en 1993, l'un d'eux avait l'œil particulièrement exercé. Le jour du vote, ce connaisseur était rivé à son téléviseur, rue Maplewood, à Outremont. Il a vu le jeune politicien de Sherbrooke passer à un cheveu de devenir premier ministre du Canada. Et il a tout de suite compris que cette défaite fournissait au Parti libéral du Québec une occasion inespérée de se donner un nouveau chef de grand calibre.

Ce connaisseur s'appelait Robert Bourassa. Après avoir dirigé le Québec pendant quatorze ans, affaibli par un grave cancer de la peau, M. Bourassa avait décidé de prendre sa retraite. La chose n'était encore connue que de quelques proches, notamment de son ancien chef de cabinet, Mario Bertrand, avec qui il passait cet après-midi de juin. Le lendemain, Bourassa a fait part de ses réactions au successeur de Bertrand, John Parisella. « M. Bourassa était totalement renversé par la performance de Charest », confie Parisella en entrevue.

Le candidat le plus sérieux à la succession du chef libéral est le président du Conseil du Trésor, Daniel Johnson, qui jouit déjà de solides appuis dans le parti. « Le premier ministre n'avait aucun problème avec la venue de Daniel Johnson, affirme Parisella, un ami du député de Vaudreuil. Il trouvait que Daniel était une valeur sûre. Mais il croyait aussi qu'une candidature de l'envergure de celle de Jean Charest pourrait modifier tout l'échiquier politique. »

En politique, le hasard fait bien les choses. Parisella avait reçu une invitation à dîner chez le député et ancien président du PLQ, Robert Benoît. Étaient aussi invités chez les Benoît, sur les rives du lac Memphrémagog : le ministre de l'Industrie et rival potentiel de Johnson, Gérald Tremblay ; Bruno Fortier, homme d'affaires et ami de Jean Charest ; et Charest lui-même. Une liste d'invités faite sur mesure pour convaincre Jean Charest de se lancer en politique provinciale ! « Ce n'était pas ça du tout, jure pourtant Robert Benoît. Je voulais donner l'occasion à Jean et à Gérald de discuter du dossier de la formation de la main-d'œuvre, qui à mon avis devait absolument être réglé avant les élections fédérales. » De tout le souper, qui se termine fort tard, il n'est pas du tout question du leadership libéral… et presque pas de la formation de la main-d'œuvre. Cependant, Parisella revient à Montréal sous l'emprise de l'effet Charest. Un détail l'a frappé : la star du moment avait tout de suite enregistré le prénom de chaque convive et, en tout simplicité, était resté à l'écoute de tous et chacun. Ainsi, au cours de la discussion, il avait fait référence à l'épouse de Parisella : « Micheline, tantôt tu disais que… » « Ça a fait sentir à Micheline que ce qu'elle disait était très important, que ça comptait autant que l'opinion d'un ministre », raconte Parisella. Malgré son amitié pour Daniel Johnson, qu'il souhaite voir succéder à son patron, Parisella fait au premier ministre un rapport très élogieux sur le député fédéral de Sherbrooke : « C'est le politicien le plus impressionnant que j'aie rencontré dans un contexte informel. »

Les « démarches » de John Parisella s'arrêtent là. Mais Mario Bertrand, lui, s'active. À l'époque patron de Télé-Métropole, Bertrand ne veut sous aucun prétexte voir Daniel Johnson accéder à la direction du PLQ. Et comme Robert Bourassa, il a été séduit par les qualités manifestées par Charest durant la course au leadership du

Parti conservateur. Aussi, avec Pierre Bibeau — ancien organisateur libéral que Bourassa a placé à la tête de la Régie des installations olympiques — et le ministre de la Santé Marc-Yvan Côté, Bertrand entreprend de convaincre Jean Charest de se lancer dans une nouvelle bataille, celle-là pour la chefferie du Parti libéral du Québec. Bertrand et Bibeau rencontrent Charest à quelques reprises. Ils approchent aussi son frère Robert et un groupe de sénateurs conservateurs québécois. Bibeau comprend tout de suite que c'est peine perdue et ne pousse pas plus loin ses tentatives : « La porte n'était pas seulement fermée, elle était barrée. » Mais Bertrand et Côté, qui mènent une véritable croisade anti-Johnson, ne lâcheront pas si facilement. « Nous contrôlions à l'époque une quarantaine de députés qui étaient prêts à aller avec quelqu'un d'autre que Daniel », prétend aujourd'hui M. Côté.

Une rencontre Charest-Bourassa est organisée à la mi-juillet, au bureau du premier ministre dans l'édifice d'Hydro-Québec à Montréal. Officiellement, il s'agit d'une réunion de travail devant permettre au vice-premier ministre fédéral et au premier ministre du Québec de parler de divers dossiers, notamment de celui de la formation de la main-d'œuvre. Bertrand insiste auprès des deux protagonistes pour qu'ils abordent la question du leadership libéral. « Charest ne voulait absolument pas en parler », se souvient Mario Bertrand. Le sujet viendra tout de même sur le tapis, à l'initiative du premier ministre. Selon ce que Charest en dit aujourd'hui, Bourassa a abordé la chose avec beaucoup de prudence : « Tu n'as pas pensé faire de la politique au niveau provincial ? » Ce à quoi le cadet aurait répondu par la négative, comme à quiconque lui posait cette question à l'époque. Cette version concorde avec celle de Bertrand. Alors député de Témiscamingue, Gabriel Desjardins a obtenu de l'entretien un compte rendu plus étonnant : pendant une réunion du caucus conservateur, un Charest tout souriant lui aurait confié : « J'ai vu M. Bourassa et il m'a dit qu'un jour je serais premier ministre du Québec ! »

Dans l'espoir de convaincre à la fois le député fédéral et le caucus libéral, Mario Bertrand a demandé au sondeur du PLQ, Grégoire Gollin, de tester une candidature Charest auprès d'un échantillon d'électeurs québécois. Le rapport confidentiel remis à Bertrand est on ne peut plus clair. « Jean Charest est le candidat favori des répondants, de très loin, lorsque comparé à Daniel Johnson et Lise Bacon, dans tous les groupes d'âge et régions, écrit Gollin. Sur tous les attributs de comparaison, Jean Charest l'emporte significativement et largement. » Pour ne citer qu'un chiffre, 61 % des personnes interrogées estiment que Charest ferait le meilleur premier ministre du Québec, contre seulement 17 % pour Lise Bacon et 13 % pour Daniel Johnson.

Bertrand, Bibeau et Côté ne sont pas les seuls à s'activer en faveur de Charest à la veille de la course à la direction du PLQ. Avant même la rencontre au bureau du premier ministre, *Le Soleil* avait publié un sondage CROP qui arrivait aux mêmes conclusions que celui de Gollin. Coulée au journal « par une source politique exigeant l'anonymat », l'enquête avait été réalisée pour le compte d'« intérêts privés », de « gens intéressés à l'avenir du Parti libéral du Québec. »

Cependant, de Robert Bourassa aux mystérieux « intérêts privés », tous se heurtent à un mur. En juillet 1993, Charest n'est pas tenté du tout par la politique provinciale, même si le gagnant de la course allait du coup devenir premier ministre. D'une part, les sondages montrent qu'une victoire des conservateurs, avec Kim Campbell à leur tête, est fort possible. Dans cette éventualité, Charest est assuré d'un poste de premier plan à Ottawa. En outre, rappelons-nous que, au lendemain du congrès au leadership, le Sherbrookois a décidé d'effectuer un repli stratégique de quelques mois dans le secteur privé, « un peu comme John Turner ». Mario Bertrand et l'ancien ministre libéral Paul Gobeil, ami de Charest, font une dernière tentative après l'hécatombe électorale des conservateurs. Mais il se fait tard. Daniel Johnson est déjà bien en selle, probablement imbattable. Charest fait savoir que, après une course au leadership et une élection, il préfère s'abstenir.

Le couronnement de Daniel Johnson à la tête du PLQ et sa bonne performance dans la campagne électorale de 1994 — il perd, mais fait beaucoup mieux que prévu — relégueront aux oubliettes le projet de provincialisation de Jean Charest. Pour un an. Le spectre des « intérêts privés » se manifeste de nouveau tout de suite après la campagne référendaire de 1995, campagne au cours de laquelle les fédéralistes ont été électrisés par la performance de Charest. Cette fois, c'est à *La Presse* qu'« un groupe de libéraux insatisfaits du leadership de leur parti » refile un sondage. L'enquête, réalisée par la maison SOM, montre que 44 % des Québécois francophones souhaitent voir Daniel Johnson quitter son poste. Parmi les personnalités politiques, Jean Charest est de loin le préféré des électeurs pour lui succéder. Qui étaient ces « libéraux insatisfaits » friands de sondages? L'un des personnages impliqués dans ce grenouillage, en 1995 comme deux ans plus tôt, est l'ancien reporter de radio Paul Langlois. Langlois jouissait à l'époque de liens solides à la fois dans le camp de Jean Charest — il avait participé à sa campagne au leadership — et dans celui des libéraux, ayant été notamment chef de cabinet de Liza Frulla. Mais Langlois n'était que le messager et il a toujours refusé de dire pour qui il travaillait. Plusieurs noms ont circulé, notamment ceux de Mario Bertrand et de Michel Le Rouzès, gestionnaire de portefeuille proche de Bertrand et de l'organisateur conservateur Pierre-Claude Nolin. Mais, en 1995, Bertrand s'était expatrié en Europe. Quant à Le Rouzès, il jure qu'il n'était mêlé d'aucune façon à ces manœuvres. Le nom de Guy Savard, un bailleur de fonds libéral et ami sherbrookois de Charest, a également été évoqué dans ce contexte. Quoi qu'il en soit, fin 1995, Charest continue de rejeter le scénario québécois. Son ami et conseiller Jean-Bernard Bélisle rejoint Paul Langlois pour le lui signifier : « Aye, voulez-vous arrêter là? Il n'est pas question que Jean aille au provincial! »

Une nouvelle tentative sera faite, celle-là orchestrée depuis Ottawa. À la veille de sa retraite de la politique active, le vétéran ministre libéral fédéral André Ouellet a choisi de coucher Jean

Charest sur son testament. Au cours d'une longue entrevue accordée à *La Presse*, entrevue qui fait la manchette le 23 décembre 1995, Ouellet blâme Daniel Johnson pour la presque défaite référendaire et réclame la venue du chef du Parti conservateur sur la scène provinciale : « Il est tout seul ici à perdre son temps à Ottawa. Il a démontré au cours de la campagne référendaire qu'il avait une habileté à s'extérioriser. Il faut parler aux Québécois avec les tripes […] et je pense que Charest en est un qui peut faire ça. » « Cette déclaration a presque gâché mes vacances de Noël », raconte le destinataire de ce message d'amour. La veille de Noël, Suzanne Poulin doit organiser une conférence de presse impromptue sur une patinoire de North Hatley, où Charest joue au hockey avec ses enfants. « Faire de la politique provinciale n'a jamais été un choix pour moi, confirme-t-il au *Soleil* trois semaines plus tard. J'ai commencé ma carrière au fédéral et mon intérêt a toujours été porté vers la politique fédérale. Il n'a jamais été question d'aller vers le PLQ et il ne le sera jamais non plus. » Difficile d'être plus clair ! Pourtant, durant les deux années qui vont suivre, il ne se passera pratiquement pas une journée sans que des gens lui suggèrent d'aller à Québec. « Nous recevions des lettres et des fax à ce sujet chaque jour », raconte celui qui était chef de cabinet de Charest à l'époque, Albert Cooper. « Ça n'arrêtait pas, venant notamment de gens importants dans la province de Québec. » Suzanne Poulin essaie tant bien que mal de fermer le robinet. Ainsi, Albert Painchaud, un des premiers organisateurs de Charest, également lié au PLQ, se fait dire qu'il n'est plus question de rencontrer le chef conservateur pour discuter de ce sujet. « Suzanne Poulin a mis les verrous sur ces discussions-là, explique Painchaud. On a créé un vide systématique autour de lui pour n'importe qui qui voulait lui parler de ça. » En vain.

L'ancien ministre et organisateur de Joe Clark, Marcel Danis, entreprend une démarche auprès de Charest quelques mois avant les élections fédérales de 1997. Censé représenter un groupe de gens d'affaires conservateurs du Québec, Danis suggère à son ancien collègue, non pas d'orchestrer un putsch contre Johnson, mais de faire équipe avec le chef libéral en vue des prochaines élections provinciales, qu'on prévoit alors pour le printemps de 1998. « Si M. Johnson gagne les élections, c'est sûr que tu vas être ministre, lui explique Danis. S'il perd, c'est toi qui vas le remplacer. » Danis est alors convaincu que les prochaines années seront difficiles pour les conservateurs fédéraux. Charest n'est pas de cet avis, et rejette catégoriquement la proposition. D'ailleurs, pourquoi un ambitieux comme lui accepterait-il de jouer les seconds violons au PLQ alors qu'il est déjà chef d'orchestre ?

Ah ! L'Italie !

« Jean Charest vous appelle. » C'était le 16 juillet 1997, un mois après les élections fédérales. J'avais entrepris mes recherches en vue de la rédaction de ce livre et j'attendais des nouvelles du personnage principal, dont j'espérais obtenir la collaboration. « Si vous entreprenez ce projet-là, je veux être honnête avec vous, m'a dit Charest ce jour-là. Il n'est pas exclu que je quitte mon poste à un moment donné. Ce n'est pas décidé encore. Je dirais, à quatre-vingts pour cent je reste, mais je m'en vais en vacances avec Michèle, puis on va revenir et à un moment donné... Si jamais vous entreprenez un projet comme ça, puis que le sujet principal quitte la scène, ça ne fera pas un livre trop trop vendable ! » Les confidences des politiciens sont rarement désintéressées. Dans ce cas-ci pourtant, Jean Charest agissait par simple décence, par pure gentillesse. Il avait beau souhaiter que sa démarche demeure « strictement confidentielle », il prenait tout de même le risque que ses hésitations quant à sa carrière se retrouvent dans les journaux.

Hésitations il y avait bel et bien. Jean et Michèle ont donc pris des vacances en Italie. Ils se sont bien amusés, bien reposés... et n'ont pas parlé une minute de leur avenir. (Quant à moi, j'ai continué à travailler comme si de rien n'était, convaincu que, quoi qu'il arrive, Jean Charest resterait pour longtemps une personnalité publique de premier plan.) Au retour, les Charest n'ont plus le choix : il leur faut faire face à la réalité. Les prochaines années ne s'annoncent pas roses. Avec vingt députés en Chambre, le Parti conservateur a obtenu une reconnaissance officielle et aura donc un droit de parole et quelques ressources. Mais il n'est tout de même qu'un parti parmi cinq autres, coincé entre les réformistes, les bloquistes et les libéraux. Et puis, une certaine grogne commence à se manifester au sein du parti. Les Ontariens de Mike Harris, en particulier, rejettent sur Charest la responsabilité de la mauvaise performance du PC aux élections. Ils se sont trouvé un porte-parole de poids, l'homme d'affaires Peter White, vieux complice du magnat de la presse Conrad Black et président du Fonds PC, la banque du parti. En décembre 1997, White signe sa lettre de démission, estimant que, avec Charest comme chef, les conservateurs ne pourront gagner les prochaines élections. « Il aurait dû gagner au moins vingt sièges en Ontario en 1997, soutenait M. White quelques mois plus tard. Mais il a mal choisi ses conseillers et il a raté son coup. » Mal choisi ses conseillers ? On en revient au mécontentement que le choix de Jodi White comme responsable de la campagne a suscité chez certains stratèges conservateurs. « Dans un parti, il y a les gagnants et les perdants, souligne Peter White. Au Parti conservateur, les perdants, ce sont ceux qui entouraient Joe Clark, et Jodi White était chef de cabinet de Clark. Ils n'ont jamais su gagner. Les gagnants, ce sont ceux qui ont entouré Mulroney. Charest a malheureusement choisi les perdants comme principaux conseillers. » Et vlan !

Ce n'est pas tout. Pour les auteurs de *La Révolution du bon sens*, le programme électoral de Harris, Charest a commis l'erreur de se laisser distraire de sa plate-forme pour parler d'unité nationale. Enfin, son message était confus. Une anecdote de Peter White : « Un jour, Tom Long [un conseiller de Harris] m'a appelé pour me dire qu'il y avait cinq messages publicitaires diffusés à la télévision ce soir-là, tous sur un thème différent. C'était un gâchis ! »

Charest est assez populaire au sein de son parti pour résister à toute tentative de fronde. Ce ne sont donc pas les critiques de White qui le pousseraient à céder sa place. Néanmoins, les perspectives d'avenir ne sont pas claires. La plupart des conseillers de Charest estiment que les conservateurs n'arriveront même pas à devenir l'opposition officielle aux prochaines élections, en 2001! « Tu vas augmenter le caucus à quarante députés, et après? » lui dit-on. Charest est plus optimiste : « Je peux livrer cinquante sièges au Québec, l'Ontario est ouverte... » Mais il ne se fait pas d'illusions : ses chances de devenir premier ministre du Canada s'amenuisent à vue d'œil.

Tout l'automne de 1997, Charest hésite. Restera? Restera pas? Ses nouveaux députés sont inquiets. Au cours d'un caucus à Halifax avant le début de la session parlementaire, ils l'interrogent sur ses intentions. Charest leur répond qu'il reste... mais sans conviction. D'ailleurs, durant cette période, le député de Sherbrooke n'est plus le même. « Il était plus silencieux, plus distant, confie un militant torontois, Dennis McKeever. Il n'avait plus le même feu dans les yeux. »

Des gens continuent de l'approcher pour qu'il fasse le saut au Québec. En août, un sondage Léger & Léger/*Journal de Montréal* montre que Jean Charest est la personnalité politique à qui le plus grand nombre de Québécois font confiance. Le chef conservateur dépasse même Lucien Bouchard! Mais l'enfant chéri dit toujours non. Surtout, pas question pour lui de participer à un putsch contre Johnson, avec qui il entretient des relations cordiales. « Charest et Johnson sont deux bleus, souligne l'ancien chef de cabinet de Johnson, Pierre Anctil. Johnson vient d'une famille de bleus. Il y a une sympathie réelle entre les deux, et des réflexes qui s'apparentent. »

En novembre, un bailleur de fonds du PC, l'homme d'affaires montréalais Brian Gallery, rencontre Charest à son bureau pour lui faire la même suggestion que Marcel Danis quelques mois plus tôt : « Tu pourrais joindre Daniel. Vous feriez campagne d'un bout à l'autre du Québec, toi dans un sens, lui dans l'autre. Ce serait la meilleure chose pour le Canada, pour le Québec et pour toi.

— Merci de ta suggestion, Brian. C'est toujours un plaisir de te revoir. »

Pendant ces quatre mois de tergiversations, Charest n'a jamais envisagé sérieusement la possibilité d'aller au provincial. Le choix est plutôt le suivant : rester en politique ou entreprendre une nouvelle carrière dans le privé. Pourtant, dans ses déclarations publiques, il semble soucieux de ne pas fermer la porte trop hermétiquement. Au début de 1998, l'ancien chef de cabinet de Brian Mulroney, l'avocat Stanley Hartt, lui recommande d'employer un ton plus ferme, de crainte que le flou ne soit mal vu au Canada anglais où bien des gens ne peuvent comprendre qu'un conservateur flirte avec des libéraux. Selon ce que m'a laissé entendre M. Hartt à l'époque, le chef conservateur s'inquiétait de ce qu'une déclaration catégorique ne lui enlève toute possibilité de faire dans l'avenir le saut en politique provinciale. Argument auquel M. Hartt aurait répondu : « Rien ne sera plus facile que de faire oublier cette déclaration si tu te lances un jour dans la course à la direction du PLQ. »

Dans la réflexion du couple Charest-Dionne, les principales considérations sont d'ordre familial. Michèle est catégorique : « Si tu n'es pas capable de passer plus de temps avec nous, on part. Je ne veux pas revivre ce que j'ai vécu au cours des trois dernières années, point. » Les Charest se rendent compte durant l'automne que, le chef pouvant désormais participer à la période des questions quotidienne aux Communes, il se trouve à Ottawa, et donc à la maison, beaucoup plus souvent qu'avant l'élection. En outre, Charest redécouvre les plaisirs de la vie parlementaire. Il peut débattre des problèmes du pays avec le premier ministre, enseigner les rudiments de la Chambre à son caucus, voir ses jeunes loups plonger le gouvernement dans l'embarras. En comparaison, un emploi dans une tour du centre-ville de Montréal lui paraît d'un ennui mortel, peu importe le salaire : « Est-ce que je serais satisfait d'une vie qui me placerait à l'écart du débat politique ? » se demande le député. La réponse est évidente.

En décembre 1997, Michèle et Jean se décident enfin : ils restent à Ottawa. Et pour que la vie soit plus agréable, ils vont s'acheter une nouvelle maison. Charest annonce la bonne nouvelle aux militants conservateurs le soir du *party* de Noël. Cette fois-ci, les tories sont convaincus : la décision est coulée dans la brique.

Le sujet revient sur le tapis pendant la période des Fêtes, au cours d'un souper chez les MacLaren, dans les Cantons de l'Est. George MacLaren et Robert Charest estiment que Jean devrait se préparer à venir au Québec après le prochain scrutin provincial, compte tenu des perspectives limitées que semble désormais offrir la politique fédérale. Mais Charest est catégorique : « J'ai pris ma décision, j'ai annoncé au caucus et aux employés au *party* de Noël que je restais jusqu'aux prochaines élections fédérales. Ma période de réflexion est terminée. »

MacLaren ne perd pas espoir. Au début de 1998, Charest a convoqué une réunion de ses principaux conseillers à Ottawa. Objectif : préparer les deux prochaines années. Dès le début de la réunion, cependant, le chef verrouille la porte : « Michèle et moi venons d'acheter une maison, nous restons jusqu'aux prochaines élections, je n'ai aucune intention d'aller ailleurs. Je sais qu'il va peut-être y avoir des pressions après les prochaines élections provinciales si M. Johnson est battu, mais mon intention, c'est de ne pas céder à ces pressions. » « Ceux qui comme moi pensaient que c'était une option censée, on s'est fermé la boîte », rapporte MacLaren.

L'appel

Bien des conservateurs québécois étaient étonnés de voir Pietro Perrino, principal organisateur de Daniel Johnson, assister comme observateur au conseil national de leur parti à Ottawa, fin février 1998. Certains trouvaient même son comportement bizarre. Pourquoi diable tenait-il tant à s'afficher en compagnie des proches de Jean Charest ? Pourquoi faisait-il ouvertement la chasse aux candidats dans les rangs du cinquième parti fédéral ? Au journaliste qui lui parle de l'éternelle rumeur envoyant Jean Charest à Québec, Perrino sert une réponse étrange. Au lieu de dire, comme l'aurait fait n'importe quel organisateur politique dans de telles circonstances, que Daniel Johnson est le meilleur chef de l'univers, qu'il est là pour rester et qu'il gagnera les prochaines élections, Perrino déclare :

« Johnson a le contrôle de la machine du parti. S'il veut rester, il va rester. La décision est entre ses mains. » Quoi ? la décision n'est pas prise ?

Au cours de ce conseil national, les conservateurs peuvent admirer un Jean Charest en pleine forme. Dans un discours à l'emporte-pièce le samedi soir, il pourfend le Reform Party : « Les Canadiens devront choisir : les conservateurs ou le Reform. Les réformistes ont obtenu le statut d'opposition officielle en mentant à la population ! » Les centaines de militants présents débordent d'enthousiasme, Michou est rayonnante ; bref, le Parti conservateur semble en voie de renaître de ses cendres. Le lendemain, le chef invite ses députés et candidats à la Chambre des communes, s'assied à la place du premier ministre et dit : « Un jour, je m'installerai ici et vous serez assis autour de moi ! »

Durant toute cette fin de semaine, cependant, Jean Charest sait qu'une bombe risque de lui exploser en pleine figure. Le chef conservateur est l'un des très rares Québécois qui savent que Daniel Johnson pourrait démissionner dans les prochaines heures. « On le savait », m'a juré un proche de Charest, en me faisant promettre cinquante fois de ne pas dévoiler son nom. Rappelez-vous le sort qui guette les traîtres dans le clan Charest : le Soviet suprême, la trappe… Quand *La Presse* a publié un article faisant état des confidences de ce conservateur, Suzanne Poulin s'est empressée de me téléphoner : « Jean ne le savait pas ! Il l'a su dimanche soir quand M. Johnson l'a appelé. » Le souci de Charest, évidemment, c'était de ne pas passer pour un cynique, qui aurait électrisé ses troupes toute la fin de semaine tout en sachant fort bien qu'il serait peut-être appelé à les laisser tomber quelques semaines plus tard. Selon George MacLaren, un intime de Charest, Pietro Perrino aurait fait savoir à l'entourage du chef conservateur qu'il avait une nouvelle importante à lui annoncer ; Charest aurait par la suite soigneusement évité de croiser l'organisateur libéral durant la fin de semaine. Quand j'ai interrogé Perrino à ce sujet, il a maintenu qu'il s'était rendu à cette assemblée du Parti conservateur uniquement pour établir des contacts avec les bleus en prévision des prochaines élections provinciales. « Tu n'as parlé à personne de la démission de Johnson en fin de semaine ? lui ai-je demandé.

— André, je ne peux pas te dire autre chose que ça : Daniel a parlé à Charest dimanche soir. » Ne voyez-vous pas poindre le nez de Pinocchio ?

Au cours de notre dernière rencontre avant la publication de ce livre, Jean Charest a finalement admis qu'il avait eu vent de ce qui s'en venait : « J'avais entendu dire entre les branches, deux jours avant, que Johnson allait peut-être possiblement démissionner. » Mais celui qui allait devenir quelques semaines plus tard chef du Parti libéral du Québec a tout de suite précisé qu'il n'avait pas pris cette rumeur au sérieux : « Tu peux avoir ce type de rumeurs une fois par jour. Ce n'est pas ça qui allait influencer les événements de la fin de semaine. Moi de toute façon je gardais le cap. »

Soit. Le conseil national terminé, Charest et Michèle passent la soirée du dimanche en famille. La légende dira que le chef politique s'est ce soir-là transformé en chef cuisinier et a fait cuire un excellent rôti de porc. Les enfants couchés, Michèle s'installe dans son lit pour lire, tandis que Jean s'adonne à l'un de ses loisirs préférés, la lecture du *New York Times* du dimanche. Vers neuf heures et demie, le téléphone sonne : « Bonjour, Jean, c'est Daniel. » Un homme averti ne tombe pas en bas de son fauteuil. « Je t'appelle pour te dire que je vais démissionner cette semaine. Je voulais que tu le saches, parce que c'est évident que ça va avoir des conséquences pour toi. » La brève conversation terminée, Jean monte voir Michèle : « Tu ne devineras jamais qui vient d'appeler ? Daniel Johnson. »

Charest s'empresse de contacter ses plus proches conseillers, notamment Denis Pageau et Jodi White. Les deux ont l'impression, dès ce soir-là, que la porte n'est pas tout à fait fermée. Que si le vent est assez fort, elle va s'ouvrir toute grande. « Dès qu'il a su que Daniel Johnson allait démissionner, il a su qu'il n'aurait pas le choix », affirme Pageau. Charest s'attend à une pression considérable en provenance du Québec. « Dans le fond, dit-il à White, c'est une bonne chose que je parte pour Toronto et l'Ouest demain, ça va me permettre de rester loin de ça. » Il ne se doute pas que la pression sera aussi forte au Canada anglais que dans sa province natale. Il va s'en rendre compte le lendemain midi, après avoir prononcé un discours à Toronto, avant même l'annonce publique de Johnson. « Il y avait seulement une rumeur qu'il allait démissionner et là les médias se sont mis à arriver comme je n'en avais jamais vu », raconte Charest. Des médias qui le couronnent d'ores et déjà sauveur du Canada : « Cours vite à Québec ! » supplie le *Ottawa Sun*. Pour le *Calgary Herald,* la succession de Daniel Johnson n'est rien de moins que le « devoir patriotique » du chef du Parti conservateur. Les députés libéraux provinciaux n'y vont pas de main morte non plus. « S'il refuse l'appel du Québec, il passera à l'histoire comme quelqu'un qui aurait pu sauver le pays et qui ne l'a pas fait », lance le député de Saint-Laurent, Norman Cherry. « Si M. Charest veut être premier ministre du Canada, il peut difficilement ne pas envisager de faire tout ce qu'il peut pour sauver le pays », renchérit Christos Sirros, de Laurier-Dorion. Dès les jours qui suivent la démission de Johnson, les journaux multiplient les sondages montrant que, dirigés par Jean Charest, les libéraux battraient les péquistes à plate couture. Imaginez : même le dollar est à la hausse, les boursicoteurs pariant sur la venue du Messie.

S'il l'avait voulu, le chef conservateur aurait pu verrouiller la porte à double tour. La tornade aurait soufflé mais, après quelques jours, le vent se serait calmé. Il suffisait de tenir une conférence de presse officielle et de dire catégoriquement : « Je n'irai pas au Parti libéral du Québec, quelles que soient les circonstances. Je répète : c'est non, non et non. Jamais. » Au lieu de cela, Charest se contente d'une brève rencontre avec les journalistes ameutés à Toronto pour dire qu'il n'a pas l'intention de faire le saut au provincial. Puis il ajoute : « À ce moment-ci, il n'y a rien qui puisse me faire changer d'idée. » À ce moment-ci ? Les libéraux venaient d'avoir l'ouverture qu'ils espéraient, comme le dira plus tard Pietro Perrino : « La porte était fermée, puis là je l'ai entendue grincer. » Dès lors, la tâche de l'organisateur libéral est simple : il suffit d'inonder Charest de messages de toutes provenances pour lui montrer à quel point le PLQ veut l'avoir comme chef. Et de fait, résultat à la fois des manœuvres de Perrino et de gestes spontanés, les bureaux du député de Sherbrooke sont rapidement ensevelis sous les télécopies et les courriers électroniques, tandis que le téléphone sonne sans arrêt. « Mais si tu n'as pas fermé la porte catégoriquement, c'est que dès le début, dans ton esprit, il y avait au moins un pour cent de chances que tu ailles au PLQ ? ai-je demandé à Charest quelques semaines plus tard.

— Le un pour cent existait, a-t-il admis. Assez pour que je puisse en arriver à la décision que j'ai finalement prise. »

D'ailleurs, les députés conservateurs ne s'y trompent pas. En entendant ce « à ce moment-ci », ils ont été gagnés par l'inquiétude. Le mardi après-midi, Charest les convie à une conférence téléphonique. Il est à Toronto, eux sont dispersés partout au pays et à l'étranger, puisque la Chambre des communes ne siège pas cette semaine-là. Il leur explique que ces mots lui ont échappé, que son *non* est définitif : « Il n'y a pas de si, pas de mais, je reste à Ottawa. » Cependant, quand des députés le pressent de l'annoncer officiellement en conférence de presse, le chef rejette la suggestion. « On avait de la misère à lui faire dire exactement ce qu'était sa réponse, se rappelle André Bachand. Est-ce que c'était non, peut-être, ou non pour l'instant ? » « Non, ça veut dire non », répond finalement Charest. Les députés entreprennent donc de multiplier les entrevues et de rassurer leurs militants : le chef reste. Plusieurs sont convaincus. D'autres ont un petit doute. Surtout que, discrètement, Charest a demandé à son entourage d'amasser toute les informations possibles sur la situation : qui appelle ? que dit-on ? La porte s'ouvre un peu plus.

Poursuivant sa tournée dans l'Ouest, le « sauveur » décide de ne pas retourner les appels qu'il reçoit, notamment ceux de députés libéraux, une attitude qui engendrera une certaine frustration chez ces derniers. « Chaque conversation était répétée, déformée, m'a-t-il expliqué en entrevue. Alors j'avais décidé de réduire les contacts au minimum. » Il parle quotidiennement à Suzanne Poulin, et régulièrement à ses plus proches conseillers. Tous affirment que, durant ces premières journées, il est réellement abasourdi par l'ampleur du mouvement. « Suzanne, tu ne peux pas t'imaginer comme c'est gros, dit-il à son adjointe au milieu de la semaine.

— Jean, tu n'es pas au Québec, tu ne peux pas t'imaginer comme c'est gros ici ! »

À la fin de la semaine, Charest et ses conseillers, y compris ceux qui veulent le voir rester à Ottawa, conviennent qu'il ne peut se montrer insensible aux vœux exprimés par les Québécois et les Canadiens, sous peine d'en payer le prix politique. « J'entends ce que les gens disent », déclare-t-il. Perrino, lui, entend la porte grincer de nouveau.

Le seul député libéral provincial qui parle à Charest durant ces journées-là, c'est son amie Monique Gagnon-Tremblay, dont la circonscription de Saint-François recoupe une partie du comté fédéral de Sherbrooke. Les deux complices se parlent le lundi soir, quelques heures après la démission de Johnson. « Je n'ai pas l'impression que la porte est grande ouverte, mais je sens que l'homme est obligé de réfléchir », rapporte la députée. Charest lui fait part de certaines de ses inquiétudes, notamment quant à l'état du PLQ. Un parti, il en a déjà reconstruit un, et ça suffit. Mme Gagnon-Tremblay le rassure : « Le Parti libéral n'est pas à l'agonie. Nous avons 46 députés à l'Assemblée nationale, la rédaction de notre programme est pratiquement terminée. J'ai parlé à pas mal de monde aujourd'hui et je sais qu'il y a une majorité de députés qui sont prêts à t'appuyer. »

La main de Brian

Voici comment certains, y compris des personnes bien branchées au Parti conservateur, croient que s'est manigancée la transition Johnson-Charest durant ce printemps de 1998. Selon les informations dénichées par Denis Lessard, de *La Presse,* le premier acte se déroule au cours d'un souper chez les Charest, à North Hatley, durant les Fêtes. Le grand patron de Bombardier, Laurent Beaudoin, une connaissance du chef conservateur, lui aurait demandé : « Si Daniel Johnson quittait de lui-même, est-ce que tu irais à Québec ? » La réponse de Charest aurait été plus proche du oui que du non.

Deuxième acte, toujours selon Lessard : un groupe de gens d'affaires, parmi les plus puissants au Québec, aurait rencontré le premier ministre du Québec, Lucien Bouchard, pour le convaincre de renoncer à la tenue d'un nouveau référendum sur la souveraineté. Bouchard ayant catégoriquement rejeté leur suggestion, les représentants de Québec inc. auraient conclu qu'il n'y avait qu'une façon d'empêcher ce référendum : remplacer Daniel Johnson par Jean Charest.

Il suffisait ensuite à Beaudoin et compagnie de faire comprendre à Johnson qu'il était temps de partir. Certains croient que le père du géant financier Power Corporation, Paul Desmarais, ami de la famille Johnson, aurait suivi tout cela de près. Le milieu des affaires aurait même offert à Charest un « pont d'or », lui garantissant par exemple de payer l'éducation de ses enfants. Enfin, l'ancien premier ministre du Canada, Brian Mulroney, proche à la fois de Paul Desmarais, de Daniel Johnson et de Jean Charest, aurait été mêlé aux manœuvres.

Il faudra sans doute attendre que ce mois de mars 1998 tombe sous le microscope des historiens pour savoir quelles pressions, outre les évidentes pressions publiques, ont été exercées sur Jean Charest. Charest a admis avoir parlé à Laurent Beaudoin le mercredi 4 mars. Celui-ci lui a alors fait savoir qu'il aimerait bien le voir à la tête du PLQ. Cependant, Charest nie avoir rencontré le patron de Bombardier durant les Fêtes : « Ce n'est pas vrai, ce dîner-là n'a jamais eu lieu. » Le nouveau chef libéral nie aussi avoir accepté quelque pont d'or que ce soit, sans cependant écarter que de telles faveurs lui aient été offertes : « Je fuyais comme la peste les gens qui s'autorisaient à dire ces choses-là. Et puis nous sommes en 1998... »

Et Mulroney ? Jean Charest affirme n'avoir parlé à son ancien patron qu'une ou deux fois durant toute cette période. Quand le reporter Michel Cormier, de Radio-Canada, a dit avoir appris de source sûre que l'ex-premier ministre avait recommandé à son protégé de se lancer en politique provinciale, Brian Mulroney s'est empressé de nier. Mais quand j'ai reparlé à l'ancien premier ministre quelques semaines plus tard, il a soutenu qu'il avait joué un rôle important dans toute cette histoire. Fidèle à son habitude, le politicien à la retraite a demandé que le contenu de notre conversation ne soit pas publié. C'est le fameux *off the record*, une règle à laquelle les journalistes sont trop souvent tenus de se plier, s'ils veulent apprendre ce qui se passe dans les coulisses, et derrière laquelle s'abritent les politiciens habiles. Or, il n'y en a pas de plus habiles que Brian Mulroney. Après mûre réflexion, considérant que ces propos offrent un éclairage essentiel à la compréhension d'événements d'intérêt public, estimant aussi que leur publication ne risque pas de nuire à M. Mulroney, j'ai décidé de ne pas respecter l'engagement que j'avais pris quant à la confidentialité de notre discussion.

Au cours de cet entretien, Brian Mulroney a révélé que Daniel Johnson l'avait appelé pour lui faire part de son intention de démissionner avant même de contacter Jean Charest. « On a organisé ça ensemble », a ajouté l'ancien premier ministre. Il est clair que Johnson souhaitait voir Charest prendre la relève, que c'était là l'objectif de son « sacrifice ». D'ailleurs, en janvier, on avait demandé au sondeur du PLQ, Grégoire Collin, de mesurer l'effet Charest sur les électeurs ; sa conclusion était claire : Charest était le seul qui pouvait battre Lucien Bouchard. D'où cette déclaration de Johnson le jour de sa démission : « J'estime qu'une nouvelle approche, un nouveau discours, un nouveau ton, qu'un nouveau chef fera la différence. »

Pendant ces semaines mouvementées de mars, donc, Charest et Mulroney se seraient parlé « amplement ». Et, comme l'espérait Johnson, Mulroney a fortement recommandé à son successeur de faire le saut à Québec : « Jean, tu ne dois rien au Parti conservateur. Tu dois tout à ta famille et au Canada. Alors tu vas choisir la voie qui va t'aider à consolider ces deux réalités. Moi, en ce qui me concerne, le problème immédiat, c'est le Québec. Et même si ça me brise le cœur, moi je pense que ton avenir, c'est au Québec. Et c'est à l'encontre de mes intérêts personnels, parce qu'avec toi j'étais convaincu que le Parti conservateur allait connaître un grand succès. Entre-temps, tu es le seul qui est capable de battre Bouchard. »

Voici comment ce fin stratège voyait les mois suivants. Scénario un, Charest reste à Ottawa : « Il y a une course au leadership [du PLQ] qui implique Liza Frulla et Pierre Paradis. Paradis va peut-être bien réussir aux élections, mais il ne battra pas Bouchard. Donc Bouchard passe et, dans six mois, un an, il y a un référendum. Et le chaos que l'on voit à Montréal, la pauvreté et la pénurie d'investisse-ments, l'incertitude politique, tout cela se répète éternellement. » Scénario deux, Charest passe au PLQ : « Bouchard déclenche ses élections et Charest gagne. C'est la fin de Bouchard, il va être évincé par le PQ dans les vingt-quatre heures. C'est pas la fin du mouve-ment séparatiste, mais c'est la fin pour un temps très prolongé. Ça lui donne [à Charest] l'occasion de faire un autre Meech à sa façon, et puis avec ça il signe la Constitution. »

Il n'a pas dû être facile pour M. Mulroney d'en venir à cette recommandation, car il n'était pas sans savoir que, après le départ de Charest, son cher Parti conservateur risquait de redevenir ce qu'il avait longtemps été avant d'être pris en main par un certain « p'tit gars de Baie-Comeau », soit un parti presque exclusivement cana-dien-anglais. Mais l'ancien premier ministre, en plus d'être profon-dément fédéraliste, déteste Lucien Bouchard plus que n'importe qui.

Selon Brian Mulroney, Paul Desmarais, avec qui il est régulière-ment en contact depuis de nombreuses années, s'intéressait évidem-ment à la décision que prendrait Jean Charest. Mais Desmarais ne se serait pas mêlé directement de cette affaire. Et le pont d'or ? « Rien de ça, jure le politicien à la retraite. Moi, je suis au courant. J'ai dit à Jean : "Lucien est assez mesquin qu'il va t'attaquer sur des affaires comme ça. Alors évite tout… même des discussions sur des affaires comme ça." » Charest, de toute évidence, manifestait certaines in-quiétudes quant aux conséquences financières d'un plongeon dans des eaux politiques incertaines. « Écoute, Jean, lui aurait répondu son mentor. T'as besoin de rien. Tu as maintenant la certitude que, si ça va bien, tu deviens premier ministre, l'affaire est réglée. Si ça va mal, tu es battu et tu décides de rentrer dans le secteur privé, tu vas être accueilli à bras ouverts. »

L'influence de Mulroney a-t-elle été déterminante ? On retrouve ici une situation identique à celle que nous avions observée avant la course au leadership de 1993 : Mulroney se donne un rôle crucial dans la décision de son poulain, alors que Charest minimise le poids des conseils de son père politique.

Le pas

En rentrant de sa tournée dans l'Ouest, le vendredi 6 mars 1998, Charest s'arrête à Montréal quelques heures, avant de repartir pour les Maritimes où il doit donner un coup de main aux conservateurs de la Nouvelle-Écosse dans le cadre de la campagne électorale provinciale. Jean et Michèle se demandent où ils pourraient bien souper sans être assaillis. Les MacLaren viennent à leur rescousse et les invitent à leur domicile. Tour de table sur les événements des derniers jours. MacLaren n'insiste pas, son ami sait très bien ce qu'il pense de tout ça. De toute façon il sent que, déjà, le vent a tourné : « C'était évident à ce moment-là que l'option était ouverte. » Michèle reste réticente : « Nous sommes installés, les enfants sont heureux. Et nous avons trois ou quatre ans de paix devant nous avant les prochaines élections fédérales. »

L'opposition de Michèle Dionne n'est pas nouvelle. Dès les premières rumeurs en 1993, elle a toujours été contre un passage à Québec. Selon Albert Painchaud, un proche de l'époque, Mme Charest… euh… pardon, Mme Dionne ne voulait tout simplement rien savoir de la ville de Québec. Quand je l'ai interviewée — à Québec, justement — en novembre 1997, l'épouse du chef conservateur jurait qu'elle n'avait rien contre la Vieille Capitale. Mais elle était on ne peut plus catégorique dans son refus de voir son mari quitter le PC : « J'ai tellement travaillé au sein de ce parti-là que jamais, jamais… Ma conscience ne serait pas en paix. Ce n'est pas une question de ville, de déménager, c'est plus profond que ça. J'aurais l'impression d'abandonner les gens avec qui j'ai milité, et ça, jamais, jamais!»

On le voit, la démission de Daniel Johnson a placé Michèle dans une situation difficile. Jean est déchiré, bien sûr. Lui aussi a l'impression d'abandonner une tâche avant de l'avoir terminée. Mais il sent que, s'il dit non à une vocation provinciale, il devra en payer le prix au Canada anglais, voire au sein de son propre parti. Du reste, dans les jours qui ont suivi la démission de Johnson, on entend déjà le grenouillage parmi les tories. «La question, souligne alors son ami MacLaren, c'est: est-ce qu'il aura encore une carrière à Ottawa s'il dit non?» Et puis l'ambition l'appelle. S'il n'y a pas d'avenir à Ottawa, comment laisser passer l'occasion de devenir premier ministre du Québec? Après tout, cela faisait partie des rêves du gamin, avant que la politique fédérale ne lui offre sa première chance. Rappelez-vous cet étudiant en droit qui voulait devenir chef de l'Union nationale!

Dès cette première semaine, donc, Jean a entrouvert la porte. Michèle, elle, résiste. Mais elle aussi reçoit des téléphones: «On t'aime beaucoup, Michou. C'est sûr que c'est une situation difficile, mais c'est votre devoir d'aller à Québec. C'est l'histoire qui vous appelle.» Et l'histoire, justement, montre que son mari finit toujours par la convaincre.

Charest revient à Ottawa le lundi 9 mars. La première soirée passée en famille est sans doute déterminante. Le mardi matin, le chef rencontre ses députés et sénateurs et leur annonce qu'il veut prendre le temps de réfléchir. Chacun exprime ensuite son avis. Quelques-uns, notamment le sénateur Gérald Beaudoin, souhaitent qu'il entende l'appel du Québec. Mais la plupart le supplient de rester. Certains y mettent beaucoup d'émotion, en particulier le jeune député d'Asbestos, André Bachand: «Jean, t'es en train de faire la plus grande erreur de ta vie! C'est pas ton monde, ça, le Parti libéral. Depuis que Bourassa est parti, le PLQ est infesté de libéraux fédéraux! Tu vas aller faire quoi au Québec? Toi-même tu nous as convaincus que le problème était à Ottawa!» Bachand y va tellement raide que, quelques heures plus tard, il ressentira le besoin d'aller s'excuser. Plus calme, le manitobain Rick Borotsik demande à son chef de fixer une date : « Je roule dans des montages russes émotives depuis une semaine ! Dis-moi quand tu vas prendre une décision ! » Le député de Compton-Stanstead, David Price, ami de longue date, est tellement ému qu'il a du mal à parler : « Jean, de tous ceux qui sont ici, c'est moi qui te connais depuis le plus longtemps. Je ne veux pas que tu ailles à Québec. J'ai très peur d'un piège du Parti libéral fédéral, fais bien attention à ça. »

À l'issue de la réunion, plusieurs députés sont en état de choc. Ils sentent que leur leader est en train de leur filer entre les doigts. « À aucun moment ai-je senti qu'il y a un argument qui l'avait touché », confiera Bachand par la suite.

« Le choix qu'on propose est très difficile, déclare Charest en conférence de presse, à sa sortie du caucus. J'ai un attachement profond à mon parti et à ces gens qui m'ont appuyé avec beaucoup de conviction. Par ailleurs, je suis sensible à l'intensité des propos tenus à mon sujet au cours de la dernière semaine. Après avoir consulté mon épouse Michèle et nos enfants, nous avons décidé d'écouter et de consulter sur le choix qui se présente à nous, un choix que nous n'avons pas invité. » Puis cette phrase : « Aujourd'hui je demande une chose : une courte période où j'invite mon caucus et mon parti à poursuivre leur écoute à travers le pays, à consulter les gens afin d'orienter non seulement le choix, mais aussi le sens que nous devons donner à ce choix. » En d'autres mots, Charest dit à ses députés : « Vous ne voyez pas toute la pression qui s'exerce sur moi ? Branchez-vous sur ce qui se passe, et vous verrez que je n'ai pas le choix ! »

Cet après-midi-là, Charest fait venir le sénateur Jean-Claude Rivest à son bureau. Nommé au Sénat par Brian Mulroney, Rivest fait partie du caucus conservateur. Mais, ancien conseiller de Robert Bourassa, député sous Claude Ryan, Rivest connaît le PLQ comme sa poche. Durant cette période où il n'ose contacter les libéraux provinciaux, Charest trouve en Rivest une ressource inestimable. Rivest garde de la conversation l'impression que le député de Sherbrooke est très, très avancé dans sa réflexion : « Il était presque décidé, à toutes fins pratiques. » Les deux hommes passent plus de deux heures ensemble. Rivest lui trace un portrait du Parti libéral du Québec et lui montre l'importance de refaire la grande coalition qui a fait la force du parti, « de Stéphane Dion à la porte de Mario Dumont ». Charest s'inquiète de la question de l'unité nationale, mais le sénateur le ramène à des choses plus concrètes : « Les Québécois, ce qui les préoccupe, c'est la santé et l'éducation. Il va falloir que tu aies quelque chose à dire là-dessus.

— Ça, laisse-moi ça. Pour autant que j'aie les dossiers et que les gens qui s'occupent de ça me *briefent*. En passant, je ne suis pas un extraterrestre, je sais ce qui se passe au Québec ! »

Le mari de Michèle Dionne s'informe aussi sur les aspects pratiques de l'emploi de premier ministre : combien de jours l'Assemblée nationale siège-t-elle ? Le travail se fait-il surtout à Québec ou à Montréal ? Sa famille pourra-t-elle vivre dans la métropole ? « Il était décidé, mais il voulait prendre la mesure de comment il était pour s'arranger dans tout ça », se souvient Jean-Claude Rivest.

Le Québécois

Jean Charest n'a jamais pris de décision importante dans sa carrière sans consulter Denis Beaudoin, l'ancien organisateur de Joe Clark qui était venu le recruter en 1983, celui dont l'avis avait fait pencher la balance avant la course au leadership de 1993. En ce mois de mars 1998, Beaudoin se meurt. Six mois plus tôt, il a appris qu'il était atteint d'un cancer. À la même époque, il m'a accordé une longue entrevue, entrevue où on trouve exposée toute la logique d'un éventuel passage de Jean Charest à la politique provinciale.

Jean Charest, a confié son vieux complice, n'a pas pu exprimer au cours de la campagne électorale de 1997 ce qu'il pense vraiment de l'avenir du Canada et du Québec : « Jean est rendu plus loin que ça. » Plus loin qu'un nouveau pacte canadien ? Plus loin que la société distincte ? Ces propos me font penser à ceux d'un autre grand ami et conseiller de Charest, Jean-Bernard Bélisle, qui m'a déjà dit craindre ce qu'il adviendrait d'un Jean Charest transplanté dans la culture politique québécoise : « S'il faut qu'il défende le Québec et qu'il se heurte à un gouvernement fédéral fermé, moi je ne réponds pas de sa conclusion et de l'orientation que prendrait son gouvernement. »

J'ajoute ce que Charest lui-même m'a dit au cours d'un souper à North Hatley, quand il était toujours chef du Parti conservateur. Comme je n'ai pas pris de notes, mon souvenir n'est pas parfait, mais c'était quelque chose comme : « Maintenant, je suis solidement en selle, je vais pouvoir dire des choses et les gens devront choisir de me suivre ou pas. »

Revenons aux propos de Denis Beaudoin. « La décision que prendrait Jean [à l'égard de son avenir politique], ce serait à quel endroit il peut le mieux expliquer sa vision du Canada et de la place de sa province dans ce pays-là. Est-ce qu'il rêve d'être premier ministre du Canada ou premier ministre du Québec ? Je ne pose pas la question comme ça et je ne crois pas qu'il se la pose comme ça non plus. Il n'est pas dit que le renouvellement de la fédération ne se fera pas à partir d'une province. Recule ton horloge : en 1864, ce sont quatre provinces qui ont créé ce pays-là ! Le fédéral n'existait pas ! Ce sont les provinces qui ont décidé quels pouvoirs elles donnaient à Ottawa ! Il est peut-être temps que les provinces s'assoient ensemble, sortent Ottawa de la salle et décident ensemble quel *deal* elles vont se donner. » Voilà qui nous aide à comprendre pourquoi, avant de prendre la décision de se lancer en politique provinciale, Jean Charest a appelé les premiers ministres de toutes les provinces du pays.

Nous disions donc que Charest n'avait jamais pris une décision importante dans sa carrière sans consulter Denis Beaudoin. En mars 1998, Beaudoin est malade, mais plus lucide que jamais. Lorsque Jean va lui rendre visite chez lui, à Hull, il se montre très favorable à son ralliement au Parti libéral du Québec. Charest sort de là inquiet pour son ami, mais rassuré quant à son propre avenir.

Denis Beaudoin est d'accord, Brian Mulroney est d'accord, George MacLaren est d'accord, les patrons sont d'accord, le Québec est d'accord, bref, tout le monde veut voir Charest au Québec. Non, pas tout le monde. Bien des conservateurs, évidemment, veulent le garder à Ottawa. Et pas les moindres. Le chef du Parti conservateur reçoit longuement un de ces prédécesseurs, celui au nom de qui il avait fait ses premiers pas en politique, Joe Clark. Pendant plus d'une heure, celui-ci lui explique pourquoi, à son avis, il devrait rester en politique fédérale. « Le problème de l'unité du pays, ce n'est pas seulement une province, ce n'est pas seulement un référendum, rappelle Clark. Les qualités qui font que les gens veulent te voir au Québec sont aussi des raisons qui te permettraient de jouer un rôle très important au Canada. » Et puis, comme bien d'autres tories, Clark se méfie des libéraux fédéraux : « J'ai vu ce qu'ils ont fait à Bourassa, à Ryan et à Daniel Johnson. Et il est probablement encore plus difficile de faire entendre raison au gouvernement libéral fédéral actuel qu'au gouvernement Trudeau. »

Ce genre de plaidoyers n'est pas sans ébranler celui à qui ils sont destinés. Au cours d'une conférence téléphonique convoquée dans la semaine du 16 mars pour planifier l'annonce de la décision, certains sentent que Charest hésite encore. Pendant que ses conseillers parlent du lieu de la conférence de presse — à Sherbrooke, bien sûr —, du genre d'événement — sobre, solennel, triomphal? —, le chef du Parti conservateur se soucie encore beaucoup… du Parti conservateur. « Quitter le Parti conservateur lui crève le cœur », disait à l'époque un de ceux qui étaient au bout du fil, Jean-Yves Laflamme. « Il est déchiré. Il craint pour son parti. Il sait bien que le jour où il ne sera plus là, il n'aura plus aucune influence, ce sera la débandade. C'est comme prendre ton bicycle et le lâcher en haut de la côte King! » « J'ai été absolument convaincu que sa décision était finale seulement deux jours avant l'annonce », affirme George MacLaren.

Pendant tout ce temps, Charest doit aussi s'occuper de questions pratico-pratiques. Il tente de se défaire de la maison qu'il vient d'acquérir à Ottawa pour plus de 400 000 $. Le vendeur ne veut rien savoir : un contrat, c'est un contrat, même quand on s'en va sauver le Canada! Notre homme s'est peut-être fait offrir un pont d'or, mais il doit tout de même passer chez son banquier pour négocier l'hypothèque. « Vous êtes bien le seul de mes clients qui peut avoir une influence sur les taux d'intérêt », dit le gérant en rigolant.

Le deuil

Le vendredi 13 mars, Jean Charest est dans son fief de Sherbrooke où diverses activités publiques sont prévues depuis longtemps. Il est suivi par une horde de journalistes qui épient le moindre mot, le moindre geste. Ils finissent par reconnaître un signe : au cours d'une entrevue télévisée, Charest s'échappe : « Je deviens candidat à la course, je ne deviens pas automatiquement chef du PLQ. » Cet après-midi-là, il discute longuement avec Monique Gagnon-Tremblay. Celle-ci, à l'instar de Rivest, lui donne un petit cours sur le Parti libéral du Québec. « Ce jour-là, dira plus tard Mme Gagnon-Tremblay, je sens que ça augure bien. »

Tôt le matin du dimanche 15 mars, quelques personnes sont réunies dans le bureau de Charest à Ottawa. L'atmosphère est lourde, triste. Depuis 1993, Jean Charest, Jodi White, David Small et Bruce Anderson se sont beaucoup amusés. Ils ont failli battre Kim Campbell. En 1997, ils ont failli — il s'en est vraiment fallu de peu — mener le PC au statut d'opposition officielle.

Mais ce matin, même si rien n'est dit, ils savent que c'est fini. Charest s'apprête à emprunter une autre route, et White, Small et Anderson, qui avaient une grande influence sur lui, ne pourront pas le suivre. Ils seront bientôt orphelins. Aucun d'entre eux ne tente de le dissuader. « À ce point-là, nous avions abandonné, confie David Small. Nous étions tous exaspérés par le fait que nous n'avions pas pu contrôler la situation. »

Dans la matinée du mercredi 25 mars, le caucus du Parti conservateur tient sa réunion hebdomadaire. Chacun fait semblant que c'est la routine. Puis les députés et les sénateurs sont conviés à une nouvelle rencontre, à l'heure du souper, en un lieu qui ne leur sera indiqué que dans l'après-midi, pour éviter les indiscrétions aux journalistes. Ce soir-là, Jean Charest annonce à son caucus qu'il abandonne la direction du parti pour se lancer en politique provinciale. Puis il quitte la salle, laissant quelques dizaines d'hommes et de femmes en deuil. Certains, notamment André Bachand, trouvent sa manière un peu cavalière : « Le matin il fait son discours et, nous, on est là se demandant : il reste ou il reste pas ? Puis le soir, c'est la décision administrative, froide, brutale. Il est resté dix minutes. Après ça, il a fallu se démerder avec la suite. J'étais en *christ* ! »

Le lendemain matin, Jean Charest prend la route pour Sherbrooke. La route pour le Québec.

Le coup de dés

Cet après-midi-là, la Reine des Cantons de l'Est pavoisait. Des dizaines de journalistes de partout au pays — et même des réseaux américains! — avaient convergé vers elle pour assister à un événement que d'aucuns qualifiaient d'historique. Le 26 mars 1998, quarante ans après Jean Lesage, Jean Charest allait annoncer sa venue en politique provinciale. Plus que jamais, Sherbrooke était sur la *map*.

* * *

Peu d'entre eux l'ont reconnu. C'est Jean-Guy Ouellette qui accueille les reporters au Centre culturel du Vieux-Clocher. Jean-Guy Ouellette? Mais oui! C'est ce professeur d'athlétisme de l'Université de Sherbrooke qui, il y a dix ans, a initié le jeune ministre Jean Charest aux arcanes du sport amateur. Celui qui est devenu par la suite un fanatique de Charest, au point de pleurer «comme une vache» le jour de sa démission forcée en 1990.

Dans la salle où aura lieu la conférence de presse, les journalistes y vont de leurs prévisions et analyses. Les cameramen s'installent, bousculent tout. L'entourage de Charest s'affaire, tendu, épuisé. Suzanne Poulin ne tient plus en place. Claude Lacroix scrute la pièce à la recherche de la moindre anicroche qui jurerait à la télévision. Jean-Bernard Bélisle est là aussi, lui qui, luttant contre une grave maladie, prétend se tenir à l'écart, mais se retrouve toujours dans les parages, par amitié.

Au milieu de tout ce brouhaha s'assoit Claude Charest, Red. Au premier rang, juste devant l'estrade. Imperturbable, impénétrable. Fier sans doute : il en a fait du chemin, son sans-dessein ! À ses côtés, son plus vieux, Robert, et Lise Dionne, la sœur aînée de Michèle.

À dix-sept heures trente pile, Jean Charest et Michèle Dionne font leur entrée. Il faut être ponctuel : les réseaux de télévision diffusent l'événement en direct. Michèle est radieuse ; aucune trace sur son visage de la tension, de la tristesse, de la torture des derniers jours. Il est bien loin le temps où la petite Michou refusait de faire son numéro de danse. Charest paraît parfaitement calme, comme toujours. Ses mains ne tremblent pas, sa voix est ferme : « J'annonce aujourd'hui ma démission à titre de chef du Parti progressiste-conservateur du Canada. » Puis cette phrase qui fera la manchette des journaux, une trouvaille de dernière heure : « Ma décision est prise : je choisis le Québec. »

Cette seule annonce aurait suffi à semer la panique au Parti québécois, mais Charest en rajoute. Dès sa première conférence de presse en tant que libéral, il y va d'un coup de maître stratégique en bloquant ce qui aurait pu être la voie de retraite des péquistes : « Lucien Bouchard prépare déjà, fidèle à sa marque de commerce, un nouveau virage. Il cherchera par tous les moyens à vider le Parti québécois de sa raison d'être en évacuant sa promesse solennelle de tenir bientôt un nouveau référendum. »

Le député de Sherbrooke le démontre encore une fois ce soir-là : il est doué d'un instinct politique remarquable. Mais ses faiblesses apparaissent, aussi. Par exemple, une maîtrise parfois fragile du contenu. Comme le souligneront plusieurs analystes par la suite, son affirmation selon laquelle l'incertitude politique est la cause de l'écart entre le taux de chômage du Québec et celui de l'Ontario est sans fondement. En outre, Charest a une tendance marquée à l'exa-

gération quand il s'agit de sa personne. Comment peut-il sérieusement prétendre que les attaques des souverainistes à son endroit
constitueront « un épisode d'inflation verbale sans précédent » ?
Sans précédent ? Pire que les attaques des péquistes contre Jean
Chrétien ? Pire que les charges de Duplessis ?

* * *

Au deuxième étage du Vieux-Clocher, Albert Painchaud attend,
impatient. Cela fait deux ans qu'il n'a pas vu celui qu'il a contribué à
lancer en politique du temps du « Club de la Relève ». Amer d'avoir
été écarté, il n'en veut pas à Jean Charest lui-même, seulement à ceux
qui l'entourent. Ce soir, il s'est placé à un endroit stratégique, là où
passera Charest pour aller rencontrer ses militants après la conférence de presse. Cette fois, personne ne pourra se mettre en travers
de son chemin. Ainsi, quand le héros de la fête arrive dans la salle, il
se retrouve face à face avec son vieil ami. L'accolade est émouvante,
Painchaud est en larmes. L'amertume s'est envolée. L'effet Charest.

M. Painchaud n'est pas le seul à pleurer. Le député conservateur
André Bachand, entre autres, est inconsolable. Pendant que Charest
fait un tour rapide de la salle, la foule compacte se presse ; les bras
sont tendus, les mains fébriles. Venus voir de plus près leur sauveur,
les militants libéraux ont l'air du chat qui a avalé un oiseau. « On
donne un premier ministre au Québec », dit un vieux bleu de Sherbrooke, à la fois triste et fier. Un jeune conservateur de la génération
Charest, Dany Renauld, a trouvé une formule sympathique : « Je me
sens comme si je rencontrais mon ancienne blonde avec son nouveau *chum*. »

L'un des pères politiques de Jean Charest, le Dr Pierre Gagné, est
inquiet. Devant la frénésie qui s'est emparée de la foule, de la province tout entière, il craint pour son jeune ami : « J'ai des contacts à
la Sûreté du Québec, je vais leur en parler. »

La carrière de Jean Charest est écrite sur les visages de toutes ces
personnes qui lui ont consacré un bout de leur vie. Mais certains

visages manquent. Les jeunes bleus nationalistes qui l'ont catapulté dans la course au leadership de 1993 ne sont pas là. On ne voit pas non plus le dévoué Jacques Fortier, que Charest a blessé par un geste maladroit au cours d'une campagne municipale.

Autre absent, Denis Beaudoin, sage conseiller de toujours. Il a fallu un cancer pour l'empêcher de se présenter au Vieux-Clocher. Mais, fidèle jusqu'à son dernier souffle, Beaudoin a acheté sa carte de membre du Parti libéral.

Voici l'enfant prodigue à la tribune. Encore une fois, il trouve les mots qu'il faut : « Cette soirée me fait penser à la maison familiale. Lorsqu'on entre, on laisse à la porte nos autres préoccupations. On accroche nos manteaux, qu'ils soient bleus ou rouges. » La foule explose, libéraux et conservateurs font la paix. L'effet Charest.

Tout cela n'a duré que quelques minutes. À peine arrivé, Charest est sorti côté jardin. Ses fidèles restent là, orphelins. Toute l'énigme Charest est dans cette scène. C'est cet homme si chaleureux que chacun voudrait avoir pour frère, mais qui est aussi politicien et dont chaque pas et chaque émotion sont mis en scène et minutés. Ce formidable orateur qui prêche la modération, mais ne dédaigne pas la démagogie. Ce ministre efficace et intègre, mais banal. Cette intelligence puissante, mais superficielle. Cet être fier et sûr de lui, également sympathique et généreux. Ce leader charismatique, mais distant. Cet extraordinaire communicateur, aussi profondément secret. Ce chef hésitant, mais d'une détermination à toute épreuve. Cet ambitieux qui, cependant, a fini par trouver un idéal.

L'énigme Charest, c'est aussi cette petite ville en délire, ces partisans qui l'aiment comme un fils, ces absents, écartés ou oubliés.

L'énigme Charest, c'est cette main tendue qui ne le touchera jamais.

* * *

Une semaine plus tard, Jean Charest faisait ses adieux à la Chambre des communes.

« Les Québécois et les Québécoises sont capables de grandes choses, dit-il aux députés. Mais ils ont besoin de voisins qui ne soient pas des étrangers, surtout pas des adversaires, des voisins qui sont des concitoyens, des alliés, des gens qui partagent les mêmes valeurs. »

Michèle est dans les tribunes, en pleurs. Ce sacrifice-là sera le dernier.

* * *

Cette fois, il ne faut pas que je passe tout droit. Ah ! la voici, tapie dans l'ombre, la maison de briques brunes.

L'accueil est grognon et simple, comme toujours quand on rend visite à Red Charest. Ici, pas d'entourage, pas de maquillage. « Tu prendrais-tu un café ?

— Non merci, je ne veux pas vous déranger trop longtemps.

— Tu me déranges pas. Mais si t'en veux pas, je veux pas te forcer. »

Assis à la table de la salle à manger, Red parle de l'époque où l'on n'accrochait jamais son manteau politique, qu'il soit rouge ou bleu : « Le père se faisait toujours battre par les libéraux. Les gagnants organisaient une parade dans les rues. Ça fait que mon père disait à ma mère : "Ferme les lumières !" Tout le monde se cachait sous le piano. Quand Jean a gagné la première fois, les parades ont cessé. »

Les choses ont tellement changé depuis les années 1930 que voici le petit-fils de Ludovic Charest chef du Parti libéral. Un changement qui, de toute évidence, laisse son père mal à l'aise. Ce n'est pas une question de couleur, ce temps-là est révolu : « Aujourd'hui, c'est l'homme, c'est pas le parti. » Seulement, Red se fait du souci pour son fils : « Jean était chef du Parti conservateur. Avec les années qu'il a fait là, il avait un bon salaire, et comme chef… C'est comme un gars laisser une bonne job ! Tu laisses ça, puis tu t'en vas dans un parti que tu sais pas si tu vas gagner ou non !

— Jean a l'air bien parti, en tout cas.

— Non, non, une élection, c'est une élection. Tu peux partir à l'avant… C'est comme une course de chevaux, un moment donné… En tout cas… J'ai confiance, mais il reste que… c'est un *gamble.* »

C'est en côtoyant le terrible Red, adouci par l'âge comme le rocher par l'eau ; en écoutant tomber ses bouts de phrase lourds de sagesse et de bon sens ; c'est en revenant ici, dans la maison où a couru le petit John-John, où a grandi le gamin et où a souffert le fils, qu'on trouve le mot de l'énigme. Ni dieu ni sauveur, Jean Charest est tout simplement un homme. Avec un petit côté Hamlet.

Annexes

Le « Rapport Charest »

Rapport du Comité spécial pour examiner le projet
de résolution d'accompagnement à l'Accord du lac Meech

(déposé aux Communes le 17 mai 1990)

Le mandat du Comité

Le Canada se trouve dans une impasse politique liée à un ensemble de révisions constitutionnelles appelées l'Accord du lac Meech. Cet accord a été signé par le Premier ministre et ses dix homologues provinciaux en 1987, mais, pour avoir force de loi, il doit être adopté par toutes les assemblées législatives au plus tard le 23 juin 1990. Le Parlement et huit législatures provinciales ont par la suite ratifié l'Accord. Deux provinces, le Nouveau-Brunswick et le Manitoba, ont changé de gouvernement avant la ratification de l'Accord par leur législature, et les nouveaux premiers ministres ont formulé des réserves à propos de certains aspects de l'Accord. Terre-Neuve avait déjà adopté l'Accord, mais le nouveau gouvernement a aussi émis des réserves.

Les discussions qui se sont déroulées entre les premiers ministres n'ont pas permis d'en arriver à un compromis. Toutefois, le 21 mars 1990, le premier ministre McKenna a présenté deux résolutions à l'Assemblée législative du Nouveau-Brunswick afin de briser l'impasse. La première était l'Accord du lac Meech (la *Modification constitutionnelle de 1987*). La deuxième a été qualifiée de résolution d'accompagnement par le premier ministre McKenna. Cette résolution propose des révisions constitutionnelles supplémentaires qui prendraient effet après la proclamation de l'Accord du lac Meech. L'Accord du lac Meech serait ratifié par le Nouveau-Brunswick à condition que la résolution d'accompagnement reçoive l'appui d'autres assemblées législatives et du Parlement du Canada.

Le 26 mars, le Premier ministre Mulroney, s'adressant à la nation par le truchement de la télévision, a proposé de renvoyer la résolution d'accompagnement du Nouveau-Brunswick devant un comité spécial de la Chambre des communes. Les chefs des deux autres partis fédéraux ayant donné leur consentement, une motion à cet effet a été adoptée par la Chambre des communes le lendemain. Celle-ci prévoit que le Comité doit faire rapport à la Chambre au plus tard le 18 mai 1990.

Le 6 avril, l'Assemblée législative de Terre-Neuve a procédé à la révocation de son approbation. Le même jour, l'Assemblée nationale du Québec a adopté une résolution réitérant sa volonté de voir l'Accord du lac Meech ratifié.

Ainsi, au moment où le Comité a entamé ses travaux, la situation politique était très difficile. Au départ, il a dû composer avec diverses attentes. Pour certains, il n'avait pas sa place dans le processus. Pour d'autres, il devait permettre de trouver une solution qui avait échappé aussi bien aux dirigeants politiques qu'aux constitutionnalistes.

Le Comité en est vite venu à la conclusion que, pour trouver une solution, il fallait commencer par écouter les Canadiens. Du 9 avril au 4 mai 1990, nous avons entendu quelque 160 témoins à Yellowknife, à Whitehorse, à Vancouver, à Winnipeg et à Saint-Jean (Terre-Neuve), ainsi que dans la Région de la capitale nationale. Parmi eux se trouvaient des représentants de huit gouvernements, cinq actuels premiers ministres provinciaux et deux anciens, des constitutionnalistes, des représentants de groupes autochtones, du monde des affaires, de groupes de femmes, de minorités de langue officielle, de groupes multiculturels, de syndicats et de groupes de personnes handicapées, ainsi que d'autres groupes et des particuliers. Les opinions variaient entre le soutien inconditionnel de l'Accord du lac Meech et le rejet pur et simple tant de l'Accord que de la résolution d'accompagnement. Les audiences du Comité ont été télévisées et ont suscité beaucoup d'intérêt dans les médias. Nous avons reçu plus de 800 mémoires de particuliers et d'organismes représentant tous les milieux et toutes les régions du Canada.

Notre tâche n'a pas été facile, mais, en dépit de la diversité des témoignages et des avis contradictoires, nous sommes convaincus qu'il est possible d'en arriver à des solutions.

Nous nous sommes servis de l'information que nous avons recueillie pour aider les Canadiens à comprendre la nature du problème et pour proposer tant des solutions immédiates à l'impasse actuelle qu'un processus à long terme devant permettre aux générations futures de faire avancer le débat constitutionnel.

Nous sommes conscients que, pour des raisons historiques, politiques et juridiques, tous ne seront pas d'accord avec notre analyse ou nos recommandations. Néanmoins, nous avons essayé de résoudre ces problèmes au mieux de notre compétence. Cela dit, nous reconnaissons que la solution à l'impasse actuelle est entre les mains d'autres intervenants, à l'examen desquels nous soumettons le présent rapport.

Vers la réintégration du Québec

Les sujets qui sont au cœur du débat constitutionnel actuel ne datent pas d'hier. C'est en effet depuis l'adoption de l'*Acte de Québec,* en 1774, près d'un siècle avant la Confédération, que le Québec se définit comme une société distincte, tandis qu'on discute de la réforme du Sénat depuis 1867. Le débat qui oppose les partisans d'une plus grande autonomie provinciale et ceux qui prônent une fédération davantage centralisée se poursuit aussi depuis 1867. Et il y a d'autres dossiers : la lutte des autochtones pour leur reconnaissance, l'égalité des sexes, la place des Canadiens formant la mosaïque multiculturelle dans la définition de la nature fondamentale du Canada et l'incidence de la *Charte canadienne des droits et libertés* sur notre conception traditionnelle des libertés publiques.

Pour bien comprendre les négociations constitutionnelles en cours, il faut se rappeler ce qui s'est produit au Québec le 20 mai 1980. Un référendum devait déterminer si le gouvernement de cette province aurait un mandat de négocier la souveraineté-association. Au cours du débat référendaire, une réforme de la Constitution avait été promise aux Québécois s'ils votaient non. La victoire fédéraliste, célébrée dans tout le Canada, a mené à des discussions entre Ottawa et les provinces sur la nature des révisions.

Ce processus a débouché sur le rapatriement de la Constitution canadienne du Parlement de Westminster et sur l'adoption, en 1982, de la

Charte canadienne des droits et libertés et d'une nouvelle formule d'amendement de la Constitution. Après un long débat, toutes les provinces, sauf le Québec, ont appuyé la réforme constitutionnelle de 1982. Le Québec a refusé d'emboîter le pas en faisant valoir que des changements importants avaient été apportés à la Constitution canadienne sans son consentement. Il a donc refusé de participer aux conférences constitutionnelles autrement qu'à titre d'observateur et s'est abstenu de participer au vote sur des propositions de modification concernant, entre autres, les droits des peuples autochtones.

Cette prise de position est sans effet juridique puisque la Constitution a été rapatriée légalement et que la *Loi constitutionnelle de 1982* s'applique au Québec en dépit de son désaccord. Les conséquences politiques n'en sont pas moins fort réelles.

Après les élections de 1985, un nouveau gouvernement a pris le pouvoir au Québec. Alors que son prédécesseur y avait posé 22 conditions, il a convenu d'appuyer la réforme constitutionnelle de 1982 aux cinq conditions suivantes :

(i) la reconnaissance explicite du Québec comme société distincte ;
(ii) la garantie de pouvoirs accrus en matière d'immigration ;
(iii) la limitation du pouvoir fédéral de dépenser ;
(iv) la reconnaissance d'un droit de veto ;
(v) la participation du Québec à la nomination des juges de la Cour suprême du Canada.

À l'occasion de leur 27e Conférence annuelle, tenue à Edmonton en août 1986, les premiers ministres des provinces ont convenu à l'unanimité « que leur première priorité en matières constitutionnelles est d'engager immédiatement des discussions fédérales-provinciales pour que le Québec puisse accepter de participer pleinement, et à part entière, à la Fédération canadienne, et cela sur la base des cinq propositions mises de l'avant par le Québec. Un consensus s'est aussi dégagé parmi les premiers ministres à l'effet qu'ils seront alors en mesure de poursuivre la révision de la Constitution sur des sujets intéressant certaines provinces, qui comprendront notamment la réforme du Sénat, les pêches, les droits de propriété, etc. » Ce texte est connu depuis sous le nom de « *Déclaration d'Edmonton* ».

Il convient de noter que, amorcé en 1983, le processus des conférences constitutionnelles autochtones s'est terminé en mars 1987 sans qu'un accord soit conclu. Il n'avait donc pas été mené à bien au moment de la *Déclaration d'Edmonton*.

Entre août 1986 et avril 1987, ministres et fonctionnaires ont tenu des pourparlers intensifs sur les propositions du Québec. À une réunion qui s'est tenue, le 30 avril 1987, au lac Meech, les premiers ministres ont élaboré un accord de principe sur les cinq propositions du Québec. Ils ont ensuite chargé leurs fonctionnaires de le traduire en langage juridique. Les 2 et 3 juin, réunis à l'édifice Langevin, à Ottawa, ils se sont entendus sur le libellé de l'Accord. L'Assemblée nationale du Québec a été la première législature à ratifier l'Accord du lac Meech, le 23 juin 1987, ce qui, comme le prévoit le paragraphe 39(2) de la *Loi constitutionnelle de 1982*, a déclenché le délai de ratification de trois ans.

La plupart des témoins que nous avons entendus, même ceux qui s'opposent le plus farouchement à l'Accord du lac Meech, appuient l'unité canadienne et reconnaissent qu'il faut faire de cette province, la deuxième plus populeuse, un participant actif de la famille constitutionnelle et pleinement engagé dans les négociations constitutionnelles fédérales-provinciales. En général, les témoins ont convenu que les cinq propositions du Québec offraient un moyen raisonnable d'y parvenir.

La résolution d'accompagnement du Nouveau-Brunswick

A. Le processus

La résolution d'accompagnement du Nouveau-Brunswick vise à permettre la ratification de l'Accord du lac Meech par toutes les provinces au plus tard le 23 juin, tout en donnant l'assurance qu'on fera avancer les autres priorités. Le premier ministre McKenna a fait remarquer qu'en élaborant sa résolution d'accompagnement, il avait pris soin *d'ajouter* et non *de retrancher* quoi que ce soit à l'Accord du lac Meech. Il a en outre déclaré que, contrairement à l'Accord, sa résolution d'accompagnement n'est pas « une toile sans couture » qui doit être adoptée ou rejetée globalement. Il a ajouté qu'il fallait faire preuve de souplesse afin de pourvoir aux autres préoccupations pour lesquelles il existe un large consensus.

Interrogé sur ce qu'il entendait par un appui substantiel à sa résolution d'accompagnement, il a déclaré : « Nous, du Nouveau-Brunswick, serons juges de ce que représente cet engagement. Nous croyons devoir absolument conserver une certaine flexibilité, quitte à ce que notre crédibilité en souffre, si besoin est. »

Avant d'étudier la résolution d'accompagnement McKenna, le Comité devait déterminer si le 23 juin était une véritable échéance. Il a entendu d'éminents témoins à ce sujet, et il reconnaît que cette question peut porter à controverse sur le plan juridique.

Certains ont avancé que le report de l'échéance du 23 juin était une question de volonté politique. Les premiers ministres pourraient s'entendre pour présenter à leur assemblée législative des résolutions prévoyant un sursis pour l'étude de l'Accord. Cette solution est théoriquement possible, mais il reste à savoir si les gouvernements et les assemblées législatives accepteraient tous d'adopter rapidement et unanimement une telle résolution.

Ayant examiné avec soin les diverses options, le Comité a tiré les conclusions suivantes :

1. Le Comité est d'avis que le délai du 23 juin 1990 est une réalité politique.

2. Le Comité reconnaît que, pour que les éléments de la résolution d'accompagnement que nous proposons puissent résoudre l'impasse du lac Meech, il faudra régler sans équivoque la question des « garanties ».

3. À notre avis, c'est aux seuls premiers ministres qu'il incombe de négocier le processus et l'échéancier des révisions constitutionnelles supplémentaires. Nous croyons que nos recommandations pourraient jeter les bases d'un accord si les premiers ministres règlent dans les meilleurs délais la question de l'échéancier de ces révisions.

Le Comité a ensuite examiné les préoccupations du Nouveau-Brunswick, du Manitoba et de Terre-Neuve, tout en tenant compte des observations de ceux qui estiment avoir été oubliés dans le processus de l'Accord du lac Meech.

B. Le contenu

Le Nouveau-Brunswick voudrait que l'on ajoute, à la partie de l'Accord touchant la réalité linguistique du Canada et la société distincte qu'est le Québec, un autre volet, à savoir la reconnaissance de ce que les communautés linguistiques anglophone et francophone du Nouveau-Brunswick ont un statut et des droits et privilèges égaux. Un principe déjà énoncé dans une loi du Nouveau-Brunswick serait ainsi constitutionnalisé.

4. Le Comité estime que la clause concernant l'égalité des deux communautés de langue officielle du Nouveau-Brunswick a sa place dans une résolution d'accompagnement.

5. Parallèlement, le Comité souscrit à la proposition du Nouveau-Brunswick visant à reconnaître à l'Assemblée législative et au gouvernement du Nouveau-Brunswick un rôle dans la protection et la promotion de l'égalité du statut, des droits et des privilèges des deux communautés de langue officielle de cette province.

L'Accord du lac Meech reconnaît au Parlement le rôle de protéger l'une des caractéristiques fondamentales du Canada : la dualité linguistique. Dans sa résolution d'accompagnement, le premier ministre McKenna propose de lui reconnaître aussi le rôle de promouvoir la dualité linguistique.

Les constitutionnalistes que nous avons interrogés sont unanimes à penser que la promotion de la dualité linguistique, telle que proposée, se limite aux sphères de compétence fédérale. Les minorités de langue officielle qui ont témoigné devant nous sont parfaitement d'accord là-dessus.

Bien que le rôle de promotion proposé par le premier ministre McKenna soit déjà prévu par la nouvelle *Loi sur les langues officielles* (L.R.C. 1985, 4e suppl., ch. 31), le Comité se rend à l'argument que lui ont souvent fait valoir les minorités de langue officielle, à savoir que, même si la clause relative à la promotion n'ajoute rien sur le plan juridique, elle exercerait sur eux un effet dynamisant.

6. Le Comité appuie la clause de la résolution d'accompagnement du Nouveau-Brunswick qui reconnaît au Parlement et au gouvernement du Canada le rôle de promouvoir la dualité linguistique du Canada.

Dans cet important dossier, d'autres propositions ont été faites qui méritent d'être examinées par les premiers ministres. Il s'agit, entre autres, de l'interprétation de l'expression « là où le nombre le justifie », du contrôle et de la gestion des écoles aux termes de l'article 23 de la Charte, et de la notion d'un « code des droits linguistiques des minorités » mis de l'avant par certains témoins et le gouvernement du Québec.

7. À tout événement, le Comité estime que les droits linguistiques des minorités doivent continuer d'être discutés et qu'ils devraient

figurer à l'ordre du jour des conférences annuelles des premiers ministres sur la Constitution.

L'Accord du lac Meech prévoit la participation des provinces à la nomination des sénateurs et des juges de la Cour suprême. Les premiers ministres signataires de l'Accord étaient d'avis qu'à moins d'une erreur flagrante, celui-ci devrait être adopté sans modification. Les témoignages qu'a reçus le Comité indiquent que la plupart des Canadiens y perçoivent au moins une lacune de cet ordre, à savoir la non-participation du Yukon et des Territoires du Nord-Ouest au processus de sélection.

8. Alors que l'Accord du lac Meech omet d'associer le Territoire du Yukon et les Territoires du Nord-Ouest à la sélection des sénateurs et des juges de la Cour suprême, la résolution d'accompagnement du Nouveau-Brunswick a pour effet de faire participer les deux territoires à ce processus de sélection. Le Comité est convaincu de la nécessité d'apporter ce changement.

L'Accord du lac Meech prévoit également de changer la procédure de modification pour ce qui est de la création de nouvelles provinces en remplaçant la règle qui exige le consentement de deux tiers des provinces représentant 50 p. 100 de la population par la règle de l'unanimité. Avant 1982, l'admission de nouvelles provinces relevait exclusivement du gouvernement fédéral. Le Nouveau-Brunswick propose que l'on revienne à la situation d'avant 1982 pour que les deux territoires puissent espérer un jour devenir des provinces aux mêmes conditions que les provinces créées depuis 1867. Au cours des audiences qu'il a tenues dans différentes régions du Canada, et particulièrement dans les territoires nordiques, le Comité a entendu à ce sujet des témoignages concluants.

9. Le Comité est d'accord avec la position du Nouveau-Brunswick et des territoires sur la création de nouvelles provinces et recommande qu'il en soit question dans une résolution d'accompagnement.

Le Nouveau-Brunswick propose également d'ajouter un élément à l'ordre du jour de la Conférence annuelle des premiers ministres sur la Constitution. Il s'agirait des questions constitutionnelles qui touchent directement les peuples autochtones du Canada, y compris la détermination de leurs droits. Selon des représentants autochtones, il serait préférable de consacrer des conférences distinctes aux questions autochtones plutôt que d'inscrire celles-ci à l'ordre du jour de la Conférence annuelle des premiers ministres sur la Constitution. Ils recommandent que ces conférences aient lieu tous les trois ans.

10. Le Comité souscrit à la suggestion des dirigeants des groupes autochtones et recommande qu'une résolution d'accompagnement prévoie un processus distinct de conférences constitutionnelles ayant lieu tous les trois ans. La première de ces conférences devrait être convoquée au plus tard un an après l'entrée en vigueur de la résolution.

Dans sa résolution d'accompagnement, le Nouveau-Brunswick, en ce qui concerne l'article 16 de l'Accord du lac Meech, traite de la préoccupation exprimée par les groupes de femmes et d'autres défenseurs des droits à l'égalité, à savoir que la clause de la société distincte l'emporte sur la Charte.

Les répercussions de la clause de la société distincte sur l'interprétation de la *Charte canadienne des droits et libertés* font l'objet d'un débat. Il ressort des témoignages des juristes que le Comité a interrogés qu'il s'agit plutôt d'une affaire de perception. Par exemple, M. Roger Tassé, c.r., juriste et expert en matière constitutionnelle, ancien sous-ministre de la Justice sous le gouvernement libéral à l'époque de l'adoption de la Charte, a conseillé le gouvernement actuel au moment des discussions à l'édifice Langevin. Voici ce qu'il nous a déclaré :

« La raison en est que la clause de la société distincte — comme la clause de la dualité canadienne qui en fait partie intégrante — est une clause interprétative qui ne change en rien la dynamique de la Charte des droits et les protections qui y sont garanties. Dans le cadre de la Charte, cette clause n'a véritablement de portée que dans la mise en œuvre de l'article 1 — cet article, vous vous le rappellerez, qui stipule que les droits et libertés garantis par la Charte ne peuvent être restreints que dans des limites qui soient raisonnables et dont la justification puisse se démontrer dans le cadre d'une société libre et démocratique. Un test d'une grande rigueur rendu encore plus ardu par les arrêts subséquents de la Cour suprême.

Personne n'a jamais prétendu sérieusement que les droits et libertés garantis par la Charte étaient absolus. L'article 1 stipule les conditions dans lesquelles ils peuvent être restreints. Je vous demande, en vertu de quel principe la situation particulière des francophones comme groupe minoritaire au Canada, en Amérique, devrait-elle être exclue du champ d'application de l'article 1 ? Les tribunaux, y compris la Cour suprême du Canada dans la célèbre affaire de l'affichage, ont déjà accepté de tenir compte de cette situation avant même l'adoption de l'Accord du lac Meech.

Les droits et libertés garantis par la Charte ne sont nullement compromis par la clause de la société distincte et, à mon avis, l'adoption de cette clause ne ferait que confirmer que la société distincte du Québec constitue une donnée légitime à être prise en considération dans l'application de l'article 1. »

Certains premiers ministres ont eux-mêmes abondé en ce sens. Lorsqu'ils interprètent notre Constitution, les tribunaux donnent du poids à de telles déclarations.

11. Par conséquent, le Comité recommande que les premiers ministres déclarent dans une résolution d'accompagnement que l'application de la clause de la caractéristique fondamentale, à savoir la dualité linguistique et la société distincte, ne diminue en rien l'efficacité de la Charte. En tant que clause interprétative, elle s'applique conjointement avec la Charte et ne compromet pas les droits et les libertés qui y sont garantis. Cette résolution d'accompagnement devrait aussi stipuler que les clauses qui reconnaissent des rôles au Parlement et aux législatures provinciales n'ont pas pour effet de leur conférer des pouvoirs législatifs.

Le Comité a en outre examiné la proposition du Nouveau-Brunswick portant qu'il incomberait au Sénat de procéder à tous les cinq ans à l'évaluation des résultats obtenus par les gouvernements et les corps législatifs en ce qui touche les engagements énoncés dans l'article 36 de la *Loi constitutionnelle de 1982* sur la péréquation et la réduction des disparités régionales, et d'en faire rapport à la Conférence annuelle des premiers ministres sur l'économie qui suit une telle évaluation.

12. Le Comité croit valable l'idée que le Sénat procède à l'évaluation des résultats obtenus en ce qui concerne les engagements en matière de péréquation et de réduction des disparités régionales, mais il recommande qu'il y soit donné suite dans le contexte d'un Sénat réformé.

Le Nouveau-Brunswick propose en outre une modification qui exigerait de la Chambre des communes et des assemblées législatives qu'elles tiennent des audiences publiques avant d'adopter des mesures de réforme constitutionnelle, y compris la révocation d'une résolution constitutionnelle. Le Comité est d'accord avec cette idée. En vertu de la procédure de modification adoptée en 1982, ce sont les assemblées législatives et non les gouvernements qui doivent finalement approuver les réformes constitutionnelles. La distinction peut sembler subtile, mais la leçon à tirer du processus de ratification de l'Accord, c'est que le peuple canadien veut avoir voix au chapitre dans l'élaboration de sa Constitution.

13. Nous croyons que, dans une démocratie parlementaire, la meilleure façon de faire participer le public aux réformes constitutionnelles, c'est pour le Parlement et les assemblées législatives de tenir des audiences publiques, et c'est cette façon de procéder que nous recommandons.

14. Le Comité est d'avis qu'une résolution d'accompagnement qui ajoute, sans retrancher, à l'Accord du lac Meech a les meilleures chances de résoudre l'impasse constitutionnelle actuelle.

15. Le Comité recommande que, avec les modifications et les ajouts proposés dans le présent rapport, la résolution d'accompagnement du Nouveau-Brunswick serve de fondement aux premiers ministres et au pays pour sortir de l'impasse constitutionnelle.

Le premier ministre McKenna demande qu'on lui donne des assurances que sa résolution d'accompagnement bénéficie d'un appui.

16. Le Comité recommande que la Chambre des communes donne en temps opportun des assurances d'appui à une résolution d'accompagnement.

Toutefois, cette recommandation risque d'être sans portée pratique à moins que le Nouveau-Brunswick se déclare satisfait et que les provinces du Manitoba et de Terre-Neuve et du Labrador donnent suite à leurs préoccupations en ajoutant des éléments à la résolution d'accompagnement du Nouveau-Brunswick ou en présentant leur propre résolution d'accompagnement.

Les préoccupations du Manitoba
et de Terre-Neuve et du Labrador

Pour répondre convenablement aux questions qui se posent encore à cette étape de notre évolution constitutionnelle, il était indispensable de bien comprendre les préoccupations exprimées au cours de nos audiences à Winnipeg et à Saint-Jean (Terre-Neuve). Le Comité a écouté attentivement ce qu'on lui a dit, désireux qu'il était de trouver des solutions susceptibles de nous aider à sortir de l'impasse actuelle.

Les provinces du Manitoba et de Terre-Neuve ont exprimé de très vives préoccupations concernant la règle de l'unanimité pour la réforme du Sénat. Même s'il ressort des témoignages reçus que des considérations politiques d'ordre pratique justifient la règle de l'unanimité, nous restons sensibles au point de vue du Manitoba et de Terre-Neuve.

17. Le Comité est convaincu que, pour sortir de l'impasse en ce qui a trait à la réforme du Sénat, il faudrait renoncer à la règle de l'unanimité après une période limitée — disons trois ans — si elle ne donne pas de résultats. Nous devrions alors adopter une formule de modification moins restrictive comportant une forme d'approbation régionale.

Le Comité trouve également intéressante la proposition du Manitoba relative à une « clause Canada » qui comporterait la reconnaissance des peuples autochtones et de notre patrimoine multiculturel. Le gouvernement de Terre-Neuve et du Labrador a avancé avec éloquence une idée semblable.

18. En ce qui concerne la reconnaissance des peuples autochtones et de notre patrimoine multiculturel, nous encourageons les premiers

ministres à reconnaître ces aspects fondamentaux du Canada dans le corps de la Constitution.

Le Groupe de travail du Manitoba recommande que le Premier ministre invite à participer aux conférences des premiers ministres les dirigeants élus des gouvernements du Territoire du Yukon et des Territoires du Nord-Ouest chaque fois qu'il estime qu'ils sont touchés par des articles de l'ordre du jour. Le Comité a reçu, pendant ses audiences à Yellowknife et à Whitehorse, des témoignages qui abondent en ce sens.

Par conséquent, comme l'a proposé le Groupe de travail du Manitoba :

19. Nous recommandons que le Premier ministre du Canada invite les représentants élus des gouvernements du Territoire du Yukon et des Territoires du Nord-Ouest à participer aux discussions portant sur tout article de l'ordre du jour d'une conférence constitutionnelle des premiers ministres qui, de l'avis du Premier ministre, touche directement le Territoire du Yukon et les Territoires du Nord-Ouest.

Bien entendu, cela englberait toute discussion sur une modification des frontières des territoires.

20. Nous recommandons également que le Premier ministre invite les représentants élus des gouvernements du Territoire du Yukon et des Territoires du Nord-Ouest à participer aux discussions portant sur tout article de l'ordre du jour des conférences économiques annuelles des premiers ministres qui, de l'avis du Premier ministre, touche directement le Territoire du Yukon et les Territoires du Nord-Ouest.

Par ailleurs, le Manitoba propose que les dispositions de l'Accord du lac Meech concernant l'immigration soient réexaminées tous les cinq ans.

21. Le Comité convient qu'un mécanisme de réexamen des dispositions relatives à l'immigration est souhaitable, mais il croit qu'il s'agit d'une question administrative qu'il vaut peut-être mieux régler suivant les circonstances.

Le Manitoba, qui a tôt fait de constater que la génération actuelle des Canadiens voudrait participer aux réformes constitutionnelles, a été la première province à exiger qu'il y ait des audiences publiques avant la ratification des modifications que son premier ministre négocie avec ses homologues. D'autres Canadiens partagent ce point de vue, notamment le premier ministre Wells de Terre-Neuve et du Labrador, qui trouve nécessaire de faire participer davantage le public aux réformes constitutionnelles. Depuis la proclamation de la *Charte canadienne des droits et libertés*, plusieurs Canadiens considèrent, que plus que jamais, la Constitution leur appartient.

C'est pourquoi nous avons souscrit à la recommandation que les audiences publiques fassent partie intégrante des futures modifications constitutionnelles.

Dans son témoignage devant le Comité, le premier ministre de Terre-Neuve et du Labrador a exprimé les préoccupations de son gouvernement concernant le pouvoir de dépenser du gouvernement fédéral. Le Comité est particulièrement sensible à la crainte qu'éprouvent les Canadiens des régions moins développées que le gouvernement fédéral n'accorde pas autant d'attention à leurs préoccupations.

22. Le Comité presse les premiers ministres de donner, dans une résolution d'accompagnement, des assurances que l'Accord du lac Meech n'entrave pas le pouvoir de dépenser du gouvernement fédéral lorsqu'il s'agit, conformément à l'article 36 de la *Loi constitutionnelle de 1982*, de promouvoir l'égalité des chances des Canadiens dans la recherche de leur bien-être, de favoriser le développement économique pour réduire l'inégalité et de fournir à tous les Canadiens, à un niveau de qualité acceptable, les services publics essentiels.

Conclusion

L'Accord du lac Meech prévoit qu'une conférence des premiers ministres sur la réforme du Sénat se tiendra dans les mois suivant sa proclamation. Plusieurs gouvernements tiennent à amorcer ce processus le plus tôt possible. La province de Terre-Neuve et du Labrador a élaboré une proposition très détaillée de réforme du Sénat. Les Gouvernements de l'Ontario et du Manitoba ont déjà créé des comités législatifs chargés d'étudier la question, et le Premier ministre du Canada a signifié son intention d'en créer un qui tiendra cet été des audiences sur la base d'un document de travail. Or — nous le répétons — si nous ne sortons pas de l'impasse actuelle, les chances d'une réforme du Sénat et de toute autre révision constitutionnelle sont fort minces.

La résolution d'accompagnement du Nouveau-Brunswick ne parle pas de la réforme du Sénat parce que, comme l'a fait remarquer le premier ministre McKenna, elle présente un intérêt plus immédiat pour d'autres provinces. Nous avons cherché à répondre à cette priorité par l'idée d'une clause résolutoire pour la formule de modification visant la réforme du Sénat. Nous croyons que la réforme du Sénat revêt également une importance fondamentale pour l'ensemble du pays.

23. Le Comité recommande que la réforme du Sénat figure en priorité à l'ordre du jour de la prochaine étape des négociations constitutionnelles.

Cependant, la nature et la fonction d'un Sénat réformé ne font pas l'unanimité, et il est peu probable qu'on arrive à dégager un consensus à ce sujet tant que subsiste l'impasse. Nous proposons un moyen de sortir de cette impasse et d'amorcer les pourparlers.

Une fois cette étape franchie, nous sommes convaincus que les Canadiens s'intéresseront à la réforme du Sénat et à d'autres questions en suspens.

Enfin, le Comité tient à remercier de leur contribution tous les Canadiens qui ont témoigné devant lui ou lui ont présenté un mémoire. Nous avons été impressionnés par ce que nous avons entendu au cours de nos audiences. Nous avons constaté jusqu'à quel point l'adoption de la *Charte des droits et libertés* et le rapatriement de la Constitution avaient irrévocablement changé le Canada. De toute évidence, les Canadiens veulent poursuivre leur évolution constitutionnelle. La responsabilité à cet égard n'appartient pas seulement aux premiers ministres. Elle relève aussi des législateurs, des groupes d'intérêt et de l'ensemble des Canadiens.

Liste des personnes interviewées

Pierre Anctil
Bruce Anderson
Robert P. Armstrong
André Bachand
Jean Bazin
Richard Baulé
Denis Beaudoin
Denis Beaudoin
(journaliste)
Jean-Bernard Bélisle
Paul-Marcel Bellavance
Robert Benoît
Roxanna Benoit
Denis Berger
Gabrielle Bertrand
Mario Bertrand
Pierre Bibeau
Marie-Josée Bissonnette
Jean-Pierre Blackburn
Jacques Blais
Pierre Blais
Lorenzo Boisvert

Pierrette Bouillon
Bernard Bonneau
Rick Borotsik
Benoît Bouchard
Jacques Bouchard
Thomas Boudreau
Michel Bousquet
Martin Bureau
Aldée Cabana
Barry Carin
Daniel Caisse
Arthur Campeau
Conrad Chapdelaine
Carole Charest
Christine Charest
Claude Charest
Jean Charest
Louise Charest
Brigitte Charland
Joe Clark
Heather Conway
Albert Cooper

Marc-Yvan Côté
Michel Coutu
Pierre Dagenais
Léo Daigle
Marcel Danis
Mary Dawson
Jean-Laurier Demers
Ivor Dent
Jean Desharnais
Gabriel Desjardins
Martin Desrochers
Line Desrosiers
Lise Dionne
Michèle Dionne
Philippe Dionne
Robert Dobie
Michel Dorais
Marc Dorion
Père Pierre Doyon
Laurent Dubé
Jean-Louis Dubé
Robert Dubé

Jean-Guy Dubuc
Michel Dufour
Paul Dupré
Michel Dussault
Jan Dymond
John Edwards
Gilles Émond
Lucie Émond
Marie Fabi
Bruno Fortier
Jacques Fortier
Martine Fortier
Guy Fouquet
Monique Gagnon-
   Tremblay
Pierre Gagné
Brian Gallery
Michel Gauthier
François Gérin
Eddie Goldenberg
Grégoire Gollin
Len Good
Hugh Glynn
Daniel Green
Camille Guilbault
Larry Hagen
Bruno Hallé
André Harvey
Stanley Hartt
Chantal Hébert
Louise Hébert
François Houle
Jean-Guy Hudon
Yvan Huneault
Roger Jackson
Pierre Marc Johnson
Robert Kaplan

Jean-Pierre Kesteman
Michel Krauss
Claude Lacroix
Jean-Yves Laflamme
Jacques Lahaie
Jean Lavoie
Paul Langlois
Jean Lapierre
Marc Lapointe
Charles Larochelle
Luc Lavoie
Claude Leblond
Maurice Lefebvre
Jacques A. Léger
Frances Leonard Roy
Loretta Leonard Triganne
Michel Le Rouzès
Aline Lessard
Christian Lessard
Jovette Létourneau
Gary Levy
Benoît Long
Bernard Longpré
Rolf Lund
Lane MacAdam
David MacDonald
Yvan Macerola
George MacLaren
Dennis McKeever
Lyle Makosky
Robert Marleau
Paul Martin
Jean-Martin Masse
Jean Masson
Dave Mathews
Don Mazankowski
Normand Maurice

Claude Métras
Louise Meunier
Richard Miquelon
Philippe Morel
Pierre Morency
Michel Morin
Nick Mulder
Mark Mullins
Brian Mulroney
Lowell Murray
Daniel Nadeau
Harry Near
Bill Neville
Leslie Noble
Pierre-Claude Nolin
Geoff Norquay
Lorne Nystrom
Rolland Ouellet
Hélène Ouellette
Jean-Guy Ouellette
Luc Ouellet
John Parisella
Albert Painchaud
Richard Paradis
Denis Pageau
Patrick Parizot
Pierre Patenaude
Mitch Patten
Jean-Carol Pelletier
Adrien Péloquin
Gordon Perks
Isabelle Perras
Pietro Perrino
Pierre Perron
Yvon Picotte
François Pilote
Andrew Pipe

Louis Plamondon
Jules Pleau
André Plourde
Lisette Plourde Dionne
René Poitras
Suzanne Poulin
David Price
Toby Price
Jacques Pronovost
Mario J. Proulx
John Rae
Jean-Pierre Rancourt
Ross Reid
William Reilly
Gil Rémillard
Dany Renauld
Jean Riou

Jean-Claude Rivest
Svend Robinson
Jacques Rousseau
Nina Rowell
Maurice Ruel
Daniel Saint-Hilaire
Gerry St-Germain
Guy Saint-Julien
Christian Simard
Bob Slater
David Small
Cecil Smith
Ken Smith
Norman Spector
Alain Tardif
Roger Tassé
Paul Terrien

Claude Thiboutot
Albin Tremblay
Gérald Tremblay
Marc Triganne
André Trudeau
Pierrette Venne
Monique Vézina
Pierre H. Vincent
Peter Vuicic
Andy Walker
Wilfrid Wedmann
Jodi White
Peter White
Huw Williams
Dennis Wood
Jean-François Woods
Michel Yergeau

Index

Table des matières

MISE EN PAGES ET TYPOGRAPHIE :
LES ÉDITIONS DU BORÉAL

ACHEVÉ D'IMPRIMER EN MAI 1998
SUR LES PRESSES DE L'IMPRIMERIE GAGNÉ,
À LOUISEVILLE (QUÉBEC).